Sky Landis – Drachenmond

Nacht für Nacht wird Alessa Martin von viel zu realen Albträumen heimgesucht, in denen sie sich in einen furchteinflößenden Drachen verwandelt. Trotz dieser Träume kann sie nicht an Magie oder die Existenz mystischer Wesen glauben. Und erst recht nicht daran, dass ausgerechnet sie auserwählt ist, einen Jahrhunderte währenden Krieg zu beenden.

Als ihr bester Freund sie verrät, werden Alessas Albträume Wirklichkeit. Es verschlägt sie in eine ihr vollkommen fremde Welt voller Magie. Einzig ihre aufkeimenden Gefühle für den charismatischen Clansherren Cameron Warden machen den Gedanken erträglich, nicht in ihr altes Leben zurückkehren zu können. Ihre Liebe steht jedoch unter einem schlechten Stern. Denn dem Gesetz nach muss Alessa den Clansführer heiraten, der zuerst seinen Anspruch auf sie erhoben hat – Camerons Cousin Darius Darkmoore. Nur wenige Tage bleiben ihnen, ehe Cameron Alessa freigeben muss und sie mit seinem Rivalen vor den Traualtar tritt …

Sky Landis

# *Drachenmond*

Roman

**Latos-Verlag**
**Calbe/Saale**

Lektorat: Uta Maier, Gorxheimertal
Umschlaggestaltung: Sarah Richter Art, Magdeburg
Satz: Latos-Verlag, Calbe/Saale
Druck und Bindung: Lößnitzdruck, Radebeul

1. Auflage 08/2015

ISBN: 978-3-943308-15-0

**www.latos-verlag.de**

# Prolog

*Chicago*

Rayne lief die dunkle Straße entlang, eine von vielen, seit er vor zwei Stunden in Chicago angekommen war. Er hielt das kleine Bündel unter dem weiten Mantel an seinen Körper gepresst und fasste die Hand seines Sohnes fester. Der anhaltende Nieselregen durchnässte seine Kleidung, ließ seine Haare in dicken Strähnen an der Stirn kleben und Kälte in seinen müden Gliedern emporkriechen. Er war erschöpft, trotzdem durfte er jetzt nicht aufgeben und musste seine Pflicht erfüllen, die ihm alles abverlangte.

Nur hier konnte er sie in Sicherheit bringen. Lange genug, bis Alessa so weit war, ihnen den lang ersehnten Frieden zu bringen. Sie war die einzige Hoffnung, die ihnen geblieben war. Ein winziger Funken, den es am Leben zu halten galt.

Dass in dieser Welt jegliche Magie, in deren Nebel er seine Anwesenheit dauerhaft verschleiern konnte, bis auf ein Minimum verkümmert sein würde, damit hatte Rayne gerechnet. Auch wenn er etwas anderes gehofft hatte. Hier gab es keine magischen Wesen wie in seiner Heimat Hasyra. Für ihn gab es keinerlei Schutz, so dass er über sie wachen und sie vorbereiten konnte. Die Entscheidung, die er getroffen hatte, machte ihm das Herz schwer. Er musste sie zurücklassen, um niemanden auf ihre Spur zu bringen, und in seine Heimat zurückkehren.

„Papa?“, murmelte Garwin schläfrig neben ihm.

Kurz hielt er inne und sah auf seinen gerade einmal sechsjährigen Sohn hinab, der gegen die Müdigkeit anblinzelte und sich mit der Faust ein Auge rieb. Feuchte, blonde Haarsträhnen hingen ihm in die Stirn. Das schmale Gesicht, in dem die grünen Augen riesig wirkten, war von Erschöpfung gezeichnet.

Rayne wurde die Brust eng, weil er auch ihn zurücklassen musste. Alessa würde jemanden brauchen, der sie anleitete. Und das würde nicht er, sondern sein Sohn sein, sobald er das richtige Alter erreicht hatte.

Garwin zog an seiner Hand, riss ihn aus seinen trüben Gedanken und zurück in das Hier und Jetzt. „Ich bin müde, Papa.“

„Ich weiß, mein Junge. Ich bin auch müde.“

„Wann gehen wir nach Hause?“

„Das dauert noch ein kleines Weilchen.“ Seine Hand krampfte sich um die seines Sohnes, doch er zwang sich, zielstrebig weiterzulaufen. *Du bleibst nur so lange wie nötig hier*, schwor Rayne sich im Stillen, als er um eine Ecke bog und schon von Weitem die Kirche sah, die die anderen Gebäude in der Umgebung meterhoch überragte. Nur noch wenige Meter, bis sie in Sicherheit waren. Und nur noch wenige Augenblicke, bis er von Garwin Abschied nehmen musste. Sanft drückte er das kleine Bündel fester gegen seine Brust und schloss für einen Moment die Augen.

Alessa war jedes Opfer wert. Der nicht enden wollende Krieg, der immer wieder aufflammende Hass, der alles und jeden verschlang, mussten endlich ein Ende haben. Und so würde es auch kommen, davon war er fest überzeugt. Allein dieser Gedanke ließ ihn an seiner Entscheidung festhalten, beide Kinder in die Obhut fremder Menschen zu geben.

Mit schweren Schritten erklomm er die Stufen zum Kirchenportal und ging vor der zweiflügeligen Holztür in die Hocke, um Garwin besser ins Gesicht sehen zu können. Dann strich er ihm mit einem wehmütigen Lächeln die Haarsträhnen aus dem Gesicht.

„Du musst mir etwas versprechen“, sagte er mit rauer Stimme.

„Und was?“

Vorsichtig schob er den Mantel beiseite, damit Garwin einen besseren Blick auf das schlafende Baby in seinem Arm hatte. „Versprich mir, dass du auf sie aufpasst. Sei ihr ein Freund, ein Weggefährte und ihr Lehrer.“

Verwunderung zeigte sich auf Garwins Gesicht. Die Müdigkeit war wie weggewischt. „Was soll ich ihr denn beibringen? Sie ist doch viel zu klein, kann noch nicht einmal alleine laufen. Und sprechen kann sie auch nicht.“

„Das wird sie noch lernen. Alessa wird wachsen, älter werden und sie braucht dich als ihren Freund.“

Garwin beugte sich über das Baby, das fest in eine Decke gewickelt war, unter der eine einzelne rötliche Locke hervorlugte, und schaute dann zweifelnd auf. „Wie soll ich denn einem *Mädchen* etwas beibringen? Und was?“

„Das wirst du instinktiv wissen, Garwin. Es liegt in deiner Natur. Du wirst fühlen, wenn sie soweit ist und du wirst sie immer spüren.“ Sanft strich er mit einer Hand über die schmale Brust seines Sohnes. „Genau hier.“

„Warum?“

„Weil wir alle miteinander verbunden sind und es fühlen können, wenn andere unserer Art in der Nähe sind. Und in ihrem Fall …“, murmelte er wie zu sich selbst und betrachtete ehrfürchtig das kleine Wunder in seinen Armen, „… bin ich mir ganz sicher, du wirst sie immer spüren können. Nutze das zu deinem Vorteil, während du auf sie aufpasst.“

„Aber warum muss ich denn auf sie aufpassen?“ Garwin bedachte das schlafende Baby mit einem skeptischen Blick.

„Weil sie noch so klein ist, wehrlos, und sich ihre Kräfte erst entfalten müssen, genau wie bei dir.“

„Werde ich dann ein Krieger sein wie du?“

„Ganz bestimmt. Ich weiß, dass du mich unglaublich stolz machen wirst. Egal, ob wir zusammen sind oder nicht.“

Garwin zog die Stirn kraus und trat erschrocken einen Schritt zurück. „Heißt das, dass du weggehst? Ohne mich?“

„Hier bist du … seid ihr in Sicherheit. Solange eure Kräfte noch nicht erwacht sind, kann euch niemand aufspüren. Wenn ich bleibe, dann bringe ich euch in Gefahr und …“ Er brach ab, als er die Tränen sah, die Garwin tapfer zurückzuhalten versuchte, jedoch kläglich scheiterte. Mit einem aufmunternden Lächeln legte er seinem Sohn eine Hand an die Wange und strich mit dem Daumen eine einzelne Träne fort. Es gab nur einen Weg, Garwin über die schmerzhafte Trennung hinwegzuhelfen. Er suchte seinen Blick und hielt ihn eisern fest. Sanft, und dennoch unnachgiebig, drang er in sein Bewusstsein vor. Garwins Herzschlag beschleunigte sich vor Angst und er beruhigte ihn mit Bildern aus ihrer Vergangenheit – wie er ihm das Schwimmen beibrachte und ihm zeigte, mit einer aus einem dünnen Ast selbstgebauten Angel Fische zu fangen. Zwei kümmerliche Fische, die sie lachend über dem offenen Feuer brieten und nicht einmal ausreichten, um Garwin sattzumachen … aber glücklich. So wie in diesem Augenblick die Erinnerung daran.

*Du wirst vergessen, mein Sohn. Alles, was du in deinem kurzen Leben gesehen und erlebt hast, wird dir wie ein weit entfernter, unwirklicher Traum erscheinen. Erst wenn die Zeit reif ist, wirst du dich daran erinnern, wer und was du bist. Langsam, damit du dich an den Gedanken gewöhnen kannst. Wenn Alessa so weit ist, nach Hause zurückzukehren, werden wir euch finden. Pass für mich auf Alessa auf, bis ihre Kräfte erwachen. Lass sie niemals allein und achte auf das Feuer.*

Langsam zog er sich aus Garwins Gedanken zurück, betrachtete für einen Augenblick dessen entspannte Gesichtszüge und hauchte ihm einen liebevollen Kuss auf die Stirn, bevor er sich aus der hockenden Haltung erhob. Obwohl alles in ihm danach schrie, bei Garwin zu bleiben, wusste er, dass ihm keine andere Wahl blieb.

Wenigstens würde sein Sohn nicht die gleichen Qualen durchstehen müssen, die sich durch seine eigenen Eingeweide fraßen, weil er alles zurücklassen musste, was ihm lieb und teuer war. Für Garwin würde er nur noch eine blasse verschwommene Erinnerung sein, die ihm wie ein Traum erschien. Frei von jenem Schmerz, der ihm selbst das Herz zerriss, als er kurze Zeit später die Stufen der Kirche hinablief und in der Dunkelheit verschwand.

Garwin hob blinzelnd den Kopf, als eine Tür mit einem dumpfen Knall hinter ihm zuschlug. Ein kalter Luftzug fegte über ihn hinweg und ließ ihn erzittern. Staunend blickte er sich in dem riesigen Kirchenschiff um, schaute zur Decke, die sich weit über ihm wölbte, und zu den Buntglasfenstern. Der Mond am Nachthimmel wurde von Wolken verdeckt und war nur schwach erkennbar. Sein Blick wanderte weiter zu den hohen Kerzenleuchtern neben dem Altar, auf dem dicke Stumpenkerzen brannten und die die Umgebung in gedämpftes warmes Licht tauchten. Eine Wärme, wie er sie für sich selbst wünschte. Nicht diese Kälte, die schmerzhaft in seinen Beinen nach oben kroch.

Wie war er überhaupt hierher gekommen? Garwin runzelte die Stirn und versuchte, sich zu erinnern. Er wusste es nicht. Genauso wenig, wie er wusste, warum er auf dem kühlen Steinfußboden saß, obwohl sich nur wenige Meter entfernt Bänke befanden.

Aus dem Augenwinkel bemerkte er eine dunkle Gestalt, die sich schnell näherte, und wandte mit angehaltenem Atem den Kopf. Sein Blick blieb an einer Nonne hängen, die eilig und mit wehender Tracht das Kirchenschiff entlang auf ihn zugelaufen kam. Als er ihre erschrockene Miene sah, schloss er seine Arme enger um das Bündel, das er die ganze Zeit schon fest an seine Brust gedrückt hielt. Leises Wimmern war zu hören und er lockerte seinen Griff. Verwundert schaute er hinab auf das in eine Decke gewickelte Baby, das ihn aus tiefblauen Augen fasziniert ansah. Alessa. Er musste auf sie aufpassen und ihr ein Freund sein, weil …

Garwin zog die Stirn kraus und überlegte. Weil was? Er hatte es vergessen, erinnerte sich nicht mehr. So, wie er sich nicht mehr daran erinnerte, wie er in die Kirche gekommen war. Aber das war unwichtig. Wichtig war nur Alessa und dass er bei ihr blieb, bis die Zeit reif war. Und dass er auf das Feuer achtete …

## 1. Kapitel

*Hasyra*
*23 Jahre später*

„Ich glaube kaum, dass das heutige Treffen irgendetwas bringen wird. Allein die Erinnerung an das letzte und was es ausgelöst hat, jagt mir noch immer Schauer über den Rücken." Caden zog den Umhang fester um seine Schultern, um sich vor dem beißenden Wind zu schützen. Er sah in das verschlossene Gesicht seines Bruders, das seinem so ähnlich war, als wäre er sein Zwilling. Manchmal fühlte er sich ihm auch ebenso verbunden. Doch jetzt konnte er nichts in dessen eisgrauen Augen lesen, denn er verbarg seine Gefühle gut.

„Nachdem du Darius' rechte Hand den Kopf von den Schultern gerissen und ihn Rayne in den Schoß geworfen hast, war es für Jahre schlimmer als vor dem Treffen."

„Der Mistkerl hatte es verdient", brummte Cameron und zuckte mit den Schultern. Er strich sich die langen Haare aus dem Gesicht, die der Wind immer wieder hineinblies, und fasste sie mit einem Band im Nacken zusammen. „Dieser Hornochse hat unsere Eltern beleidigt. Unsere toten Eltern. Wer, wenn nicht wir, sollte sie sonst verteidigen?"

„Ohne Frage hatte er es verdient. Aber könntest du dieses Mal etwas weniger aufbrausend reagieren, wenn das Gespräch persönlich werden sollte? Vielleicht kann man sich ja doch irgendwie einigen."

„Solange keiner unsere Familie oder den Clan beleidigt."

Caden schüttelte den Kopf und seufzte. Er wusste jetzt schon, wie das Treffen ablaufen würde. Jemand würde seinen Kopf verlieren … oder irgendein anderes Körperteil. Danach würden laut brüllend Kriegserklärungen in alle Richtungen ausgestoßen werden und über Jahre hinweg würden sie übereinander herfallen, wann immer sich ihnen eine Möglichkeit bot. Bevor es zu einem erneuten Treffen kam, um eventuelle Friedensverhandlungen zu führen, die von vornherein zum Scheitern verurteilt waren. So war es immer, ein sich ständig wiederholendes Spiel seit 200 Jahren. Von den Vätern an die Söhne vererbt.

Caden warf einen Blick durch das trübe Fenster des einsam gelegenen Gasthauses, in dem sie das heutige Treffen abhalten wollten. Bis auf den Wirt hinter dem Tresen befanden sich nur vier weitere Personen im Gastraum – zwei davon waren Bowen und Darius. Die Stammesführer der anderen beiden Clans. Sie saßen mit vor der Brust verschränkten Armen an einem Tisch und starrten verbissen vor sich hin. Keine gute Ausgangsposition für eine Verhandlung.

„Wollen wir?“ Er ging an seinem Bruder vorbei und stieß die Tür auf.

Der Knall, mit dem die Tür hinter Cameron zufiel, hatte etwas Endgültiges. Fast wie ein Zeichen, dass am heutigen Tag eine Entscheidung anstand, die sie alle betraf. Und das bedeutete, dass wohl nicht alle von ihnen lebend hier wieder rauskommen und die unweigerlich folgenden Kriegserklärungen in einer alles entscheidenden Schlacht enden würden. Die Fronten waren verhärtet, keiner von ihnen würde nachgeben. Denn es gab nichts, was sie von ihrem eingeschlagenen Weg abbringen könnte.

Cameron lief zwischen den Tischen hindurch, steuerte auf Bowen und Darius zu und ließ sich auf einen Stuhl plumpsen. Eine Begrüßung sparte er sich und kam gleich zum Wesentlichen.

„Irgendwelche Vorschläge, wie wir die Sache beenden sollen?“

„Ich hätte einen, aber der wird keinem von euch beiden gefallen.“ Sein Cousin Darius, dessen schulterlange Haare das gleiche satte Schwarz hatten wie seine, lehnte sich etwas vor und grinste wölfisch. „Akzeptiert mich als euren neuen König und der Krieg ist heute noch Geschichte.“

Cameron beugte sich ebenfalls über den Tisch, bis ihre beiden Nasenspitzen sich beinahe berührten. „Ein König stammt *immer* von den *Imperial* ab. Ein dreckiger *Mageia*, wie du einer bist, wird es niemals sein.“

„Geborene Königsdrachen gibt es nicht mehr und ich traue keinem von euch beiden diesen Posten zu. Also haben wir dann wohl ein kleines Problem“, mischte Bowen sich ein und trank einen Schluck Bier. Gemächlich stellte er den Becher wieder auf dem Tisch ab, kratzte sich am Kopf, so dass er damit seine blonden Haare verwuschelte, und lächelte in die Runde. „Oder besser … *ihr* habt ein Problem. Denn ihr müsstet mich akzeptieren.“

„Ganz sicher nicht.“ Cameron wandte ihm den Kopf zu und kniff die Augen zusammen. „Soweit ich mich erinnere, waren es doch die *Lejf*, die sich damit gerühmt haben, die meisten *Imperial* vernichtet zu haben. Und dann soll ich ausgerechnet einen von euch Blümchenspuckern als meinen König anerkennen? Vergiss es.“

„*Blümchenspucker*?“ Bowen stieß ein leises Grollen aus und fixierte Cameron mit einem giftigen Blick. „Wenigstens bin ich in der Lage, meine Kräfte zu gebrauchen. Im Gegensatz zu euch. Ich habe gehört, seit ein paar Monaten ist kein *Guardian* mehr in der Lage, magisches blaues Feuer zu spucken. Woran liegt es? Keinen Kampfgeist mehr? Zu viel Bier und zu wenig Sex? Wollen euch nicht mal mehr eure eigenen Frauen?“

Cameron ballte die Hände zu Fäusten, um sich davon abzuhalten, diesem miesen kleinen Drecksack an die Gurgel zu gehen.

„Das Gefühl habe ich auch.“ Darius schürzte die Lippen und nickte bedächtig. „Warum sonst landen weibliche *Guardian* so häufig bei den *Mageia*?“

„Ganz sicher nicht freiwillig“, knurrte Cameron und schüttelte die Hand seines Bruders von der Schulter, der ihn beruhigen wollte.

„Da wir *Lejf* auf unsere Frauen aufpassen, bleiben für euch nur noch die *Guardian*, bei denen ihr euch bedienen könnt. Ansonsten müsstet ihr Schwarzdrachen es noch öfter mit Schafen und Ziegen treiben.“

Bei Bowens Kommentar presste Darius die Lippen zu einem schmalen Strich zusammen und seine neue rechte Hand Kyle trat etwas näher an den Tisch heran. Die unverhohlene Wut, die zwischen ihnen hin und her sprang wie Funken, war ihm offensichtlich nicht verborgen geblieben. Cameron war sich sicher, er wartete nur darauf loszuschlagen.

„Und ihr steckt eure schlaffen Schwänze öfter in Erdlöcher, als euch guttut. Was dabei rauskommt, sieht man ja an dir und deinem feigen Bruder. Oder was ist der Grund, dass er sich aus der Verantwortung für seinen Stamm gezogen hat und sich seit Jahren in einer Erdhöhle verkriecht? Fühlt sich das kleine Drachenküken dadurch wieder wie im Mutterleib?“

„Lass meinen Bruder aus dem Spiel, du Bastard. Er ist ganz sicher nicht feige.“ Bowens Stimme war nur noch ein gefährliches Knurren.

„Warum so gereizt? Habe ich etwa einen wunden Punkt bei dir getroffen?“ Darius zog eine gespielt mitleidige Miene. „Schon beschissen, wenn man sich nicht einmal auf die eigene Familie verlassen kann, nicht wahr?“ Er lachte hämisch und sah von Cameron zu Bowen. „Was seid ihr doch alles für jämmerliche Kreaturen, egal ob *Lejf* oder *Guardian*.“

Bowen versetzte Darius einen blitzschnellen, harten Boxhieb mitten ins Gesicht, der ihn samt Stuhl zu Boden gehen ließ. Das Startzeichen für die Auseinandersetzung, die sie alle erwartet hatten und die erneuten Verhandlungen zunichtemachte. Es erfüllte Cameron mit einem gewissen Stolz, dass dieses Mal nicht er derjenige war, der zuerst die Beherrschung verlor, sondern Bowen.

Kyle sprang vor und wollte seinem Stammesführer zu Hilfe kommen. Aber Cameron warf sich mit lautem Kriegsgebrüll auf ihn, packte ihn am Kragen und schleuderte ihn so hart in eine Tischgruppe, dass Tisch und Stühle unter der Wucht des Aufpralls zu kleinen Holzsplittern zerbröselten.

Die Tür flog auf, der Gastwirt rannte hinaus und einen Augenblick später strömten *Lejf, Mageia* und *Guardian*, die draußen auf dem Feld auf den Ausgang der Verhandlungen gewartet hatten, in ihrer menschlichen Gestalt in den kleinen Gastraum. Füllten ihn aus und ließen ihn beinahe bersten mit ihrem wütenden Geschrei und fliegenden Fäusten.

Cameron sah aus dem Fenster und auf das Feld davor. Die Brutalität der wüsten Schlägerei nahm innerhalb von Augenblicken zu. Fassungslos beobachtete er, wie die ersten Krieger ihre Drachengestalt annahmen und in einen irren Rausch verfielen. Und mit der Fassungslosigkeit kam das Entsetzen, das wie eine Klaue nach ihm griff und sich tief in seine Eingeweide bohrte. Es kam, wie er es sich nicht einmal in seinen schwärzesten Albträumen ausgemalt hatte. Er … sie alle waren mittlerweile wahnsinnig vor Hass aufeinander und ließen ihm freien Lauf.

Die im Mondlicht grün schimmernden *Lejf* ließen Ranken aus dem Boden sprießen, mit denen sie *Guardian* und *Mageia* gleichermaßen in Stücke rissen. Die *Mageia* nutzten schwarze Magie wie Peitschen, um sie ihren Feinden um den Körper oder Hals zu schlingen und sie damit zu würgen, bevor sie sie zerfetzten. Und auch die *Guardian* stürzten sich zornentbrannt auf alles, was nicht dem eigenen Stamm angehörte. Sie bissen Schwänze ab, rissen Flügel aus und schlitzten Kehlen auf, dass der Boden innerhalb von kürzester Zeit von Drachenblut getränkt war.

Kurz sah Cameron sich nach Caden um und knurrte, als der an ihm vorbeisegelte, die Fensterscheibe durchbrach und nach draußen flog. Vor dem zerstörten Fenster verwandelte er sich laut brüllend in einen blau schimmernden Drachen und warf sich auf einen Pulk bestehend aus mehreren grünen und schwarzen Drachen, die zwei *Guardian* unter sich begraben hatten.

Cameron ließ sich von seinem eigenen Hass mitreißen, wirbelte herum und packte einen *Lejf* an der Gurgel. Er hob ihn hoch und donnerte ihn mehrmals gegen die Wand, bis er schlaff herunterhing und sich nicht mehr bewegte. Mit einem verächtlichen Schnaufen warf er seinen Gegner beiseite und sah sich nach dem nächsten Opfer um, das er in die Mangel nehmen konnte, und entdeckte Darius. Seine Augen verengten sich zu Schlitzen und ein dunkles Grollen arbeitete sich in seiner Kehle nach oben. Viel zu lange schon war sein Cousin ihm immer wieder entkommen. Heute würde er ihn kriegen und dafür sorgen, dass er bekam, was er verdiente.

Er arbeitete sich durch die Massen, stieg über einen toten *Lejf* hinweg und stolperte über einen Teil der eingestürzten Wand des Gasthauses. Sie hatte der wilden Raserei wütender Drachen nachgegeben und war in sich zusammengefallen.

Heiße Wut pulste in ihm hoch, als Darius sich immer weiter von ihm entfernte, anstatt dass er ihm näher kam. Cameron zertrümmerte einem *Mageia* den Kiefer und schleuderte einen anderen aus dem Weg, um an sein eigentliches Ziel zu kommen, als außerhalb des Gasthauses ein ohrenbetäubendes Brüllen zu hören war. Es klang wie ein Chor von Hunderten Drachen. Der Boden unter seinen Füßen bebte unter stampfenden Fußtritten und im nächsten Augenblick wurde das Dach des Hauses heruntergerissen. Ein dunkelbrauner Schwanz stieß auf ihn herab, umschlang fest seinen Hals und zog ihn aus der wogenden Masse heraus in die Höhe.

Cameron griff mit beiden Händen nach dem Schweif und versuchte, sich von dem Würgegriff des übermächtigen Angreifers zu befreien. Aber er kam nicht gegen ihn an, zappelte wie ein hilfloses Kaninchen in der Schlinge. Sekunden später wurde er nach unten geschleudert und krachte ungebremst auf den harten Boden. Beißender Schmerz explodierte überall in seinem Körper und er rang röchelnd nach Luft. Er war kaum mehr in der Lage, sich zu bewegen und sich auf Hände und Knie hochzustemmen. Dieses Mistvieh musste ihm mehrere Rippen gebrochen haben.

Der Körper eines anderen Mannes knallte ihm in den Rücken und brachte Cameron erneut zu Boden. Mit einem lauten Stöhnen rollte Bowen von ihm herunter und blieb neben ihm liegen, die Augen weniger vor Angst und mehr vor Erstaunen weit aufgerissen. Darius landete mit einem dumpfen Aufprall auf Camerons anderer Seite, krümmte sich zusammen und stieß eine ganze Reihe von Verwünschungen aus.

„*Es reicht!*", donnerte eine tiefe Stimme über die Kampfgeräusche hinweg und ließ sie verstummen. Innerhalb von Augenblicken senkte sich eine unheimliche Ruhe über das Schlachtfeld und nur noch das leise Stöhnen der Verletzten war zu hören.

Cameron wagte einen Blick nach oben, blinzelte mehrmals, um seine Sicht zu klären, und konnte nicht fassen, was er da vor sich sah. Nie zuvor hatte er sich gezeigt. Er war eine Legende, die sein Vater ihm und Caden vor sehr langer Zeit erzählt hatte. Von der er angenommen hatte, dass sie nur dazu diente, ihn und seinen Bruder endlich zur Räson und ins Bett zu bekommen, wenn es Schlafenszeit war. Und doch stand er hier und jetzt vor ihnen. So groß wie das Haupthaus seiner Festung, viel größer als ein *normaler* Drache, sprechend, nein brüllend, brodelnd vor Wut. Er war der einzige Drache, der sprechen konnte und niemals eine menschliche Gestalt annahm. Der Vater aller Drachen – Aita.

„200 Jahre habe ich es mir angesehen. Euch beobachtet und darauf gehofft, dass ihr endlich zur Besinnung kommt und diese Feindseligkeiten begrabt. Aber was passiert?" Er holte geräuschvoll Atem und röhrte auf sie nieder: „Ihr habt alles zerstört, was ich euch gegeben habe. Ihr solltet diese Welt beschützen und sie nicht zum Spielball eurer hirnlosen Eifersüchteleien machen. Jeder Einzelne von euch trampelt auf meinem Vermächtnis herum, als wäre es die Scheiße nicht wert, die ihr von euren Füßen pult."

„Die *Lejf* haben den Krieg nicht angefangen, das waren …"

*Ganz schlechte Idee, Aita belehren zu wollen,* dachte Cameron, als die riesige Schwanzspitze nach unten sauste. Niemand widersprach Aita. Das hatte sein Vater ihm und Caden immer wieder eingebläut, wenn er ihnen Geschichten vom Urdrachen erzählte. Aita erwartete von ihnen allen Respekt und verschaffte ihn sich falls nötig. So wie jetzt von Bowen.

Aitas Schwanz umschlang Bowens Hals, schnitt ihm die Worte ab und riss ihn in die Höhe.

„Es ist vollkommen egal, wer den Krieg vom Zaun gebrochen hat“, donnerte Aita und schleuderte Bowen zurück auf den Boden. Die Lautstärke des Gebrülls nahm sogar noch zu. „Er muss enden. Ihr habt genug Schaden angerichtet, immensen Schaden, der kaum zu beheben ist. Dank euch gibt es keine *Sway* mehr, keine *Imperial*, die nicht ohne Grund von mir die Königswürde erhalten haben. Sie waren dafür da, damit dieser wilde Haufen von euch es nicht übertreibt. Und was habt ihr getan? Sie umgebracht. Euren albernen Streitigkeiten haben wir es zu verdanken, dass der Drachenmond sich nicht mehr zeigt, alles aus dem Gleichgewicht geraten ist und verfällt. Euer Hass aufeinander ist es, der nicht nur euch, sondern unsere gesamte Welt verseucht.“

„Aita …“ Cameron schob sich mit zusammengebissenen Zähnen auf Hände und Knie, verdrängte den Schmerz in seinem Körper und senkte ehrfürchtig den Kopf. Er konnte nur hoffen, dass der Drachenvater ihn nicht sofort wieder zum Schweigen bringen würde. „Die Fronten haben sich über die Jahre verhärtet. Zu viel ist geschehen. Der Hass …“ Er hielt kurz inne und schluckte schwer, ehe er weitersprach: „Die gegenseitige Abneigung ist zu groß. Wir können nicht einfach alles vergessen, was geschehen ist.“

„Das sollt ihr auch gar nicht. Ihr werdet damit leben müssen. Euch mit dem Schaden, den ihr angerichtet habt, auseinandersetzen müssen. Ab dem heutigen Tag werdet ihr euch wieder an unsere Gesetze halten, ohne Ausnahme. Und auch nur dann, wenn ihr sehr viel Glück habt, werde ich euch nicht auslöschen, diese Welt nicht von einem lästigen Übel befreien und meinen Zorn vergessen.“

„Aber die *Sway* und *Imperial* …“

„Ein Verlust, der kaum wieder gutzumachen ist. Begrabt eure Feindseligkeiten. Wenn ihr euch weiterhin bekriegt, werde *ich* dafür Sorge tragen, dass ihr es bereut. Bitterlich bereut.“

Aita stieß ein letztes furchterregendes Brüllen aus, das Cameron durch Mark und Bein ging, und wandte sich ab. Er ließ sich zurück auf den Boden fallen und biss die Zähne zusammen, um nicht vor Schmerz aufzustöhnen, der durch seinen Körper fuhr.

„Das wird nichts daran ändern, dass ich dich hasse, *Guardian*“, murmelte Darius und rollte sich auf den Rücken.

„Erstick meinetwegen dran. Aber halt dich ab sofort von meinen Ländereien fern. Das Gleiche gilt für dich und deine Männer, *Lejf*.“

„Ich hoffe, du hast vor, dich an deine eigenen Forderungen zu halten. Denn wenn nicht …“

Cameron boxte Bowen in die Seite und stieß trotz der Pein, die ihn dabei durchfuhr, ein hämisches Lachen aus, als der *Lejf* sich vor Schmerz zusammenkrümmte. „Hast du schon vergessen, was Aita eben gesagt hat? Wenn auch nur einer von uns den Krieg wieder aufnimmt, bist du und dein verrotteter Stamm Geschichte.“

„Beleidigungen helfen ganz sicher nicht, erneute Kriegshandlungen zu vermeiden.“ Bowen stemmte sich ächzend hoch und taumelte langsam zu seinen Männern. „Ich hoffe, ich sehe keinen von euch jemals wieder.“

„Wenigstens etwas, wobei wir mal einer Meinung sind“, stieß Darius hervor, stolperte zurück auf die Beine und zog sich mit seinen Männern vom Schlachtfeld zurück.

„Cameron?“ Caden ging neben ihm auf die Knie und Cameron rollte sich stöhnend auf den Rücken. „Alles in Ordnung?“

„Eine reichlich bescheuerte Frage, nachdem mich der Vater der Drachen in der Mangel hatte.“

„Und was passiert jetzt?“

Einen Arm über seine Rippen gepresst, stützte Cameron sich schwer auf die Schulter seines Bruders und hievte sich vom Boden hoch. „Genau das, was Aita verlangt hat. Wir werden versuchen, das Beste aus der Scheiße zu machen, die wir uns und allen anderen 200 Jahre lang eingebrockt haben …“

## 2. Kapitel

*Chicago*
*1 Jahr später*

Ihr Körper war in einem alles verzehrenden Feuer gefangen. Es gab kein Entrinnen. Alessa fiel auf die Knie und krümmte sich zusammen. Die Hitze fraß an ihr, zerfraß sie innerlich wie von außen. Rotes Feuer flackerte vor ihren Augen und nahm ihr die Sicht. Ein lautes Knistern, als würden Funken um sie herum explodieren, drang an ihre Ohren und der Geruch verbrennenden Fleisches stieg ihr in die Nase. Es hörte nicht auf, hielt eine gefühlte Ewigkeit an, alle ihre Gedanken verschwammen.

Mit zu Klauen gekrümmten Fingern riss sie an dichten Grasbüscheln. Alessa warf den Kopf in den Nacken und ein markerschütternder Schrei drang aus ihrer Kehle. Ein Laut, der direkt aus ihrer Seele zu kommen schien und sich immer mehr nach dem fauchenden Brüllen eines Tieres anhörte. Zitternd sank sie in sich zusammen, während eine weitere Welle Schmerz über sie hinwegrollte. Das Geräusch von knackenden, berstenden Knochen dröhnte in ihren Ohren und das innere Feuer schmolz ihre zarte Haut. Ihre Gliedmaßen, ihr ganzer Körper dehnte und streckte sich, so dass sie sich vor Pein aufbäumte, herumwarf und ihren Schmerz in den wolkenverhangenen Himmel hinauf schrie. Das Herz pochte heftig in ihrer Brust, sprengte sie beinahe aus Angst vor dem, was mit ihr geschah. Was wieder mit ihr geschah, wie in jeder einzelnen Nacht der letzten vier Wochen. Nur fühlte es sich dieses Mal viel realer an und es gab kein Entkommen. Sie wachte nicht schweißgebadet aus dem Albtraum auf und fand sich in ihrem zerwühlten Bett wieder, bevor die Verwandlung abgeschlossen war.

Der reißende Schmerz in ihrem Inneren ebbte allmählich ab und Alessa ließ sich mit geschlossenen Augen auf den Rücken fallen. Sie wagte nicht, an sich herabzusehen. Aus Furcht vor dem, was sie dann vielleicht zu sehen bekommen würde. Dass sie kein Mensch mehr war, sondern ein atemberaubendes und zugleich furchteinflößendes Wesen, das eigentlich gar nicht existierte. Sie sog mit schnellen hektischen Atemzügen Luft in ihre Lungen, die sich roh und verbrannt anfühlten, und gestand sich ein, dass sie nicht ewig hier auf dem Boden liegen und darauf warten konnte, dass sie endlich aufwachte.

Vorsichtig öffnete sie die Augen, betrachtete die am Himmel aufgetürmten grauen Wolken und sah sie plötzlich über sich – schwarze, seelenlose Augen, die lauernd auf sie herabblickten. Sie wirkten wie schwarze Löcher, die sie verschlingen wollten.

Mit einer schnellen Bewegung rollte sie sich herum, stemmte sich auf alle viere hoch und erwiderte sekundenlang den starrenden Blick. Nach dem Inferno, das nur Sekunden zuvor durch ihren Körper gewütet hatte, fühlte Alessa Kälte in sich aufsteigen. Nie zuvor hatte sie so kalte Augen gesehen – eiskalt und gefühllos.

Als ein Windzug über sie hinwegstrich, Blätter vom Boden aufwirbelte und gegen ihren Körper blies, sah sie unwillkürlich an sich herab. Alessa stockte vor Schreck der Atem. Ihr Leib war mit rotgolden glänzenden Schuppen überzogen. Sie schloss die Augen, atmete tief durch und schüttelte den Kopf.

*Das geschieht nicht wirklich. Es ist alles nur ein Traum,* betete sie sich vor, um die aufsteigende Panik niederzukämpfen.

Sie besaß keinen meterlangen Schwanz, der nervös über den Boden strich, lose Erde, Staub und Blätter aufwirbelte. Und ihre Arme und Hände hatten sich auch nicht in riesige fledermausartige Flügel verwandelt. Schwingen, an deren lange Finger sich spitze – und wie es auf den ersten Blick aussah - rasiermesserscharfe Dornen befanden, mit denen man locker das Dach eines Autos wie eine Dose Pfirsiche öffnen konnte.

*Es gibt sie nicht. Es hat sie niemals gegeben. Drachen sind ein verdammter Mythos.*

„*Glaubst du tatsächlich, nicht hinzusehen, ändert das Unabänderliche?*“, hallte es in ihrem Geist wider und Alessa riss die Augen auf. Seine Stimme klang sanft, verführerisch und dennoch schwang ein gefährlicher Unterton in ihr mit, der die Alarmglocken in ihrem Kopf schrillen ließ.

„*Was passiert mit mir?*“, schrie sie auf, stieß ein wütendes Fauchen gen Himmel aus und richtete den Blick auf die schwarzen Augen über sich. „*Was für eine verdammte Scheiße passiert mit mir?*“

„*Du weißt, was gerade geschehen ist. Glaub an das, was du siehst. Deine Augen belügen dich nicht.*“

Erneut blickte sie über den befremdlichen Körper hinweg, in dem sie gefangen war. Alessa unterzog die rotgolden glänzenden

Schuppen, die ihre Gliedmaßen und ihren ganzen Leib bedeckten, einer genaueren Musterung. Dann hob sie einen Arm, spreizte die Finger und betrachtete kurz den ausgebreiteten Flügel, der in der gleichen Farbe schimmerte wie die Schuppen, ehe sie ihn wieder anlegte und das mächtige Haupt wandte. Ihr Blick wanderte über ihren Rücken hinweg zu dem langen Schwanz, der unruhig über den Boden strich. *„Das ist nicht möglich! Ein Traum. Ein verflucht beschissener Albtraum."*

*„Kein Traum."* Die Augen über ihr begannen zu leuchten. Anfangs war es nur ein Glimmen, das sich langsam verstärkte, bis das satte Schwarz von einem roten, unheilverkündenden Feuer beinahe gänzlich verdrängt wurde. *„Du bist, was dir vorbestimmt ist. Es ist dein Schicksal, gegen das du nicht ankämpfen kannst."*

Alessas Widerstand regte sich. Noch nie hatte sie kampflos aufgegeben. Und sie würde ganz sicher nicht ausgerechnet in einem dämlichen Traum damit anfangen. Der gesichtslose Kerl konnte ihr den Buckel runterrutschen. *„Schicksal? Das soll die Erklärung für … für … für diesen Mist hier sein? Lass dir gefälligst eine bessere Antwort einfallen als diese beknackten Schicksalsphrasen."*

*„Beknackt?"* Ein Lachen hallte durch Alessas Kopf. Es war dunkel, grollend und nicht dazu anregend, fröhlich mit einzustimmen. *„Ganz sicher nicht beknackt. Es ist deine Bestimmung."*

*„Warum? Warum ich?"*

*„Es liegt an deinem Blut. Der Blutlinien, von denen du abstammst."*

*„Meinem Blut?"* Ihre Gedanken überschlugen sich. Sie konnte sich nicht daran erinnern, dass in ihrer Akte des Kinderheims etwas von eventuell vererbtem Wahnsinn gestanden hatte. Aber das hatte nichts zu bedeuten bei einem fett unterstrichenen: *Eltern unbekannt*. Außerdem, selbst wenn ihre Eltern bekannt gewesen wären: Wer würde schon offen zugeben, verrückt zu sein? Sie selbst bildete da keine Ausnahme.

Stress … ja genau, Stress musste die Ursache für diesen absurden Albtraum sein. Einem Albtraum von mehreren Dutzend wohlgemerkt. Trotzdem konnte der Spinner in den Wolken so lange von Bestimmung faseln, wie er wollte.

*„Du glaubst mir nicht?"*

*„Erraten. Und jetzt … husch, husch … ab in den Wandschrank, wo kleine böse Monster hingehören. Du kannst mich nicht er-*

*schrecken. Denn du bist wie alles hier nichts weiter als eine Ausgeburt meiner Fantasie, gehörst zu einem verrückten Traum, den ich nach einer kalten Dusche und einer großen Tasse Kaffee längst vergessen haben werde.“*

„*Wie kannst du es wagen, dich über mich lustig zu machen?*“, kam es mit einem wütenden Fauchen.

Scheinbar strapazierte sie seine Geduld. Doch das scherte Alessa wenig. Sie drehte sich einmal im Kreis, machte erste, anfangs unbeholfene Schritte in ihrer neuen Gestalt, bis sie sich an sie gewöhnt hatte, und probierte aus, wozu sie alles in der Lage war.

Problemlos schälte sie mit der Daumenklaue die Rinde von einem Baumstamm und fand ihre Vermutung bestätigt: rasiermesserscharf. Dann rieb sie ihren riesigen Leib, der von der Verwandlung noch immer prickelte, an einem zweiten Baum, der recht robust aussah. Aber offensichtlich war er das nicht. Denn sowie sie sich dagegen lehnte, kippte er mit einem lauten Knirschen um und krachte zu Boden.

Erschrocken sprang sie zurück und blickte verblüfft erst auf den entwurzelten Baum, dann auf einen kleinen grünen Frosch, der ruhig auf einem Stein hockte und ihr einen tadelnden Blick zuwarf. Seit wann konnten Frösche so gucken? In verrückten Träumen, rief sie sich in Erinnerung, musste tatsächlich alles möglich sein.

Alessa wandte sich von dem entrüsteten Lurch ab und neugierig einem Busch mit lilafarbenen Blüten zu. Wenn sie in einem Traum Schmerzen spürte, würde sie dann auch den Duft von Blumen wahrnehmen? Sie reckte den Hals, schnupperte und sog etwas zu tief die Luft ein. Blüten wirbelten durch die Luft, flogen ihr ins Gesicht und in die Nasenlöcher, so dass sie kräftig niesen musste. Als Alessa erneut zu dem Busch sah, war dort nur noch blattloses, qualmendes Gestrüpp zu sehen. Und der Frosch … verdrehte der etwa gerade die Augen?

„*Wow! War ich das?*“

„*Was denkst du denn? Ich habe den Busch jedenfalls nicht mit einem Niesen in Asche verwandelt. Und jetzt genug herumgealbert, kommen wir noch einmal zurück zu deiner Bestimmung …*“

„*Interessiert mich nicht.*“

„*Wie bitte?*“ Er klang ungläubig, beinahe fassungslos. „*Es interessiert dich nicht? Es hat dich aber zu interessieren, schließlich bist du …*“

*„Ja, ja … schon klar. Ich bin ein Drache."* Für ein Geschöpf von ihrer Größe lief Alessa leichtfüßig auf einen kleinen See zu, hielt am Ufer inne, legte den Kopf schief und beäugte kritisch ihr Spiegelbild in der glatten Oberfläche. *„Und ein echt hübscher noch dazu. Diese glänzend roten Schuppen stehen mir. Hätte ich nicht gedacht."*

*„Rotgolden."*

*„Rotgolden? Klingt edel."*

*„Das ist es auch. Du bist etwas ganz Besonderes. Einzigartig. Du bist dazu auser…"*

Alessa begutachtete sich weiter neugierig in der spiegelnden Wasseroberfläche und schenkte ihm keine weitere Beachtung. Sie war ganz sicher nicht selbstverliebt oder bildete sich auf ihr Äußeres viel ein. Aber sich selbst in Drachengestalt zu sehen, war doch etwas Ungewöhnliches. Ihr Körper wirkte trotz seiner Größe keineswegs plump, vielmehr schlank und grazil. Ihr Gesicht war schmal und wies deutlich femininere Züge auf als die der meisten Drachen aus den Videospielen, Filmen und Büchern, die sie kannte. Und diese in sich gedrehten Dornen im Stirn- und Kopfbereich … äußerst interessant. Die Dornen konnte man sicherlich auch gut als Waffe einsetzen. Vielleicht waren sie auch vollkommen nutzlos und dienten nur zur Zierde. Oder …

*„Hörst du mir überhaupt zu?"*

*„Ähm …"* Alessa zog ertappt eine Grimasse und zuckte dann mit den Schultern. Wieso lügen? *„Nö."*

*„Dann hör mir JETZT zu"*, setzte er erneut an. Seinem Tonfall war anzuhören, dass er langsam aber sicher die Geduld mit ihr verlor. *„Du bist …"*

*„Nein. DU hörst MIR zu!"* Alessa wandte ihren Kopf abrupt in Richtung der schwarzen Augen. *„Es interessiert mich einen Scheiß, was mir angeblich vorherbestimmt ist. Das alles hier … die Verwandlung und das Gespräch mit Augen, die mich vom Himmel aus anstarren … sind nicht echt. Es ist einfach nur ein Traum. Ich bin Alessa Martin, nicht verrückt und bestimme mein Schicksal selbst. Ich gehöre nur mir!"*

*„Falsch! Du gehörst mir und kannst mir nicht entkommen. Jetzt nicht mehr. Sehr bald schon gehörst du mir, Alessa Martin."* Erneut tauchte dieses rote Glühen in den Augen auf. Und dann begannen sich nach und nach Umrisse eines Gesichts in den Wolken abzuzeichnen.

Alessa kehrte dem See den Rücken zu und beobachtete die sich verändernde Erscheinung. Auch wenn ihr Gesprächspartner ihr nicht sonderlich sympathisch war, so wollte sie dennoch wissen, zu wem diese furchteinflößenden Augen gehörten. Immer weiter nahm das Gesicht Gestalt an. Und dann war da noch … ein Klingeln?

Alessa schüttelte das mächtige Haupt, konnte damit das Geräusch aber nicht aus ihrem Kopf vertreiben. Ebenso wenig vermochte sie seine Worte abzuschütteln: *„Du gehörst mir. Sehr bald gehörst du mir …"*

„Niemals!", schrie Alessa, ruckte in ihrem Bett erschrocken auf, warf sich herum und verschwand samt Decke über die Bettkante hinweg. Dumpf prallte sie auf den flauschigen Bettvorleger und blieb benommen liegen.

„Was für ein beschissener Traum", brummte sie vor sich hin und zog eine Grimasse, weil etwas Hartes sich in ihre Hüfte bohrte. Mit einem Ächzen schob sie sich auf die Knie, schnappte sich den funkgesteuerten Controller und warf ihn mit einem deftigen Fluch auf die Matratze. Er prallte von ihr ab und segelte in Richtung des überdimensionalen Bildschirms, der sich zwischen den beiden Pfosten am Fußende des Bettes befand und auf dem das Standbild eines feuerspeienden roten Drachen mit weit ausgebreiteten Flügeln zu sehen war. Alessa stieß erleichtert den Atem aus, als der Controller direkt vor dem Monitor wieder auf die Matratze plumpste und dieses Mal liegen blieb.

Es wäre nicht der erste Bildschirm gewesen, den sie mit einem von sich geschleuderten Controller außer Gefecht gesetzt hätte. Sehr zu Garwins Leidwesen, der ihr dann jedes Mal einen neuen besorgen musste und mit dem für ihn so typischen missbilligenden Blick aufstellen würde.

Sie hievte sich vom Boden hoch, richtete ihren Blick wieder auf das Standbild und schüttelte den Kopf. Kein Wunder, dass sie in den letzten Nächten von ständig wiederkehrenden Albträumen heimgesucht wurde. Es lag an dem Spiel, das sie noch nicht beendet hatte, weil sie es nicht schaffte, den Endgegner zu besiegen. Einen Endgegner, den sie schlichtweg nicht ausfindig machen konnte. Wie sollte man auch gewinnen, wenn man nicht einmal wusste, wogegen man kämpfen musste? *Verfluchtes Spiel!*

Das nervtötende Klingeln, das sie schon aus dem viel zu realen Albtraum gerissen hatte, setzte erneut ein. Alessa schob sich die wirren Haare aus dem Gesicht, sah sich nach ihrem Handy um und lief mit einem resignierten Seufzen zur Kommode neben der Schlafzimmertür. Es gab nur eine einzige Person, die am Telefon niemals aufgab, bis sie sie erreicht hatte. Auch wenn das hin und wieder bedeutete, dass sie die Wahlwiederholungstaste zum Glühen bringen musste. Apropos Glühen …

Alessa fächelte sich mit einer Hand Luft zu, weil es in ihrem Zimmer stickig heiß war. Viel zu heiß. Garwin musste sich unbedingt um die defekte Klimaanlage kümmern.

Sie schnappte sich ihr Handy von der Kommode und knurrte unwirsch in den Hörer: „Was gibt es, Jules?"

„Huiii … du bist ja gut drauf", zwitscherte Jules mit so einer beneidenswerten Unbekümmertheit, dass Alessa sich ein Schmunzeln nicht verkneifen konnte. „Was hat er jetzt wieder angestellt?"

„Von wem redest du?"

„Von deinem Mitbewohner Garwin natürlich."

„Er hat nichts getan, sitzt wahrscheinlich noch immer in seinem Arbeitszimmer. Ich bekomme ihn seit Wochen nur noch zu den Mahlzeiten, zu Besprechungen wegen der Spiele und unserem gemeinsamen Training zu sehen."

„Dein Wachhund ist abgelenkt und dann hast du dich nicht ein einziges Mal bei mir gemeldet, damit wir durch die Nachtclubs ziehen können?" Jules klang aufrichtig empört. Alessa zog eine leidende Grimasse. Sie musste sich schnell etwas einfallen lassen, um Jules abzulenken. Sonst würde sie sich in ihre Tirade noch hineinsteigern.

„Weswegen rufst du eigentlich mitten in der Nacht an?", wollte sie wissen. Eine unverfänglichere Frage fiel ihr auf die Schnelle nicht ein.

„Mitten in der Nacht? Es ist schon nach 9:00 Uhr!"

Alessa rieb sich über die Augen. Kein Wunder, dass ihr Hirn noch untertourig arbeitete. Sie stand zwar aufrecht, war aber meilenweit davon entfernt, wach zu sein. Alessa sah zum Digitalwecker, der auf dem kleinen Nachtschrank neben ihrem Bett stand. Tatsächlich, 9:05 Uhr. Normalerweise standen Garwin und sie – wenn sie nicht mal wieder die Nacht durcharbeiteten - nicht vor 10:00 Uhr auf. Wenn überhaupt. Und Jules wusste das. Warum also …?

„Du hast ihn vergessen, oder?"

„Ich habe absolut keine Ahnung, wovon du sprichst, Jules. Was natürlich daran liegen könnte, dass ich maximal fünf Stunden Schlaf bekommen habe. Also komm endlich auf den Punkt."

„Ich spreche von unserem Mädelsabend, zu dem wir uns verabredet haben. Der ist heute. Hätte ich mir ja denken können, dass du ihn vergisst."

Alessa schloss kurz die Augen. Sie hatte tatsächlich vergessen, dass sie mit Jules verabredet war. Dabei waren ihre Treffen immer eine willkommene Ablenkung vom Alltag und Fluchtmöglichkeit vor Garwins überentwickeltem Beschützerinstinkt, den er ihr gegenüber an den Tag legte. Und das, obwohl ihr gemeinsames Zuhause eigentlich mehr als genug Ausweichmöglichkeiten bot.

Fast drei Jahre war es her, dass sie die alte, leer stehende Feuerwache am Stadtrand von Chicago für einen Spottpreis von der Stadt gekauft hatten. Sie hatten das Haus umgebaut, es wohnlich gemacht und nach ihrer beider Geschmack eingerichtet. Die Feuerwache bot ihnen beiden ausreichend Platz und sie teilten sich lediglich die großzügige, offene Küche im Erdgeschoss.

„Aaaalso …", setzte Jules an, „… ich habe mir überlegt, dass wir später ins *The Bourne's* gehen könnten. Vorher ein klein wenig Fitness-Training im Studio, danach vielleicht noch ins Kino und … was sich eben so ergibt."

„Das ist doch kein Mädelsabend, sondern ein ganzer Tag, den du da verplant hast. Und warum willst du mich ins Studio schleppen?" Alessa trainierte regelmäßig mit Garwin im Fitness-Studio oder der Kampfsportschule, die sich direkt darüber in der zweiten Etage befand. Wenn er sich nicht gerade in seinem Allerheiligsten – seinem Arbeitszimmer – verkroch.

Statt auf ihre Frage einzugehen, plapperte ihre Freundin munter weiter. „Zieh die engen Hotpants und irgendwas Bauchfreies zum Training an. Oh … und vergiss nicht, dir die Beine zu rasieren …" Jules kicherte vergnügt.

Daher wehte also der Wind. Jules versuchte schon eine Weile, sie zu verkuppeln. Mit Männern aus dem Freundeskreis ihres Verlobten hatte sie angefangen und war irgendwann dazu übergegangen, ihr alles schmackhaft machen zu wollen, was männlich war, auf zwei Beinen lief und nicht nur den IQ eines nassen Kieselsteins hatte.

Aber bisher war jedes Mal nichts daraus geworden, weil irgendetwas schief lief oder der berühmte Funke bei ihr nicht übersprang. Inzwischen war ihre Freundin bei ihren Kuppelversuchen deutlich wählerischer geworden. Und wie es schien, hatte sie im Studio das nächste potentielle *Opfer* entdeckt.

Alessa stieß geräuschvoll Luft aus, weil Jules einfach nicht aufgeben wollte, nach dem in ihren Augen perfekten Mann für Alessa zu suchen. Einen, für den sie sich, ohne zu zögern, die Klamotten vom Leib reißen und den sie in ihr Bett ziehen würde, um schweißtreibenden Sex mit ihm zu haben.

„Jules …“ In ihrer Stimme schwang eine deutliche Warnung mit.

„Ach komm schon. Ich verspreche dir, du wirst es nicht bereuen. Außerdem … gegen eine heiße Nacht mit einem hammermäßigen Typen ist nichts einzuwenden, selbst wenn es am Ende nicht mehr als das wird. Worauf willst du noch warten? Du lebst nur einmal.“

Ein gutes Argument. Das Problem war und blieb noch immer die kleine Stimme in ihrem Kopf, die sie davon abhielt, sich in eine unverbindliche Affäre zu stürzen. Das letzte Mal, als sie sie ignoriert hatte, wäre es beinahe in einer Katastrophe geendet. Und trotzdem …

„Okay“, gab sie sich geschlagen. Alessa nickte zustimmend, obwohl Jules sie nicht sehen konnte. „Gib mir Zeit für eine Dusche und eine Tasse Kaffee … oder vielleicht doch besser zwei, drei Tassen. Danach kannst du mich ins Studio schleifen und ich schaue mir den Typen aus der Nähe an.“

„Genau das wollte ich von dir hören, Sweetheart. Ich verspreche dir, du wirst von ihm begeistert sein.“

„Wehe, wenn nicht“, drohte Alessa ihrer Freundin scherzhaft, bevor sie das Gespräch beendete und in das geräumige Badezimmer ging, das direkt an ihr Schlafzimmer grenzte.

Nach dem Duschen starrte Alessa in den vom Wasserdampf beschlagenen Spiegel über dem Waschbecken und streckte die Zunge raus. Sie hatte in den letzten Nächten eindeutig zu wenig Schlaf bekommen. Die dunklen Schatten unter den Augen waren selbst in dem fast blinden Spiegel zu erkennen.

Alessa hob eine Hand und wischte das Kondenswasser von der glatten Oberfläche. Obwohl sie das gleiche Bild wie jeden anderen Tag in den letzten Wochen und Monaten im Spiegel sah, fühlte es sich für sie an, als hätte sie sich verändert.

Noch immer strahlten ihr tiefblaue Augen aus einem schmalen Gesicht entgegen, das von schulterlangen lockigen Haaren in einem ungewöhnlichen Naturton umrahmt wurde. Von hellem Blond über Goldblond bis hin zu rötlichen Tönen reichten die Schattierungen, mit denen sie von Natur aus bedacht worden war – nicht alltäglich eben. Und natürlich die dünne, blasse, kaum noch sichtbare Narbe, die sich in einem fast schon elegant zu nennenden Bogen von ihrer rechten Augenbraue über die Wange zum Kinn zog. Das Andenken an das rückblickend wenig erinnerungswürdige Intermezzo mit Ben von vor sechs Monaten. Der Tag, an dem sie die Stimme in ihrem Kopf hartnäckig ignoriert hatte.

Ben und sie wären beinahe umgekommen, als sie sich während einer Party in das Poolhaus auf dem Anwesen seiner Eltern geschlichen hatten, um dort miteinander Sex zu haben. Nur wurde daraus nichts. Ihr erstes Mal, oder besser das Poolhaus, löste sich in Rauch auf – im wahrsten Sinne des Wortes.

Ein Schauer lief über ihren Rücken, als sie daran dachte, was beinahe geschehen war. Wie in einem wilden Rausch war sie dabei gewesen, Ben die Klamotten vom Körper zu zerren, als ein alles verschlingendes Feuer ausbrach. Von meterhohen Flammen eingeschlossen, hatten sie nicht die geringste Chance gehabt, der Feuersbrunst zu entkommen.

Und dann war plötzlich Garwin wie aus dem Nichts aufgetaucht, hatte Ben und sie vom Boden des Hauses hochgezogen und vor den gierigen Flammen gerettet, bevor die explodierenden Propangasflaschen das Poolhaus auseinanderrissen. Dass sie in jener Nacht lediglich eine Schnittverletzung davongetragen hatte, weil sie von einem scharfkantigen Stück Blech im Gesicht getroffen worden war, und nicht in dem Inferno umkam, war pures Glück gewesen.

Garwin hat im Nachhinein kein Wort über die Geschehnisse an jenem Tag verloren. Aber sie wusste, er hatte sie nicht vergessen und konnte sie aus einem für Alessa unerfindlichen Grund auch nicht hinter sich lassen.

Sie stieß mit einem tiefen Seufzen den Atem aus und ließ das Handtuch auf den Boden fallen, um in ein Höschen und einen BH zu schlüpfen. Machte sie sich nur selbst etwas vor, wenn sie so tat, als wäre alles in Ordnung und so wie immer? Äußerlich war es das ja auch. Aber nicht in ihrem Inneren. Tief in ihr drin hatte sich etwas in den letzten Wochen und Monaten verändert, von dem sie keine Ahnung hatte, was es war. Es fühlte sich an, als würde sich etwas in ihrem Inneren bewegen – unruhig und ziellos. Fast wie der Drachenschwanz, den sie in ihrem Traum hinter sich hergezogen hatte.

Ob Garwin diese Veränderung an ihr ebenfalls spürte? Sah er sie deswegen immer häufiger mit diesem unergründlichen Blick an? Nein. Sie verwarf den Gedanken gleich wieder. Ihre Bindung zueinander war zwar eng und sie schienen immer genau zu wissen, wann es dem anderen schlecht ging oder er Hilfe brauchte. Aber das lag ausschließlich daran, dass sie einander in- und auswendig kannten, weil sie zusammen im Kinderheim aufgewachsen und seitdem unzertrennlich waren.

Alessa schüttelte die trüben Gedanken ab und schlüpfte in eine Jeans und ein knallrotes T-Shirt, das sich eng an ihre weiblichen Kurven schmiegte. Danach verließ sie ihr Badezimmer und lief eilig die Treppe hinab. Jules würde bestimmt jeden Moment hier sein, um sie abzuholen.

Alessa machte es sich auf der Anrichte in der in Schwarz, Weiß und Silber eingerichteten Hightech-Küche gemütlich, ließ die Beine baumeln und beobachtete ihre Freundin. Jules hob ächzend ihre übergroße Tasche auf den Arbeitsblock, der den Mittelpunkt der Küche bildete, und stieß erleichtert den Atem aus. Dann strich sie sich eine schwarze Haarsträhne ihres kurzen frechen Bobs aus dem Gesicht und kramte geschäftig in der Tasche herum. Sie wühlte sich an ihrem Sportdress vorbei, einem prall gefüllten Kosmetikbeutel und einigem anderen Krimskrams, den sie vielleicht irgendwann einmal benötigen könnte. Alessa vermutete mit einem breiten Grinsen, dass Jules einen Großteil ihres Hausstands in der Tasche mit sich herumtrug. Damit könnte sie wahrscheinlich problemlos 14 Tage in der Wildnis überleben.

Jules förderte eine prall gefüllte Papiertüte zu Tage, schob ihre Tasche beiseite und stieß dabei fast Garwins neueste Errungenschaft von der Arbeitsfläche – einen silberfarbenen Wifi Wasserkocher, den man sogar vom Bett aus einschalten konnte. Alessa benutzte weder den Wifi Wasserkocher noch die ganzen anderen unnützen Geräte, die ihr Freund in den letzten Jahren angeschleppt hatte. Wenn er den Kochlöffel schwang, was nicht besonders häufig geschah, dann wollte er den Komfort einer top eingerichteten Küche genießen – seine Worte. Sie brauchte fürs Kochen nur das Telefon und die Menükarte ihrer Lieblingspizzeria.

„Hmmm …“ Mit geschlossenen Augen atmete Alessa tief ein. „Rieche ich da etwa Schoko-Croissants?“ Die Frage hing noch in der Luft, als sie sich auch schon die Tüte aus der Hand ihrer Freundin schnappte und ein mit Schokolade gefülltes Gebäckstück herausfischte. In Nullkommanichts verschwand das Croissant in ihrem Magen. Und wenigstens zwei seiner Freunde würden innerhalb der nächsten Minuten folgen, nahm sie sich vor, als sie bemerkte, wie Jules sie neugierig musterte. „Ist was?“

„Was soll schon sein? Außer, dass du in der letzten Zeit offenbar so gut wie gar nicht geschlafen hast.“

Alessa winkte ab und biss herzhaft in das nächste Croissant. „Bin im Moment bloß etwas eingespannt“, gab sie kauend zurück. „Das gibt sich bald wieder, sobald Garwin die letzten Fehler im Spiel ausgemerzt hat.“ Sie trank einen Schluck Kaffee, spülte den letzten Bissen des Croissants herunter und räumte mit gerunzelter Stirn ein: „Fehler, die ich erst einmal alle finden muss. Was sich aus irgendeinem unerfindlichen Grund bei *Wild Dragon Hunt* als ziemlich schwierig erweist.“

„Garwin spannt dich in den letzten Monaten ganz schön ein. Außerdem beschränkt er deinen Freiraum auf ein Minimum. Genauer gesagt, seit dem Vorfall mit Ben. Ist dir das noch nicht aufgefallen oder willst du es nicht sehen?“

Und ob sie es bemerkt hatte. Alessa drehte die Tasse zwischen ihren Händen und starrte in die tiefschwarze Flüssigkeit, um ihrer Freundin nicht ins Gesicht sehen zu müssen. „Er versucht, es sich nicht anmerken zu lassen. Aber ich denke, Garwin gibt sich die

Schuld, dass ich verletzt worden bin und er es nicht verhindern konnte."

„Das ist doch bescheuert. Es war ein Unfall. Und außerdem hat er dir und Ben das Leben gerettet."

„Sehe ich auch so." Alessa zuckte mit den Schultern, trank den letzten Schluck Kaffee und stellte die Tasse beiseite. Dann hüpfte sie von der Arbeitsplatte und schenkte ihrer Freundin ein kleines Lächeln. „Wollten wir nicht ins Fitness-Studio? Und wehe, du hast mir so einen aufgepumpten Vollpfosten ausgesucht, der nicht mal seinen eigenen Namen buchstabieren kann. Bei so einem Typen gehen mir innerhalb von Minuten die Gesprächsthemen aus."

„Wer redet davon, dass du dich mit ihm unterhalten sollst?" Jules zwinkerte ihr spitzbübisch zu und Alessa verdrehte die Augen gen Decke. „Solange er es im Bett bringt, ist alles erste Sahne. Dabei braucht es keine hochtrabende Konversation. Es geht nur um Sex – erschöpfend, entspannend und hoffentlich herrlich tabulos." Jules spitzte die Lippen, reckte das Kinn vor und richtete sich kerzengerade zu ihren einsfünfundsechzig auf, um auf Alessa hinabzuschauen. Ein unmögliches Unterfangen, da Alessa selbst in barfüßigem Zustand ihre Freundin um knapp zehn Zentimeter überragte. „Und wehe, du versuchst zu kneifen. Wird Zeit, dass du dein Leben lebst und dich mit echten Männern abgibst. Und nicht mit diesen unechten Videospielcharakteren, mit denen du dich tagein tagaus beschäftigst."

„Das ist mein Job, Jules", erinnerte Alessa ihre Freundin. „Ich bin Videospieletesterin und mir gefällt der Job. Im Übrigen wird er auch sehr gut bezahlt."

Jules schnaufte missmutig und verschränkte die Arme vor ihrer Brust. „Du verschwendest deine Zeit damit. Der Job mag zwar gut bezahlt sein, aber du lässt dich davon zu sehr vereinnahmen. Es gibt noch mehr und weit wichtigere Dinge, als in einer virtuellen Scheinwelt Drachen zu jagen."

„Zum Beispiel Kerle aufreißen?" Ihre Freundin kniff die Augen zu Schlitzen zusammen und wollte zu einer Erwiderung ansetzen, doch Alessa kam ihr zuvor. „Ich gebe ja zu, dass ich mein Liebesleben in der letzten Zeit etwas vernachlässigt habe."

„In der letzten Zeit?" Jules stemmte entrüstet ihre Hände in die Hüften. „Du bist eine verdammte Jungfrau. Und das mit fast 25. Das ist alles andere als normal." Sie neigte sich vor und stupste Alessa mit geballter Faust gegen die Schulter. „Wenn ich mir über etwas sicher bin, dann darüber, dass du mehr als reif bist, endlich flachgelegt zu werden. Seit einer Ewigkeit schon."

„Als dauerrossige Sattelquetscherin sprichst du da natürlich aus Erfahrung …" Alessa trat mit einem breiten Grinsen den Rückzug an und verließ eilig die Küche, als Jules geräuschvoll nach Luft schnappte. Immer zwei Stufen auf einmal nehmend lief sie die Treppe in das obere Stockwerk hinauf.

„Ich bin keine Sattelquetscherin, sondern Dressurreiterin. Und schon gar nicht dauerrossig!", brüllte ihre Freundin ihr entrüstet nach und entlockte Alessa ein herzhaftes Lachen, während sie die Tür zu ihrem Zimmer aufstieß.

„Würde mich mal interessieren, was Steven zu dem Thema zu sagen hat", rief Alessa aus ihrem Zimmer, stopfte ihre Sneakers in eine Sporttasche und holte ein Paar Socken aus der Kommode. Sie ließ sich auf das Bett plumpsen und streifte sie über ihre Füße, als sie von der offenstehenden Tür aus angesprochen wurde. „Dann bin ich eben dauerrossig." Jules lehnte am Türrahmen und sah mit einem schiefen Grinsen auf sie hinab. „Und Steven findet das übrigens hammermäßig. Ich bin eine Frau ganz nach seinem Geschmack. Zu jeder Schandtat bereit, wenn es um ein bisschen Spaß im Bett geht. Dagegen ist schließlich nichts einzuwenden."

Alessa musterte ihre Freundin sekundenlang stumm, ehe sie mit einem leichten Lächeln zustimmend nickte. Es war tatsächlich an der Zeit, sogar längst überfällig, dass sie sich ein aufregenderes Leben holte. Ein Leben, von dem Garwin sie bisher erfolgreich ferngehalten hatte, indem er sie mit Arbeit überschüttete.

## 3. Kapitel

*Hasyra*
*Darkmoore Castle*

Darius atmete tief durch, bevor er seine Augen öffnete, mehrmals blinzelte und zum schwarzen Stoffhimmel über dem Kingsize-Bett sah. Die Samtvorhänge zwischen den vier Pfosten waren geschlossen und ließen nicht einmal den winzigsten Lichtstrahl zu ihm durch. Dennoch erkannte Darius jedes noch so kleine Detail in der Dunkelheit um sich herum – den Schwung der schweren Stoffbahnen, die meisterlichen Verzierungen an den Pfosten, selbst die beiden kleinen Vögel, die sich in sein Schlafgemach verirrt hatten, und nun dicht zusammengedrängt in einer Ecke des Baldachins hockten.

Er streckte einen Arm Richtung Betthimmel aus, ballte langsam die Hand zu einer Faust und entzog den unglückseligen Vögeln ihre Lebenskraft. Geräuschlos fielen sie auf das dünne Laken, das seinen Körper bedeckte. Pure, unverfälschte schwarze Magie, die nicht mit dem Abklatsch der letzten Jahrzehnte vergleichbar war, pulsierte durch seinen Körper.

Lag es an Alessa, ihrer Abstammung und daran, dass er sie aufgespürt hatte, weswegen seine Kräfte so rapide zugenommen hatten? Mit Sicherheit konnte er es nicht sagen, aber die Vermutung lag nahe. Denn genau in dem Moment, als sie sich als das offenbarte, was sie wirklich war, raste unbändige Macht durch seine Adern.

Das Gerücht, es gäbe einen Abkömmling des Königsgeschlechts, der dem verheerenden Krieg entkommen war, hatte sich über Jahrzehnte hinweg gehalten. Und für eine lange Zeit hatte er es für eine Legende gehalten, die einzig dazu diente, die Hoffnung auf Frieden unter der leidgeplagten Bevölkerung aufrechtzuerhalten. Einen Frieden, den er bald herbeizuführen beabsichtigte – mit sich selbst als Herrscher. Doch dafür brauchte er sie, Alessa.

Er hätte nicht gedacht, dass es der ihm unbekannte Jungdrache sein würde, der ihn zu ihr führen würde. Viel zu unerfahren und nicht in der Lage, sich vollständig vor ihm abzuschirmen, konnte Darius einem Schatten gleich in dessen Träume eindringen und hatte ihn neugierig beobachtet. Dieser *Lejf* hatte etwas an sich, das ihn auf unerklärliche Weise magisch anzog. Und dann hatte er *sie* in seiner Nähe entdeckt.

Anfangs hatte er Alessa nur als einen geschlechtslosen Schatten, ein nebelhaftes Gespinst wahrgenommen, das dem *Lejf* folgte. Nicht greifbar und keine Möglichkeit zur Kommunikation. Aber nachdem ihre Kräfte aus ihrem tiefen Schlummer erwacht waren, wurde ihr Geist von jeglichen Zwängen befreit. Zumindest im Schlaf wagte Alessa sich in bis dahin nie gekannte Sphären vor, weil sie unbewusst nach ihresgleichen suchte.

Gemächlich setzte Darius sich im Bett auf, schob den Vorhang beiseite und sah durch das offenstehende Fenster nach draußen. Eine Herde Rinder weidete auf der Ebene vor seiner Festung. Sie waren viel größer und doppelt so breit wie Pferde oder die kurzbeinigen und trotzdem wendigen Cevaloren, die seine Gefolgsleute ohne magische Kräfte als Reittiere nutzten. Aber das mussten sie auch sein, denn Drachen brauchten viel Fleisch, um satt zu werden. Und diese Behias hatten eine Menge davon auf den Rippen.

Er richtete seinen Blick gen Himmel und verschränkte die Arme vor der Brust. Zwar dämpfte eine dichte Wolkendecke das Licht der Sonne und ließ die Umgebung trüb und grau erscheinen. Doch für ihn war es ein wundervoller Tag. Denn noch bevor der nächste Morgen aufzog, würde er seinen Anspruch auf Alessa geltend machen. Sie war alles, was er benötigte, um den Thron zu besteigen und die *Mageia* zum Königsgeschlecht zu erheben. Er allein würde das Ziel erreichen, an dem sein Vater jämmerlich gescheitert war, als er vor über 200 Jahren in den Krieg zog. So wie er bei fast allem in seinem Leben gescheitert war.

Dawyd Darkmoore hatte es nicht geschafft, auch nur eine der vier Frauen zu halten, die er sich eingefangen hatte. Weil er jeden erdenklichen Fehler gemacht hatte, den man nur machen konnte. Eine Drachin durfte man nicht brechen, dann verlor sie den Lebenswillen.

Jede von Dawyds Frauen war aus ihrer brutalen Gefangenschaft entkommen. Entweder hatten sie sich das Leben genommen oder aber ihr Lebenswille war derart gebrochen, dass sie bei der Geburt ihrer Kinder starben, zusammen mit ihren Neugeborenen. Auch seine Mutter war auf diese Weise aus dem Leben geschieden und hatte seine nur wenige Minuten alte Schwester mitgenommen. Eine mit dem Tod erkaufte, teure Freiheit. Bis heute hatten

Cameron und Caden seinem Vater nicht vergeben – denn seine Mutter war eine *Guardian* und ihre Tante gewesen.

Darius mahlte mit den Kiefern und kniff die Augen zu, als Erinnerungen in ihm aufstiegen, die er nicht auslöschen konnte. Ein eisiger Schauer lief über seinen Rücken und er schüttelte den Kopf. Sein Herz pochte heftig in seiner Brust, riss sie vor Schmerz beinahe auseinander. Darius wollte nicht an die Frau denken, die sich weggestohlen und ihn bei einem grausamen Vater allein zurückgelassen hatte. Der sich von Mal zu Mal härtere Strafen für seine Fehler ausgedacht hatte - von väterlicher Zuneigung keine Spur. Er neigte den Kopf zur Seite, hielt die Augen weiterhin geschlossen und atmete mehrmals tief durch, bis sich sein Herzschlag normalisierte. Darius beschwor eine weitere Erinnerung herauf. Die einzige, die ihm half, den Schmerz in ihm verblassen zu lassen, wann immer er an seine Kindheit und Jugend zurückdachte.

Die Zeit mit Neela war viel zu kurz gewesen. Aber er würde es sich zurückholen - dieses Glücksgefühl, das die Eiseskälte in seinem Inneren auslöschte. Dieses Mal für immer. Indem er alles schaffte, wozu sein Vater nicht in der Lage gewesen war. Nichts und niemand würde ihn davon abhalten.

Er würde dafür sorgen, dass Alessa ihm gehörte, sie ihm nicht widerstehen und erst recht nicht verlassen konnte. Und mit ihr an seiner Seite, einem weiblichen *Imperial Sway*, würde er über alle Drachenstämme herrschen.

Ein träges Lächeln spielte um seine Mundwinkel, als er daran dachte, dass das Schicksal hin und wieder seltsame Wege ging. Ausgerechnet er, der wohl am wenigsten an die Legende geglaubt hatte, war es, der ihn finden sollte. Den einzigen Drachen … Nein, *die* einzige Drachin, die den Feindlichkeiten ein Ende setzen konnte. Nun hieß es nur noch, seine Widersacher lange genug abzulenken, damit er Alessa Martin zurück in ihre Heimat bringen und Anspruch auf sie erheben konnte, bevor es ein anderer tat.

*Guardian-Gebiet*

Cameron lief am Waldrand entlang zurück zur Festung. Ein Jahr war es nun her, dass Aita das Ende des Krieges befohlen hatte. Sie alle hatten sich an seine Forderung gehalten und Konfrontationen gemieden, auch wenn die Feindseligkeiten zwischen den Clans damit nicht ausgelöscht wurden.

Sein Blick wanderte von einem Baumstamm zum nächsten, auf der Suche nach einem Zeichen. Inzwischen müssten sich viel deutlichere Hinweise finden lassen, dass Hasyra sich vom Krieg erholte. Nicht nur hier und dort ein Büschel Gras mehr. Ein Kloß bildete sich in seinem Hals und machte ihm das Schlucken schwer, während er einen weiteren Baumstamm betrachtete. Die Rinde wies starke Risse und Verletzungen von Drachenklauen auf, wirkte ungesund. Waren sie zu spät zur Besinnung gekommen? Der Schaden zu groß, den sie angerichtet hatten?

Sein Blick wanderte zur Seite und blieb an einem Strauch hängen, dessen Zweige den Baumstamm streiften. Ihm stockte der Atem, als er mehrere kleine Knospen entdeckte. Das erste sichtbare Zeichen, dass sich Hasyra tatsächlich von den erlittenen Strapazen des langjährigen Krieges erholte.

Vorsichtig berührte er eine längliche Blattknospe und Erleichterung durchströmte ihn, als er die zarten Blättchen an seiner Fingerkuppe spürte. Der Kloß in seinem Hals löste sich auf und Cameron stieß den Atem aus, von dem er nicht einmal gemerkt hatte, dass er ihn angehalten hatte. Es war nicht zu spät gewesen. Aita hatte sie rechtzeitig zur Besinnung gebracht.

Cameron lief über einen ausgetretenen Fußweg zur Zugbrücke und sah über die abfallende Ebene, die ihm mit einem Mal nicht mehr so trostlos und grau erschien. Er ging in die Hocke und strich mit geschlossenen Augen mit der flachen Hand über den unebenen Boden. Der Boden hatte ebenfalls angefangen, sich zu erholen. Er konnte spüren, wie sich Gräser und Farne durch die harte Erde ans Licht kämpften. Sie befanden sich direkt unter der Oberfläche, kitzelten beinahe seine Handfläche.

Cameron öffnete die Augen, betrachtete verwundert die vereinzelten Grasbüschel, die in saftigem Grün auf der zuvor so lange Zeit unfruchtbar gewesenen Erde wuchsen. Unfruchtbar, weil nicht Regen, sondern Blut, Hass und Verzweiflung über Jahrzehnte hinweg den Boden getränkt hatten. Seine Heimat, jene aus seinen Erinnerungen, erwachte tatsächlich zu neuem Leben. Das konnte nur bedeuten, dass der tägliche Überlebenskampf aufhören würde und das langersehnte Ende der Feindseligkeiten in greifbare Nähe rückte. Warum jetzt? Und warum waren die Veränderungen so groß? Monatelang hatte er nach Zeichen einer Verbesserung gesucht und nie eines gefunden. Was also hatte die plötzliche Veränderung bewirkt?

Cameron atmete tief ein und nickte bedächtig. Auch der Luft hafteten nicht mehr die gewohnte Schwere und der allgegenwärtige Verwesungsgeruch an. Sie wirkte viel reiner, frischer und roch nach Gras und Wildblumen. Beinahe so wie zu jener Zeit, als es noch alle fünf Drachenstämme gegeben hatte. Fünf Drachenclans, die in respektvoller Koexistenz gelebt hatten.

Polternde Schritte auf der hölzernen Zugbrücke hinter ihm rissen Cameron aus seinen Gedanken. Auch ohne sich umzusehen, wusste er, wer in diesem Moment auf ihn zukam. Denn es gab nur einen Mann, der sich so energisch bewegte wie er und ein schier unerschütterliches Selbstvertrauen ausstrahlte.

„Eyben Cameron Warden, Anführer des Warden-Clans und Stammesoberhaupt der *Guardian* …“, erklang Cadens dunkle, knurrig klingende Stimme hinter ihm. Sein Bruder sprach ihn nur dann mit seinem vollen Namen und Titel an, wenn er wütend auf ihn war.

„Du hast das Abendessen verpasst.“

Cameron lachte leise, erhob sich und drehte sich zu Caden um, der mit vor der Brust verschränkten Armen vor ihm stehen blieb und ihn mit verkniffener Miene anstarrte. Sein Bruder sah ihm auffallend ähnlich. Sie beide besaßen die gleiche muskulöse, hochgewachsene Statur und die gleichen markanten Gesichtszüge. Lediglich ihre Augen- und Haarfarbe unterschieden sich. Er selbst sah mit seinem rabenschwarzen Haar und den eisgrauen Augen eindeutig ihrem Vater ähnlich, während Caden mit dem rotbraunen Schopf und den grünen Augen nach ihrer Mutter kam.

„Falls ich Appetit bekommen sollte, werde ich eines der Mädchen schicken, mir etwas aus der Küche zu holen. Also keine Sorge, ich verhungere schon nicht.“

„Ich mache mir ganz sicher keine Sorgen um deinen Appetit.“

„Nicht?“ Cameron krauste die Stirn und sah seinen Bruder fragend an. „Und weswegen bist du dann so wütend auf mich?“

„Ayryn liegt mir schon den ganzen Tag über in den Ohren, dass sie es überhaupt nicht gutheißt, wie sehr du dich in der letzten Zeit zurückziehst. Ich habe zwar versucht, ihre Bedenken zu zerstreuen. Aber vergebens. Sie glaubt felsenfest, dass du langsam, aber sicher vereinsamst, egal wie viele von uns um dich herum sind."

„Ich bin keineswegs einsam. Wie könnte ich das bei einer solch fürsorglichen Familie jemals sein?"

Caden kniff die Augen zusammen und schnaufte gereizt. „Mach dich nicht über mich lustig! Ich musste mich wegen dir das ganze Abendessen über mit einer kreischenden Furie herumschlagen. Mir kam sogar kurzzeitig der Gedanke, ich hätte eine Banshee neben mir sitzen, die dafür sorgt, dass ich auf zähem Leder herumkaue und Ochsenpisse statt Bier in mich reinschütte."

Camerons herzhaftes Lachen wurde von einem wütenden Aufschrei abrupt gestoppt.

„Ich habe nicht gekreischt", brüllte Ayryn so laut von der offenen Wehrmauer der Burg zu ihnen herunter, dass Caden sichtlich zusammenzuckte, ehe er zu ihr herumwirbelte. Wie so oft hatte sein Bruder nicht daran gedacht, welch feines Gehör Ayryn besaß. Viel feiner als sein eigenes und das aller anderen Bewohner der Festung war Ayryn sogar in der Lage, meilenweit entfernte Geräusche wahrzunehmen, wenn sie sich darauf konzentrierte. Eine Fähigkeit, die nur bei wenigen Drachen so ausgeprägt war wie bei Ayryn. Gespannt wartete Cameron auf Cadens Reaktion und wie er versuchen würde, seine Gefährtin zu besänftigen.

Caden stieß einen niedergeschlagenen Seufzer aus, als er das gute Dutzend neugieriger Wachen sah, die entlang der Wehrmauer standen und fasziniert die sich anbahnende Auseinandersetzung des Paares beobachteten. Dann wanderte sein Blick zu Ayryn. „Liebes, so hatte ich das nicht gemeint."

„Und ob du es so gemeint hast. Schließlich hast du genau das gesagt. Du hast mich sogar eine Banshee genannt. Eine *Banshee*!" Aufgebracht schleuderte sie den dicken geflochtenen Zopf über ihre Schulter nach hinten, stemmte beide Hände auf die Mauer und beugte sich vor. „Wie kannst du es wagen, mich mit einer dieser abscheulichen Kreaturen zu vergleichen?" Mit zusammengekniffenen Augen starrte sie auf Caden nieder, der sich sichtlich unwohl in seiner Haut fühlte und sich mit einer Hand über den Nacken rieb.

Obwohl es alles andere als nett war, sich über die missliche Lage, in der sein Bruder sich gerade befand, zu amüsieren, konnte Cameron sich ein breites Grinsen nicht verkneifen.

„Liebes …“

„Nenn mich noch einmal *Liebes* und ich schneide dir deinen Schwanz ab! Und ich meine nicht den geschuppten.“

„Sie ist ungewöhnlich aufbrausend“, stellte Cameron fest. Sein Lächeln erlosch und er krauste überlegend die Stirn, während er seine Schwägerin musterte. Sie maß in diesem Moment eine der Wachen mit einem so zornigen Blick, dass der Mann hastig einen Schritt zurückwich und einen Schild schützend vor seinen Körper hielt.

„Wenn du dich nicht ständig wie ein Einsiedler zurückziehen würdest, dann hättest du das längst gemerkt. Sie ist schon seit gestern Abend so aggressiv und kommt einfach nicht zur Ruhe“, murmelte Caden und warf seinem Bruder einen ratlosen Seitenblick zu.

„Ich bin nicht aggressiv“, schallte Ayryns lautes Brüllen von der Wehrmauer zu ihnen herüber. Dann wirbelte sie herum und verschwand aus ihrem Sichtfeld. Im nächsten Augenblick hörten sie sie laut nach Myrna, einer der Bediensteten, rufen und ihr auftragen, Cadens Sachen aus dem gemeinsamen Zimmer in den Schweinestall zu schaffen.

Caden zischte einen derben Fluch, verfiel aus dem Stand in einen schnellen Laufschritt und rannte zurück in die Burg. Besorgt darüber, was mit Ayryn nicht stimmte, folgte Cameron ihm. Ihre Stiefel knallten auf das Holz der Zugbrücke, während sie sie und den darunter liegenden Halsgraben überquerten. Den künstlichen Graben hatte ihr Vater an jenen Seiten anlegen lassen, an denen die Festung nicht von natürlichen Hindernissen geschützt wurde. Zwar konnte man mit dem Graben keine feindlichen Drachen abwehren, aber deren Fußvolk wurde bei einem Angriff der Zugang zur Festung erheblich erschwert.

Sie passierten die Toranlage und das Burgtor und Caden rannte mit großen Schritten zu seiner Frau, die mit steif durchgedrücktem Rücken über den Hof lief, um in das dreistöckige Hauptgebäude zu verschwinden. Entschlossen packte er ihren Arm, hielt sie fest und bestimmte wutschnaubend: „Auf keinen Fall quartierst du mich aus unserem Zimmer aus.“

„Falls du es noch nicht bemerkt hast, ich bin längst dabei." Sie versuchte ihren Arm aus Cadens Umklammerung zu ziehen und fauchte mit gefährlich funkelnden Augen: „Lass mich los!"

Ihre geblähten Nasenflügel waren ein zusätzlicher Hinweis darauf, wie aufgebracht sie war.

„Ganz sicher nicht. Ich habe zwar keine Ahnung, was mit dir los ist, aber das werde ich schon noch rausfinden."

Caden zerrte sie zu sich heran, doch in diesem Augenblick traf ihn ein wuchtiger Schlag und brachte ihn ins Taumeln. Er stieß einen Fluch aus und sah im nächsten Moment, dass Ayryn sich in einen Drachen verwandelte.

„Was zum …", brüllte er, als Ayryn ihm mit ihrem Schwanz die Beine wegschlug und er mit einem „Uff!" auf dem Rücken landete.

„Zurück!", bellte Cameron in Richtung der neugierig gaffenden Burgbewohner, die sich das Schauspiel von Nahem ansehen wollten. Wie aufgescheuchte Hühner stoben sie auseinander und suchten Schutz hinter Karren, Fässern und Mauervorsprüngen. Nachdem sich alle in Sicherheit gebracht hatten, nickte er seinen Wachen zu, die sich in einem großen Halbkreis innerhalb des Hofes aufstellten und Ayryn im Auge behielten, um sich notfalls zu verwandeln und eingreifen zu können. Denn jeder wusste, nur ein Drache konnte sich einem Drachen in den Weg stellen.

Caden stemmte sich vom Boden hoch und hob beide Hände als Zeichen, dass er nicht vorhatte, sie anzugreifen. „Es gibt nichts, worüber du dich aufregen müsstest", setzte er in ruhigem Tonfall an, um sie zu beschwichtigen. „Also beruhige dich, Liebes."

Ihre Antwort bestand aus einem wütenden Fauchen, dann schlug sie erneut mit dem Schwanz nach ihm. Aber Caden wich geschickt aus und behielt sie weiter im Blick. Sie umkreisten sich – er noch in seiner Menschengestalt und sie als übel gelaunter Drache.

„Ayryn!" Der warnende Unterton in der Stimme seines Bruders blieb ihm nicht verborgen, so dass Cameron sich etwas weiter zurückzog. Denn er rechnete jeden Augenblick damit, dass Caden sich verwandelte. Niemand würde sich in die Auseinandersetzung dieses Paares einmischen – außer es bestand höchste Gefahr. Wonach es im Moment aber noch nicht aussah.

„Du willst nicht wirklich, dass ich dich hier vor dem gesamten Publikum unterwerfe, Liebling. Also beruhige dich oder trage die Konsequenzen."

Ayryn schnappte nach ihrem Gefährten, der sich mit einem Hechtsprung aus ihrer Reichweite brachte. Kaum hatte er sich abgerollt, nahm er seine Drachengestalt an, peitschte mit seinem Schwanz als Warnung auf den Boden und bewegte sich mit unnachgiebigem Blick auf seine Frau zu. Er richtete sich zu seiner vollen Größe auf, breitete seine Flügel aus und ließ Ayryn mit einem Brüllen unmissverständlich wissen, wer von ihnen beiden das Sagen hatte. Immer weiter drängte er sie zurück, so dass Ayryn nur noch einen Ausweg sah - Flucht.

Sie stieß sich kraftvoll mit ihren Hinterläufen vom Boden ab und erhob sich in die Luft. Ayryn hatte noch nicht einmal die Höhe der Wehrmauer erreicht, als Caden sie mit der Schnauze am Schwanz packte und zurückriss. Sie krachte auf zwei zweiachsige Karren mit leeren Bierfässern, die unter ihrem Körper in ihre Einzelteile zerfielen. Holz splitterte und flog in alle Richtungen. Eines der Räder rollte in Schlangenlinien an Cameron vorbei, ehe es nach einigen Metern inmitten des Hofes umkippte.

Fasziniert beobachte er, wie sein Bruder seine Gefährtin bändigte, sie in die Defensive zwang und unterwarf. Caden drückte Ayryn mit seinem Körper flach auf den Boden, hielt ihren Nacken zwischen seinen riesigen Kiefern fest und fing mit seinem Schwanz ihren um sich schlagenden Schweif ein, bis sie nicht einmal mehr den kleinsten Muskel rühren konnte. Minutenlang war nichts außer schwerem Atmen, wütendem Fauchen und Knurren zu hören, ehe Ayryn schließlich kapitulierte. Sie verwandelte sich gleichzeitig mit Caden zurück, wurde aber weiterhin von ihm festgehalten.

„Nimm deine dreckigen Pfoten von mir!“, zischte sie noch immer aufgebracht und zappelte in seinem Griff.

„Vergiss es! Du hast mit deinem Angriff auf mich jegliches Privileg verloren, meine Liebe.“ Mit einer schnellen Bewegung richtete er sich auf, warf sich Ayryn über die Schulter und stapfte mit grimmiger Miene auf das Haupthaus zu, ohne sich von ihrem wilden Gezappel und ihren wüsten Beschimpfungen beeindrucken zu lassen. „Wenn du sie zurück willst, wirst du sie dir verdienen müssen.“

„Lass mich *sofort* runter! Oder ich reiße dir jede Schuppe einzeln aus, du mieses Schwein!“, kreischte Ayryn wie eine Furie, während Caden sie wegschleppte.

Nach ihrer neuerlichen Beleidigung hielt sein Bruder nicht einmal inne, sondern verpasste ihrem nackten Hintern noch während des Laufens einen kräftigen Klaps, der sie lauthals fluchen ließ.

„Du vergreifst dich deinem Mann gegenüber im Ton, Weib. Das bringt dir deine Privilegien ganz sicher nicht zurück", erklärte er ihr mit einem rauen Lachen und lief ungerührt weiter.

„Ich vergreife mich noch an sehr viel mehr von dir, wenn du mich nicht augenblicklich runterlässt", schwor sie, stemmte ihre Hände gegen seinen Rücken, griff nach hinten und zog mit einem kräftigen Ruck an seinen Haaren, der einem schwächeren Mann wohl das Genick gebrochen hätte. „Du blödes Arschloch kannst was erleben, wenn du mich auch nur eine Sekunde länger anfasst! Also lass mich endlich runter!" Ein weiteres kräftiges Klatschen auf ihren Hintern unterbrach Ayryns erneute Schimpftirade, ehe Caden mit seiner *Beute* in den Tiefen des Haupthauses verschwand.

Mit einem Kopfschütteln sah Cameron dem Paar hinterher. Als Myrna, die wie alle anderen Burgbewohner die Szene aus sicherer Entfernung beobachtet hatte, vorsichtig näherkam, lächelte er beruhigend. „Cadens Sachen bleiben, wo sie sind. Du brauchst sie nicht in den Schweinestall schaffen."

„Da bin ich aber erleichtert. Denn auf Dauer zwei sehr wütende Drachen in der Burg zu haben, wäre für uns alle kein Zuckerschlecken."

Damit hatte Myrna unbestreitbar recht, gestand Cameron sich ein, während er das langgezogene, dreistöckige Haupthaus mit Freitreppe betrat. Die Auseinandersetzungen zwischen zwei Drachen, noch dazu das Machtgerangel eines weiblichen und eines männlichen, konnten mitunter brutal anmuten und auf einen Menschen erschreckend wirken. Und das, was sie eben zu sehen bekommen hatten, war vergleichsweise harmlos gewesen.

Er durchquerte den Rittersaal, in dem zwei Bedienstete die Tische eifrig mit groben Bürsten von Essensresten befreiten, stieg die Treppe hinauf in das obere Stockwerk und bog nach rechts ab. Hinter ihm, am entgegengesetzten Ende des Ganges, war erst ein lauter Aufschrei, der eindeutig von Ayryn stammte, dann lautes Poltern und das Krachen eines Möbelstücks zu hören. Wie es schien, wehrte sie sich noch immer mit Händen und Füßen gegen Caden. Ein vollkommen sinnloses Unterfangen, denn sein Bruder würde niemals zulassen, dass seine Frau die Oberhand gewann –

egal wie sehr er sie liebte. Dafür waren männliche Drachen jeglicher Art viel zu dominant.

Ein kleines Lächeln umspielte seine Mundwinkel, als er weiter den von Wandfackeln beleuchteten Gang zu seinem Zimmer entlang lief. In der Luft hing leichter Rußgeruch, der sich trotz aufgestellter Kräuterschalen nicht vertreiben ließ. Breite dunkle Streifen zogen sich von den Fackeln an den Wänden nach oben und endeten in verschwommen kreisförmigen Flecken an der Decke. Flecken, die so schwarz wie seine Träume in den letzten Monaten waren, und deren Anblick jedes Mal die verzweifelte Trostlosigkeit in ihm verstärkt hatte.

Cameron blieb vor seinem Zimmer stehen und betrachtete mit gerunzelter Stirn die Fackel neben der Tür, deren Flamme für einen Augenblick unruhig flackerte. Das Lächeln auf seinen Lippen erstarb. Warum nicht auch jetzt? Lag es an der Veränderung, die mit seiner Heimat vor sich ging? Dem hoffnungsvollen Aufatmen der Natur, das in seinem Inneren widerhallte, sich auf ihn übertrug?

Als Cameron die Tür aufstieß und sein Blick durch das offene Fenster fiel, riss er erstaunt die Augen auf und hielt den Atem an. *Das* war es, was die Veränderungen bewirkte.

Wie in Trance ging er auf das Fenster zu und beobachtete, wie der Mond eine blutrote Färbung annahm, während er sich in der sternenklaren Nacht am Himmel emporschob. Es schien, als würde er in einen roten See getaucht und sich wie ein Schwamm vollsaugen. Das Rot verteilte sich allmählich, bis es den silbernen Schimmer gänzlich überdeckt hatte. Der erste Drachenmond seit über 100 Jahren.

Er war die Erklärung für alles, was ihm bis eben noch unerklärlich erschienen war. Die Natur, die sich zu erholen begann. Ayryns aggressives Verhalten, das aus dem Nichts kam. Selbst die innere Ruhe und das hoffnungsvolle Gefühl, die er seit langer Zeit nicht mehr verspürt hatte. Warum war er nicht eher darauf gekommen? War er bereits so tief in Hoffnungslosigkeit versunken gewesen, dass er nicht mehr in der Lage gewesen war, die eindeutigen Anzeichen zu erkennen? Und warum hatte Caden es nicht bemerkt? War sein Bruder zu abgelenkt gewesen oder hatte er Ayryns Verhalten schlichtweg nicht mit einem Drachenmond in Verbindung gebracht?

Ihm entschlüpfte ein Seufzen, das in ein leises Lachen überging, als er daran dachte, was ihnen allen bevorstehen würde. Denn kein Drache konnte sich den Kräften des Drachenmonds entziehen. Und es betraf nicht nur die Drachen. Jedes magische Wesen wurde vom Drachenmond beeinflusst. Sie würden sich wieder daran gewöhnen müssen, den Launen ihrer eigenen Natur ausgesetzt zu sein und lernen müssen, mit ihnen umzugehen, wenn der blutrote Mond am Nachthimmel stand.

Jetzt fragte sich nur noch, wo er die *Sway* und *Imperial* suchen sollte. Denn der Drachenmond zeigte sich nur dann, wenn mächtige Drachen aller fünf Stämme existierten.

Camerons Blick schweifte zu seinem Bett, auf dem die Bettdecke zurückgeschlagen war. Es gab nur eine Möglichkeit, sie schnell zu finden, wenn er nicht das ganze Land nach ihnen absuchen wollte.

# 4. Kapitel

*Chicago*

Alessa gab es nur ungern zu, aber Jules hatte recht. Sie hatte bisher tatsächlich eine Menge verpasst und nicht richtig gelebt. Auch wenn Garwin sie vielleicht nur aus Sorge abgeschottet hatte. Sie würde sich nicht länger von ihm mit Arbeit überschütten und davon abhalten lassen, ihr Leben und das, was es mit sich brachte, zu genießen.

Wie zum Beispiel Darren, auf dessen Schoß sie gerade saß und mit dem sie sich in einem sinnlich verspielten Kuss verlor. Groß, muskulös und mit einem verwegenen Lächeln auf den Lippen brauchte sie nicht lange zu überlegen, ob sie ihn in ihrem Bett wollte oder nicht. Und das kleine Stimmchen in ihrem Kopf … es war in dem Moment verstummt, als sein Mund ihre Lippen zum ersten Mal berührte. Vielleicht lag es auch an den beiden Cocktails, die sie zuvor getrunken hatte. Aber das war ihr momentan vollkommen egal.

Alessa stöhnte leise an seinem Mund und drängte sich stärker an Darren. Ihr ganzer Körper prickelte von den Zehen bis in die Haarspitzen. Sie wollte unter sein eng anliegendes Shirt kriechen, um über seine nackte Haut zu streichen und ihm noch näher zu sein.

Sanft löste Darren seine Lippen von ihren, lächelte leicht und murmelte an ihrem Mund: „Mein Apartment ist nur um die Ecke."

„Ist das eine Einladung zum Frühstück?"

„Genau das. Natürlich nur, wenn du es auch willst."

„Ich hätte morgen Früh gerne Rührei mit Toast und meinen Kaffee mag ich extrastark und schwarz", nahm sie seine Einladung an, was er mit einem breiten Grinsen quittierte.

Nach einem letzten Kuss hob er Alessa von seinem Schoß. „Bin gleich zurück. Und lauf nicht weg." Dann schob er sich aus der Sitzecke heraus und lief in den hinteren Bereich der Bar.

„Und?" Jules schob sich Alessa gegenüber in die Nische und wies mit dem Kopf in Richtung Toiletten, wohin Darren eben verschwunden war. „Wie gefällt er dir?"

„Als wüsstest du das nicht." Sie verdrehte die Augen, schmunzelte dann jedoch und drehte ihr leeres Cocktailglas zwischen ihren Händen. „Ich denke, er ist perfekt …"

„… um dich durchs Bett zu scheuchen und dir den letzten Rest Verstand aus dem Hirn zu vögeln?"

*Das auch*, dachte Alessa. Aber vielmehr wollte sie sich nicht auch an diesem Abend aufs Neue fragen, ob sie in der kommenden Nacht wieder von Albträumen heimgesucht werden würde. Sie wollte nicht mehr von dem Gedanken daran beherrscht werden. Musste sie irgendwie loswerden. Und Darren würde für die perfekte Ablenkung sorgen.

„Genau das", sagte sie leichthin und ließ sich ihrer Freundin gegenüber nicht anmerken, woran sie gerade gedacht hatte. Alessa winkte der Bedienung zu und wies auf die beiden leeren Gläser vor sich als Zeichen, dass sie noch einmal das Gleiche für Darren und sich wollte. Dann richtete sie ihren Blick wieder auf Jules. „Du nimmst es mir doch nicht übel, wenn ich unseren Mädelsabend abkürze und gleich mit Darren verschwinde, oder?"

„Wo denkst du hin? Lass dich ordentlich von ihm durchvögeln. Du hast einiges nachzuholen", sagte sie mit einem bedeutsamen Blick auf Alessas Unterleib. Dafür bekam sie über den Tisch hinweg einen kräftigen Knuff gegen die Schulter. Murrend rieb sich Jules die Schulter, grinste aber breit. „Was meinst du eigentlich, was er auf der Toilette macht? Sahneschnitte Darren leert wahrscheinlich gerade den Kondomautomaten bis auf die letzte Packung. Hoffentlich hat er genug Kleingeld."

„Du bist unmöglich."

„Und du untervögelt." Sie sah an Alessa vorbei und ihre Miene nahm einen schwärmerischen Ausdruck an. „Wenn Steven nicht wäre, ich glaube, ich würde dir Konkurrenz bei ihm machen. Gott, ist der Typ heiß", geriet sie ins Schwärmen. „Tust du mir einen Gefallen, während ihr dabei seid?"

„Ganz sicher nicht."

Jules tat, als hätte sie nichts gehört und murmelte: „Krall deine Finger für mich in seinem Knackarsch fest. Und wenn wir uns das nächste Mal treffen, will ich wissen, wie er sich angefühlt hat."

„Du bist verrückt." Alessa schüttelte den Kopf und verdrehte die Augen.

„Nicht verrückt, nur dauerrossig." Jules strich sich eine Haarsträhne hinter das Ohr, neigte sich näher zu Alessa und flüsterte verschwörerisch: „Viel Spaß!“ Als Darren an den Tisch zurückkam, rutschte sie aus der Sitzecke. Sie verpasste ihm einen kräftigen Klaps auf den Hintern und schüttelte ihre Hand, als hätte sie sich verbrannt. Dann ging sie zum Bartresen und schloss sich zwei Frauen an, die sie aus dem Fitness-Studio kannte.

„Kann es sein, dass deine Freundin … ähm … etwas schräg drauf ist?“, wollte Darren wissen. Er lehnte sich zurück und machte der Bedienung Platz, die die nächste Runde Cocktails brachte und die leeren Gläser abräumte. Er schob ihr den Screwdriver zu, nippte an seinem eigenen Scotch Sour und betrachtete Alessa über den Rand des Glases hinweg.

„Jules ist eben … Jules“, erwiderte Alessa und trank einen Schluck von ihrem Cocktail. Sie musterte Darren lächelnd und spürte, wie sich bei seinem Anblick eine brennende Hitze in ihrem Körper ausbreitete. So, wie sie es zuvor getan hatte, kurz bevor er den Kuss unterbrochen hatte. Von ihrem Magen aus arbeitete sie sich immer weiter vor und ließ sie unruhig werden. Sie war eindeutig untervögelt.

Hastig stürzte Alessa den Rest des Screwdrivers hinunter. Wenn sie etwas Glück hatte, würde der eisgekühlte Cocktail das Feuer in ihrem Inneren ein wenig eindämmen. Zumindest so lange, bis sie in Darrens Apartment waren.

„Ist alles in Ordnung mit dir?“ Darren sah sie besorgt aus sanften braunen Augen an und rutschte näher, um ihr mit seinen Fingern eine Haarsträhne aus dem Gesicht zu streichen. Als seine kühlen Fingerspitzen ihre Haut berührten, zuckte Alessa zusammen. „Himmel, du glühst ja förmlich.“

„Das liegt sicher nur daran, dass es hier drinnen viel zu warm ist“, beschwichtigte sie ihn und wies auf andere Gäste, die sich mit der Hand Luft zufächelten und am Kragen ihrer Shirts und Hemden zupften.

„Dann sollten wir besser hier raus. Diese unerträgliche Hitze verträgt sich nicht mit Alkohol.“ Alessa entdeckte Schweißperlen auf Darrens Stirn, die nur Minuten vorher noch nicht dagewesen waren. „Die frische Luft wird uns sicher guttun.“

„Du willst mich doch nur möglichst schnell in dein Bett zerren“, behauptete Alessa.

„Das auch, aber erst einmal will ich aus diesem Hochofen raus.“ Er klemmte mehrere Dollarnoten unter seinem Glas fest, reichte ihr eine Hand und zog sie aus der Sitzecke heraus zum Ausgang der

Bar. Alessa stolperte beschwipst hinter ihm her. Als Darren unvermittelt stehen blieb, prallte sie gegen seinen Rücken.

„Darren?“, murmelte sie verwirrt und rieb sich die Stirn. „Was zum …“

„Lass sie sofort los!“, hörte sie eine nur allzu vertraute Stimme und erstarrte. Aus großen Augen starrte sie an Darren vorbei zu Garwin, der sich im Gang zwischen den Tischen vor ihnen aufgebaut hatte und Darren mit einem harten Blick bedachte. Als Darren seiner Aufforderung nicht umgehend nachkam, wiederholte er sie in einem eiskalten Tonfall. „Ich sagte: Lass sie sofort los!“

„Ich denke nicht, dass dich das zwischen Alessa und mir zu interessieren hat. Wer bist du überhaupt?“, wollte Darren wissen.

„Ihr Freund. Und damit geht mich Alessa und alles, was sie tut, sehr wohl etwas an.“

Als hätte er sich an ihr verbrannt, ließ Darren ihre Hand los und warf ihr über die Schulter hinweg einen empörten Blick zu. „Ich dachte, du wärst …“

„Garwin ist …“

Bevor sie die Situation klären konnte, fuhr Garwin dazwischen. „Genau das, was ich eben gesagt habe.“ Dann packte er ihren Arm und zog sie hinter Darren hervor. Er bugsierte sie eilig an einer Kellnerin vorbei, die schweißgebadet ein voll beladenes Tablett mit Eiswasser vor sich her balancierte, und raus aus der Bar. Er ließ sie erst los, als sie auf der Straße neben seinem silbergrauen *Dodge Viper SRT* standen.

Alessa riss ihren Arm aus seiner Umklammerung, wirbelte herum und fuhr ihn an: „Was sollte dieser Auftritt? Bist du jetzt vollends übergeschnappt?“

Warum benahm sich ihr Freund wie ein Kontrollfreak? Er hatte schon immer auf sie aufgepasst, ja. Ihr als Sechsjährige aufgeholfen und den Schmutz von ihren Knien geputzt, wenn sie über ihre eigenen Füße gestolpert und hingefallen war. Sie sogar in der Schule vor Mitschülern in Schutz genommen, die sie als Heimkind gehänselt hatten. Und sie war immer froh gewesen, ihn zu haben. Garwin war ihre Familie, die einzige, die sie hatte und niemals verlieren wollte. Auch wenn sie nicht blutsverwandt waren. Was hatte ihn verändert, so dass sie nicht mehr wusste, woran sie mit ihm war?

Aus zusammengekniffenen Augen musterte sie ihn, als könnte sie die Antwort in seinem Gesicht ablesen.

Garwin presste die Lippen zusammen, fuhr sich mit einer Hand durch sein verstrubbeltes dunkelblondes Haar, das aussah, als wäre er gerade erst aus dem Bett gestiegen. Mit einem tiefen Seufzen öffnete er die Beifahrertür und wies mit einer Hand in den Innenraum. „Wir müssen reden."

Alessa knallte die Tür wieder zu, verschränkte die Arme verstockt vor der Brust und lehnte sich mit dem Rücken gegen den Wagen. Der Schwips, der dafür gesorgt hatte, dass sie sich angenehm locker fühlte, war mit einem Schlag verschwunden. „Na dann, schieß los! Ich höre."

„Nicht hier."

„Genau hier. Ich bewege mich nicht einen Millimeter von der Stelle, wenn du mir nicht endlich sagst, was los ist. Himmelherrgott nochmal …" Sie wies mit einer Hand auf die Eingangstür der Bar. „Denn wenn du mir nicht sofort sagst, weswegen du dich da drinnen wie ein irrer Spinner aufgeführt hast, dann gehe ich wieder rein zu Darren."

„Weil du Sex mit ihm willst?"

„Natürlich. Etwas, das für Frauen in meinem Alter vollkommen normal ist. Und dass ich bisher keinen Sex bekommen habe, liegt zu einem großen Teil an dir. Du überhäufst mich in der letzten Zeit mit Arbeit und schirmst mich ab. Und das werde ich nicht länger zulassen."

„Alessa …"

„Nein." Sie stieß sich vom Dodge ab, marschierte zielstrebig auf die Bar zu, wurde von Garwin aber erneut festgehalten. Dieses Mal ließ er sich nicht so leicht abschütteln. Fest umklammerte er ihren Arm.

„Lass mich gehen, Garwin!"

„Ich kann nicht."

„Warum nicht?"

„Komm mit mir und ich werde dir alles erklären", bat er mit Verzweiflung in der Stimme. „Aber nicht hier."

„Was, wenn ich sage: Wir reden, wenn ich nach Hause komme? Nachdem ich …" Sie seufzte und rieb sich mit einer Hand über die Stirn. „Du weißt, was ich will."

Garwin atmete tief durch, strich Alessa mit beiden Händen beruhigend über die Oberarme und lächelte leicht. „Er ist der Falsche. Mit ihm würde es in einer Katastrophe enden."

„Warum?“ Alessa blinzelte verwirrt und überlegte. Darren hatte in der Bar nicht gewirkt, als ob er Garwin kennen würde. Und umgekehrt das Gleiche. Warum also …?

„Er würde brennen. *Du* würdest ihn verbrennen.“

„Ist das eine andere Beschreibung dafür, dass ich sexuell so ausgehungert bin, dass ich ihn überfordern würde? Das ist nicht dein Ernst?“

„Es ist viel mehr als sexueller Hunger und auch viel ernster, als du dir vorstellen kannst. Genau deswegen möchte ich, dass du jetzt mit mir kommst, damit ich es dir erklären kann. Vertrau mir bitte! Das, was ich dir zu sagen habe, ist zu wichtig, als dass ich es hier auf offener Straße mit dir besprechen könnte.“

Alessas Blick wanderte an Garwin vorbei zur Eingangstür der Bar und blieb an der Leuchtreklame hängen, die darüber angebracht war. Der Schriftzug *The Bourne's* begann zu flackern, dann erloschen nacheinander einzelne Buchstaben, bis am Ende nur noch *Burn* zu erkennen war.

Sollte sie sich wieder einmal von ihm breitschlagen lassen? So wie immer, wenn sie auch nur den Hauch von Interesse an einem Mann gezeigt hatte? Immer wieder hatte Garwin einen Grund gefunden, sie von anderen Männern fernzuhalten oder loszueisen. Und sie hatte ihn jedes Mal gewähren lassen. Bis auf ein einziges Mal.

*Er würde brennen. Du würdest ihn verbrennen*, hatte Garwin gesagt. Was, wenn es stimmte? Wenn tatsächlich sie das Feuer damals ausgelöst hatte und Ben damit beinahe umgebracht hätte?

Mit einem knappen Nicken drehte Alessa sich zum Wagen um und öffnete die Beifahrertür. Was immer es war, das Garwin ihr erzählen wollte, es sollte wichtig genug sein, dass er sie dafür aus der Bar und von ihrem Date wegzerrte.

Die ganze Zeit über, als sie durch die Straßen Chicagos fuhren, die Stadt mit ihren bunten Lichtern hinter sich ließen, sprach Garwin nicht ein Wort. Er schien in sich versunken und warf ihr nur ab und an einen prüfenden Blick von der Seite her zu.

*Worüber will er mit mir reden? Und warum macht er es nicht hier, während ich neben ihm im Auto sitze?*, wunderte sich Alessa. Im Dodge waren sie schließlich alleine, niemand würde etwas von ihrem Gespräch mitbekommen.

Sie musterte sein Profil und runzelte die Stirn, als ihr Zuhause in Sichtweite kam und seine Hände das Lenkrad fester umspannten.

Kaum hatte Garwin den *Dodge Viper* in der Auffahrt geparkt, stieg Alessa aus und lief ihrem Freund voran zu der kleinen, in das Eisentor eingelassenen Tür und schloss sie auf. Sie wollte auf direktem Weg in die Küche, um sich eine Schmerztablette zu besorgen. In ihrem Kopf pochte und hämmerte es und der Schmerz nahm stetig zu.

Abrupt blieb sie stehen, als ihr Blick auf mehrere Koffer mitten im Eingangsbereich fiel, die offensichtlich in aller Eile gepackt worden waren. Die Stoffkoffer wiesen Beulen auf, als wären die Sachen nur lieblos hineingestopft worden.

„Was ist hier los, Garwin?", verlangte sie mit einer Ruhe zu wissen, die sie nicht empfand, und drehte sich zu ihrem Freund um. Ihr Magen zog sich zusammen. Er hatte sie nicht zum Reden nach Hause gebracht, jedenfalls nicht ausschließlich. Irgendetwas stimmte nicht. Und dieses Etwas schien Garwin dazu zu bringen, an Flucht zu denken. „Was ist es, worüber du mit mir reden wolltest?"

Garwin begann, im Wohnzimmer auf und ab zu laufen. Während seiner ziellosen Wanderung raufte er sich immer wieder die Haare, so dass sie kreuz und quer von seinem Kopf abstanden.

„Ich hätte es dir längst sagen müssen", begann er stockend. „Vor sechs Monaten schon, als das Poolhaus abgebrannt ist. Deutlich früher sogar, aber ich dachte, ich könnte es irgendwie kontrollieren."

„Was hat der Vorfall von vor sechs Monaten mit deiner Flucht von heute zu tun?"

„Nicht meiner, *unserer*. Wir müssen beide verschwinden … und das schnell", erklärte er nachdrücklich, ohne dass Alessa ein Wort von dem verstand, was er sagte. „Ich habe ihn auf unsere Spur gebracht … oder besser auf deine. Es war nicht meine Absicht, das musst du mir glauben."

„Wen meinst du mit *ihn*? Ich verstehe nicht, was los ist, Garwin. Du redest vollkommen wirres Zeug. Hast du irgendwelche Probleme, von denen ich nichts weiß, und Angst, ich könnte mit hineingezogen werden?“, riet sie ins Blaue hinein und war sich beinahe sicher, dass genau das der Grund war, weswegen Garwin neben sich stand. Und vielleicht auch der Grund, warum er sie in den letzten Monaten so massiv von der Außenwelt abgeschottet hatte. Hatte vielleicht sogar das Feuer im Poolhaus etwas mit der Sache zu tun? „Hast du wieder Ärger mit der Konkurrenz, die dir schon einmal Ideenklau vorgeworfen hat? Das ist kein Grund davonzulaufen. Oder Geldprobleme? Ich habe einiges gespart, wenn du das brauchst, dann …“

„Es geht nicht um Geld, Alessa. Verstehst du nicht? Er ist hinter *dir* her.“

„Garwin …“ Alessa trat näher und legte ihm mit einem beruhigenden Lächeln eine Hand auf den Unterarm. Sie hoffte, er würde endlich zu seinem alten Selbst zurückfinden. So aufgelöst, fast schon verrückt anmutend, war Garwin ihr unheimlich. Das war nicht mehr der Garwin, den sie von früher kannte. Der sie regelrecht enervierend ruhig vor dem Direktor verteidigt hatte, als sie von der High-School Queen des Diebstahls bezichtigt worden war. Und genau mit dieser Ruhe, die er damals an den Tag gelegt hatte, hatte er Melissa nervös gemacht, so dass sie sich in Widersprüche verstrickte. Die gestohlenen Geldbörsen waren in ihrem Spind gefunden und sie rehabilitiert worden.

Was war mit ihrem Fels in der Brandung geschehen? Wo war er hin?

„Ich habe keine Ahnung, von wem du redest. Du solltest am besten wissen, dass ich außer Jules und dir kaum soziale Kontakte habe. Ich habe keine Feinde, also hat es auch niemand auf mich abgesehen.“

„Und ob der *Mageia* hinter dir her ist“, beharrte er mit verkniffener Miene.

Sie blinzelte verwirrt, ließ die Hand sinken und trat einen Schritt zurück. „Meinst du diese schwarzen Drachen aus *Wild Dragon Hunt*?“

„Nicht irgendeiner von ihnen, sondern das Oberhaupt des *Mageia*-Drachenstammes“, erklärte er ernst, auch wenn er bei seinen eigenen Worten unsicher wirkte.

Alessa betrachtete ihn sekundenlang und brach dann in schallendes Gelächter aus, bis ihr Tränen in die Augen schossen. Schniefend wischte sie sich mit den Handballen die Tränen aus den

Augen und ging mit einem Kopfschütteln an ihm vorbei. Sie umrundete die cremefarbene Ledercouch und lief weiter in die Küche.

„Du solltest einmal öfter Arbeit Arbeit sein lassen und an die frische Luft gehen", riet sie ihm und holte sich eine Tasse aus dem Schrank. Erneutes Lachen kämpfte sich in ihrer Kehle nach oben, aber sie hielt es zurück, räusperte sich und befüllte ihren Becher mit Kaffee aus der Thermoskanne. Alessa nahm einen Schluck, stellte die Tasse auf dem Arbeitsblock ab und musterte Garwin von oben bis unten.

Als sie ihn am Abend zuvor das letzte Mal gesehen hatte, wirkte er normal, wie immer ruhig und keineswegs nervös. Der Mann, der jetzt vor ihr stand, schien ein vollkommen anderer zu sein. Seine Haare standen in alle Richtungen von seinem Kopf ab, ein Bartschatten bedeckte Kinn und Wangen und sein dunkelgrünes Shirt war nur lose in den Hosenbund gestopft. Als hätte er nicht die Zeit gehabt, sich zu rasieren oder ordentlich anzukleiden. Und das war ihr vorhin in der Bar schon aufgefallen, auch wenn sie seinem Aufzug im ersten Moment keine Beachtung geschenkt hatte.

„Ich denke nicht, dass wir noch viel Zeit haben." Nervös blickte er auf die Uhr an seinem Handgelenk.

Alessa schüttelte die Lederjacke von ihren Schultern, warf sie achtlos auf einen Hocker und verschränkte die Arme vor der Brust, während sie sich locker gegen die Anrichte in ihrem Rücken lehnte. „Ich habe alle Zeit der Welt. Und auch wenn ich glaube, dass du wahrscheinlich besser einen Psychologen konsultieren solltest, ich höre dir zu."

„Es wird dir nicht gefallen, was ich dir erzählen werde. Ich weiß, dass es dir nicht gefallen wird …" Er rieb sich mit Daumen und Zeigefinger über den Nasenrücken und schien unsicher, wie er mit seiner Erklärung beginnen sollte.

„Warum lässt du mich das nicht selbst entscheiden, hm?"

„Es geht um deine Träume." Garwin blickte ihr direkt in die Augen. „Und nicht nur darum. Ich weiß …"

„Was weißt du?", hakte sie leise nach, als er nicht fortfuhr.

„Ich weiß, warum du sie hast."

„Warum habe ich sie?" Alessa rieb sich mit der flachen Hand über die Stirn, hinter der plötzlich grelle Blitze durch ihren Kopf zuckten. Ihr Schädel drohte zu platzen, pochte nicht mehr nur dumpf vor sich hin. Jedenfalls fühlte es sich ganz danach an. Und der Schmerz breitete sich nicht nur in ihrem Kopf aus. Er bewegte sich wie ein lebendiges Wesen durch alle Körperregionen. Ihr Rücken brannte und ihre Muskeln zitterten von einer unerklärlichen Anspannung.

Sie nahm sich ein Glas aus dem Geschirrspüler und füllte es mit Wasser. Dann kramte sie aus einer Schublade eine Packung Schmerztabletten hervor, schob sich eine Tablette in den Mund und leerte das Glas in einem Zug.

„Besser wird sein, ich zeige es dir." Garwin packte Alessa beim Handgelenk, zog sie hinter sich her aus der Küche heraus und den langen Flur entlang zu den Räumen, die er bewohnte. Er machte erst Halt, als sie vor seinem Arbeitszimmer standen.

Alessa hatte nie verstanden, warum er das Zimmer stets verschlossen hielt. Ja sogar ihr keinen Zutritt gewährte, die beiden Fenster zugemauert und die Tür mit einem Sicherheitsschloss ausgestattet hatte. Aber weil ihrer Meinung nach jeder seine Geheimnisse haben durfte, hatte sie deswegen niemals weiter nachgehakt. Als Garwin jedoch die Tür aufstieß und sie aufforderte, den Raum zu betreten, lüpfte Alessa überrascht eine Augenbraue und sah sich neugierig um.

Das Arbeitszimmer wurde von einem riesigen Schreibtisch dominiert, auf dem zwei Monitore und ein zusätzlicher Laptop standen. Über die ganze Tischplatte verstreut lagen Papiere – Kopien mit zusätzlichen handschriftlichen Notizen, um genau zu sein. Vor und neben dem Schreibtisch und an zwei Wänden, weil der Platz in den beiden Bücherregalen nicht mehr ausreichte, stapelten sich unzählige Bücher über Mythen und fabelhafte Wesen neben medizinischen Fachbüchern und einigen Wälzern, die sich mit dem Thema Wiedergeburt beschäftigten. Die Wand mit den zugemauerten Fenstern schmückte ein Sammelsurium an Zeichnungen, die Alessa für Skizzen von Charakteren hielt, die Garwin in seinem nächsten Spiel zum Leben erwecken wollte. An der vierten Wand hingen zwei mit Notizzetteln übersäte Pinnwände, die scheinbar nicht alle mit Spieleentwicklung zu tun hatten.

Alessa trat näher an die Pinnwände heran und betrachtete die Zeichnung einer Miniatur-Armbrust, die man mit Manschetten am Unterarm befestigen konnte. Dann fiel ihr Blick auf etwas, das nach einem Stammbaum aussah. Als sie Garwins Namen entdeckte, runzelte sie die Stirn. „Du betreibst Ahnenforschung? Woher hast du die Informationen? In unseren Akten steht rein gar nichts über unsere Herkunft, wahrscheinlich sind wir sogar Vollwaisen."

„Wir sind keine Vollwaisen, zumindest ich nicht. Aber du schon." Garwin fuhr sich mit der flachen Hand über das Gesicht und seufzte. Wo sollte er nur anfangen mit seiner Erklärung? Alessa gehörte zwar zur aufgeschlossenen Sorte Mensch, er bezweifelte jedoch, dass sie seine Neuigkeiten positiv aufnehmen würde. Er selbst hatte anfangs an seinem Verstand gezweifelt, bis er sich dem gegenüber öffnete, was er nach und nach über seine Abstammung herausfand. Als er angefangen hatte, sich an sein Leben vor der Zeit im Kinderheim zu erinnern. So deutlich, als läge diese Zeit nicht mehr als 20 Jahre, sondern nur wenige Tage zurück. Und dann waren da noch Erinnerungen, von denen er sicher war, dass sie nicht ihm gehörten.

„Du hast also Ahnenforschung betrieben. Und was hast du dabei herausgefunden? Dass du von königlichem Blut bist und dich mit jemandem wie mir besser nicht abgeben solltest, weil es nicht standesgemäß wäre? Und deswegen ist jemand hinter *mir* her, um mich aus dem Weg zu räumen." Alessa schüttelte den Kopf über ihren abstrusen Gedankengang und lachte leise, verstummte jedoch, als Garwin sie nur ernst ansah. Es war kompletter Unsinn, was Garwin andeutete. Und sie sollte ihn nicht auch noch ermutigen. Er brauchte Hilfe, die sie ihm nicht geben konnte.

„Nicht ich. *Du* stammst einer … von so etwas wie einer Königsfamilie ab."

„Netter Scherz." Sie umrundete den Schreibtisch und ließ sich auf den Chefsessel plumpsen. Dann blätterte Alessa durch einige Kopien, auf denen allesamt Wappen abgebildet waren. Jedes einzelne zeigte einen Drachen, in verschiedenen Varianten und Farben zwar, aber immer prangte ein Drache auf dem Wappen. „Und welches ist es? Das hier?" Ein Blatt flatterte in Garwins Richtung und er fing es mit beiden Händen auf, um sich das Wappen darauf anzusehen. Auf grün-weißem Hintergrund war ein schreitender Drache in Rot zu sehen. Es war das walisische Wappen.

„Nein. Du stammst nicht vom Königsgeschlecht der Tudors ab."

„Hätte mich auch gewundert. Welches ist es dann?"

*Keines, was den normalen Menschen bekannt ist*, hätte er fast erwidert und Alessa in ihrem Glauben bestärkt, er wäre irre. Wo sollte er nur anfangen mit seiner Erklärung, damit sie ihm glaubte? Ihnen blieb nicht mehr viel Zeit. Garwin verfluchte sich selbst in

Gedanken, dass er Alessa nicht schon eher reinen Wein eingeschenkt hatte.

„Ich dachte anfangs, du wärst wie ich“, setzte er stockend an, ohne ihre Frage zu beantworten. „Dass wir beide der gleichen Art abstammen würden und du nur noch etwas Zeit bräuchtest, bis deine Kräfte sich entwickeln würden und du sie kontrollieren könntest. Auch wenn ich mir nicht vollkommen sicher sein konnte, ob sich bei weiblichen Drachen exakt die gleichen Anzeichen für eine Veränderung zeigen wie bei männlichen. Zumindest bis zu dem Vorfall mit Ben dachte ich, du wärst wie ich, ein *Lejf*. Und dann kam das Feuer, auf das ich unbedingt achten sollte. Verstehst du, was ich dir damit sagen will?“ Erwartungsvoll sah Garwin Alessa an und wartete darauf, dass Verstehen sich in ihren Gesichtszügen abzeichnete. Als nichts dergleichen geschah, fuhr er fort: „Das Poolhaus, das warst du. Du hast es in Flammen aufgehen lassen, weil sich mit deiner sexuellen Erregung ein Teil deiner Kräfte freigesetzt hat. Kräfte, die du nicht kontrollieren konntest, weil du sie nicht einmal als das wahrnimmst, was sie sind. Und dass du es noch immer nicht kannst, hast du vorhin in der Bar eindrucksvoll bewiesen. Wärst du mit Darren mitgegangen, hätte das seinen sicheren Tod bedeutet.“

„Willst du damit sagen, ich besitze die Fähigkeit der Pyrokinese?“

„Ich will damit sagen, dass du im Gegensatz zu mir ein *Sway* bist. Eine Drachenart, die lange Zeit als ausgestorben galt und nur noch in Geschichten lebendig gehalten wird, die man Kindern erzählt. So wie mir damals. Das Element Feuer ist bei dir am stärksten ausgeprägt. Absolut sicher bin ich mir seit letzter Nacht, als du dich vollständig verwandelt hast. Wenn auch nicht in einen reinen *Sway,* sondern in einen Hybriden mit königlichem Blut. Einen *Imperial Sway*. Einen rotgoldenen Drachen.“

„Du brauchst definitiv eine Auszeit von der Arbeit“, stellte Alessa fest. „Du stehst vollkommen neben dir und *lebst* bereits in der Welt, die du in den Spielen geschaffen hast. Das nennt man Realitätsverlust, Garwin.“ *Moment mal … letzte Nacht?* Alessa sog geräuschvoll Atem ein und starrte Garwin an, als hätte er sich direkt vor ihren Augen in eben jenen Drachen verwandelt, von dem er behauptete, einer zu sein.

Ihr Freund schob beide Hände in die Taschen seiner Jeans und nickte bedächtig, als würde er ganz genau wissen, was sie gerade gedacht hatte.

„Ich war da. Letzte Nacht war ich bei dir. Oder du warst bei mir, je nachdem, wie man es sehen will."

„Dann warst du dieser Typ, der irgendwas von meiner Bestimmung gefaselt hat? Diese Augen?" Obwohl ihr Verstand ihr sagte, dass das, was ihr Freund da von sich gab, schlichtweg Schwachsinn war, akzeptierte ein kleiner Teil das Gesagte als Wahrheit.

Alessa schüttelte den Kopf und rieb sich mit beiden Händen über die Oberarme. Ihr war plötzlich eisig kalt. „Nein. Nicht die Augen." Sie legte den Kopf schief, starrte blicklos vor sich hin und ließ den Traum noch einmal Revue passieren. „Der Frosch. Du warst der Frosch auf dem Stein, der mich die ganze Zeit über so vorwurfsvoll angesehen hat." Das klang selbst in ihren Ohren vollkommen verrückt. Hatten sie beide den Bezug zur Realität verloren? Und anstatt sich gegenseitig zu helfen, in die Realität zurückzufinden, bestärkten sie sich noch in ihrem gemeinschaftlichen Irrsinn? War das etwa eine erweiterte Form der Derealisation?

„Ja. Das ist eine meiner … Gaben. Ich kann die Gestalt unterschiedlichster Lebewesen annehmen und bin nicht ausschließlich auf die Drachengestalt beschränkt. Aber das weißt du doch längst. *Wild Dragon Hunt* habe ich nur für dich entwickelt, damit du die Drachenarten kennenlernst – ihre Eigenschaften und …"

Alessa hob abwehrend beide Hände, stand vom Sessel auf und ging in Richtung Tür. „Das wird mir zu viel, Garwin. Hast du eine Ahnung, wie sich das für mich anhört?" Kopfschüttelnd schob sie sich an ihrem Freund vorbei und griff nach der Türklinke. „Wenn ich mir nicht sicher wäre, dass es anders ist, würde ich meinen, du hast dir irgendwelche bunten Pillen eingeworfen. Und wenn du es tatsächlich getan haben solltest, dann ist dir das Zeug eindeutig nicht bekommen."

„Das ist kein Witz, Alessa", fuhr er auf. „Ich bin, was ich bin, und du bist, was du bist. Und besser wäre es, du akzeptierst das schnell."

„Bevor was …? Was passiert, wenn ich es als das abtue, was es ist? Blödsinn. Wir sind keine Drachen, Garwin. Uns beide verbindet ein ganz besonderes Band, weil wir uns seit einer Ewigkeit kennen und wie Bruder und Schwester aufgewachsen sind. Wir stehen uns näher als andere Menschen. Da ist es normal, dass der Eine den Anderen besser als sich selbst kennt, vielleicht sogar hin und wieder ein Déjà-vu hat, das den Anderen einschließt. Aber das, was du jetzt von mir verlangst, blind zu akzeptieren, das kann ich nicht. Es waren nur Träume. Und die plötzliche Hitze in der Bar, das lag sicherlich an einer Fehlfunktion in der Heizungsanlage. Das brennende Poolhaus … ein blöder Unfall. Nicht mehr und nicht weniger." Keinesfalls würde sie akzeptieren, was Garwin von ihr verlangte. Sie war kein Drache. Sie *wollte* keiner sein. Denn das hieße, sie wäre nicht normal. Es gab nichts, wonach sie sich in diesem Moment mehr sehnte. Normalität – für sich, Garwin und ihre Freundschaft. Das war alles, was sie wollte.

*Irgendwann wirst du lernen müssen, dass du nicht alles haben kannst …*, hörte sie die leicht kratzige Stimme der Leiterin des Kinderheims, in dem sie mit Garwin aufgewachsen war, in ihrem Kopf. Sie hatte diesen Spruch schon immer gehasst. Denn für sie als Fünfjährige hatte er bedeutet, dass sie das rote Fahrrad mit dem weißen Puppenkorb am Lenker, das hinter der glänzenden Schaufensterscheibe stand, nicht bekommen würde. Aber sie war schon lange keine fünf mehr, sondern eine erwachsene Frau.

Entschlossen drängte Alessa die Erinnerung zurück und straffte die Schultern. Sie konzentrierte sich auf das Hier und Jetzt. Auf Garwin, den sie nicht verlieren wollte. Besorgt musterte sie ihren Freund und ihre Finger krampften sich bei seinen nächsten Worten um die Türklinke.

„Es geht nicht um unglaubliche Zufälle, wie du es dir zurechtlegen willst, Déjà-vus oder Träume. Für uns ist es real", beharrte er. „Wir sind Drachen. Genauer gesagt, sind wir Gestaltwandler, die sich in Drachen verwandeln können. Und wir gehören hier nicht her, nicht nach Chicago, nicht einmal in diese Welt."

„Was willst du damit sagen?" Sie runzelte die Stirn und wollte mit angespannter Stimme wissen: „Wofür hast du die Koffer gepackt, die im Eingangsbereich stehen? Wohin genau wolltest du denn verschwinden? Wenn wir deiner Meinung nach nicht hierher gehören, wo wäre der richtige Ort für uns?"

Irgendetwas würde geschehen. Etwas, das ihr Leben komplett verändern würde, so dass nichts mehr sein würde, wie es einmal war. Sie spürte es ganz deutlich. Das Gefühl einer drohenden Gefahr drückte wie ein harter, zentnerschwerer Klumpen auf ihren Magen, ließ ihr Herz rasen und trieb ihr den Schweiß aus den

Poren. Alessa fiel das Atmen schwer, weil die Luft im Raum plötzlich stickig war. Das stechende Brennen auf ihrem Rücken nahm an Intensität zu und konzentrierte sich auf ihrem linken Schulterblatt - ebenfalls kein gutes Zeichen.

Hatte das alles miteinander zu tun? Die spürbare Gefahr, die Angst, die sie zu verschlingen drohte, und die Schmerzen. Oder war es vielleicht doch wieder nur einer dieser überrealen Träume und sie wachte im nächsten Moment auf? Zumindest hoffte sie, dass das geschehen würde.

Als Garwin sie nur schweigend ansah, schüttelte Alessa den Kopf und schloss für einen Moment die Augen. Sie war dabei, ihren besten Freund zu verlieren. Das war es, was den Schmerz, der sogar körperlich zu spüren war, ausgelöst hatte. Nichts anderes.

„Es tut mir leid, Garwin. Aber das kann ich alles nicht glauben. Du brauchst Hilfe, die *ich* dir nicht geben kann, professionelle Hilfe. Ich werde immer für dich da sein, wie du für mich da gewesen bist. Wir beide sind schließlich eine Familie. Aber ich denke, es wäre das Beste für dich, wenn du dir von deiner Arbeit eine Auszeit nimmst. Vielleicht sollten sogar wir beide uns eine Auszeit davon nehmen."

„Alessa …"

„Nein." Sie hob abwehrend eine Hand, wandte sich von ihm ab und zog die Tür auf. „Ich will nichts mehr davon hören. Ich werde jetzt in mein Zimmer gehen und nach einer ausgiebigen Dusche ins Bett verschwinden." Nach einem letzten bekümmerten Blick auf ihren Freund sagte sie leise: „Schlaf gut, Garwin. Wir werden morgen Früh darüber reden, wie wir diese … *Sache* am besten handhaben."

Alessa schloss die Tür hinter sich und zuckte zusammen, als ein laut gebrülltes „Fuck!" zu hören war. Dann krachte etwas gegen die Wand, von dem sie annahm, dass es entweder ein Monitor oder der Laptop gewesen sein musste. Sie konnte nur hoffen, dass ihr Freund sich bis zum nächsten Morgen wieder beruhigt haben würde und klar denken konnte.

## 5. Kapitel

*Chicago - Hasyra*

Der Traum dieser Nacht war anders! Zum ersten Mal seit Wochen musste sie keine Verwandlung und keine Schmerzen durchstehen, die ihren Verstand vernebelten, so dass sie kaum noch klar denken konnte.

Alessa sah an sich herab und schmunzelte, als ihr Blick auf ihr weit geschnittenes Schlafshirt, das über ihre linke Schulter herunter gerutscht war, und die schwarzen Boxershorts fiel. Bisher war sie niemals in ihrem Schlafanzug in einem dieser verrückten Träume *aufgewacht*. Jedenfalls konnte sie sich nicht daran erinnern. Sie hob den Kopf und sah sich neugierig um. Zwar befand sie sich wieder an einem See, so wie in jedem ihrer Träume in den letzten Wochen, aber der hier lag geschützt auf einer kleinen Lichtung, die von einem dichten Kranz eng stehender Bäume umgeben war. Und es gab noch mehr Unterschiede …

*Warum hörte sie nichts?* Mit gerunzelter Stirn betrachtete Alessa ein Entenpärchen, das aufgeregt mit den Flügeln schlug. Dann glitt ihr Blick über das Schilf am Seeufer, das sich sanft hin und her wiegte. Sie hörte weder das Rauschen des Windes, der durch die Blätter der umstehenden Bäume und das Schilf strich, noch das plätschernde Wasser oder das wilde Entengeschnatter.

Alessa ging Schritt für Schritt näher an das Seeufer heran und spürte die Grashalme, die ihre nackten Fußsohlen kitzelten, dann den feinen, feuchten Sand, der unter ihren Füßen nachgab. Sie setzte sich am Ufer in die Hocke und strich mit den Fingerspitzen durch das kalte Wasser, ehe sie ihre hohle Hand füllte, den Arm hob und es zurück in den See laufen ließ. Noch immer konnte sie nichts hören, nur fühlen und sehen. Und was sie jetzt sah, ließ sie in ihrer Bewegung innehalten. Die beiden Enten schwammen eilig über den See davon und versteckten sich auf der gegenüberliegenden Seite im dichten Schilfgestrüpp. Aus zusammengekauerter Position starrten sie zwischen den Schilfrohren hindurch in ihre Richtung. Alessa wusste in diesem Augenblick mit absoluter Sicherheit, dass sie nicht alleine hier war.

Mit einem Satz sprang sie auf, wirbelte herum und sog scharf den Atem ein. Direkt vor ihr, nicht einmal zwei Meter entfernt, stand ein Hüne von einem Mann. Ihr Herz setzte für einen Schlag aus, bevor es hektisch weiterklopfte. Er überragte sie um einen halben Kopf, ein Riese in ihren Augen. Dunkelblaue Drachentattoos wanden sich um seine Oberarme, bis hoch zu den Schultern. In ihren Fingerspitzen kribbelte es, weil sie die klaren Linien dieser sexy Tattoos nachfahren wollte und sie musste sich zusammenreißen, diesem Wunsch nicht einfach nachzugeben. Alessa spürte, wie Hitze in ihre Wangen schoss. Sie konnte nicht aufhören, ihn anzusehen. Seine nachtschwarzen Haare trug er an den Seiten kurz, was seine kantigen Gesichtszüge noch betonte, das Deckhaar lang und am Hinterkopf zusammengefasst. Lose Haarsträhnen und Zöpfe, in denen blaue Federn eingeflochten waren, hingen ihm über die Schultern und ließen ihn ungezähmt wirken.

Alessa folgte mit ihrem Blick den beiden fast parallel verlaufenden Narben, die sich quer über seine braungebrannte Brust in Richtung seiner linken Hüfte zogen. Sie verschwanden unter dem Bund einer eng anliegenden Wildlederhose, die seine kräftigen Oberschenkel betonte. Es war aber nicht sein wildes, ursprüngliches Aussehen, das Alessa so durcheinander brachte, ihr den Atem raubte und sie kaum noch klar denken ließ. Es waren seine eisgrauen Augen und der durchdringende Blick, mit dem er sie musterte. Als würde er bis auf den Grund ihrer Seele blicken und sie ergründen. Und sie war ihm dabei vollkommen wehrlos ausgeliefert.

Alessa blinzelte und der Moment war vorbei. Als ein Lächeln um seine Mundwinkel spielte, erinnerte sie sich daran, dass sie nur ihr Schlabbershirt und ihre Boxershorts trug. Sie sah an sich herab, zuckte mit den Schultern und richtete ihren Blick wieder auf den unbekannten Mr. Fantastic, der mittlerweile so nah vor ihr stand, dass sein männlich herber Geruch sie einhüllte und ihre Sinne vernebelte. Wann hatte er sich bewegt? Oder war sie auf ihn zugegangen, ohne es zu merken? Nein. Sie stand noch immer direkt am Ufer des Sees.

Als er mit einer Hand sanft ihr Kinn anhob, damit sie ihm wieder in die Augen sah, hielt Alessa erschrocken den Atem an. Seine Lippen bewegten sich und sie ahnte, was er zu ihr sagte. Oder besser, wonach er sie fragte.

„Alessa. Alessa Martin“, sagte sie mit heftig pochendem Herzen, während sich in ihrem Magen ein Schwarm Schmetterlinge nicht entscheiden konnte, in welche Richtung er flattern wollte. Es war frustrierend, dass sie ihn nicht hören konnte, denn er sprach erneut mit ihr. Und sie würde zu gerne wissen, was er ihr sagen wollte und wie seine Stimme klang.

Als sie ihm nicht antwortete, sah er sie auffordernd an. Alessa seufzte und schüttelte den Kopf. „Ich kann dich nicht hören.“ Mit dem Zeigefinger wies sie auf ihr rechtes Ohr. „Ich höre gar nichts.“ Sie schnaufte verdrossen und schob vor sich hinmurmelnd nach: „Was echt beschissen ist. Denn kaum treffe ich im Traum einen heißen Kerl, kann ich mich ihm nicht mal verständlich machen.“

Dass er sie im Gegensatz offenbar sehr gut verstand, war an seinem Gesicht abzulesen. Erst verzogen sich seine vollen Lippen zu einem breiten Grinsen, ehe er den Kopf in den Nacken legte und so herzhaft lachte, dass sein ganzer Körper bebte. Alessa verpasste ihm einen leichten Schlag gegen die Brust und funkelte ihn wütend an. „Egal, wie höllisch sexy du bist: Du bist trotzdem ein blödes Arschloch.“

Er fing ihre Hand ein, presste sie flach gegen seine Brust und bedeckte sie mit seiner. Ein angenehmes Prickeln breitete sich von ihrer Handfläche aus. Sie spürte jeden seiner Herzschläge. Kräftig und bezwingend wie alles an ihm. Zwar hatte er aufgehört zu lachen, seine Mundwinkel zuckten jedoch noch immer verdächtig. Dann wurde seine Miene ernst, sein Blick verhakte sich mit ihrem und hielt ihn fest.

Alessa stockte der Atem, als er einen Arm um ihren Leib schlang, sie gegen seinen harten Körper presste und den Kopf zu ihr herabneigte. Sie sah, wie er zu ihr sprach. Einen Augenblick später legten sich seine Lippen auf ihre und wischten jeglichen Gedanken daran fort, was er gesagt haben könnte. Heiße Lust brach aus ihr hervor wie Lava aus einem Vulkan, als er mit seiner Zunge ihre Mundhöhle erforschte. Sie war schon öfter geküsst worden. Aber kein Mann hatte jemals eine solche Reaktion in ihr hervorgerufen. Dass sie verging vor Sehnsucht nach mehr als einem Kuss.

Nur Stunden zuvor hatte sie Darren gewollt, aber das war nichts im Vergleich zu dem Verlangen, das sie jetzt umhüllte und in die Tiefe zog. Sie wollte ihn mit Haut und Haaren. Diesen Unbekannten, der es sichtlich genoss, wie sie sich an ihm rieb, während er den Kuss weiter vertiefte.

Flirrende Hitze stieg in Alessa auf, floss aus ihr heraus und spülte über sie hinweg. Und für den Bruchteil einer Sekunde kamen ihr Garwins Worte in den Sinn. Nein. Sie verbrannte diesen wilden Krieger nicht zu einem Haufen Asche. Vielmehr ließ er sich von ihrem Verlangen mitreißen und schien nicht genug davon zu bekommen.

Schwer atmend unterbrach Alessa den Kuss, zog den Kopf zurück, um ihn verwundert anzustarren. „Wer bist du?", murmelte sie wie zu sich selbst und zuckte zusammen, als sie plötzlich einen Schrei hörte.

„*Alessa!*" Das Brüllen stammte von Garwin. Es war das Erste, das sie hören konnte, seit sie in diesen Traum eingetaucht war. Sie wollte noch nicht zurück. Trotzdem schob sie sich ein Stück von dem Fremden weg und sah sich suchend um, konnte ihren Freund aber nirgends entdecken. Und wieder dieses Brüllen. „*Verdammt nochmal, wach auf, Alessa!*"

Im nächsten Augenblick wurde sie mit voller Wucht nach hinten geschleudert, landete mit rudernden Armen im See und tauchte mit einem empörten Aufschrei wieder auf.

Aber sie befand sich nicht mehr auf der Lichtung mit einem Mann, der wie ein sexy Kriegsgott aussah, sondern saß auf ihrem Bett – inmitten einer triefend nassen Matratze und mit einem klatschnassen Schlafanzug am Leib.

„Was soll denn das?", schrie sie Garwin an, der just in dem Moment einen Eimer Wasser in ihre Richtung schüttete. Ein kalter Wasserschwall traf ihren Körper und ließ sie erschrocken nach Luft schnappen. „Bist du vollkommen übergeschnappt?"

„Ich hatte keine andere Wahl. Tut mir leid!"

Er packte sie am Handgelenk und zerrte sie vom Bett. Dann riss er die nasse Bettdecke herunter und schlug damit auf die Flammen ein, die vom Boden die Wand hinauf züngelten und gierig alles verschlangen, womit sie in Berührung kamen.

Mit weit aufgerissenen Augen starrte sie auf die Brandflecken am Boden, der Wand und die angesengten Vorhänge. Als Garwin sich vor Anstrengung schnaufend zu ihr umwandte, machte sie einen Schritt rückwärts und schüttelte ungläubig den Kopf.

„Du hattest keine andere Wahl?“ Ihre Stimme war nur noch ein heiseres Flüstern. „Du hast keinen anderen Ausweg gesehen und ein Feuer gelegt?“

„Das war nicht ich, Alessa!“

„Denkst du, ich würde dir diese Scheiße endlich glauben, wenn du sie mir nur gut genug verkaufst?“

„Alessa …“

*„Nein!“* Abwehrend hob sie die Hände und tat einen weiteren Schritt zurück, als er auf sie zukam. Das Blut rauschte in ihren Ohren und sie rang keuchend nach Luft, als Panik sich in ihr breitmachte. Sie wollte es nicht nochmal von ihm hören. Weigerte sich in Erwägung ziehen zu müssen, dass seine Worte der Wahrheit entsprachen. „Bleib weg von mir! Du bist doch verrückt, völlig irre!“ Dann wirbelte sie herum, riss den Kleiderschrank auf und zerrte einen Koffer heraus. In aller Eile warf sie wahllos Klamotten hinein. „Ich verschwinde von hier. Und du solltest dir möglichst schnell Hilfe suchen, bevor noch mehr passiert.“

„Himmelherrgott, sei nicht immer so verdammt stur, Alessa“, fuhr er sie an. „Das hier ist keine Kleinmädchenauseinandersetzung wie du sie im Heim ständig mit Diana hattest. Du kannst diese Sache nicht aussitzen, indem du sie ignorierst.“

„Und ob ich das kann.“ Wütend warf Alessa einen Stapel T-Shirts in den Koffer.

„Es gibt Dinge, die keiner von uns beeinflussen kann. Und dazu gehört, was wir sind.“

„Halt den Mund und lass mich in Ruhe!“

Garwin raufte sich die Haare und zischte einen Fluch. Er schaffte es nicht, zu ihr durchzudringen. Sie glaubte ihm nicht, egal, was er hervorbrachte. Dabei müsste sie doch wissen, dass sie ihm vertrauen konnte. „Alessa …“, setzte er mit erzwungener Ruhe an, um sie nicht anzubrüllen.

„Ich will davon nichts mehr hören! Verstehst du das nicht?“ Sie lief in das angrenzende Badezimmer und knallte die Tür hinter sich zu. Mit ruckartigen Bewegungen zerrte sich den nassen Schlafanzug vom Leib, klatschte ihn in die Ecke und trocknete sich mit einem Badetuch ab, bevor sie in trockene Sachen schlüpfte. Am liebsten hätte sie geheult wie ein Kleinkind. Was war nur in Garwin gefahren? Warum war er so erpicht darauf, dass sie unter allen Umständen diesen Unsinn glaubte?

„Lass uns vernünftig darüber reden“, bat Garwin, als sie die Tür zu ihrem Schlafzimmer wieder aufriss und ihre Sneakers vom Boden klaubte.

„Nein. Es gibt nichts mehr zu bereden. Und schon gar nicht vernünftig.“ Sie zerrte den Reißverschluss des Koffers zu und hievte ihn vom Boden hoch. „Ich bleibe so lange bei Jules, bis …“

„Bis was?“, fuhr er sie an. „Bis wir beide nicht mehr das sind, was wir sind? Nur, weil du es so willst? Das wird niemals passieren.“

„Warum verrätst du unsere Freundschaft für eine fixe Idee? Lass sie los! Hör auf damit, bevor du alles zerstörst.“

„Ich kann es dir beweisen, Alessa. Jetzt und hier.“

Sie wies mit ausgestrecktem Finger auf ihr angesengtes und triefend nasses Bett. „Etwa so? Nein danke“, lehnte sie ab und wandte sich zur Tür.

Mehrmals knallte ihr Koffer gegen die Wand, während sie die Treppe ins Erdgeschoss hinunterlief, Garwin die ganze Zeit hinter sich.

„Alessa! Verdammt nochmal, hör mir zu! Du kannst es nicht kontrollieren, nicht allein. Ich dachte, ich könnte dir dabei helfen. Aber das kann ich nicht. Dafür sind meine eigenen Kräfte nicht stark genug. Wir … du brauchst Hilfe, sonst …“

„Sonst was?“, fragte sie höhnisch über ihre Schulter hinweg. „Fackele ich sonst ganz Chicago ab? Gibt sicher einige, die mir dafür Beifall klatschen würden.“

*„Das ist kein verfickter Joke“*, brüllte er sie aufgebracht an. „Versteh das doch endlich!“

Alessa blieb abrupt am unteren Treppenabsatz stehen, so dass Garwin beinahe in sie hineingelaufen wäre. Mit einem Knall ließ sie den Koffer auf den Boden plumpsen und verschränkte die Arme vor der Brust. „Du willst, dass ich dir glaube? Dann beantworte mir nur ein paar einfache Fragen. Danach entscheide ich, wie verrückt du tatsächlich bist.“

„Ich bin nicht verrückt.“

Sie ging nicht darauf ein und fragte stattdessen: „Wie genau wolltest du mir helfen?“

„Ich will dich in unsere Heimat zu meinem Volk bringen. Sie wissen sicherlich, was man tun kann.“

„Damit meinst du die *Lejf*?“

„Genau.“

„Und die leben wo?"

Garwins Wangenmuskeln zuckten. Scheinbar überlegte er, welche plausible Antwort er ihr geben konnte, die sie überzeugen würde und in ihren Ohren nicht komplett durchgeknallt klang. „In Hasyra. Das ist eine Parallelwelt zu der, in der wir uns momentan befinden."

„Jeder Autor würde dich um deine Fantasie beneiden, Garwin."

„Alessa!"

„Schon gut, schon gut." Alessa stieß geräuschvoll den Atem aus und richtete ihren Blick wieder auf sein Gesicht. Wie konnte er so normal wirken, wenn seine Worte doch auf etwas gänzlich anderes hinwiesen? „Woher weißt du von dieser …", sie zeichnete Anführungszeichen in der Luft, „… Parallelwelt?"

„Durch meine Träume. Darüber konnte ich mit einer alten Frau Kontakt aufnehmen. Sie war in einem meiner Träume einfach da, hat unter einem Baum gesessen, als hätte sie nur auf mich gewartet."

„Letzte Frage: Wie genau hast du vor, dorthin zu kommen, wo auch immer du mich hinbringen willst?"

„Durch ein Portal. Die Frau … sie würde es für uns öffnen, damit wir durchgehen können."

„Ein Portal, so wie bei *Stargate*?" Alessa schnaufte abfällig. „Das hast du dir aber alles gut zurechtgelegt. Klingt fast wie die Storyline für eines deiner Spiele."

„Es ist keine Storyline und auch nicht gelogen. Und ich kann es dir beweisen. Dafür solltest du vielleicht ein paar Schritte zurückgehen", warnte er sie und wollte sich sein Shirt über den Kopf ziehen, aber Alessa winkte ab.

„Lass gut sein, Garwin. Es gibt keine Parallelwelten und Portale, die man nach Belieben öffnen kann wie in einem dieser Science Fiction Streifen." Sie maß ihn mit einem spöttischen Blick und schüttelte den Kopf. „Und nur mal nebenbei bemerkt: Die Feuerwache ist zwar groß, aber ich denke nicht, dass sie genug Platz für einen ausgewachsenen Drachen bieten würde." Dann beugte sie sich herunter und hob den Koffer vom Boden auf. „Es tut mir leid, aber ich glaube dir nicht ein verdammtes …"

Alessa verstummte, als ein immer lauter werdendes Rauschen aus der Küche zu hören war. Erst klang es wie das Rascheln von Blättern, wenn der Wind durch Bäume streifte. Dann wuchs es an zu einem lauten Getöse, als befände man sich in einem Windkanal.

„Was zum …?“

Sie stellte den Koffer wieder ab, bog um die Ecke, dem Geräusch von auf- und zuklappenden Türen entgegen und etwas, das sich nach herabfallenden Schränken anhörte. Im Wohnzimmer angekommen, stoppte sie abrupt. Ihr klappte der Unterkiefer nach unten und ihr Herz drohte einen Schlag auszusetzen. Entsetzt sah sie zu, stand daneben und konnte es nicht fassen, dass sich inmitten ihrer offenen Küche ein windumtostes Loch bildete.

Geschirr segelte durch die Luft und zerbarst auf dem Fliesenboden, Tisch und Stühle wurden gegen die Wände geschleudert und zerfielen in ihre Einzelteile, ehe sie aus dem Zimmer gesaugt wurden. Und das windumtoste Loch vergrößerte sich von Sekunde zu Sekunde zu einem …

*Gott*, sie wollte es nicht einmal denken. Alessa tastete nach der Lehne des Stuhls neben sich, klammerte sich Halt suchend daran fest und zuckte erschrocken zusammen, als er ihr aus der Hand gerissen wurde und in dem Loch verschwand.

Ihr Herz raste. Garwin war nicht verrückt. Er hatte mit allem recht. Sie duckte sich, als ein Teil der Stahltreppe mit einem ohrenbetäubenden Quietschen aus der Verankerung riss, haarscharf an ihr vorbeiflog und in dem tosenden Wirbel verschwand. Alles, was sie besaß und was ihr wichtig war, wurde zerstört. Eingesaugt von einem unbarmherzigen Nichts.

Obwohl Alessa nur wenige Meter von dem sich aufbauenden Kanal entfernt stand, wirkte sich die unbändige Kraft nicht auf sie aus. Zwar zerrte der Wind an ihren Kleidern, sie wurde jedoch nicht wie ein Spielzeug von den Füßen gerissen und gegen eine der Wände geschleudert, ehe sie in dem Loch verschwand.

„Was für ein verdammter Scheißdreck passiert hier gerade, Garwin?“, schrie sie über das ohrenbetäubende Rauschen hinweg und suchte Blickkontakt zu ihrem Freund. „Du hattest doch gesagt, wir sollten durch das Portal durchspazieren und nicht, dass wir davon eingesaugt werden würden wie von einem überdimensionalen Staubsauger.“

Garwin stand da wie vom Donner gerührt. Benommen schüttelte er den Kopf. Dann lief er auf Alessa zu. Er packte sie am Arm und zog sie in Richtung des Eisentors, das sich mit einem kreischenden Quietschen nach innen wölbte. „Wir müssen hier weg. Das ist nicht so, wie sie es beschrieben hat. Sie sagte etwas von einem in schillernden Farben funkelnden Durchgang, der sich für uns öffnen würde. Das ist nicht sie, sondern …“

„Sondern wer?“

„Das muss der *Mageia* sein.“

Insgeheim hatte Alessa gehofft, es würde sich erneut um einen dieser abstrusen Albträume handeln. Das Chaos zeugte jedoch vom Gegenteil. Die Zerstörung ihres Zuhauses, ihr Freund, von dem sie sich verraten fühlte … Das alles war real. Kein Traum, den sie am nächsten Morgen ausblenden und als unwirklich abtun konnte.

Als Garwin sie erneut von dem Portal wegziehen wollte, riss sie ihren Arm los und brüllte ihn an: „Warum hast du das getan? Warum musstest du unbedingt mit dieser Frau Kontakt aufnehmen?“

„*Sie* hat Kontakt zu *mir* aufgenommen. Außerdem gehören wir hier nicht her, Alessa. Wir waren niemals wie die anderen Menschen und wären früher oder später entdeckt worden. Auf keinen Fall hätten wir auf Dauer geheim halten können, was wir sind. Schon allein deswegen, weil du deine Kräfte nicht unter Kontrolle hast. Ich wollte nur das Beste für uns beide tun. Das Richtige.“

Sekundenlang starrte Alessa ihn an, dann wanderte ihr Blick zu dem Portal, das noch immer von einem wirbelnden Windreif umtost wurde. Es hatte sich stabilisiert. Bevor sie wusste, was sie tat, nickte sie mechanisch und ließ sich von Garwin zum Eisentor ziehen. Widerwillig, wie sie sich eingestehen musste. Denn durch das Portal hindurch hatte Alessa einen Blick in eine andere Welt erhaschen können. Auf einen rot schimmernden Mond am sternenklaren Nachthimmel. Er schien nach ihr zu rufen, so dass sie sich ihm kaum entziehen konnte. Sein Anblick weckte ein unstillbares Verlangen, durch dieses Portal und … nach Hause zu gehen.

Alessa schüttelte die verwirrenden Gedanken ab und folgte Garwin zum verbogenen Tor. Aber selbst gemeinsam schafften sie es nicht, das Tor auch nur zentimeterweit zu öffnen. Dafür würden sie schweres Gerät oder zumindest eine Brechstange brauchen. Alessa sah sich hektisch um und wies auf eine Eisenstange, die aus der Wand ragte, wo sich vorher die Treppe befunden hatte.

„Garwin, die Stange. Damit können wir das Tor aushe…“ Ihre gebrüllte Erklärung ging in einen erschrockenen Aufschrei über, als lianenartige Auswüchse aus dem Portal auf sie zuschossen. Wie Fangarme schlangen sie sich um ihren Körper und zogen Alessa erbarmungslos von Garwin weg. Mit aller Kraft kämpfte sie gegen die Schlingen an, zerrte mit beiden Händen an ihnen und konnte sich dennoch nicht befreien. Alessa keuchte vor Anstrengung, rief nach ihrem Freund und sah sich nach ihm um. Nur, um im nächsten Moment erschrocken die Augen aufzureißen, als Garwin sich direkt vor ihr verwandelte.

Er wurde nicht zu einem Drachen, wie sie es erwartet hatte, sondern zu einem Wesen, wie sie es nur aus alten Horrorschockern kannte. Sein Körper dehnte und streckte sich, wurde breiter und größer. Dunkelgrüne Schuppen sprossen aus seiner Haut, bis sie vollkommen damit bedeckt war. Alessa schnappte hektisch nach Luft. Ihr Puls schoss in die Höhe und ließ das Blut in ihren Ohren rauschen.

Sein Gesicht verformte sich, wurde von einem überdimensional breiten Mund dominiert und statt einer Nase waren nur noch zwei Atemlöcher zu sehen. Alessa schüttelte ungläubig den Kopf. Das war nicht mehr … *Oh Gott, Garwin!*

Zerfetzte Kleidung hing von seinem massigen Körper mit den Ausmaßen eines doppeltürigen Kühlschranks, wie man ihn gewöhnlich bei Großfamilien in der Küche fand. Nichts wies darauf hin, dass diese Kreatur nur wenige Augenblicke zuvor ihr Freund gewesen war. Mit rasiermesserscharfen, langen Klauen, die selbst *Wolverine* vor Neid hätten erblassen lassen, hieb Garwin auf die pflanzlichen Tentakeln ein, durchtrennte sie und befreite Alessa von ihnen.

„Verschwinde und bring dich in Sicherheit!", brüllte er mit kratziger Stimme und wurde gleich darauf von einer mächtigen Ranke gegen die Brust getroffen und gegen die Wand geschleudert. Er fiel zu Boden, rappelte sich wieder auf und sah sich nach Alessa um. Mehr und mehr Ranken schossen aus dem Portal. Dieses Mal wich Alessa ihnen rechtzeitig aus und wollte zu Garwin laufen. Niemals würde sie ihn zurücklassen.

„Nein! Ich lasse dich nicht alleine."

„Verschwinde endlich", brüllte er verzweifelt und hieb erneut auf die Tentakeln ein. „Du musst hier weg! So weit weg wie nur möglich. Ich werde ihn, so lange es geht, aufhalten."

Mit weit aufgerissenen Augen schüttelte sie den Kopf, war den Tränen nahe. Er war alles, was sie hatte. Der Einzige, der so etwas wie Familie für sie war. Alles in ihr sträubte sich gegen seine Forderung, ihn allein zu lassen. Aber die Verzweiflung in seiner Stimme, mit der er sie fortschickte, ließ Alessa reagieren. Als wären Höllenhunde hinter ihr her, rannte sie zu der Eisenstange, trat mehrmals kräftig dagegen, bis sie sie aus dem Mauerwerk lösen konnte, und lief zurück zum Eisentor. Sie setzte die Stange in einer winzigen Nische an und drückte sie wie einen Hebel hin und her, um das Metall zum Nachgeben zu bringen. Immer wieder sah sie sich nach Garwin um, der mit dem Rücken zu ihr stand und die gierigen Fangarme inmitten der Luft mit seinen Klauen zerfetzte, ehe sie sie erreichen konnten.

„Beeil dich!“, trieb er sie atemlos an, während er eine weitere Ranke mit seinen Klauen zerschnitt, die ihr Ziel fast erreicht hätte – sie.

Unzählige neue Ranken flogen auf sie zu, nur dieses Mal war nicht Alessa, sondern Garwin ihr Ziel. Sie schlangen sich blitzschnell von seinen Beinen aufwärts Richtung Unterleib, rissen ihn zu Boden und schleiften ihn von ihr weg zur Öffnung des Portals. Panisch schrie sie auf, als alle seine Versuche, sich aus dem Wirrwarr zu befreien, scheiterten. Kaum zerschnitt Garwin einen der Fangarme, schlangen sich weitere um seinen Körper und hielten ihn fest.

Alessa wirbelte herum und schlug mit der Eisenstange auf die Pflanzententakeln ein, bis eine sich um die Stange wickelte und sie ihr aus den Händen riss. Den Rücken fest gegen das Eisentor gepresst, starrte Alessa auf die Ranken, die unaufhaltsam auf sie zuschlängelten, sich fest um ihre Beine und den Leib wanden und mit sich zogen. Angst schnürte ihr die Kehle zu. Ihr Herz raste. Wildes Summen schwoll in ihrem Kopf an, rauschte in ihren Ohren, als wäre sie von einem riesigen Bienenschwarm umzingelt. Sie wollte schreien vor Furcht. Stattdessen kämpfte sich ein verzweifeltes Schluchzen ihre Kehle hinauf.

Alessa hörte Garwin brüllen und sah, wie er gegen unzählige Ranken kämpfte, aber alleine nicht gegen sie ankam. Etwas in ihrem Inneren zerbrach, setzte eine unbändige Kraft frei, die von ihrem Körper Besitz ergriff und ihn in Brand steckte. Ihr Blick verschwamm und ihre Gedanken wurden von einem blutroten Nebel eingehüllt. Sie kannte nur noch das Ziel, sich und Garwin zu befreien und den Feind zu vernichten. Alessa stieß einen wütenden Schrei aus und zerrte mit einer Kraft, von der sie keine Ahnung gehabt hatte, dass sie sie besaß, eine Schlinge von ihrem Körper und schleuderte sie beiseite. Wahllos griff sie nach einem der Fangarme. Unter ihren Fingern zerbröselte die Ranke zu Asche, noch ehe Alessa sie losgelassen hatte. Ihr blieb keine Zeit, sich darüber zu wundern. Sie griff zur nächsten, in dem Augenblick sah sie etwas Schwarzes auf sich zurasen. Innerhalb von Sekunden war ihr Körper von mehreren Schlingen umwickelt. Ihre Arme wurden an ihren Körper gepresst und Alessa hörte sich keuchen. Die Brust wurde ihr zu eng zum Atmen. Wie wild riss sie an ihren Armen, versuchte sich aus dem Griff zu winden. Aber die Fangarme, die sie wie Stahlklammern umschlungen hielten, übten mehr und mehr Druck auf ihren Körper aus. Bis Alessa verzweifelt nach Atem rang, ihre Gegenwehr erlahmte und ihre Sinne schwanden. Schwärze hüllte ihren Geist ein, zog sie in die Tiefe und mit einem ergebenen Seufzen sank sie in sich zusammen.

Garwin wehrte sich noch immer verzweifelt gegen die Umklammerung und brüllte zornig auf, als er sah, dass Alessa bewusstlos zwischen den Tentakeln lag und durch das Portal verschwand. Er musste sie retten, irgendwie seinen Fehler wieder gutmachen, und gab seine Gegenwehr auf. Nur einen Augenblick später befand er sich in dem Kanal zur anderen Welt, die einmal seine und Alessas Heimat gewesen war. Sie befand sich nur eine knappe Armlänge von ihm entfernt. Ohne zu wissen, was mit ihr vielleicht geschehen könnte, holte er aus, durchtrennte die Ranken, die ihren Körper hielten, mit einem einzelnen wuchtigen Hieb und stieß Alessa zur Seite. Ihr Körper wurde wie ein Blatt vom Wind weggewirbelt, so dass die Tentakeln sie nicht erneut erreichen konnten. Das Letzte, das Garwin hörte, war ein wütender Aufschrei, der in seinem Geist widerhallte. Dann schlang sich eine Ranke eng um seinen Hals und schnürte ihm die Luft ab. Gnädige Schwärze blendete jeglichen Schmerz und Verzweiflung aus …

# 6. Kapitel

*Hasyra*
*Darkmoore Castle*

„Schau einer an, was ich mir da eingefangen habe."

Ein kräftiger Tritt in die Rippen ließ Garwin vor Schmerz aufstöhnen. Sein Hals fühlte sich noch immer an, als läge diese Schlingpflanze darum, die ihm die Luftröhre zusammengepresst hatte. Mühsam schluckte er gegen die Enge an und wandte den Kopf in die Richtung, aus der er mit vor Hohn triefender Stimme angesprochen worden war. Beim Anblick der dunkel gekleideten Gestalt fing sein Herz an zu pochen. Ein Schauer lief ihm über den Rücken und Garwin presste die Lippen fest aufeinander, um die Verzweiflung zu verbergen, die unaufhaltsam in ihm aufstieg.

Nur wenige Schritte von ihm entfernt stand Darius Hedrik Darkmoore. Das Stammesoberhaupt der *Mageia*-Drachen, von dem er mehrfach geträumt hatte, als er anfing, sich an sein Leben vor Chicago zu erinnern.

„Du scheinst zu wissen, wer ich bin. Da hast du mir etwas voraus. *Was* du bist, weiß ich … *Lejf*. Doch *wer* bist du?"

Statt ihm zu antworten, stemmte Garwin sich vom kalten Steinboden hoch. Er taumelte kurz und blinzelte, um seine Sicht zu klären. Sein Blick flog durch den Raum, um sich zu orientieren. Ein King-Size Bett, eine Truhe am Ende. Ein einziges Fenster, das mit armdicken Eisenstangen vergittert war. An den Wänden ringsum hingen Wandteppiche und Fackeln. Auf dem mit Wachs bedeckten Kaminsims waren Kerzen abgestellt, jedoch nicht entzündet worden.

Sein Blick blieb an dem Bett hängen und den Halterungen daneben, an denen schwere Ketten angebracht worden waren. Sie mussten mit Magie verstärkt worden sein, denn er konnte den Zauber sich flirrend über die Kettenglieder bewegen sehen. So, wie man Hitze über dem Asphalt sehen konnte.

Garwin schluckte hart und kämpfte gegen die aufsteigende Angst in seinem Inneren an. Sie krampfte sich um seine Eingeweide, zerrte an ihnen und ließ ihn sich vor Abscheu fast übergeben. Das Zimmer war ein Gefängnis, das ganz sicher nicht für ihn gedacht war - den reich verzierten Kleidern nach zu schließen, die ordentlich aufgestapelt auf der Truhe lagen.

Weiterhin schweigend trat Garwin näher an die Feuerstelle heran, um sich zu wärmen. Dabei ignorierte er Darius und wie dieser seinen nackten Körper von oben bis unten taxierte. Keinesfalls würde er sich anmerken lassen, wie unangenehm ihm diese Musterung war. Als wäre er irgendein Hengst auf einem Viehmarkt, der vor dem Kauf begutachtet wurde.

Garwin starrte in die Flammen und strich sich mit den Händen über die Oberarme. Zwar spürte er auf seiner Haut die Wärme, die vom Feuer ausging. Aber sie reichte nicht aus, die Kälte in seinem Inneren auszulöschen.

Was hatte er ihr nur angetan? Warum war er nur so feige gewesen und hatte Alessa nicht schon vor Monaten die Wahrheit über sie beide erzählt? Wenn er sie über die Herkunft ihrer Träume und die Gründe für das Feuer im Poolhaus früher aufgeklärt hätte, dann hätten sie keine wertvolle Zeit verloren, als es darum ging, vor *ihm* zu fliehen.

*Weil du schlichtweg ein jämmerliches, feiges Schwein bist und Angst vor ihrer Reaktion hattest*, gestand er sich ein. Alessas Ablehnung wäre damals genauso wenig für ihn zu ertragen gewesen, wie sie es am Abend zuvor gewesen war. Garwin vermisste sie bereits jetzt unsäglich und hoffte, seine Kräfte wären stark genug, sie hier in ihrer von Magie durchzogenen Heimat zu finden. So, wie er sie immer in Chicago gefunden hatte.

Vorsichtig tastete er sich mit seinem Geist vor, nutzte dabei ihre enge Bindung und unterdrückte einen Fluch, als er sie nicht sofort fand. Unüberschaubar viele Magieströme waren ihm im Weg. Sie schillerten in verschiedenen Schattierungen von Grün, Blau und Schwarz, überlagerten sich und verdeckten den für ihn wichtigsten.

Garwin wandte den Kopf zur Seite, damit Darius nicht bemerkte, was er tat. Er schloss für einen Moment die Augen, ließ die Luft aus seinen Lungen entweichen und konzentrierte sich ausschließlich auf Alessa. Blendete alles andere aus. Die Magieströme bewegten sich, wichen seinem Willen aus und gaben den Blick auf einen ruhig dahingleitenden frei. Erleichterung durchflutete ihn und ließ ihn beinahe in die Knie gehen, als er den Magiestrom mit den in sich gedrehten roten und goldenen Strängen sah. Alessa schien zu schlafen, vielleicht war sie auch bewusstlos. Aber sie hatte weder Angst noch Schmerzen, denn dafür war ihr Magiestrom zu ruhig und entspannt.

„Ich erwarte eine Antwort, *Lejf*!“, brachte sein *Gastgeber* sich mit seiner Forderung zurück in Garwins Bewusstsein.

„Garwin. Garwin Sheridan.“

Darius ließ ein spöttisches Lächeln sehen und neigte andeutungsweise den Kopf. „Willkommen in meiner bescheidenen Burg.“

Garwin blickte in kalte Augen bar jeglichen Gefühls. Darius’ gesamte Erscheinung war dunkel und furchteinflößend. Würde Garwin seiner Aura eine Farbe zuweisen, hätte sie das gleiche tiefe Schwarz wie seine Haare, die er mit einem Band im Nacken zusammengebunden hatte, und die Kleidung, in die er sich augenscheinlich mit Vorliebe hüllte.

Darius wirkte wie das Idealbild eines finsteren Herrschers, gestand Garwin sich ein und biss die Zähne zusammen. Allein seine Anwesenheit jagte ihm immer wieder Schauer über den Rücken. Nackte Angst vor diesem übermächtigen Gegner ließ ihn frösteln. Auch wenn er sich bemühte, sie sich nicht anmerken zu lassen.

Darius umrundete Garwin gemächlich und unterzog ihn einer ausgiebigen Musterung, ehe er direkt vor ihm stehen blieb, die Augen für einen Moment schloss und tief einatmete.

„Ich kann sie deutlich an dir riechen. Und dennoch …“ Ein weiteres Mal schnüffelte er an ihm wie ein Hund. „Sie hat dir niemals ganz gehört, nicht wahr?“

Statt zu antworten, starrte Garwin in das Kaminfeuer. Obwohl er Alessa niemals auf diese bestimmte Art gewollt hatte, weil sie für ihn wie eine Schwester war, so brauchte er ihre Nähe wie die Luft zum Atmen. Immer hatte er geglaubt, es läge an ihrer engen Bindung zueinander. Aber seit letzter Nacht wusste er, dass es nicht allein das war, sondern es daran lag, wer und vor allem *was* sie war. Eine zum Leben erwachte Legende, jene, die sein Vater ihm als kleiner Junge erzählt hatte.

Garwin blickte auf, Darius direkt ins Gesicht. Dieser Mann wusste, was in ihm vorging. Allein das winzige wissende und gleichzeitig bösartige Lächeln machte dies zur Gewissheit. Und dafür hasste er ihn abgrundtief. Selbst ohne Kleidung hatte Garwin sich niemals so entblößt gefühlt wie in diesem Moment. Darius weidete sich an seiner Schwäche und er konnte nichts dagegen tun, musste es hilflos hinnehmen.

Er hatte sie beide in Sicherheit bringen wollen. Stattdessen hatte er Alessa trotz seiner gut gemeinten Absichten erst recht in Gefahr gebracht. Garwin konnte nur hoffen, dass ihr Vertrauen in ihn nicht vollends erschüttert war.

Darius verschränkte die Arme vor seiner Brust und legte den Kopf schief. „Warum hast du sie eigentlich niemals zu der Deinen gemacht? Die Voraussetzungen müssen für dich ideal gewesen sein. Es gab keinen Konkurrenten. Du warst der Einzige, der so war wie sie.“

„Alessa ist eine Freundin, eine sehr gute Freundin und nicht mehr.“

„War … sie *war* eine gute Freundin.“

Verwirrt zog Garwin die Augenbrauen zusammen. Bildete er sich nur ein, zu wissen, dass Alessa nicht verletzt war?

„Besorgt? Es ist nicht, wie du denkst.“ Darius zupfte sich einen imaginären Fusel von seiner eng anliegenden Weste, die seinen muskulösen Oberkörper noch betonte, ehe er Garwin erneut von oben bis unten betrachtete und höhnisch lächelte. „Es geht ihr gut. Aber eure Freundschaft ist Vergangenheit. Weibliche Drachen haben nur einen Gefährten, Familie und zusätzliche Wachen, die für ihre Sicherheit sorgen, und keine *männlichen* Freunde. So handhaben wir es bei den *Mageia*.“

Garwin presste die Lippen zusammen. Eine eiserne Faust umklammerte sein Herz. Er durfte nicht verlieren, was er mit Alessa hatte. Ihre freundschaftlichen Gefühle für ihn hatten ihn stets beruhigt, dafür gesorgt, dass er sich vollständig fühlte. „Ich denke nicht, dass Alessa sich vorschreiben lässt, wen sie zu ihren Freunden zählen darf und wen nicht. Das wäre wider ihrem Wesen.“ Ihm entschlüpfte ein leises Lachen, als er Darius’ verkniffene Miene sah. „Sie hört selbst auf mich oftmals nur widerwillig.“

„Das spricht nur dafür, dass du im Vergleich zu ihr viel zu schwach bist“, erwiderte Darius herablassend. „Aber ich muss zugeben, dass ich ziemlich verärgert war, weil du Alessa von den Ranken befreit hast. Nur deswegen befindet sie sich derzeit nicht auf meinem Grund und Boden. Was sich jedoch in Kürze ändern wird …“ Darius wanderte durch das Zimmer und strich im Vorbeigehen über eines der reich verzierten Kleider, ehe er zum vergitterten Fenster lief und zum blutroten Mond am sternenklaren Nachthimmel schaute. „Alessa ist etwas ganz Besonderes …“

„Das weiß ich bereits“, brummte Garwin. Darauf musste er nicht hingewiesen werden.

„Ist dir denn auch bekannt, dass bei uns andere Gesetze gelten als in der Welt, aus der ich euch geholt habe?“ Darius atmete tief durch, ehe er fortfuhr. „Es ist ihr Erbe, das sie zu etwas Einzigartigem macht. Ein rotgoldener Drache. Sie ist eine Kreuzung zweier Drachenstämme, bei der die Eigenschaften beider Arten gleichstark ausgeprägt sind. Das gab es noch nie. Es überwiegen immer die Eigenschaften eines Stammes, meist die des männlichen Drachen. Und Alessa ist ein perfekter Hybrid mit den Eigenschaften der *Sway* und *Imperial* – bis heute nicht mehr existierende Drachenstämme, die jedoch für unser Überleben von entscheidender Wichtigkeit sind.“

Garwin schnaubte missmutig, ohne den Blick vom flackernden Feuer im Kamin zu nehmen. „Es geht dir also nur um Macht. Das ist der Grund, warum du so hinter ihr her bist.“

„Natürlich.“ Darius warf ihm über die Schulter hinweg einen Blick zu. Als Garwin ihn nur verächtlich erwiderte, sah er wieder aus dem Fenster. „Es dreht sich immer alles um Macht und jene, die sie besitzen. Um aber noch einmal auf unsere Gesetze zurückzukommen: Weibliche Drachen werden viel seltener geboren als männliche, weswegen wir das Gesetz des Erstanspruchs anwenden.“

„Erstanspruch?“, wollte Garwin wissen. Als kleiner Junge hatten ihn die Gepflogenheiten einer Beziehung zwischen männlichen und weiblichen Drachen nicht interessiert. Er wusste, dass die Männer aller Stämme ein bestimmendes Wesen hatten und oftmals eifersüchtig über ihre Frauen wachten. Bei einem Drachen würden wohl die wenigsten ein anderes Verhalten erwarten. Aber Erstanspruch?

„Egal, welchem Stamm *sie* angehört, jeder männliche Drache kann seinen Anspruch auf einen weiblichen erheben und sie damit zu der Seinen machen. Er muss nur als Erster Anspruch erheben.“

„Das ist barbarisch und hat nichts mit freiem Willen zu tun.“

„Es geht dabei nicht um den freien Willen, sondern darum, das Überleben des eigenen Stammes zu sichern. Etwas, das du wissen würdest, wärst du in deiner Heimat aufgewachsen.“

Garwins Magen zog sich schmerzhaft zusammen. Es war schlimmer, als er gedacht hatte. „Also wird auf Alessa jetzt Jagd von einer ganzen Horde Drachen gemacht. Und wer sie zuerst erwischt …“ Er wagte es nicht, den Gedanken weiterzuspinnen und schluckte schwer. Hoffentlich brachten das Kampftraining und die nächtelangen Spieletests Alessa einen Vorteil. Alles, was er über jeden einzelnen Stamm wusste, hatte er bei der Entwicklung von *Wild Dragon Hunt* einfließen lassen. Jetzt musste sie ihr Wissen nur anwenden und wäre dabei hoffentlich in der Lage, ihre Kräfte zumindest halbwegs zu kontrollieren.

„Nein, nicht alle. Außer drei Drachen wird keiner es wagen, Anspruch auf Alessa zu erheben. Niemand wird einem Stammesoberhaupt das Recht auf Erstanspruch streitig machen, weil sie ist, was sie ist. Weil sich in ihr zwei absolut reine Blutlinien vereint haben, die aus einem eigentlichen Bastard eine Königin machen. Und sich mit einer Königin zu verbinden, steht nur einem Stammesoberhaupt zu.“

„Und wenn Alessa bereits meine Frau gewesen wäre?“, wollte Garwin wissen.

„Dann wärst du nicht mehr am Leben.“

„Etwas in der Art habe ich mir fast gedacht.“

„Es hat nichts mit dir persönlich zu tun, Garwin. Aber ich kann einen Rivalen nicht dulden, auch keinen männlichen Freund, der sich als solcher entpuppen könnte. In gewisser Weise bin ich dir sogar dankbar, dass du dich um sie gekümmert und beschützt hast. Und wärst du nicht so neugierig gewesen und hättest dich nicht so weit vorgewagt in deinen Träumen, ich hätte sie vielleicht niemals entdeckt. Über Monate hinweg habe ich dein Treiben aus sicherer Entfernung beobachtet, wie du deine Kräfte ausgetestet hast. Es lag an eurer Verbindung, dass Alessas Geist sich ebenfalls geöffnet hat und sie dir gefolgt ist. Genau genommen kann ich sie nur durch dich beanspruchen. Dafür schulde ich dir Dank!“

Am liebsten wäre Garwin vor Scham im Boden versunken. Erneut stürmten Schuldgefühle auf ihn ein, als ihm in aller Deutlichkeit bewusst wurde, welche Auswirkungen sein eigenmächtiges Handeln hatten. Gab es für Alessa noch eine Möglichkeit, ihrem Schicksal zu entkommen? Er hoffte es.

„Genug geredet!“, bestimmte Darius, wandte sich vom Fenster ab und kam gemächlich auf Garwin zu. „Es ist an der Zeit, Alessa für mich zu beanspruchen.“ Ein hinterlistiges Lächeln verzog seinen Mund. „Ich werde jetzt meine Rivalen beschäftigen, damit sie Alessas Anwesenheit nicht bemerken. Und du …“, sagte er mit einem abschätzenden Blick auf Garwin, „… wirst bis zur Zeremonie natürlich Gast auf meiner Burg bleiben. Vielleicht bist du mir ja noch von Nutzen."

*Ja sicher*, schoss es Garwin durch den Kopf. Er gab ein hervorragendes Druckmittel ab. Sehr wahrscheinlich würde Alessa in die Verbindung mit Darius einwilligen, um sein Leben zu schützen. Und das, obwohl er sie verraten hatte.

Darius machte vor ihm Halt, fuhr mit einer Hand durch die Luft und ein stählernes schwarzes Band legte sich aus dem Nichts um Garwins Hals. Es wog nicht einmal viel und dennoch war seine Macht spürbar und drückte wie eine schwere Last seine Schultern herab.

„Nach der Zeremonie werde ich den Bann aufheben. Dann steht es dir frei, zu deinem Stamm zu gehen. Bis dahin wird es jedoch das Beste sein, ich halte deine Kräfte unter Verschluss."

*Als ob ich ohne dieses Ding um den Hals eine Chance gegen ihn hätte*, dachte Garwin grimmig.

Ein weiteres Mal fuhr Darius mit einer Hand durch die Luft und Garwins eben noch nackter Körper steckte von einem Moment auf den nächsten in einem grob gewebten Hemd und einer grauen Leinenhose. Danach rief Darius seine Wachen zu sich und übergab ihn diesen mit dem Befehl, ihn ins Verlies zu schaffen und es dauerhaft mit der doppelten Anzahl an Wachen zu sichern.

Zum ersten Mal, seit er in dem Turmzimmer zu sich gekommen war, fühlte Garwin Hoffnung in sich aufsteigen. Wenn er mit dem magischen Kragen angeblich keine Gefahr für Darius darstellte, wieso mussten dann die Wachen dauerhaft verdoppelt werden? Ja, es bestand durchaus noch Hoffnung.

## 7. Kapitel

*Hasyra*
*Warden Castle*

Cameron öffnete die Augen, sah zum Betthimmel und atmete aus. Er beobachtete die kleine Rauchwolke, die er dabei ausstieß und die Richtung Decke stieg. Dass ihn nach 217 Jahren noch etwas überraschen konnte, hätte er nicht gedacht. Aber er war tatsächlich überrascht gewesen, als er sie am See gesehen hatte. Doch nicht nur darüber, vielmehr war es das Zeichen auf ihrem Rücken gewesen, das durch das heruntergerutschte Oberteil sichtbar geworden war. Ein rotgoldener Drache, zumindest einen Teil davon hatte er gesehen. Er hatte etwas aufgestöbert, das er niemals für möglich gehalten hätte. Einen weiblichen *Imperial Sway* - die Erste und wahrscheinlich Einzige ihrer Art. Alessa.

Er setzte sich auf, schwang seine Beine über die Bettkante und berührte mit den Fingerspitzen seinen Mund. Seine Lippen prickelten noch immer von ihrem Kuss, so intensiv war er gewesen. Mit einem leisen Lachen dachte er daran, dass sie ihn als *heiß* bezeichnet hatte. Dabei war sie es, auf die diese Beschreibung viel besser passte. Bevor sie aus ihrem Traum gerissen wurde, hatte Alessa vor Verlangen nach ihm in seinen Armen gebrannt. Und er wollte genau das immer wieder spüren. Fühlen, wie sie vor Lust verging. Lust, die er in ihr hervorrief und die sich in ein rasendes Inferno verwandelte, das er nur zu gerne bändigen würde.

Aber dort, wo sie sich jetzt befand, konnte er sie nur über seine Träume erreichen. Um sie für sich zu beanspruchen, musste er sie in seine Welt holen. Und dafür brauchte er Hilfe von Berthe, der alten Hexe, denn seine eigenen Kräfte würden nicht ausreichen.

Cameron hob den Kopf und betrachtete den blutroten Drachenmond am Himmel. Er stieß ein erleichtertes Seufzen aus, während er aufstand und zum offen stehenden Fenster ging. Tief in seinem Inneren spürte er, dass sie alle vor einer tiefgreifenden Veränderung standen. Und die musste mit Alessa zu tun haben. Darüber war er sich sicher. Es konnte sich alles nur noch zum Besseren wenden. Es musste einfach.

Er ließ seinen Blick zum Horizont schweifen, an dem sich das Gebirge mit beeindruckenden Erhebungen abzeichnete. Sie waren nur deswegen mitten in der Nacht erkennbar, weil ein magischer Nebelschleier über dem Gebirge lag. Und der Mond verlieh dem Nebel einen sanften rötlichen Schimmer. Es war eine kaum sichtbare und dennoch wirksame Barriere, die gesetzlosen schwarzmagischen Kreaturen Einhalt gebot und sie in den Gebirgszügen festhielt, wo sie keinen Schaden anrichten konnten – außer unter ihresgleichen.

Ein kaum merkliches Flackern am Fuß des Gebirges zog Camerons Aufmerksamkeit auf sich. Er lehnte sich weiter aus dem Fenster, richtete seinen Blick auf die Stelle, an der er das Flackern im Nebelschleier ausgemacht hatte, fokussierte all seine Sinne darauf und blendete jegliche störende Geräuschkulisse aus. Als ihn der Schmerz und die Angst einer Frau trafen, sog er scharf die Luft ein. Sie gehörte zu seinem Clan, aber sie war kein *Guardian*, konnte sich nicht verwandeln und war damit schutzlos.

Doch es war nicht die alles durchdringende Angst einer Frau, die er kaum kannte, sondern Neelas, einer jungen *Guardian*, die unter seinem Schutz gestanden hatte, die seine alten Wunden aufriss. Die Vergangenheit stürmte mit Gewalt auf Cameron ein und katapultierte ihn 45 Jahre zurück, so dass er sekundenlang nicht reagieren konnte. Er war nicht in der Lage gewesen, sie zu beschützen, hatte versagt und Neela hatte es mit dem Leben bezahlt.

Eine Hand legte sich auf seine Schulter. Cameron erkannte an dem festen Druck, dass es nur Caden sein konnte. „Cameron? Spürst du das?“

Er wandte sich zu ihm um und nickte nur knapp als Antwort, ehe er angespannt hervorpresste: „Die Barriere. Sie müssen sie durchbrochen haben.“ Und das ausgerechnet jetzt, wo er Alessa aufgespürt hatte. Er betete, dass sie nicht allein einen Weg nach Hasyra fand und sich in die Nähe der Barriere verirrte. Denn wenn sie sie verloren, gab es für niemanden mehr auch nur einen Funken Hoffnung.

Cameron schwang sich auf den Fenstersims und sah über seine Schulter hinweg zu Ayryn, die mit besorgtem Gesichtsausdruck hinter seinem Bruder stand. „Wir nehmen alle mit, bis auf die Wachen. Die bleiben hier, um die Festung und die Frauen zu schützen. Und du wirst ebenfalls hier bleiben.“

„Aber ...“

„Keine Widerrede!“, unterbrach er Ayryn, ehe sie ihren Einwand hervorbringen konnte. „Solange Caden und ich fort sind, übernimmst du das Kommando in der Festung. Sie vertrauen dir genauso wie Caden und mir. Und eben das brauchen sie in diesem Moment. Die Gewissheit, dass jemand bei ihnen ist, der sie führt und alles in seiner Macht Stehende tun wird, um sie vor Schaden zu bewahren.“

Cameron nickte Caden knapp zu, wandte sich um und stieß sich kraftvoll vom Fenstersims ab. Er breitete im freien Fall die Arme aus. Dunkelblaue Schuppen sprossen aus seiner Haut. Sein Körper dehnte sich aus und sprengte seine Kleidung auseinander, die vom Wind weggetragen wurde. Als seine Arme und Hände sich in riesige Schwingen verwandelt hatten, zog er mit mächtigen Flügelschlägen einen Bogen über der Festung. Er stieß ein lautes Brüllen aus, rief seine Männer zusammen und befahl ihnen in Gedanken, ihm zu folgen. Auch ohne sich umzusehen, wusste er, dass mehrere Dutzend *Guardian* seiner Forderung nachkamen. Stolze, machtvolle Geschöpfe, deren königsblaue Schuppenpanzer im Licht des Drachenmondes schimmerten.

„Was für ein verfluchter Scheißdreck! Entweder der letzte Screwdriver war einer zu viel oder der Mist ist echt passiert“, brummte Alessa mürrisch vor sich hin und sah sich um. Rechts und links von ihr konnte sie nur weitläufiges Feld ausmachen und vor sich eine dunkle Wand von hohen Bäumen, die weit in den Himmel ragten.

Mit einem Ächzen versuchte sie, sich in dem riesigen Haufen Heu aus der bäuchlings liegenden Position auf die Knie zu schieben. Ohne jedoch tatsächlich Halt zu finden, weil das Heu unter ihr nachgab und sie tiefer einsank. Die toten Ranken, die ihren Körper noch immer umschlungen hielten, machten die ganze Sache nicht leichter. Nach mehreren vergeblichen Versuchen kam ihr die Idee, sich erst einmal auf den Rücken zu drehen und die Ranken loszuwerden.

Alessa zappelte in der Umklammerung der erstarrten Schlingen und warf ihren Körper herum, so dass sie im Heuhaufen liegend zum Himmel empor schaute. Als sie den blutroten Mond entdeckte, stieß sie zischend Luft aus, gefolgt von einer ganzen Reihe Flüche, die selbst einem hartgesottenen Seemann die Röte ins Gesicht getrieben hätten.

Laut keuchend rang sie nach Atem und kniff die Augen fest zusammen. Sie wollte es nicht sehen. Den eindeutigen Beweis, dass ihr altes Leben nicht mehr existierte und sie sich nicht mehr in Chicago befand. Minutenlang blieb sie still liegen, hörte nur ihre eigenen Atemgeräusche und kämpfte darum, Ordnung in das Chaos ihrer aufgewühlten Gedanken zu bringen. Und wenn es doch wieder nur einer dieser Träume war?

Sie hielt den Atem an und öffnete zaghaft die Augen. Ein Schluchzen entrang sich ihrer Kehle. Tränen brannten in ihren Augen, quollen über und liefen über ihre Wangen hinab.

Warum? Warum hatte Garwin sie jahrelang im Unklaren gelassen? Wenn er doch nur eher etwas gesagt hätte. Dann wäre sie nicht in diese unmögliche Situation geraten. Sie hätten ganz sicher gemeinsam eine Lösung gefunden. Das hatten sie immer. Sie beide hatten zusammengehalten, so lange sie denken konnte, als wären sie Geschwister.

Am Ende war es nicht genug gewesen. Garwin hatte sie verraten, indem er ihr nicht vertraut und ihr seine Andersartigkeit verschwiegen hatte. Denn die und dieser kleine Feuerteufel in ihr drin bewiesen, dass er die Wahrheit gesagt hatte und auch sie anders und nicht *normal* war.

Mutlosigkeit verdrängte die Furcht, die sie nur Augenblicke zuvor gespürt hatte. Alessa schniefte, rieb ihr Gesicht an ihrer Schulter und wischte so die Tränenspuren ab. War es zu viel verlangt, ein stinknormales Leben führen zu wollen? Mit Garwin als ihrem großen Bruder, ihrem Halt, und Jules, die ihr Leben hin und wieder durcheinanderwirbelte?

Alessa richtete ihren Blick auf den blutroten Mond und spürte, wie ihre Entschlossenheit zurückkehrte. Sie hatte noch nie aufgegeben. Und ausgerechnet hier würde sie nicht damit anfangen. Außerdem, wenn es einen Weg hierher gab, dann gab es auch einen zurück nach Chicago.

Alessa schob sich in eine etwas aufrechtere Position, befreite ihre Hände und zerrte die fangarmähnlichen Ranken von ihrem Körper. Mit angewidertem Gesicht schleuderte sie sie von sich.

Das Letzte, woran sie sich erinnern konnte, war, dass sie mit dem Rücken zum Tor gestanden hatte und diese Pflanzententakeln sie unnachgiebig umschlangen. Kurz danach musste sie das Bewusstsein verloren haben, denn sie erinnerte sich an nichts mehr, was später geschehen war. Vor allem nicht daran, wie sie auf einem Heuhaufen gelandet war. Warum hatten diese Dinger sie überhaupt in einem Heuhaufen mitten auf einem Feld im Nirgendwo abgeworfen?

Diesen ganzen Mist hatte Garwin ihr eingebrockt. Hätte er ihr doch nur früher erzählt, was er über sie beide rausgefunden hatte. Warum hatte er es nicht getan? *Weil er davon ausgehen musste, dass ich ihm kein Wort glauben würde,* beantwortete sie sich ihre Frage selbst. Dabei hätte eine kurze Verwandlung in das Monster aus dem Sumpf vollkommen ausgereicht, um sie zu überzeugen. Und das, *ohne* sie vorher zu fragen, ob er ihr die Wahrheit seiner Worte beweisen sollte.

Alessa stieß einen abgrundtiefen Seufzer aus und sah sich um. Wie es schien, war sie alleine. Von Garwin weit und breit keine Spur.

*Ob er noch immer in Chicago ist, während ich hier feststecke?,* überlegte sie erschrocken und kämpfte die aufsteigende Panik nieder. Nein. Er hätte sie auf keinen Fall alleine gelassen und musste sich irgendwo hier in … Hasyra befinden. Und wenn sie ihn erst in die Finger bekam, dann konnte er sich auf etwas gefasst machen, nahm sie sich vor und sah sich nach einer Abstiegsmöglichkeit um.

„Komm mir unter die Augen und du kannst was erleben, du Vollpfosten!“, murrte sie vor sich hin und machte ihrem Unmut Luft. Er hätte sie vorwarnen *müssen*. Sein Drumherumgerede hatte ihnen keinerlei Vorteile verschafft. „Drachen. Schlingpflanzen, die einen durch ein Portal ziehen, das vorher das komplette Haus in seine Einzelteile zerlegt. Der beste Freund, der sich in ein Sumpfmonster verwandelt und zum Zerlegen eines Steaks nicht mal mehr ein Messer braucht. Was kommt als Nächstes? Eine ganze Drachenarmee, die mich quer über den Acker jagt?“

Wacklig stand Alessa oben auf dem Heuhaufen und entschied sich zu springen. Sie hoffte nur, dass keiner der Bauern eine Heugabel liegen gelassen hatte. Wie ein Kind sprang sie mit einem Satz von der Spitze des Haufens, landete weich und rollte sich das letzte Stück ab. Unten angekommen rappelte sie sich auf und befreite Jeans, Shirt und vor allem ihre Haare vom allzu anhänglichen Heu. Alessa zupfte gerade einen trockenen Grashalm aus ihren Haaren, als sie flackernde Lichter entdeckte, die sich ihr rasch näherten und sich bei genauerem Hinsehen als Fackeln entpuppten.

„Na, wenn das nicht das *Empfangskomitee* ist“, murmelte sie und hielt Ausschau nach den dazugehörigen Mistgabeln. Als sie diese neben Knüppeln in verschiedenen Größen in den Händen der einfach gekleideten Männer entdeckte, verdrehte Alessa die Augen gen Himmel. Die Geschehnisse in dieser Nacht wurden immer absurder. Erst erfuhr sie, dass sie und Garwin keine *normalen* Menschen waren, danach der ungewollte Gratisritt durch ein Portal in eine ihr vollkommen fremde Welt und nun näherte sich ihr als krönender Abschluss ein Bauernmob mit Mistgabeln und Fackeln. Als einen gelungenen Abend würde sie das nicht unbedingt bezeichnen.

Alessa wurde von einem Dutzend grobschlächtiger, muskelbepackter Kerle umringt und abschätzend gemustert. Ein blonder Hüne war es schließlich, der sie ansprach und ihr seinen beeindruckenden Holzknüppel vors Gesicht hielt: „Wer bist du und woher kommst du?“

Wenn die Kerle sich entschieden, sie mit ihren Knüppeln und Mistgabeln anzugreifen, dann wäre ihre Chance zu entkommen eher gering.

„Sagt euch Chicago etwas?“ Statt einer Antwort bekam sie tumbe Gesichtsausdrücke zu sehen. „Wohl eher nicht“, murmelte sie zu sich selbst, räusperte sich und wies mit dem Daumen über ihre Schulter auf die Spitze des Heuhaufens. „Von da oben. Und mein Name ist Alessa Martin.“

„Ich glaube, sie verspottet dich, Tris“, stellte der zweite Sprecher der Gruppe fest und kratzte sich hingebungsvoll das Gemächt.

„Scheint so.“ Tris machte einen Schritt auf Alessa zu und hob seine Fackel höher, um ihr Gesicht besser sehen zu können. „Welchem Clan gehörst du an? Ich habe dich bisher noch nie hier gesehen. Eine Warden bist du jedenfalls nicht …“

„Aus dem Weg, ihr Trottel!“, erklang die kratzige Stimme einer Greisin, die allein mit ihrer Anwesenheit die Männer zu erschrecken schien. Zwei der Männer traten hastig beiseite und machten ihr Platz. „Seid ihr etwa blind? Oder könnt ihr wirklich nur noch Kühe und Behias auf die Weide treiben und euch zwischendurch die Eier kratzen? *Ich* bin blind und kann trotzdem sehen, *was* sie ist.“ Beiläufig verpasste sie Tris einen Schlag mit ihrer Krücke gegen den Oberschenkel und gab ihm damit zu verstehen, aus dem Weg zu gehen. Der Hüne ließ den Arm sinken und trat zur Seite.

„Und wer ist sie, alte Hexe?“

„Ihr seid wirklich nichts anderes als dumme Bauern - dumm und blind“, gab sie zur Antwort, humpelte näher und schenkte Alessa ihre volle Aufmerksamkeit.

Aus blinden Augen starrte sie Alessa an, als würde sie sie tatsächlich sehen. Dann verzog sich ihr runzeliges Gesicht und zeigte ein freudestrahlendes, zahnloses Lächeln. „Dass ich das auf meine alten Tage noch erleben darf“, flüsterte sie, während eine einsame Träne sich einen Weg über ihre Wange bahnte. Vorsichtig berührte sie Alessas Stirn, fuhr mit ihren knochigen Fingern durch ihre wirren Haare und über die blasse Narbe auf ihrer Wange, ehe sie einen Schritt zurücktrat. „Wurde aber auch Zeit, dass du endlich erscheinst, wenn ich das mal so frei sagen darf.“

„Ich bin nicht freiwillig hier ... ähm ...“ Sie konnte die Frau doch nicht *alte Hexe* nennen, oder? „Gute Frau.“ Ja, das klang passend und wurde sicherlich auch von diesen Hinterwäldlern verstanden.

Die Alte kicherte und wandte sich ab, um aus dem Kreis zu humpeln. „Gute Frau? Ich werde von allen nur alte Hexe genannt, Lady Alessa.“

„Hören Sie, da liegt ein Missverständnis vor. Ich bin keine Lady.“

„Nein. Natürlich bist du das nicht“, sagte die Alte und lief, sich auf ihre Krücke stützend, weiter. Nach wenigen Metern hielt sie einen Moment inne und wandte ihren Kopf Alessa zu. „Aber du wirst mir sicher verzeihen, wenn ich nicht auf die Knie falle, um dir den nötigen Respekt zu zollen ... *Eure Hoheit*.“

Es schien, als hallten die letzten Worte in der aufziehenden Morgendämmerung wider wie ein Donnerschlag. Kaum ausgesprochen, ließen sich die Männer auf die Knie fallen und senkten die Köpfe.

Langsam, aber sicher fühlte Alessa sich von der Situation überfordert. Sie hasste es, im Mittelpunkt zu stehen. Stets hielt sie sich im Hintergrund und fuhr bisher immer recht gut damit. Diese ganze Aufmerksamkeit, die ihr gerade zuteilwurde, dann auch noch dieses *Eure Hoheit*, das war ihr alles viel zu viel.

Eilig lief sie hinter der Alten her und hielt sie an der Schulter zurück. „Ich habe keine Ahnung, wo ich hier bin. Und ehrlich gesagt, will ich hier auch nicht sein. Alles, was ich will, ist, irgendwie nach Hause zurückzukommen. Aber vorher muss ich noch meinen Freund finden. Vielleicht weiß einer von euch, wo er ist?"

„Du bist zu Hause, Alessa. Die andere Welt war es niemals – weder für dich noch für deinen Freund." Die alte Frau drehte sich zu den Männern um, die noch immer vor ihnen knieten und sie beide abwartend beobachteten. „Wenn ihr nicht hier auf dem Feld sterben wollt, solltet ihr so schnell wie möglich zurück in eure Häuser. Der *Mageia* ist bereits auf dem Weg hierher."

Sofort kam Bewegung in die Gruppe. Doch statt in alle Windrichtungen davonzulaufen, positionierten sie sich wie ein Schutzwall um die beiden Frauen.

„Wir mögen zwar nur Bauern sein, Hexe, aber wir werden kämpfen bis zum letzten Tropfen Blut."

„Cameron ist ebenfalls auf dem Weg. Bleibt nur abzuwarten, wer zuerst bei uns ist." Sie legte den Kopf schief, schien auf etwas zu horchen, von dem Alessa nicht den Hauch einer Ahnung hatte, was es sein könnte. Denn sie selbst hörte rein gar nichts, außer dem sanften Rauschen des Windes, der durch Grashalme und die Blätter an den Bäumen strich, die den Waldrand säumten. Die Alte starrte mit blicklosen Augen zum Himmel und verzog unzufrieden das Gesicht. „Er ist ganz nah."

„Wer?"

„Nicht der, den du dir wünschst, Tristan. Darius wird zuerst hier sein." Der Krückstock, mit dem sie auf eine dunkle, sich schnell über den Himmel bewegende Wolke wies, zitterte leicht.

Fasziniert beobachtete Alessa das Schauspiel, das sich ihnen bot. Eine riesige, schwarze Wolke rollte mit rasender Geschwindigkeit auf sie zu und verdunkelte den blutroten Mond. Alessas Körper spannte sich an und in ihrem Inneren regte sich etwas Unbekanntes und dennoch angenehm Vertrautes. Sie hatte es schon einmal gespürt, erinnerte sie sich. Kurz bevor sie in der Feuerwache das Bewusstsein verloren hatte. Hitze, die sich wie ein lebendiges Wesen in ihr bewegte, als würde sie nach einem Ausgang suchen.

Alessa betrachtete die dunkle Wolke, die an Geschwindigkeit verlor. Sie konnte die drohende Gefahr fast schon auf der Zunge schmecken. Jetzt fragte sich nur, wie sie auf diesen Darius reagieren sollte. Konnte sie ihm überhaupt etwas entgegensetzen, um sie alle vor Schaden zu bewahren und zu retten?

Das käme auf einen Versuch an, entschied Alessa. Wenn sie tatsächlich nicht nur ein Mensch war, musste sie einfach auf ihre Wurzeln und die damit verbundenen Instinkte und Kräfte vertrauen. Garwin hatte sie als *Imperial Sway* bezeichnet, was hieß, dass sie Eigenschaften beider Drachenarten haben musste. Nur wie sollte sie sie aktivieren? In *Wild Dragon Hunt* brauchte sie nur eine Kombination auf dem Controller zu drücken und schon war ein *Sway* in der Lage, einen alles und jeden vernichtenden Feuerstrahl zu spucken. Und ein *Imperial* konnte sich wie ein Chamäleon perfekt der Umgebung anpassen und sich damit praktisch unsichtbar machen. Eine Eigenschaft, die in ihrer jetzigen Situation von Vorteil wäre. Was man nicht sah, konnte man nicht angreifen. Das galt auch für den *Mageia*-Drachen.

Alessa starrte weiter zum Himmel. Die Wolke verlor weiter an Geschwindigkeit, sank zu Boden, zog sich zusammen und nahm Gestalt an. In einigen Metern Entfernung ein großgewachsener, dunkelhaariger Mann auf dem Feld stand. Dunkelgrauer Nebel waberte um seinen nackten, muskulösen Körper, legte sich auf seine Haut und verwandelte sich vor ihren Augen in Kleidung. Der schwarze Umhang wurde von einer leichten Brise erfasst und flatterte um den in schwarzes Leder gekleideten Mann.

Alessa konnte keine Waffe ausmachen. Er trug weder Schwert noch Messer bei sich. Aber um sich zu verteidigen, benötigte ein *Mageia* auch keine physische Waffe. Pure, unverfälschte Macht umgab ihn wie ein undurchdringliches Schutzschild. Dagegen kam kein Schwert an. Knüppel, Mistgabeln und Fackeln richteten sicher noch weniger aus. Die Männer, die sie zu schützen versuchten, hätten im Kampf nicht die geringste Chance gegen ihn.

Ohne den Männern um sie herum Beachtung zu schenken, streckte er einen Arm in ihre Richtung aus, die Handfläche nach oben. „Komm zu mir, Alessa!“, bat er mit einschmeichelnder, dunkler Stimme, die ihr einen Schauer über den Rücken jagte. Es war die gleiche Stimme, die in ihrem letzten Albtraum zu ihr gesprochen hatte.

„Vergiss es! Ich bleibe schön hier, wo ich mich gerade befinde. Und du löst dich am besten in diesen schwarzen Rauch auf und dampfst über den Himmel in entgegengesetzter Richtung wieder ab.“

Er wirkte amüsiert über die Art, wie sie mit ihm sprach. Ein kleines Lächeln huschte über sein Gesicht, ehe er den Arm senkte und den Kopf zur Seite neigte. „Hatte ich dir nicht gesagt, dass du mir gehören würdest? Also mach es uns allen nicht unnötig schwer und komm zu mir."

„Was ist an *Vergiss es* so schwer zu verstehen?" Alessa verschränkte die Arme vor der Brust und blieb wie angewurzelt stehen. „Verschwinde und lass mich … lass uns in Ruhe", verlangte sie und hoffte, ihn mit einem Gespräch lange genug hinhalten zu können, bis dieser sehnsüchtig erwartete Cameron auftauchte.

„Mich interessieren keine Bauerntölpel und eine verschrumpelte, alte Hexe. Es geht einzig und allein um dich, Alessa. Sollte sich einer von ihnen mir in den Weg stellen, wird er sterben. Willst du den Tod einer dieser kümmerlichen Kreaturen verantworten? Könntest du es verantworten, meine Liebe?"

Unterdrückte Wut kochte in Alessa hoch. Dieser Kerl war sich so verdammt sicher, dass er sie bekommen würde. Und wie konnte er es wagen, den anderen mit dem Tod zu drohen? Alessa begann, sich unwohl in ihrer Haut zu fühlen. Ihr Körper kribbelte vom Haaransatz bis zu den Zehenspitzen und schien sich von innen heraus zu erhitzen. Das war nicht mehr dieses vertraute Gefühl, das sie inzwischen mehrfach gespürt hatte. Es war viel intensiver und vor allem aggressiver. Sie ließ die Arme sinken und machte einen Schritt in seine Richtung.

„Beruhige dich!" Kühle Finger schlossen sich um Alessas Handgelenk und hielten sie zurück. Die alte Frau neben ihr wandte den Blick nicht von dem unerwünschten Neuankömmling, während sie leise weitersprach: „Das ist genau das, was er erreichen will. Denn deine *Sway*-Instinkte zwingen dich, auf jegliche Bedrohung zu reagieren. Darius kennt deine Schwächen genau und nutzt sie gegen dich. Atme tief durch, beruhige dich und warte die Unterstützung ab, Alessa. Cameron wird bald hier sein. Und er kommt nicht allein."

Alessa war wie blind vor Zorn. Die Worte der Alten rauschten einfach durch sie hindurch. Die Hitze ihrer Wut brodelte in ihrem Inneren und Alessa konnte sie nicht kontrollieren, wusste nicht wie. Tief holte sie Luft und ballte die Hände zu Fäusten. Die alte Frau hielt noch immer ihr Handgelenk umklammert. Von Sekunde zu Sekunde fühlte sich die Hand, die sie zurückhielt, kälter an.

„Du musst unbedingt ruhig bleiben, egal was geschieht", redete die Alte eindringlich auf sie ein. Doch Alessa hörte ihre Stimme nur noch gedämpft durch den Nebel ihrer Wut. „Und vor allem darfst du dich Darius nicht nähern. Solange genug Abstand zwischen euch liegt, kann er keinen Anspruch auf dich erheben. Dafür muss er dich in deiner menschlichen Gestalt berühren."

*„Anspruch auf mich erheben? Was zur Hölle soll das heißen?"*, brüllte Alessa die Frau neben sich an.

„Es ist sein gutes Recht, das zu tun. Nur deswegen hat er sich auf den Grund und Boden des Warden-Clans vorgewagt. Um Anspruch auf dich zu erheben."

Na, da würde sie noch ein Wörtchen mitzureden haben. Andere Welt hin oder her, kein Kerl würde einfach mal so auftauchen und bestimmen, dass sie ihm *gehörte*. Zwar mochte diese Welt rückständiger sein, aus tiefen, dunklen Höhlen mussten die Menschen dennoch schon vor geraumer Zeit gekrochen sein.

„Komm zu mir, Alessa!" Erneut hielt Darius ihr die Hand entgegen. Im Gegensatz zu seiner lockeren Körperhaltung verriet der angespannte Tonfall seine Ungeduld. „Zwing mich nicht, dich holen zu müssen."

Alessa kniff die Augen zusammen und schüttelte stur den Kopf. „Da ich nicht die Absicht habe, zu dir zu kommen, wird dir nichts anderes übrig bleiben."

„Wie du willst." Ohne den Blick von ihr zu wenden, erhob Darius einen Arm zum Himmel. In seiner geöffneten Hand formte sich ein dunkler Wirbel, der schnell an Größe zunahm, bis er einer langgezogenen Windhose glich.

Was hatte er vor? Alessas Herz raste in ihrer Brust. Sie schluckte hart und kämpfte gegen die Angst, die ihren Magen sich zusammenziehen ließ und die brodelnde Hitze noch anstachelte.

Mit einer schnellen Bewegung seines Arms peitschte er auf die Gruppe von Männern um Alessa ein. Wie Puppen wurden sie meterweit beiseite geschleudert. Sie schrien erschrocken und Alessa durchfuhr ein Zittern, weil sie die zunehmende Anspannung kaum noch aushielt. Sie brauchte dringend ein Ventil, um den in ihr wütenden Sturm loszuwerden. „Komm zu mir oder jeder Einzelne von ihnen wird elendig sterben."

Um seinen Worten Nachdruck zu verleihen, streckte Darius den zweiten Arm vor und unzählige dieser Ranken, mit denen Alessa bereits Bekanntschaft geschlossen hatte, schossen auf einen der am

Boden liegenden Männer zu. Sie packten ihn an Armen, Beinen und um den Hals, hoben ihn in die Höhe und rissen ihn in einem Ruck auseinander, bevor er überhaupt einen Angstschrei ausstoßen konnte.

Blut ergoss sich vor ihren Augen auf dem Feld. Dann wurden die Körperteile wie kaputtes Spielzeug beiseite geschleudert. Der Anblick brannte sich in Alessas Kopf. Unsägliches Grauen mischte sich mit Übelkeit und wurde zu flammendem Zorn. Als die tödlichen Tentakeln sich dem nächsten Opfer zuwandten, riss Alessa ihren Arm aus der Umklammerung der alten Frau. Laut brüllend und mit wutverzerrtem Gesicht stürmte sie auf Darius zu.

Eine beängstigend wilde Macht toste durch ihre Adern, als Alessa den angeborenen Instinkten des *Sway* freien Lauf ließ. Ihr gesamtes Weltbild verschob sich, wurde zurechtgerückt und ergab einen vollkommen neuen Sinn. Sie war nicht mehr nur Alessa Martin - eine aufgeschlossene, wenn auch manchmal etwas aufmüpfige, junge Frau mit einem aufbrausenden Temperament. Wenn wirklich Drachenblut durch ihre Adern floss, dann würde sie dieses Erbe hier und jetzt nutzen. Und es sollte sich am besten beeilen, seine Wirkung zu zeigen.

Ganz anders als in ihrem Albtraum waren da keine unbeschreiblichen Schmerzen, als ihr Körper sich dehnte, verformte und die Gestalt des Drachen annahm. Es fühlte sich vollkommen normal, richtig und ... befreiend an. Mitten im Laufen machte sie einen Satz und sprang Darius entgegen. Alessa vollzog die Verwandlung vollständig in der Luft. Die Nähte ihrer Kleidung wurden auseinandergesprengt. Fetzen nutzlosen Stoffes fielen zu Boden und verstreuten sich über das Feld. Auf allen vieren landete sie nur wenige Meter vor Darius, schüttelte sich kurz, fixierte ihren Gegner mit blitzenden Augen und umkreiste ihn mit unruhig zuckendem Schweif. Die Hitze, die sie nur Augenblicke zuvor von innen aufgefressen hatte, war noch da. Aber sie hatte sich verlagert und umgab sie jetzt wie ein Schild.

„Du bist eine wahre Schönheit, Alessa. Bereits in menschlicher Gestalt bist du bezaubernd, als Drache jedoch ... wunderschön“, schmeichelte er ihr mit bewunderndem Blick.

Sie quittierte sein Kompliment mit einem wütenden Fauchen und einem schnellen Schlag ihres Schweifs in seine Richtung.

Aber statt erbost zu reagieren, sprang Darius zur Seite und lachte vergnügt. „Etwas anderes hatte ich nicht erwartet. Trotzdem werden wir an deiner Abneigung mir gegenüber arbeiten müssen, meine Liebe."

Alessa folgte ihm, hieb mit einer Klaue auf Darius ein und zerfetzte seinen Umhang. Sie musste ihn nur zu Boden werfen, dann würde sie ihm schon zeigen, woran sie beide arbeiten mussten. In den Dreck würde sie ihn stampfen, wo er hingehörte, dieses miese Stück Scheiße.

„*Zurück!*“, hallte es durch ihren Kopf. „*Bleib weg von ihm, ich bin gleich bei dir!*“

Im Gegensatz zu Darius' stieß die dunkle, samtweiche Stimme sie nicht ab. Sie wirkte beruhigend auf ihren vor Zorn zitternden Körper und hüllte ihren Geist in Wärme und Geborgenheit, wie Alessa es nie zuvor erlebt hatte. Nicht einmal Garwin war dazu fähig. Und mit ihm fühlte sie sich enger verbunden als mit irgendeinem anderen Menschen.

Verwirrt machte sie einen Schritt zurück und schüttelte den Kopf. Was passierte mit ihr? Und vor allem … „*Wer bist du?*“

„*Cameron … Cameron Warden. Du musst dich von Darius fernhalten, deine Kräfte sind nicht trainiert. Wenn er sich ebenfalls verwandelt, hast du keine Chance.*“

„*Das werden wir noch sehen.*“ Zwar mochten ihre Drachenkräfte nicht trainiert sein, das hieß aber nicht, dass sie ihm nichts entgegenzusetzen hatte. Magie? Nun, dieser Darius würde ihren ganz eigenen ‚Zauber' kennenlernen.

„Aaahhh … Cameron und seine Wachen werden bald hier sein“, stellte Darius mit einem Blick zum Himmel fest, wo mehrere Drachen zu sehen waren, die wegen der Entfernung auf den ersten Blick wie ein Schwarm kleiner Vögel am Horizont aussahen. „So gern ich mir mit dir eine ausgedehnte Rauferei gönnen würde, bezaubernde Alessa, wir werden uns beeilen müssen."

„*Tja … und ich habe alle Zeit der Welt. Es interessiert mich nicht die Bohne, ob du es eilig hast.*“ Alessa lief langsam auf und ab und zerpflügte mit ihren Klauen den Acker. „*Warum gehst du nicht einfach dorthin zurück, wo du hergekommen bist? So ein Kampf auf die Schnelle scheint nicht dein Ding zu sein.*“

„*Das*, meine Liebe, ist ein Trugschluss“, erwiderte er und hob beide Hände mit gespreizten Fingern.

Wachsam behielt Alessa Darius im Auge. Er wirkte genauso entschlossen, wie sie es war, während er schwarze Magie beschwor, und sie mit seinem Willen zu pflanzlichen Tentakeln formte. Sein kalter Blick bohrte sich in ihren, jagte Schauer über ihren Rücken und ließ sie ihre Muskeln anspannen. Darius' Blick zuckte über sie hinweg. Es war kaum mehr als ein Blinzeln, aber Alessa wusste instinktiv, worauf er es zuerst abgesehen hatte, um sie zu Boden zu ziehen. Ihre Hinterläufe.

Als er sie angriff, bewegte sie sich trotz ihres massigen Drachenkörpers flink wie eine Katze und sprang zur Seite. Dann schnappte Alessa nach dem Bündel aus Ranken, biss kräftig zu und zog ruckartig an ihnen. Da die Ranken zu Darius gehörten, machte er einen Satz nach vorn und kam in Alessas Reichweite. Sie stieß ein zischendes Fauchen aus und schlug ihm ihren Schweif mit voller Wucht gegen den Oberkörper. In dem Moment, wo sie ihn berührte, sprossen lange goldfarbene Stacheln aus ihrem Schweif und ließen ihn zu einer gefährlichen Waffe werden. *Ihr* taten sie nicht weh, aber Darius stöhnte vor Schmerz auf, als die Stacheln sich in seine Brust und die Schulter bohrten und ihn aufspießten. Genugtuung floss durch Alessa hindurch, als sie ihn von ihren Stacheln gespickt vor sich sah. Dieser Mistkerl hatte es nicht anders verdient. Und sie war noch nicht fertig mit ihm.

Mit ihrem Schwanz hob Alessa seinen aufgespießten Körper mühelos an, rammte Darius ein ums andere Mal in den Dreck und peitschte mit ihm den Boden. Als er kraftlos von den Stacheln herunterbaumelte, schleuderte sie ihn angewidert von sich. Wie eine Puppe segelte er durch die Luft, landete auf dem Feld und rutschte bäuchlings weiter. Alessa wandte ihm den Rücken zu, scharrte kräftig mit den Hinterläufen und hüllte den am Boden liegenden Körper in eine Wolke aus Dreck und ausgerissenen Grasbüscheln ein. *„Spiel, Satz und Sieg für den Außenseiter, kleiner Scheißer.“*

Leises Lachen hallte durch ihren Geist. *„Du hast ihn nicht besiegt, sondern lediglich seinen ersten Angriff abgewehrt. Bleib wachsam! Er ist jetzt wütend, sehr wütend sogar.“*

Darius, der sich just in diesem Augenblick wieder aufrichtete, bestätigte Camerons Warnung mit einem wutschnaubenden Brüllen. Er fiel auf Hände und Knie, schüttelte Kopf und Körper und transformierte sich in einen monströs großen Drachen, gegen den Alessa sich wie ein Winzling aus der Spielzeugabteilung vorkam. Sein Körper war mit schwarz glänzenden Schuppen bedeckt, die wegen seiner Wut zitterten. Sie rieben aneinander, so dass es wie das Rasseln einer Klapperschlange klang. Und die ausgebreiteten

Schwingen wirkten, als seien sie aus Leder. Armlange Stacheln zierten den schuppigen Schweif, dessen unruhige Bewegungen Staub, Dreck und Zweige aufwirbelten.

Statt ihn lange genug auszuschalten, bis die ersehnte Rettung eintraf, hatte Alessa Darius offensichtlich nicht nur wütend, sondern stinksauer gemacht. Im Nachhinein betrachtet war es vielleicht keine gute Idee gewesen, mit ihm den Acker zu pflügen.

*„Du musst fliehen!"*, drängte Cameron. *„Wir beeilen uns, aber du musst ihn so lange auf Abstand halten, bis wir bei dir sind."*

*„Ich glaube kaum, dass ich als Drache so schnell laufen kann."* Wäre sie wie Garwin ein *Lejf*, könnte sie sich in jedes beliebige Tier verwandeln und nicht nur in einen Drachen. Gerade jetzt könnte sie die Geschwindigkeit eines Gepards gebrauchen, um sich einen Vorteil zu verschaffen.

*„Nicht laufen, du musst fliegen. Du hast ihn verletzt. Dadurch kann er dir trotz seiner größeren Spannweite nicht so schnell folgen. Nutze deine Flügel und flieg, kleine Imperial Sway!"*

Sie sollte fliegen? Alessa hatte sich noch nicht mal an den Umstand gewöhnt, sich tatsächlich in einen Drachen verwandeln zu können. Bisher war es nur in ihren Träumen passiert oder in *Wild Dragon Hunt*. Und zumindest im Spiel hatte sie die Situation immer unter Kontrolle, bestimmte, was geschah, indem sie ein paar Knöpfe drückte.

Alessa riskierte einen Blick auf Darius, der sich inzwischen vollständig verwandelt hatte und sie aus feuerroten Augen anstarrte, und kam zur Überzeugung, dass eigenständiges Fliegen auf alle Fälle einen Versuch wert war. Sie verlagerte ihr Gewicht auf ihre Hinterbeine und flatterte unbeholfen mit den Flügeln. Ihr Körper bewegte sich keinen Millimeter vom Boden weg. Ob etwas Anlauf half? Alessa ließ sich wieder auf alle viere fallen, verfiel in einen leichten Trab, wurde schneller und schneller, stieß sich kraftvoll vom Boden ab und breitete ihre Schwingen weit aus. Als sie den Wind unter ihren Flügeln spürte, bewegten sie sich wie von selbst in einem gleichmäßigen Rhythmus auf und ab. Sie schraubte sich höher und höher. Mit weit ausgebreiteten Flügeln segelte sie über den Himmel und dem schmalen Streifen Orange der aufziehenden Morgendämmerung entgegen.

Aber Camerons Stimme in ihrem Kopf holte sie zurück in die Wirklichkeit. *„Flieg! Flieg so schnell du kannst! Er ist direkt hinter dir."*

Alessa beschleunigte ihre Flügelschläge und schaute über die Schulter zurück. Darius holte trotz der Verletzungen schnell auf und kam ihr immer näher. Sie streckte ihren Körper in der Luft, spürte die Anstrengung in den Flügeln, die immer schwerer wurden. Alessa flog so schnell, wie es ihr möglich war, konnte ihn aber nicht abschütteln. Er war nur noch wenige Meter von ihr entfernt. Was konnte sie tun?

Alessas Atemzüge gingen schwerer. Mit jedem Meter, den sie sich höher in den Himmel schraubte, rang sie stärker nach Luft. War es nicht so, dass, je höher man kam, desto dünner wurde auch die Luft? Dann müsste ein größerer und deutlich schwererer Drache auch mit erheblich mehr Problemen zu kämpfen haben als ein kleiner. Eine Wahl blieb ihr ohnehin nicht, denn ihr Verfolger berührte fast schon ihre Schwanzspitze.

Alessa schlug noch heftiger mit den Flügeln und stieg weiter hinauf. Und je höher sie kam, desto schneller musste sie die Schwingen bewegen, um ihre Geschwindigkeit zu halten. Sie durchbrach eine dünne Wolkendecke, ließ sich wieder fallen und tauchte darin ein. Abschütteln konnte sie Darius aber nicht. Er blieb ihr dicht auf den Fersen.

*„Genug gespielt, meine Liebe! Es wird Zeit, dass du dich endlich deinem Schicksal ergibst.“* Seine Worte hatten noch nicht einmal in ihren Gedanken Form angenommen, als sie von einem kräftigen Stoß in die Seite getroffen wurde und ins Trudeln geriet. Alessa verlor an Höhe, fing sich wieder und blendete den Schmerz in ihrer Seite aus. Sie durfte sich nicht ablenken lassen, wenn sie ihm entkommen wollte. Erneut traf sie etwas Schweres in die Flanke und wirbelte sie herum. Eine weitere Flucht war unmöglich, so dass Alessa nur noch die Konfrontation mit ihm blieb.

Sie drehte sich in der Luft blitzschnell herum, trat mit ihren Hinterläufen aus und zog ihm ihre messerscharfen Klauen quer über die breite Brust. Feiner roter Nebel umgab sie wie eine Wolke, während Alessa sich unter Darius wegrollte. Seinem gereizten Fauchen schenkte sie keine Beachtung.

*„Es reicht!“* Sein Angriff kam schnell. Er krallte sich mit den Hinterläufen an ihren Schultern fest, so dass sie ihre Schwingen nicht mehr bewegen konnte und wie ein Stein vom Himmel fiel. Panik pumpte durch ihre Adern und ließ das Blut in ihren Ohren rauschen. So sehr sie auch gegen ihn ankämpfte, sich fauchend in seiner Umklammerung wand, er hielt sie unerbittlich fest. Alessas

Sinne drohten zu schwinden, während sie mit rasender Geschwindigkeit auf den Boden zurauschte. Das kleine Wäldchen unter ihr kam immer näher und näher. Erste Baumwipfel streiften ihren Körper, bremsten ihren Fall aber kaum ab. Als sie gemeinsam mit dem schwarzen Drachen in die eng stehenden Bäume krachte, verlor sie das Bewusstsein.

# 8. Kapitel

*Warden-Gebiet*

Schwer atmend kauerte Darius in seiner Drachengestalt über der bewusstlosen Frau. Blut rann aus den Wunden über seine Brust und den Bauch hinab und tropfte auf den Boden. Für einen unerfahrenen Jungdrachen, dessen Kräfte gerade erst erwacht waren, hatte sie sich erstaunlich gut und heftig zur Wehr gesetzt und ihm schmerzhafte Verletzungen beigebracht. Er hatte sie unterschätzt. Ein Fehler, der ihm kein zweites Mal unterlaufen würde.

Darius trat einige Schritte zurück. Als er seine menschliche Gestalt wieder annahm, lief ein Zittern durch seinen Körper, seine Klauen krallten sich in das weiche Moos und rissen den Waldboden auf. Dabei stieß er zischend den Atem aus, weil beißender Schmerz durch seinen Leib zog. Die Verletzungen, die sie ihm zugefügt hatte, waren nicht nur oberflächlich. Darius presste eine Hand auf die tiefen Risswunden in seiner nackten Brust und schloss für einen Moment die Augen, um heilende Magie herbeizurufen. Zwar blieb ihm nicht die Zeit, sich vollständig zu heilen, aber er musste die Wunden zumindest versiegeln, damit er nicht noch mehr Blut und Kräfte verlor. Und er musste sich auch um Alessa kümmern. Denn sein Angriff hatte deutliche Spuren auf ihrem Rücken hinterlassen.

Darius kniete sich neben Alessa, die noch immer reglos und bäuchlings auf einem Bett aus Moos lag, und begutachtete die langen Kratzer, die seine Klauen auf ihrem Rücken hinterlassen hatten. Er hatte versucht, sie ruhig zu halten, während er sie zurück auf den Boden zwang. Aber ihre Gegenwehr war zu heftig gewesen, als dass es ohne Blessuren hätte ausgehen können.

Langsam strich er mit einer Hand über ihre zarte Haut, um die tiefen Risse zu schließen, damit sie nicht noch mehr Blut verlor. Denn wenn ihr Körper zu schwach war, würde er sie kaum aus der tiefen Bewusstlosigkeit wecken können.

Darius zischte einen Fluch, weil Alessas Heilung ihn an seine Grenzen brachte. Als *Mageia* verfügte er zwar über Heilkräfte, aber sie waren lange nicht so ausgeprägt wie bei einem *Guardian*.

Schweiß stand ihm auf der Stirn und das Herz pochte angestrengt in seiner Brust, während er ihre Wunden versorgte.

Kaum hatte er die Blutung auf Alessas Rücken gestoppt, zogen knackende Zweige seine Aufmerksamkeit auf sich. Darius lauschte in den dunklen Wald hinein und presste grimmig die Lippen aufeinander. Er musste sich beeilen, Cameron und seine Männer näherten sich ihm und seiner erlegten Beute schneller, als ihm lieb war.

Er drehte Alessa auf den Rücken, ließ seine Augen über ihren nackten, perfekt geformten Körper mit den sanft gerundeten Hüften und den vollen Brüsten schweifen, ehe er sich zur Ordnung rief und ihr eine Hand in den Nacken schob. Dann hob er sie an, drehte mit der anderen Hand ihren Kopf zu sich und strich ihr die wirren rotblonden Haarsträhnen aus dem Gesicht. „Wach auf, bezaubernde *Imperial Sway*, und sieh mich an!“, lockte er ihren Geist mit einem verführerischen und zugleich eindringlichen Befehl aus tiefster Bewusstlosigkeit. „Wach auf!“ Alessas Augenlider zuckten, dann runzelte sie die Stirn und versuchte, den Kopf zur Seite zu drehen.

Sie wollte nicht aufwachen, wollte nicht der einschmeichelnden Stimme gehorchen, die ihren Willen zu einem unbedeutenden Nichts verkümmern ließ. Die Schwärze, in die sich ihr Geist zurückgezogen hatte, schenkte ihr Sicherheit. In ihr fühlte sie sich geborgen. Wenn Alessa sie verließe, müsste sie sich einer Wirklichkeit stellen, mit der sie sich nicht auseinandersetzen wollte.

„So ist’s gut. Öffne die Augen und sieh mich jetzt an!“ Er unterlegte den Befehl mit geistigem Zwang, dem Alessa in ihrem geschwächten Zustand nichts entgegenzusetzen hatte. Flatternd hoben sich ihre Lider und sie sah verwirrt zu ihm auf. Darius strich beinahe ehrfürchtig über ihre Stirn, die Schläfe und ihren Hals hinab, über die nackte Schulter und den Arm, ehe er Alessas Hand ergriff und seine Finger mit ihren verschränkte. Ohne den Blickkontakt abzubrechen, sprach er leise und eindringlich die Worte, mit denen er Alessa an sich binden würde: „Ich, Darius Hedrik Darkmoore, Oberhaupt des Stammes der *Mageia* erhebe Anspruch auf dich, Alessa Martin, Nachfahrin des Stammes der *Sway* und *Imperial*. Deinen Körper und deine Seele binde ich an mich, solange ich auf dieser Welt existiere. Du gehörst mir!“

„Nein“, murmelte sie entkräftet. Alessa schüttelte kaum wahrnehmbar den Kopf, während sie sich schwach wie ein Neugeborenes gegen ihn zur Wehr setzte. Aber es war zu spät. Für sie gab es kein Entkommen mehr.

Fasziniert beobachtete Darius die Veränderung, die über Alessa hereinbrach. Von ihrer Handfläche aus begann sich das Zeichen ihrer Bindung auf ihrer Haut auszubreiten. Erst rote, dann goldene und schließlich auch schwarze Ranken wanden sich in einem verschlungenen Muster um ihr Handgelenk und breiteten sich auf ihrem Unterarm aus. Ein zartes Tattoo, das Alessa für jedermann sichtbar als die Seine kennzeichnete.

Darius entließ Alessa zurück in die Bewusstlosigkeit und legte sie auf dem Moosbett ab. Dann fuhr er mit einer Hand durch die Luft und eine dünne schwarze Decke legte sich über ihren entblößten Körper. Mit einer weiteren Handbewegung hüllte er sich selbst in Kleidung und wandte sich zu den Männern um, die in genau diesem Augenblick durch das Gehölz brachen und schnell näher kamen. Allen voran sein unverkennbar aufgebrachter Cousin.

Er neigte den Kopf zur Seite, musterte Cameron abschätzig von oben bis unten und lachte spöttisch. „217 Jahre alt und noch immer nicht gelernt, wie du dich ankleidest? Ich glaube fast, ich habe dich öfter nackt gesehen als mich selbst. Ich hoffe, du versuchst nicht, mich mit deinem muskelgestählten Körper und den Narben, die du wie Trophäen vor dir her trägst, zu beeindrucken."

„Nichts liegt mir ferner." Cameron hielt auf ihn zu und blieb nur wenige Schritte von ihm entfernt stehen. „Verschwinde von meinem Grund und Boden. Du bist nicht willkommen und hast hier nichts verloren", knurrte er mit unverhohlenem Zorn. Am liebsten hätte er Darius in der Luft zerrissen. Allein ihn zu sehen, ließ die altbekannte Wut in ihm aufsteigen. Wut, der er nicht nachgeben durfte, wenn er kein erneutes Aufflammen des schlummernden Krieges heraufbeschwören wollte.

„Und ob ich einen Grund habe, hier zu sein." Darius' Blick schweifte kurz über Alessa hinweg, ehe sein Mund sich zu einem süffisanten Grinsen verzog. „Sie ist mehr als Grund genug, Feindesland zu betreten."

„Geh weg von ihr. Sofort!" Auf Camerons Zeichen hin traten seine Männer näher, so dass Darius gezwungen war zurückzuweichen, wenn er keine Auseinandersetzung mit ihnen riskieren wollte. Wie eine Mauer stellten sie sich hinter Cameron auf. Schützten Alessa vor Darius.

„Du hast kein Recht, mich von ihr fernzuhalten“, stieß Darius hervor und bedachte die Männer des verfeindeten Clans, die ihn von Alessa abschirmten, mit einem hasserfüllten Blick, ehe er sich Cameron wieder zuwandte. „Du bist zu spät, wieder einmal. Wirst du es jemals schaffen, eine Frau zu schützen – egal, ob sie zu deinem Clan gehört oder nicht?“

„Und wirst du es jemals unterlassen, zu beanspruchen, was nicht dir gehört? Sie befindet sich auf meinem Grund und Boden. Damit lag das Vorrecht der Beanspruchung bei mir.“

„*Lag* trifft es genau. Nur war ich schneller. Du hättest dich vielleicht nicht ablenken lassen sollen. Dann hättest du sie früher gespürt und wärst vor mir bei ihr gewesen.“

„*Du* hast die Barriere geschwächt und diese abscheulichen Kreaturen freigelassen? Eines meiner Dörfer wurde überrannt, so gut wie keiner wurde verschont. Selbst Kinder haben diese Bestien abgeschlachtet“, spie Cameron hasserfüllt. Er war kaum noch in der Lage, seine Gefühle unter Kontrolle zu halten. Schmerz und Hass rollten in Wellen durch seinen Körper hindurch und ließen ihn erschauern. Er ballte beide Hände zu Fäusten, um sich davon abzuhalten, seinen Cousin zu erwürgen.

„Natürlich war ich es. Schließlich musste ich dich ablenken und weit genug von ihr weglocken“, gab Darius mit einem Schulterzucken zu, von Reue keine Spur. „Aber ich habe ja auch nur ein paar von ihnen rausgelassen. Also nicht der Rede wert.“

*Er ist wie sein Vater,* schoss es Cameron durch den Kopf, - hinterlistig, bösartig und nur auf seinen Vorteil bedacht. Und er würde sich niemals ändern. Egal, wie sehr und wie lange er darauf hoffte, dass sein Cousin endlich Vernunft annahm. Auch wenn er ihn niemals gemocht hatte, so sehr wie in diesem Moment hatte er ihn wohl noch nie gehasst. Darius war und blieb ein machthungriger *Mageia*, den es nicht interessierte, wem er Schmerzen und Leid zufügte, um zu bekommen, was er wollte. Und das würde er keinesfalls länger hinnehmen.

„Nun tu nicht so überrascht. Inzwischen solltest du mich gut genug kennen. Genauso, wie du wissen solltest, dass du mir niemals überlegen sein wirst“, sagte Darius leichthin und lachte spöttisch.

Blitzschnell stürzte Cameron sich auf ihn, packte Darius mit einer Hand am Hals und schleuderte ihn weit von sich. Sein Cousin prallte erst hart mit dem Rücken gegen einen Baumstamm, bevor er zu Boden ging. Er hob den Kopf, stemmte sich auf alle viere hoch und fixierte Cameron mit hasserfülltem Blick. Aber statt seine Drachengestalt anzunehmen und sich dem Kampf zu stellen, zu dem er herausgefordert worden war, löste Darius sich vor seinen Augen auf.

„Du jämmerlicher Feigling!“ Camerons Stimme vibrierte vor unterdrückten Emotionen, während er zusah, wie sich der dunkelgraue Nebel zusammenzog, schwarz verfärbte und vom Boden aufstieg. Darius war in seiner momentanen Gestalt nicht angreifbar. Keiner wusste es besser als er. Wenn er ihn angriff und versuchen würde, seine Klauen in den dunklen Nebel zu schlagen, würde er rein gar nichts bewirken. Darius würde hämisch lachend seine Form verändern, ohne auch nur den Hauch eines Kratzers abzubekommen. „Kämpfe, wofür du hergekommen bist! So, wie es jeder Mann tun würde, dem seine Ehre etwas wert ist. Wenn du sie willst, dann kämpfe um sie.“

*„Warum sollte ich das tun? Alessa gehört mir bereits und du wirst sie mir übergeben. Weil dir gar keine andere Wahl bleibt.“* Die Nebelwolke wurde von einer leichten Brise nach oben getrieben, bis sie über den Baumwipfeln schwebte.

„Du hast unsere Gesetze gebrochen. Was genau sollte mich davon abhalten, nicht das Gleiche zu tun?“

*„Du hattest vielleicht das Vorrecht, doch ich habe zuerst Anspruch auf sie erhoben. Mein Anspruch wiegt mehr als dein Vorrecht, welches du nicht genutzt hast …“* Hämisches Lachen hallte in seinem Kopf wider und Cameron presste die Lippen fest aufeinander, so dass sie nur noch eine dünne Linie bildeten, während er beobachtete, wie die Nebelwolke sich langsam entfernte. *„Nun ja, ich gebe zu, du konntest es aus gutem Grund nicht nutzen. Und dennoch … du hast dich an unsere Gesetze zu halten, wie Aita es verlangt. Spätestens bis zum nächsten Drachenmond wirst du mir Alessa übergeben. Tust du es nicht, sorge ich dafür, dass du dich vor Aita verantworten musst. Ich glaube nicht, dass du das tatsächlich willst.“*

Vor Zorn bebend beobachtete Cameron den Rückzug seines Cousins in Richtung *Mageia*-Gebiet, bis er aus seinem Blickfeld verschwunden war. Dann erst wandte er sich zu Alessa um, die noch immer von seinen Wachen abgeschirmt wurde. Neben ihrem reglosen Körper ging er in die Hocke und schob die dünne Decke beiseite, bis ihr linker Arm frei lag. Obwohl er wusste, was ihn erwartete, zog sich sein Inneres zusammen, als er die Zeichnung entdeckte. Verzweiflung machte sich in ihm breit. Nicht die Linie der *Mageia* durfte sich mit der ihren verbinden. Nicht Darius …

Für einen kurzen glücklichen Moment war er sich ihrer sicher gewesen, bis er gezwungen gewesen war, den Angriff auf eines seiner Dörfer abzuwehren. Genau in dem Moment, als sie die letzten schwarzmagischen Kreaturen besiegt hatten, hatte er ihre Anwesenheit gespürt … und Darius in ihrer Nähe. Die beißende Angst, nicht rechtzeitig bei ihr zu sein, hatte wie ein Felsbrocken auf seine Brust gedrückt, während er sich beeilt hatte, zu ihr zu kommen. Und dann war seine Befürchtung tatsächlich wahr geworden. Sie riss alte Wunden auf und ließ Erinnerungen lebendig werden, die er tief in seinem Inneren vergraben hatte. Erst Neela und jetzt auch noch Alessa …

Ihre leicht rauchige Stimme, die wunderbar zu ihrem wilden ungezähmten Wesen passte, erneut zu hören, hatte ihn wie bei ihrem ersten Treffen in ihren Bann geschlagen. Aber er hatte Alessa bereits verloren, ehe er ihr nahe genug kommen konnte, um ihr das erste Mal in der Wirklichkeit gegenüberzustehen, in ihre Augen zu sehen und sie berühren zu können. Es war zu schade, dass Träume keine Realität waren und sich Dinge, die man darin tat, in die Wirklichkeit übertragen ließen.

Vorsichtig hob Cameron Alessa auf seine Arme, presste ihren Körper an seine Brust und barg sein Gesicht in ihrem Haar. Es duftete nach Wildblumen und Honig. *So passend*, dachte er und lächelte traurig. *Süße, wilde Imperial Sway.*

Als Alessa sich unruhig in seinen Armen wand, redete er beruhigend auf sie ein: „Scht … es ist alles in Ordnung. Du bist in Sicherheit."

„Nach Hause …", murmelte Alessa mit geschlossenen Augen und schmiegte sich beruhigt in Camerons Arme. „Ich will nach Hause …"

## 9. Kapitel

*Warden Castle*

Alessa rekelte sich genüsslich in ihrem Bett und seufzte leise in das Kopfkissen. Sie fühlte sich nicht, als hätte sie eine nerven- und kraftraubende Nacht hinter sich, weil sie sich als Drache einen Kampf mit einem übermächtigen Gegner liefern musste und obendrein auch noch gegen ihn verloren hatte. Zum Glück war es nur einer dieser verrückten Träume gewesen. Weder hatte sich Garwin in ein Sumpfmonster verwandelt noch wurde ihr Zuhause dem Erdboden gleichgemacht durch ein Portal, das mitten in ihrer Küche aus dem Nichts aufgetaucht war.

Sie öffnete verschlafen die Augen, hob den Kopf und stützte sich auf einem Ellenbogen ab, weil sie einen Blick auf ihren Wecker werfen wollte. Doch statt des kleinen Schranks neben ihrem Bett stand dort ein antik anmutendes Tischchen.

Alessa schluckte gegen die plötzliche Enge in ihrem Hals an und sah sich mit wild klopfendem Herzen in der ungewohnten Umgebung um. Die blanken Mauern aus grob gehauenen Steinen waren mit Wandteppichen behängt und ein kostbarer Standspiegel mit aufwendigen Verzierungen befand sich neben der Tür aus massivem Holz. Als ihr klar wurde, dass eben nicht alles nur ein Traum gewesen war, richtete Alessa sich auf. Sie schob die Decke beiseite und dabei fiel ihr Blick auf ihren Arm.

„Was ist das denn?“ Sie riss ungläubig die Augen auf und starrte perplex auf ihren Arm. Drehte ihn hin und her und konnte nicht fassen, was sie sah. Ein dünnes, dreifarbiges Rankenmuster entsprang ihrer Handfläche und wand sich in verschnörkelten Linien um ihren Unterarm. Es gab doch nicht noch mehr solcher *Verzierungen* an ihrem Körper, oder?

Panisch sprang Alessa aus dem Bett und lief über den eiskalten Steinfußboden zu dem mannshohen Standspiegel. Mit schreckgeweiteten Augen drehte sie sich zur Seite, um auch einen Blick auf ihre Rückseite werfen zu können. Sie lugte über ihre Schulter, entdeckte das großflächige Tattoo und sog geräuschvoll die Luft ein.

„Oh mein Gott, das darf doch nicht wahr sein!“, murmelte sie geschockt und biss sich verunsichert auf die Unterlippe. Reichte es nicht, dass innerhalb von wenigen Stunden ihre Welt auf den Kopf gestellt worden war? Musste sie selbst sich auch noch grundlegend verändern?

Ihr Blick glitt noch einmal über das Tattoo. Den Drachen, der mit ausgebreiteten Schwingen von ihrem linken Schulterblatt bis hinunter zum Steiß reichte. Er sah aus wie der auf Garwins Rücken – von dem sie sich immer gefragt hatte, wann er ihn sich hatte stechen lassen. Der einzige Unterschied war, dass der Drachen auf ihrem Rücken nicht grün, sondern rotgolden war.

Alessa konnte den Blick nicht von ihrem Spiegelbild abwenden, drehte sich hin und her und war auf der Suche nach weiteren Tattoos, die sie am Tag zuvor noch nicht gehabt hatte. Bis sie im Spiegel den wilden Krieger aus ihrem letzten Traum entdeckte, der sie vom Bett aus wachsam beobachtete. Sie wirbelte herum und starrte ihn verblüfft an.

Seine Lippen verzogen sich zu einem lasziven Lächeln und Alessa wurde bewusst, dass sie ihm gerade vollkommen nackt eine sexy Showeinlage geboten hatte. Mit einem erschrockenen Quietschen hielt sie einen Arm vor ihre Brüste, bedeckte mit der anderen Hand ihre Scham und blickte sich suchend nach etwas zum Anziehen um. Aber da war nichts, rein gar nichts. Es lag nirgends ein Kleidungsstück, in das sie hätte schlüpfen können. Dann musste eben die Decke herhalten. Alessa konnte nur hoffen, *er* – dessen Namen sie noch immer nicht kannte -, der wie hingegossen auf dem Bett lag und mit den verstrubbelten Haaren und dem frechen Grinsen zum Anbeißen sexy aussah, wäre ab der Hüfte abwärts nicht auch nackt. Die Arme noch immer vor ihren Körper haltend flitzte sie zum Bett zurück, schnappte sich die Patchwork-Decke und zog sie mit einem Ruck an sich. Er hatte nicht einen Fetzen Stoff am Leib …

Alessa senkte beschämt den Blick und trat samt Decke den Rückzug in die nächstbeste Zimmerecke an. Vielleicht wäre ihr ihre Nacktheit nicht so schrecklich peinlich gewesen, wenn sie sich an mehr von dem erinnern würde, was noch alles in der letzten Nacht passiert war. Aber da war nur eine gähnend schwarze Leere in ihrem Gedächtnis. Nicht zu wissen, wie sie in sein Bett gekommen war und was sie dort alles getan hatten … *Fuck, verdammt!*

In die Ecke gepresst rieb sie sich die Stirn, als würde das helfen, sich an die Geschehnisse der letzten Nacht zu erinnern. Sie starrte fortwährend auf den Boden und hoffte, der Krieger würde sich in Luft auflösen. Oder wenigstens sie selbst, bis sie wieder Herrin der Lage war. Nichts dergleichen geschah. Stattdessen vernahm sie das knarzende Geräusch des Bettes.

Alessa lauschte auf seine Schritte, hob den Kopf und starrte ihn mit weit aufgerissenen Augen an. Sein Körper war durchtrainiert, wies kein Gramm Fett auf und wirkte dennoch nicht wie der eines dieser aufgepumpten Bodybuilder aus dem Fitnesscenter, in das sie gewöhnlich ging. Genau, wie sie ihn aus ihrem Traum in Erinnerung behalten hatte. Und dann dieses umwerfende Lächeln, das seine Lippen umspielte, und innerhalb eines Wimpernschlags ihr Herz zum Rasen brachte und ein angenehmes Prickeln in ihrem Unterleib auslöste. Umwerfend sinnlich, sexy und mit diesem gewissen Schlafzimmertouch, als hätte er bis vor Kurzem … nun ja … geschlafen.

Nachdenklich kaute Alessa auf ihrer Unterlippe herum und überlegte, wie sie ihrem ‚vielleicht'-Sexpartner der letzten Nacht gegenüber auftreten sollte. Unsicher wich sie seinem forschenden Blick aus und starrte wieder auf den Boden.

„Sieh mich an, Alessa", sagte er mit einer Stimme, die ihr Schauer über den Rücken jagte – irgendwie vertraut, dunkel, samtig, schlichtweg verführerisch. Aber eben doch nicht verführerisch genug, um seiner Forderung nachzukommen. Widerspenstig schüttelte sie den Kopf und wäre am liebsten vor Scham zerflossen.

„Während wir uns unterhalten, würde ich dir gern ins Gesicht sehen, Alessa. Also sieh mich bitte an."

„Das halte ich für keine gute Idee. Ich weiß nicht einmal …", fing sie an zu stammeln und stieß dann mit einem Seufzen hervor: „Du hast keine Ahnung, wie höllisch peinlich mir das Ganze hier gerade ist."

„Der hinreißenden Röte in deinem Gesicht nach zu urteilen, würde ich sagen … ziemlich."

Dass er sie auch noch darauf hinweisen musste. Ihr Kampfgeist flackerte auf. Sie riss den Kopf hoch und funkelte ihn wütend an. „Du scheinst es zu genießen, mich in Verlegenheit zu bringen."

„Sehr sogar." Sein Lächeln vertiefte sich, ließ seine kantigen Gesichtszüge weicher und noch anziehender wirken. Alessas Blick rutschte tiefer, über seine Brust hinweg und weiter zu seinem

Unterleib. Ihre Augen blieben an seinem Schaft hängen, der in die Höhe und ihre Richtung ragte. Er war hervorragend ausgestattet. Er war … riesig.

Offensichtlich hatte sie sein bestes Stück etwas zu lange bewundert, denn er hob mit einer Hand sanft ihr Kinn an, damit sie ihm in die Augen sah. Und sie hatte gedacht, sie hätte das Maß an Peinlichkeit vollkommen ausgereizt. Weit gefehlt. Glühende Hitze schoss in ihre Wangen und ihre Gesichtsfarbe nahm mit großer Wahrscheinlichkeit ein sattes Tomatenrot an.

„Gefällt dir, was du siehst?“ Schalk tanzte in seinen Augen, während er auf sie herabsah. Wenn er sie jetzt offen auslachte, dann …

„Du bist noch immer nackt!“, warf sie ihm vor, statt auf seine Frage einzugehen.

„Ja, das kommt häufiger vor. Wenn Drachen ihre menschliche Gestalt annehmen, sind sie immer nackt.“

„Dann zieh dir etwas an. *So* kann ich mich auf keinen Fall mit dir unterhalten. Das … ähm …“

„… würde dich zu sehr ablenken?“, half er ihr aus, so dass Alessa die Augen zusammenkniff. Dieser Kerl genoss es viel zu sehr, sich einen Spaß nach dem anderen mit ihr zu erlauben.

„Es schickt sich nicht.“ Als ob sie darauf tatsächlich Wert legen würde. Aber er brachte sie viel zu sehr durcheinander, als dass sie sich mit ihm normal unterhalten könnte, während er nackt vor ihr stand. Sie konnte kaum noch klar denken, war zu sehr mit der Reaktion ihres eigenen Körpers beschäftigt, der nie zuvor mit einer solchen Intensität auf einen Mann reagiert hatte. Heiße Sehnsucht pulste durch ihre Adern und jagte heftige Schauer über ihren Körper, als würde eine riesige Armeisenarmee kreuz und quer über sie hinwegwandern.

Ohne sie aus den Augen zu lassen, fuhr er mit einer Hand vor seinem Körper durch die Luft und eine hellbraune Wildlederhose wie die aus ihrem Traum bedeckte von einer Sekunde auf die andere seinen Unterkörper. Sein Oberkörper war weiterhin nackt.

„Besser?“

Alessa blinzelte überrascht und krallte ihre Finger stärker in die Decke vor ihrem Körper. Hatte er sich gerade eine Hose *angezaubert*? Dieser Darius hatte seine Kleidung auch aus dem Nichts erschaffen, genauer gesagt aus Nebel. Und sie hatte es für eine unglaublich echt wirkende optische Täuschung gehalten. War es eine gewesen und eben wieder? Um das herauszufinden, müsste sie ihn, oder besser die Hose, anfassen. Und das würde sie auf keinen Fall tun. Denn wenn sie ihn erst einmal berührte, wer wusste schon, wozu sie sich noch hinreißen lassen würde?

Obwohl … sie würde in diesem Moment nichts lieber tun als austesten, ob sein Six-Pack sich so fest anfühlte, wie er aussah. Seine Muskeln bewegten sich unter glatter, gebräunter Haut, während er noch ein Stück näher an sie herantrat. In ihren Fingerspitzen verstärkte sich das aufgeregte Kribbeln. Und nicht nur dort, sondern auch in einer deutlich tiefer angesiedelten Körperregion.

Vollkommen in Gedanken vertieft und den Blick noch immer auf seinen Bauch gerichtet, zuckte Alessa erschrocken zusammen, als seine Fingerspitzen sanft über ihren Hals strichen. Sie riss den Kopf zurück und knallte gegen die Mauer. Verwirrt rieb sie sich die schmerzende Stelle am Hinterkopf. Dieser Kerl brachte sie allein mit seiner bloßen Anwesenheit durcheinander.

Ihr namenloses Gegenüber schüttelte leicht den Kopf, so dass seine langen, schwarzen Haare hin und her schwangen und die darin eingeflochtenen Federn auf und ab tanzten. Dann griff er nach ihrer Hand und zog sie herunter. Mit gespreizten Fingern fuhr er vom Nacken her durch ihre wirren Haare und legte seine Handfläche auf die pochende Stelle. Sein nachdenklicher Blick senkte sich in ihren und hielt ihn fest, während der Schmerz nach und nach abklang und innerhalb von Augenblicken komplett verschwand.

Erstaunt sah Alessa zu ihm hoch. „Wie …?“

„Wie ich das gemacht habe?“, beendete er ihre Frage. „Das ist eine meiner Kräfte. Ich besitze heilende Kräfte, aber nicht nur.“

Alessa runzelte die Stirn und überlegte, welche Drachenart in Garwins Videospiel besonders starke, heilende Kräfte besaß. „Du bist ein *Guardian*, oder? Und ihr könnt tatsächlich blaues Feuer spucken?“

„Ja. Auch wenn es kein richtiges Feuer ist wie bei einem *Sway*, sondern eher ein magisches.“ Sein Blick nahm einen niedergeschlagen Ausdruck an und er presste kurz die Lippen aufeinander, als würde er sich mit einem unliebsamen Gedanken auseinandersetzen. „Zumindest waren wir alle einmal dazu in der Lage. Jetzt können es nur noch die Erfahrensten und Stärksten von uns.“

„Das eben hat sich für mich nicht unbedingt schwach angefühlt.“ Als er fragend eine Augenbraue hochzog, erklärte sie:

„Ich meine dieses Heilungsding mit Hand auflegen und so. Wenn ich das nächste Mal mit Jules eine Runde durch die Bars drehe, dann käme mir eine solche Eigenschaft auch recht … am Morgen danach. Einfach Hand auflegen und - *wusch* – der üble Druck im Schädel ist weg."

Der betroffene Ausdruck verschwand aus seinen eisgrauen Augen und machte einem amüsierten Funkeln Platz. „Du bist kein *Guardian*, sondern ein *Imperial Sway* und hast keinerlei Heilkräfte, nicht einmal ansatzweise."

„Ja." Sie stieß einen kellertiefen Seufzer aus, zupfte die Decke vor ihrem Körper zurecht und klemmte sie sich unter den Armen fest. „Das war mir klar. Die wirklich nützlichen Kräfte haben immer die anderen. Du kannst Kopfschmerzen von einer Sekunde auf die andere verschwinden lassen und Garwin kann sich in alles verwandeln, was er will und wie er es gerade braucht."

„Garwin? Ein *Lejf*?" Eifersucht flackerte in seinem Inneren auf und verdrängte die Freude, die er eben noch empfunden hatte. Den Namen eines weiteren möglichen Rivalen von der Frau zu hören, die er für sich selbst wollte, sorgte bei ihm nicht für Jubelschreie. Auch wenn ihm durch Darius' Anspruch keinerlei Recht auf Alessa zustand.

Sein Magen krampfte sich zusammen, als er an seinen Cousin dachte. Ganz tief in seinem Inneren spürte Cameron, dass Alessa für ihn und nicht für Darius bestimmt war. Nur wusste er nicht, was er gegen den Anspruch seines Todfeindes unternehmen konnte. Die Verzweiflung, die schon in der letzten Nacht an seinen Eingeweiden gefressen hatte, ergriff von ihm Besitz und ließ ihn in Gedanken einen wüsten Fluch zischen.

Cameron atmete tief durch. Er drängte seine Eifersucht und die trüben Gedanken zurück und konzentrierte sich wieder auf Alessa, die erneut an der Decke zupfte.

„Garwin ist ein Freund", erklärte sie arglos. „Ich habe zwar keine Ahnung, wo er ist. Aber ich muss ihn finden." Sie neigte den Kopf zur Seite und sah ihn neugierig an. „Wo wir schon mal bei Namen sind … Wer bist eigentlich du?"

„Cameron. Ich bin Cameron Warden."

„Der Typ, der sich so viel Zeit gelassen hat, ehe er zur Rettung geeilt ist? An deinem Timing musst du unbedingt arbeiten, das ist echt mies."

Cameron presste die Lippen aufeinander und schloss für einen Moment die Augen. Ja, er war zu spät gekommen – wieder einmal. Und den Preis für sein Versagen würde Alessa zahlen müssen, wenn er keinen Ausweg fand.

„Zu dem Zeitpunkt, als ich dich gespürt habe, befand ich mich an der Grenze zum Gebirge am entgegengesetzten Ende meiner Ländereien …"

Alessa lächelte verschmitzt und winkte ab. „Mach dir nichts draus. So wie es aussieht, hat dieser Darius ja nicht bekommen, was er wollte."

„Doch, das hat er." Cameron betrachtete mit düsterem Blick das Ranken-Tattoo auf Alessas Unterarm. „Er hat Anspruch auf dich erhoben."

So wie Cameron das betonte, klang es nach einem Todesurteil. Ihm schien diese Anspruch-Sache deutlich näher zu gehen als ihr selbst, überlegte Alessa. Dabei vergaß er vollkommen, dass die Gesetze dieser Welt nicht für sie galten. Jedenfalls nicht in ihren Augen. Denn zum einen fühlte sie sich keineswegs durch ein simples Tattoo an Darius gebunden. Und zum anderen hatte sie nicht vor, allzu lange in dieser ungastlichen Welt zu bleiben, sondern würde möglichst schnell nach Chicago zurückkehren.

Sobald sie Garwin gefunden hatte, würden sie zu seinem Volk gehen, sie würde sich von den *Lejf* zeigen lassen, wie sie ihre Kräfte kontrollieren konnte, und danach würde sie einen Weg nach Hause suchen. Wenn Garwin bleiben wollte, okay, dagegen konnte sie nichts tun. Auch wenn sie ihn in Chicago schmerzlich vermissen würde. Aber sie würde sich trotzdem auf keinen Fall hier häuslich einrichten und in mittelalterlichen Gewändern irgendwo in einem dunklen Gemäuer für den Rest ihres Lebens dahinvegetieren. Apropos …

Alessa blickte erst auf die Patchwork-Decke vor ihrem Körper, die aus bunten Stofffetzen zusammengenäht worden war, und dann in Camerons Gesicht. „Ich brauche etwas zum Anziehen. Und Hunger habe ich auch."

Ein Lächeln zuckte um seine Mundwinkel. „Du bist wie ich in der Lage, Kleidung zu erschaffen und dich anzukleiden."

„Wie?"

„Stell dir einfach vor, was du tragen willst. Konzentriere dich darauf und du wirst in der Lage sein, Kleidung mit der Kraft deiner Gedanken zu erschaffen."

„Heißt das so viel wie: Du weigerst dich, mir Klamotten zu besorgen?“

Das Lächeln weitete sich aus zu einem frechen Grinsen, während seine Augen belustigt funkelten. „Sieh es als Training deiner Kräfte an. Nur mit Übung wirst du sie beherrschen lernen.“

„Und wenn ich es nicht schaffe?“

Er zupfte verspielt an der Decke vor ihrem Körper und lachte rau. „Dann wirst du wohl oder übel hiermit vorliebnehmen müssen, bis du es schaffst.“

Alessa schnaufte verdrossen und presste die Lippen zusammen. „Und etwas zu essen muss ich mir auch vorstellen, damit ich es bekomme?“

„Das werde ich dir selbstverständlich besorgen. Sonst noch etwas, wobei ich dir behilflich sein kann?“

Seinem etwas zu unschuldigen Gesichtsausdruck nach zu schließen, bezweifelte Alessa, dass er von einer Mahlzeit oder Ähnlichem sprach. Als sein durchdringender Blick an ihrem Mund hängen blieb, verkrampften sich ihre Finger in der Decke und sie leckte nervös über ihre Unterlippe.

„Eine Frage hätte ich da noch …“

„Und die wäre?“

„Letzte Nacht … ähm … wir beide im Bett …“ Alessa strich sich unsicher eine Haarsträhne aus dem Gesicht, das sich wieder einmal wie ein glühender Hochofen anfühlte. Tief atmete sie durch und platzte schließlich heraus: „Haben wir miteinander geschlafen?“

Cameron trat so dicht an sie heran, dass sein herber, männlicher Duft sie einhüllte und ihre Sinne benebelte. Mit einer Hand stützte er sich an der Wand hinter ihr ab und neigte den Kopf. Alessas Herz machte einen Satz, nur um im nächsten Moment rasend schnell in ihrer Brust zu pochen, als er ihr immer näher kam. Zart wie Schmetterlingsflügel berührten seine Lippen die empfindliche Haut ihrer Halsbeuge, wanderten ihren Hals hinauf und über ihr Kinn zu Alessas Mund. Er strich mit der Zunge über ihre Unterlippe und saugte an ihr, ehe er den Kuss vertiefte. Cameron presste seine Lippen auf ihre, drängte sie auseinander und erforschte das samtige Innere ihrer Mundhöhle mit der Zunge.

Das Kribbeln in ihrem Unterleib wuchs an zu einem süßen Ziehen, so dass sie ein Aufstöhnen nicht zu unterdrücken vermochte. Feuer flackerte in ihr auf, leckte an ihrem Inneren und schürte ihr

Verlangen nach ihm. Sie drängte sich Cameron entgegen, rieb sich an seinem harten Körper und erwiderte den verführerischen Kuss. Als er ihn nach viel zu kurzer Zeit unterbrach, den Kopf hob und einen Schritt zurücktrat, stöhnte sie enttäuscht auf. Warum hörte er auf, wo es doch gerade am interessantesten wurde?

„Wenn wir miteinander schlafen …", murmelte Cameron und strich mit dem Daumen sanft über ihre Unterlippe, „… wirst du dich am nächsten Morgen daran erinnern."

Sein sinnliches Versprechen hing noch in der Luft, als die Tür sich hinter ihm schloss. Erst da bemerkte Alessa, dass sie den Atem angehalten hatte, und holte tief Luft. Cameron hatte etwas an sich, das ihre Knie weich werden ließ, sie in tiefste Verwirrung stürzte und nicht mehr klar denken ließ. Er sprach ihre ursprünglichsten Instinkte an und brachte sie zum Überkochen. Und das musste aufhören, sonst würde sie bald nicht mehr wissen, wie ihr geschah. Er war schlichtweg zu viel … Mann.

Alessa begutachtete noch einmal ihren Rücken im Spiegel und zog die Stirn kraus. Ob diese Tattoos wieder verschwanden, sobald sie zu Hause war? Einerseits hoffte sie es, andererseits hätte sie nichts dagegen, wenn ein Beweis dafür zurückbliebe, dass sie eben doch nicht alles nur geträumt hatte.

Der kalte Steinfußboden machte sich an ihren Fußsohlen bemerkbar, so dass Alessa von einem Bein auf das andere wechselte. Was hatte er gesagt? Sie musste sich nur auf die Sachen konzentrieren, die sie haben wollte. Alessa kniff die Augen zu, hielt den Atem an und dachte an Jeans, Shirt und warme Socken. Für den Anfang sollte das reichen.

Vorsichtig öffnete sie die Augen wieder und stieß enttäuscht den Atem aus. Bis auf die Decke vor ihrem Körper war sie noch immer nackt und ihre Füße fühlten sich mittlerweile wie Eisklumpen an. Hastig lief sie zum Bett und machte es sich darauf gemütlich. In die Decke gehüllt und mit dem Rücken an das Kopfteil gelehnt, probierte sie es erneut und schnaubte gereizt, weil wieder nichts passierte. Keine Klamotten, nicht einmal Strümpfe oder Unterwäsche, nichts. Cameron hatte seine Hand durch die Luft bewegt, musste sie vielleicht genau das Gleiche tun?

Sie zog die Decke von ihren Füßen und lehnte sich vor. Konzentriert starrte Alessa auf ihre nackten Füße, fuhr mit einer Hand darüber hinweg und blinzelte überrascht. Sie hatte eindeutig etwas bewirkt. Nur trug sie noch immer keine Socken, sondern hatte plötzlich pink lackierte Zehennägel.

Spielerisch wackelte sie mit den Zehen und kicherte vergnügt. Dann fuhr sie erneut mit einer Hand durch die Luft und die Farbe wechselte von einem mädchenhaften Pink zu einem kräftigen Rot. Viel besser.

„Socken! Ich will flauschig weiche und warme Socken. Und zwar jetzt!“, murmelte sie vor sich hin und bewegte ihre Hand ein drittes Mal über ihre Füße hinweg, ohne sie zu berühren. Alessa spürte ein sanftes Prickeln an ihren Fingerspitzen, das auf ihre Füße übersprang, und im nächsten Augenblick steckten sie in dicken cremefarbenen Wollsocken.

„Wow! Das funktioniert tatsächlich.“ Alessa zog rasch die Decke von ihrem Körper und strich mit ihrer Hand von ihrem Unterleib nach oben. „Und jetzt Unterwäsche.“

Wieder dieses angenehme Prickeln und dann …

„Ich hatte nichts von funktional gesagt“, brummte sie vor sich hin und bedachte den geblümten unsexy Baumwollslip und das Bustier mit einem skeptischen Blick. „Noch einmal. Und dieses Mal deutlich weiblicher.“

Eine weitere Handbewegung, gefolgt von angenehmem Prickeln und dieses Mal nickte Alessa zufrieden. Zarte weiße Spitze schmiegte sich an ihren Körper, bedeckte Unterleib und ihre Brüste. Danach folgten ein Paar eng anliegende Jeans im Used-Look und ein weites, rotes Shirt mit einem großzügigen Ausschnitt.

Zufrieden lehnte Alessa sich gegen das reich verzierte Kopfteil. Sie hätte nicht einmal im Traum dran gedacht, zu so etwas fähig zu sein. Kleidung aus dem Nichts erschaffen, lediglich den Wunsch danach verspüren und ihn wahr werden lassen. Hasyra vibrierte vor Magie, ganz anders, als sie es gewohnt war. In Chicago hatte sie rein gar nichts davon um sich herum und in sich gespürt, wenn man von den gelegentlichen Hitzeschüben einmal absah. Aber hier war alles anders.

Ob die Magie, die scheinbar allem und jedem anhaftete, ihr auch half, Garwin zu finden und Kontakt zu ihm aufzunehmen? Sie war schließlich zur Hälfte ein *Imperial*, wenn es nach allen anderen ging, die sie als solchen bezeichnet hatten. Und als *Imperial* müsste sie über ausgeprägte telepathische Kräfte verfügen.

Alessa atmete tief durch, schloss die Augen und konzentrierte sich auf Garwin. Sie richtete ihre Gedanken vollkommen auf ihn aus und rief sich sein Bild in Erinnerung, wie sie ihn zuletzt gesehen hatte - nicht als dieses Sumpfmonster, sondern als Mensch.

## 10. Kapitel

*Darkmoore Castle*

Garwin beobachtete durch die dicken Gitter seiner Gefängniszelle, wie der Wächter sich von seinem Holzschemel erhob und sich ächzend streckte. Dann verließ er nach einem prüfenden Blick auf ihn seinen Posten und schlurfte den Gang entlang aus Garwins Sichtfeld. Ohne Wache in unmittelbarer Nähe tastete er zum wohl tausendsten Mal das Band um seinen Hals ab und verfluchte sich für seine Selbstsucht.

Vielleicht wären sie wirklich unentdeckt geblieben, wenn seine Neugier und Erinnerungen ihn nicht Nacht für Nacht dazu getrieben hätten, mehr über Alessas und seine eigene Herkunft zu erfahren. Wut auf sich selbst und die Situation, in die er vor allem Alessa gebracht hatte, flammte in ihm auf und ließ ihn an dem magischen Kragen zerren. Ein reißender Schmerz zuckte durch seinen Körper, ließ seine Muskeln erzittern und verkrampfen, bis er mit einem Stöhnen von der schmalen Pritsche auf den Boden fiel. Nach Luft japsend blieb Garwin auf dem strohbedeckten Steinboden liegen, bis der Schmerz, der sich bis in seine Knochen bohrte, langsam abebbte. Als er sich auf alle viere hievte, spürte er, dass er nicht mehr alleine war.

Garwin hob den Kopf und schaute sich suchend um. Aber es war nicht die Wache, die an ihren Platz zurückgekehrt war. Es war Alessa, die er spürte. Er war sich absolut sicher, dass sie bei ihm war, auch wenn er sie nicht sehen konnte. Denn da war diese einzigartige Vertrautheit, die sie miteinander verband. Wie zu Hause, wenn er sie bereits spüren konnte, bevor sie morgens in die Küche kam.

Ihre Kräfte mussten mit der Ankunft in ihrer Heimat deutlich zugenommen haben, sonst hätte sie ihn dank des Kragens, der seine eigenen Kräfte im Zaum hielt, nicht finden können.

„Es tut mir leid. Du glaubst gar nicht, wie unendlich leid mir das alles tut, Alessa“, sagte er leise in den dunklen Raum hinein, der nur von einer einzelnen Fackel im Gang außerhalb des Verlieses erhellt wurde. Garwin hievte sich zurück auf die Pritsche, stützte seine Ellenbogen auf den Knien ab und starrte vor sich hin. „Ich wollte dich niemals in Gefahr bringen, dich immer nur davor beschützen und habe am Ende eine Katastrophe heraufbeschworen."

Wie einen Windhauch spürte er ihre Berührung. Alessa strich ihm sanft über die Wange und zupfte an einer Haarsträhne, die ihm in die Stirn hing. Ein trauriges Lachen entschlüpfte Garwin, als er sich daran erinnerte, dass sie früher, als sie noch ein Kleinkind gewesen war, genau das immer getan hatte, um seine Aufmerksamkeit auf sich zu ziehen. Er schloss die Augen, blendete alles um sich herum aus und konzentrierte sich auf sie, bis er sie hören konnte.

„*Mach dir keine Sorgen um mich, du Trottel!*"

„Mache ich aber. Schließlich habe ich die Situation heraufbeschworen, wie sie jetzt ist."

„*Du solltest aufhören, dir die Schuld zu geben. Auch wenn du uns astrein in die Scheiße geritten hast, mir geht es gut, wo ich bin. Aber was ist mit dir? Du bist eingesperrt.*" Unverhohlene Sorge schwang in ihrer Stimme mit. Er konnte Alessas Entsetzen über seine Gefangenschaft spüren, auch wenn sie sie zu unterdrücken versuchte.

„Ich bin seine Rückversicherung."

„*Wessen?*"

„Darius Darkmoore. Er hat mich erwischt und wird sicherlich versuchen, dich dadurch zu ihm zu locken. Du darfst auf keinen Fall herkommen. Bleib dort, wo du in Sicherheit bist. Versprich mir, dass du keine Dummheiten machst!"

„*Habe ich das jemals?*"

„Und ob", murmelte er. „Nur bist du außerordentlich gut darin, solche Dinge zu verdrängen. Also halte dich schön bedeckt und zieh keine Aufmerksamkeit auf dich. Wo bist du jetzt?"

„*Bei den Guardian.*"

„Die *Guardian*. Heilende Kräfte, magisches Feuer und starker Beschützerinstinkt, der mit enormen Kräften einhergeht", fasste er ihre Eigenschaften knapp zusammen. „Als Kind habe ich einige von ihnen mal in einer handfesten Auseinandersetzung mit Drachen meines Stammes beobachtet. Ich kann mich noch erinnern, dass ich mir vor Angst fast in die Hose gemacht habe."

„*Du kannst dich an sie erinnern? Wie sind sie wirklich? Und ich meine jetzt nicht die Eigenschaften, die ich aus dem Spiel kenne.*"

„Sie sind sehr leidenschaftliche Drachen und können ihr Temperament nur schwer kontrollieren."

*„Und was ist mit mir? Wie kann ich meine eigenen Kräfte lenken? Einen Controller inklusive ein paar Cheats gab es ja leider nicht mitgeliefert. Wenn ich sie besser unter Kontrolle hätte, könnte ich dich ganz sicher aus diesem Loch holen. Und dann …"*

„Nein! Alles ist besser, als dass du versuchst, dich hier einzuschleichen und mich zu befreien."

*„Garwin …"*

„Nein. Ich will nicht, dass du deine Freiheit riskierst und sie eventuell verlierst, weil du deine Fähigkeiten noch nicht kontrollieren kannst."

*„Und ich will nicht, dass du in diesem Loch vermoderst."*

„Das werde ich nicht", beruhigte er sie, obwohl er sich selbst gar nicht so sicher war, jemals das Tageslicht wiederzusehen. Tief atmete Garwin durch, ehe er nach einem prüfenden Blick durch die Gitter zu einer Erklärung ansetzte. „Was deine Kräfte angeht. Du musst dich auf sie konzentrieren und auf das, was du mit ihnen bewirken willst. Sehr wahrscheinlich besitzt du die Eigenschaften und Kräfte beider Stämme, die du sogar kombiniert einsetzen kannst."

*„Im Spiel hast du diese Möglichkeit aber nicht berücksichtigt"*, grummelte Alessa.

Ein trauriges Lächeln spielte um seinen Mund. Garwin wünschte sich sehnlichst, Alessa tatsächlich vor sich zu haben. Die schmollend vorgeschobene Unterlippe zu sehen und die vorwurfsvolle Miene, die sie in diesem Moment sicherlich an den Tag legte.

„Weil ich mit einer solchen Möglichkeit nicht gerechnet habe. Außerdem ging es mir bei *Wild Dragon Hunt* hauptsächlich darum, dass du die einzelnen Gattungen kennenlernst, ihre Stärken und Schwächen. Bis vor Kurzem hatte ich auch keine Ahnung, wie wichtig du tatsächlich bist und was es mit dieser Jagd nach dir auf sich hat."

*„Warum war … ist dieser Darius hinter mir her?"*

„Weil du für ihn der einzige Weg bist, die Macht an sich zu reißen. Du bist die erste und einzige *Imperial*, seit die Königsdrachen vernichtet wurden, und damit berechtigt, über alle anderen zu herrschen. Entweder du oder der Mann an deiner Seite, der *dich* beherrscht."

*„Mich beherrscht?"*

„Ja", murmelte er deprimiert.

Alessa schnaufte abfällig. „*Du solltest mich besser kennen! Als ob ich eine Machtposition für erstrebenswert halten würde. Geschweige denn, dass ich mich beherrschen lassen würde.*“

„Das weiß ich, aber die anderen wissen es nicht.“

„*Und was bringt mir das?*“

„Nichts, rein gar nichts. Darius wird dich jagen, bis er dich zu fassen bekommt. Und wenn er dich nicht einfangen kann, wird er dich durch mich zu sich locken wollen. Deswegen musst du dich unbedingt fernhalten und deine Kräfte trainieren.“

„*Du weißt schon, dass ich zu dir kommen werde, um dich zu befreien, oder?*“

„Nein! Auf gar keinen Fall! Du bleibst, wo du bist“, bestimmte Garwin und hoffte, sie würde auf ihn hören. „Er darf keinen Anspruch auf dich erheben. Wenn du ihm zu nahe kommst, könnte ihm das vielleicht gelingen.“

Als Alessa schwieg, dachte Garwin zuerst, die Verbindung wäre abgebrochen. Er horchte tief in sich hinein und spürte, dass sie noch da war. Aber irgendetwas stimmte nicht. Das war keine Sturheit, wie Alessa sie manchmal an den Tag legte. Vielmehr hatte er den Eindruck, als würde sie sich unbehaglich fühlen und innerlich winden.

„Alessa? Was ist passiert?“

„*Er hat bereits Anspruch auf mich erhoben.*“

Mit geschlossenen Augen sank Garwin gegen die nasskalte Steinwand in seinem Rücken und fluchte leise. Jeder andere wäre besser gewesen, nur nicht Darius.

„*Garwin?*“

„Ja?“

„*Ich will zurück nach Hause und in mein altes Leben.*“

„Wenn ich einen Weg finde, bringe ich dich nach Hause. Ich schwöre dir, ich lasse nichts unversucht.“

„*Das rate ich dir auch. Ansonsten stehen demnächst Froschschenkel auf meiner privaten Speisekarte.*“

„Bei dem Mist, den ich verbockt habe, würde ich sie mir sogar selbst ausreißen, frittieren und dir servieren.“ Alessas leises Lachen ließ Garwin erleichtert aufatmen. „Danke, dass ich Idiot weiter dein Freund sein darf und du mich nicht aufgegeben hast.“

„*Nun ja, ich war höllisch sauer auf dich, als dieses Portal alles zerstört hat. Aber jeder hat wohl so einen ganz speziellen, durchgeknallten Freund, den man wegen was auch immer hin und wieder auf den Mond schießen möchte, ohne den das Leben aber weniger lebenswert wäre. Du bist meiner …"*

„Alessa …"

*„Ja, ich spüre es. Da ist jemand. Ich komme wieder"*, versprach sie ihm und brach die Verbindung abrupt ab.

„Pass auf dich auf, Kleines", murmelte Garwin, obwohl er wusste, dass sie ihn nicht mehr hören konnte. Er sah sich suchend um, konnte im ersten Augenblick aber niemanden ausmachen. Bis ein Schatten im schwach ausgeleuchteten Gang sichtbar wurde und er annahm, dass die Wache zurückkehrte. Stattdessen tauchte Darius vor seiner Zelle auf und betrachtete ihn schweigend. Dann schloss er für einen Moment die Augen und sog tief den Atem ein, ehe er ihn überrascht ansah.

„Sie war hier. Gerade eben war Alessa bei dir."

Garwin sparte sich eine Antwort, erwiderte nur ruhig Darius stechenden Blick.

„Ihre Präsenz ist unverkennbar und unglaublich stark. Selbst jetzt noch, obwohl sie nicht einmal mehr anwesend ist. Ich hätte nicht gedacht, dass ihre Kräfte so rasend schnell zunehmen würden. Kein Jungdrache entwickelt sich mit einer solchen Geschwindigkeit und ist noch dazu in der Lage, seine Anwesenheit vor einer ganzen Festung voller erfahrener *Mageia* und sogar *mir* zu verbergen."

„Wie du selbst schon gesagt hast, Alessa ist eben etwas Besonderes."

„Ja, das ist sie tatsächlich." Darius nickte bedächtig, während sein Blick starr wurde, als wäre er in Gedanken ganz woanders. Von einem Augenblick auf den nächsten verschwand der entrückte Ausdruck aus seinen Augen, wurde wieder hart und eiskalt. „Und sie gehört bereits mir."

„Nur über meine Leiche", presste Garwin zwischen zusammengebissenen Zähnen hervor und ballte beide Hände zu Fäusten, um sich davon abzuhalten, auf die Zellentür zuzurasen und wie ein durchgeknallter Irrer daran zu rütteln. Oder – mit sehr viel Glück – Darius beide Hände um den Hals zu legen und zuzudrücken, bis er den letzten Funken Leben aus ihm herausgepresst hatte.

„Das ist ein Wunsch, den ich dir ohne Probleme erfüllen kann. Auch wenn ich dir eigentlich zugestehen wollte, an der Zeremonie teilzunehmen. Damit du dich mit eigenen Augen davon überzeugen kannst, wem sie ab sofort gehört, bevor ich dich zu deinem

Stamm zurückschicke.“ Darius wandte sich ab, ging einige Schritte und sah ihn über die Schulter hinweg mit einem höhnischen Grinsen an. „Bis es jedoch soweit ist, fühl dich frei, noch etwas länger meine Gastfreundschaft zu genießen.“

*Fühl dich frei*. Blöder Wichser! Garwin sprang auf und versetzte der kleinen Tonschale, in der ihm etwas Wasser gebracht worden war und die auf dem Boden neben der Pritsche stand, einen solchen Tritt, dass sie durch die Luft segelte, gegen die Mauer knallte und in unzählige Scherben zersprang. Dann griff er nach dem Band um seinen Hals und zerrte mit beiden Händen daran. Eine erneute Schmerzwelle pulsierte durch seinen Körper und er fiel mit einem wütenden Brüllen auf die Knie.

Garwin sank in sich zusammen und rang mit heftig pochendem Herzen um Atem. Er schloss die Augen, ließ den Kopf hängen und schwor sich im Stillen, dass er alles dafür tun würde, damit diese Zeremonie niemals stattfand und Alessa wieder frei war. Egal was es ihn kostete.

## 11. Kapitel

*Warden Castle*

Alessa atmete tief durch und öffnete die Augen. Ihren Geist vom Körper loszulösen, war ihr leichter gefallen, als sie gedacht hatte. Und auch nur dadurch hatte sie Garwin finden können, der im Gegensatz zu ihr selbst kaum noch Kräfte zu besitzen schien. Bisher hatte sie immer nur in sich hineinhorchen müssen und sofort gewusst, wo sie Garwin finden würde und wie es ihm ging. Und das allein wegen ihrer engen Bindung zueinander. Das war es jedenfalls, was sie ihr Leben lang gedacht hatte.

Alessa betrachtete nachdenklich ihre Finger. Sie hatte ihn sogar berührt und tatsächlich gespürt, als wären sie nicht räumlich voneinander getrennt, sondern würden sich in einem Zimmer befinden. Wie lange sie wohl brauchte, ihre Kräfte soweit zu beherrschen, dass sie Garwin aus diesem Verlies holen konnte? Sowie sich ihr eine Gelegenheit bot, würde sie ihre Fähigkeiten austesten, nahm sie sich vor und wandte sich der Tür zu, die sich in diesem Moment öffnete.

Cameron betrat das Zimmer, gefolgt von einer jungen zierlichen Frau mit langen blonden Haaren. Sie hielt ein Tablett in den Händen, neigte bei Alessas Anblick demütig den Kopf und begrüßte sie formvollendet: „Euer Hoheit."

„Wenn du das noch einmal zu mir sagst, röste ich dich am Spieß über kleiner Flamme", knurrte Alessa und kniff die Augen zu Schlitzen zusammen. Dann schielte sie zum Tablett, das die Bedienstete in den Händen hielt. Ihr Magen schmerzte bereits vor Hunger. Da kamen ihr die Schüsseln und Teller mit gekochten Eiern, fingerdicken Käsescheiben, noch dampfendem Brot und Butter gerade recht.

„Keine Sorge, Tara. Sie hat sich mit dir nur einen Spaß erlaubt", beruhigte Cameron die verstört dreinschauende Bedienstete und warf Alessa einen vorwurfsvollen Blick zu.

„Keineswegs." Alessa beugte sich mit ausgestreckten Armen vor, winkte Tara zu sich und nahm ihr das Tablett ab. Sie setzte es auf ihren Oberschenkeln ab und schenkte Tara ein bezauberndes Lächeln. „Ich bin Alessa und nicht *Euer Hoheit*. Derjenige, der mich noch einmal mit *Euer Hoheit* oder ähnlichem Scheiß anspricht, wird von mir eigenhändig ausgepeitscht."

Das hastige Nicken des Mädchens war die einzige Antwort, die sie bekam. Im nächsten Moment stürzte sie mit wehenden Röcken aus dem Zimmer, als wäre Luzifer persönlich hinter ihr her.

„Das war nicht nett", tadelte Cameron sie schmunzelnd.

Alessa winkte ab, rückte das Tablett zurecht und langte nach einer Scheibe Brot. „Ist mir ziemlich egal. Hauptsache deine Leute lassen diesen *Euer-Hoheit*-Quatsch."

„Aber genau das bist du nun mal. Sie wollen dir nur ihren Respekt erweisen", erwiderte Cameron und setzte sich an das Fußende des Bettes.

Zum Glück hatte er sich die Zeit genommen und ein grob gewebtes Hemd übergezogen. So war zumindest eine Unterhaltung ohne Ablenkung möglich. Sonst hätte sie womöglich die ganze Zeit auf seine nackte Brust gestarrt und sich gewünscht, sie mit Händen und Zunge zu erforschen. Wenn sie irgendwann die Chance dazu bekam, dann würde sie mit der Zungenspitze die Umrisse der Drachentattoos an seinen Oberarmen entlangfahren und danach …

Alessa rief sich zur Ordnung, riss den Blick von Cameron los und butterte eifrig eine der Brotscheiben. Gierig schlang sie sie runter und griff bereits nach der nächsten, während sie noch kaute. „Ich würde mich draußen gerne umsehen, wenn ich gegessen habe."

„Innerhalb der Festung kannst du dich vollkommen frei bewegen, Alessa. Du bist keine Gefangene."

„Und außerhalb der Festung?"

„Die Festung kannst du nur in Begleitung verlassen. Entweder ich oder einer meiner Männer wird dich begleiten. Deine Sicherheit darf keinesfalls gefährdet werden."

Damit war zu rechnen gewesen. Dabei wollte Alessa unbedingt ihre Kräfte austesten und würde das am liebsten alleine und ohne Zuschauer tun. Vielleicht ergab sich ja eine Möglichkeit, die Festung ohne Wachhunde zu verlassen, die Gegend zu erkunden und herauszufinden, wozu sie alles in der Lage war.

Außerdem wollte sie sich auf die Suche nach der alten, blinden Frau machen. Wenn diese, ohne zu sehen, wusste, wer und was sie war, dann kannte sie vielleicht auch eine Möglichkeit, wie Alessa und Garwin nach Hause kommen konnten. Vielleicht war sogar sie es gewesen, mit der Garwin sich in seinem Traum unterhalten hatte und die in der Lage war, ein Portal zu öffnen.

Ein Klopfen an der Tür riss Alessa aus ihren Gedanken. Sie schaute kauend auf und entdeckte eine weitere junge Frau, die nach Camerons „Herein“ den Raum betrat. Alessa schätzte sie Mitte bis Ende zwanzig. Sie trug statt eines Kleides eng anliegende Lederhosen und ein fein gewebtes Hemd, das in der Taille mit einem breiten Ledergürtel zusammengehalten wurde. Ihr langes, schokobraunes Haar lag als geflochtener Zopf über ihrer Schulter.

„Hallo …“ Alessa bedachte sie mit einem warnenden Blick und erntete ein verschmitztes Lächeln. „… Alessa. Ich bin Ayryn.“

„Weiß Caden, dass du hier bist?“, mischte Cameron sich ein und Alessa runzelte die Stirn. Brauchte Ayryn etwa eine Erlaubnis, sich innerhalb der Festung zu bewegen und ihr einen Besuch abzustatten? Und wer war Caden?

„Ja, er weiß Bescheid.“ Sie winkte mit einem Augenrollen ab, richtete ihren Blick wieder auf Alessa und musterte sie unverhohlen neugierig von oben bis unten. Dann kam sie näher, schob sich vor Cameron und setzte sich auf die Bettkante. „Ich habe noch nie einen *Sway* gesehen, geschweige denn einen *Imperial Sway*. Wann hast du rausgefunden, dass du einer bist? Als meine Drachenkräfte damals erwacht sind …“, sie wedelte mit einer Hand in der Luft, als hätte sie sich verbrannt, und plapperte munter weiter, „… das war vielleicht eine Katastrophe.“

Alessas lehnte sich vor. „Wieso?“

„Ich konnte in den ersten Monaten die Verwandlung nicht kontrollieren und habe zu den unpassendsten Zeitpunkten meine Drachengestalt angenommen. Einmal habe ich sogar die ganze Küche zerstört. Im Nachhinein haben die Köchinnen sich aber bei mir bedankt, denn dadurch musste Cameron ihnen eine neue bauen lassen.“

Alessa sah zu Cameron, der theatralisch die Augen gen Decke verdrehte, ein Schmunzeln aber nicht zu unterdrücken vermochte. Wahrscheinlich rief er sich gerade die Szene in Erinnerung, wie er sich dank Ayryn mit einem wutschnaubenden Mob Suppenlöffel schwingender Köchinnen auseinandersetzen musste.

Ayryn erzählte lebhaft weiter: „Was mir im Endeffekt am meisten geholfen hat, war meine Verbindung zu Caden. Er half mir, meine Kräfte zu steuern und zu kontrollieren. Das mit der Beanspruchung gefiel mir zwar nicht besonders …“

„Ayryn!“

Erschrocken blickte Ayryn von Alessa zu Cameron, sprang mit einem Satz vom Bett auf und verließ eine Entschuldigung murmelnd das Zimmer.

„Was war das eben?“

Cameron fühlte sich unwohl in seiner Haut. Es war einfacher gewesen, als Alessa noch gedacht hatte, dass von ihm niemals die Gefahr einer Beanspruchung ausgegangen war. Sie hatte sich ihm geöffnet, war ihren Instinkten gefolgt und auf dem besten Weg gewesen, sich unvoreingenommen auf ihn einzulassen. Damit konnte er nun nicht mehr rechnen nach Ayryns unbedachtem Kommentar.

Es war nicht ungewöhnlich, dass Frauen – oder besser weibliche Drachen – ablehnend auf die Beanspruchung reagierten. Das taten sie eigentlich immer, denn sie waren genauso willensstark wie männliche Drachen und hassten es, dominiert zu werden. Und Alessa war nicht einmal mit dem Wissen aufgewachsen, dass ihr genau dies bevorstehen würde.

Cameron hatte seinen Bruder beobachtet, der es gerade am Anfang mit Ayryn nicht leicht gehabt hatte. Die Auseinandersetzungen zwischen den beiden waren heftig verlaufen, teils gewaltsam, ehe sie endlich zueinandergefunden hatten. Ihren Konflikt am Tag zuvor konnte man im Vergleich dazu als neckische Spielerei ansehen.

Er selbst hatte diese Auseinandersetzungen umgehen wollen, indem er Alessa nach Strich und Faden verführte und sie damit gefügiger machte. Und dann waren da ja noch Darius und sein bereits erhobener Anspruch auf die Frau, die er für sich wollte. Nachdem Ayryn sich verplappert hatte, verschlechterte sich seine ohnehin ungünstige Ausgangsposition noch mehr.

Mit einem resignierten Seufzen fuhr Cameron sich durchs Haar und suchte nach den richtigen Worten, um Alessa zu besänftigen. Ihre verkniffene Miene und die wütend funkelnden Augen sprachen Bände.

„Hätte dieser Darius keinen Anspruch auf mich erhoben, dann hättest du es getan? Verstehe ich das richtig?“

„Das ist alles nicht so einfach zu erklären, Alessa.“

„Ist doch ganz simpel. Ja oder nein? Mehr will ich gar nicht wissen.“

„Ja.“ Besorgt musterte Cameron ihre feinen Gesichtszüge und versuchte abzuschätzen, inwieweit Alessa ihre Kräfte kontrollieren konnte. Das Zimmer war zwar geräumig, aber zwei ausgewachsenen Drachen bot es nicht genug Platz. Denn sollte sie sich verwandeln, blieb ihm keine Wahl. Um einen wütenden *Imperial Sway* unter Kontrolle zu bekommen, müsste er ebenfalls Drachengestalt annehmen. Und bisher wusste er noch nicht einmal, welches Ausmaß ihre Kräfte annehmen konnten, weil sie die Erste ihrer Art war.

„Unsere Gesetze und der Umstand, dass weibliche Drachen selten sind, gebieten es uns, sie unter Schutz zu stellen. Und diesen Schutz kann nur ein männlicher Drache bieten. Es geht nicht darum, die Frauen zu unterjochen. Ihr Schutz ist der Grund für eine Beanspruchung“, erklärte Cameron und suchte in ihrem abweisend wirkenden Antlitz nach Verständnis. Dass sie mit einer Beanspruchung den Fortbestand ihrer Stämme sicherten, verschwieg er ihr wohlweislich.

„Und das auch dann, wenn sie es gar nicht will?“

„Ja, auch dann.“

„Na wunderbar …“ Alessa verschränkte die Arme vor der Brust und lehnte sich gegen das Kopfteil des Bettes. Mit einem Mal ergaben Garwins Worte für sie einen Sinn. Nicht nur dieser Darius war wegen ihrer Herkunft hinter ihr her. Cameron war nicht besser, nur packte er die Sache anders an. „Willkommen in der Steinzeit.“

„Alessa …“ Cameron verließ seinen Platz am Fußende, setzte sich direkt neben ihr auf die Bettkante und nahm ihre Hand in seine. Mit seiner Berührung wollte er sie beruhigen und sich gleichzeitig davon überzeugen, ob sie tatsächlich so ruhig war, wie sie sich nach außen gab. Solange ihre Körpertemperatur nicht sprunghaft anstieg, musste er keine Verwandlung befürchten. „Ich gebe zu, ich hätte Anspruch auf dich erhoben, wenn ich zuerst bei dir gewesen wäre. Aber ich hätte dir auch alle Zeit der Welt gelassen, damit du dich an den Gedanken hättest gewöhnen können, meine Gefährtin zu sein.“

„Soll mich das jetzt davon überzeugen, dass eure dämlichen Gesetze ja so schlimm gar nicht sind? Das kannst du nicht ernst meinen? Ich wollte niemals hier her in diese Welt und gehöre hier auch gar nicht her. Mein Zuhause ist auf der anderen Seite des Portals, nicht bei Darius und ebenso wenig bei dir oder sonst wem.“ Sie entriss ihm ihre Hand mit einem Ruck und schaute zur

Seite, um den betroffenen Ausdruck in Camerons Augen nicht sehen zu müssen.

„Es tut mir leid, dass du dich in Hasyra nicht heimisch fühlst. Das ändert jedoch nichts an der Tatsache, dass es für dich keine Rückkehr in dein altes Leben geben wird. Du gehörst hier her und an keinen anderen Ort. Hasyra ist deine Heimat."

Alessas Kopf ruckte herum. Hasserfüllt fauchte sie ihn an: „*Das* wird sich erst noch zeigen! Und jetzt verschwinde, ich will meine Ruhe haben."

Cameron zog sich nur widerwillig zurück. Das Gespräch war schlechter verlaufen als gehofft. Und mit dem schlechten Stand, den er jetzt in Alessas Augen haben musste, wurde es schwieriger, ihr nahezukommen. Dabei blieb ihm nur so wenig Zeit. Sie zerrann ihm zwischen den Fingern. Es blieben ihm nur wenige Wochen bis zum nächsten Drachenmond, ehe Darius seinen rechtmäßigen Anspruch und damit Alessa von ihm einfordern würde.

## 12. Kapitel

*Warden Castle*

Alessa stellte das Tablett auf dem kleinen Tisch neben dem Bett ab und lief zu einem der beiden Fenster. Vor ihr eröffnete sich die freie Sicht in einen schier unendlich tief wirkenden Abgrund. Die Kronen unzähliger Bäume bildeten ein grünes Meer, das nur hier und dort von spitzen Felsen durchbrochen wurde.

Über den Baumkronen zog ein kleiner Vogelschwarm seine Kreise, stob auseinander und bildete wieder eine Formation, um weiter Insekten aus der Luft zu schnappen. Als ein lang gezogenes Kreischen zu hören war, lehnte sie sich etwas weiter aus dem Fenster und sah einen Habicht auf den Vogelschwarm zuschießen. Im Flug packte er sich einen der deutlich unterlegenen Vögel, zog einen Halbkreis und verschwand genauso schnell, wie er aufgetaucht war. Der arme kleine Kerl hatte nicht den Hauch einer Chance zu entkommen.

Und sie? Hatte sie eine Chance, dieser ganzen Scheiße zu entkommen, die sich gerade zusammenbraute? Hatte sie überhaupt eine Wahl? Wenn ja, wie sah die aus? Gab es nur die Wahl zwischen Darius und Cameron? Und kein Ticket zurück in ihr altes Leben? Nein. Das würde sie keinesfalls akzeptieren. Sie musste die alte Frau finden. Die konnte ihr und Garwin ganz sicher helfen, von hier wegzukommen. Weg von Darius und weg von Cameron, der keinen Deut besser war.

„Fick dich, *Guardian*!“, brummte sie schlecht gelaunt vor sich hin und wandte sich vom Fenster ab, um sich auf das Bett zu werfen und ihre Wut ins Kissen zu brüllen.

*„Ich hoffe, du meinst damit nicht mich?“*, erklang Ayryns Stimme in ihrem Kopf, ehe Alessa ihr Vorhaben in die Tat umsetzen konnte. Sie blieb abrupt neben dem Bett stehen und horchte in sich hinein, antwortete jedoch nicht. *„Hat Cameron dich geärgert?“*, wollte Ayryn mit einem unterdrückten Lachen von ihr wissen. *„Das ist eine lästige Angewohnheit aller Männer, ob Drache oder nicht.“*

„Und du lässt es dir gefallen?“, fragte sie in den Raum hinein. Ayryn hatte offensichtlich ein extrem feines Gehör, sonst hätte sie ihren Fluch nicht hören können. „Von diesem Caden, der dich bevormundet wie ein kleines Kind und von dem du sogar eine Erlaubnis einholen musst, wenn du mal für kleine Mädchen musst?“

*„Du bist wirklich wütend, dass du mich herausforderst.“*

„Inwiefern?“

*„Caden ist mein Mann, mein Gefährte und Camerons Bruder. Auch wenn ich nicht immer mit seiner Vorgehensweise einverstanden bin, liebe ich ihn.“*

„Und springst zu seiner Verteidigung …“

*„Natürlich. Also … willst du mich herausfordern?“*, hakte sie nach und Alessa konnte das Gefühl nicht abschütteln, dass Ayryn ihre Frage mit einem breiten Grinsen stellte. Ganz so, als würde sie auf eine Herausforderung hoffen. *„Das wäre eine gute Möglichkeit, deine Kräfte zu testen und dich gleichzeitig abzureagieren. Ich verspreche auch, dass ich nicht zu hart mit dir umspringen werde. Du bist schließlich noch ein unerfahrener Jungdrache.“*

„Und wenn ich dir den Arsch aufreiße?“

Fröhliches Lachen hallte durch ihren Kopf. *„Das wage ich zu bezweifeln. Ich erwarte dich auf dem Trainingsplatz.“*

Alessa brauchte eine ganze Weile, ehe sie beim Trainingsplatz ankam. Und das lag hauptsächlich daran, dass sie mehrere Anläufe benötigte, sich Schuhe an die Füße zu zaubern. Die roten Sneakers waren deutlich schwieriger herbeizuwünschen gewesen als der Rest ihrer Sachen.

Im Anschluss hatte sie noch den Ausgang aus dem riesigen Gebäude suchen müssen, weil sie keinerlei Erinnerungen daran hatte, wie sie hineingekommen war.

Nach einem kurzen Abstecher in die Küche, wo sie endlich jemanden gefunden hatte, der ihr den richtigen Weg weisen konnte, lief Alessa quer durch einen wenigstens sechs Meter hohen Saal mit langen Tischen, die in U-Form aufgestellt worden waren. Beim Gedanken an die Köchinnen und Küchenmädchen verzog sich ihr Mund zu einem Schmunzeln.

Sie hatten sich in der Küche um den langen robusten Holztisch versammelt gehabt, um zig Teigklumpen mit den Händen zu bearbeiten. Als sie im Torbogen zur Küche aufgetaucht war, hatte jede Einzelne von ihnen sie mit erschrockenem Gesicht und weit aufgerissenen Augen angestarrt. Außer dem Prasseln des offenen Feuers und dem Blubbern in den Töpfen war nichts zu hören gewesen. Jegliches Geplapper war verstummt. Alessa hatte zweimal nach dem Weg fragen müssen, ehe sie schließlich eine Antwort bekam – von Tara. Die ihre anfängliche Angst vor ihr wohl überwunden haben musste, ihrem zaghaften Lächeln nach zu schließen.

Alessa stieß die Tür auf und sah sich kurz um. Drei Frauen saßen auf Hockern unter einem Vordach und unterhielten sich angeregt, während sie Gänse rupften. Direkt daneben wuchteten mehrere Männer schwere Getreidesäcke von einem Karren und schleppten sie in einen großen Verschlag, bei dem es sich wohl um die Vorratskammer der Festung handeln musste. Ein kleiner Junge mit struppigen, blonden Haaren rannte an ihr vorbei und hinter einem Hund hinterher. Er verschwand in einem flachen Gebäude, aus dem lautes metallisches Klopfen zu hören war. Der Wärme nach zu schließen, die aus dem Gebäude strömte und als Flirren in der Luft zu sehen war, musste es eine Schmiede sein.

Alessa schaute nach oben und beobachtete für einen Moment die Wachen, die in gemächlichem Tempo die Wehrmauer abschritten. Dann stieg sie die Freitreppe hinunter, lief über den Vorplatz und an der offenstehenden Stalltür vorbei, durch die der herbe Geruch nach Pferd nach draußen drang. Dabei war sie sich sehr wohl bewusst, dass ihr die Blicke mehrerer Augenpaare folgten und sie neugierig musterten, während sie den Hof überquerte und dem eindeutigen Geräusch von klirrendem Stahl folgte.

Das Training, oder was auch immer Ayryn für sie im Sinn hatte, sollte interessant werden. Sie hatte zwar neben dem Fitness-Training mit Garwin regelmäßige Kampftrainingseinheiten absolviert, aber dabei waren sie niemals mit Schwertern aufeinander losgegangen. Vielmehr konnte man die Einheiten mit einem Selbstverteidigungskurs für Fortgeschrittene gleichsetzen, bei dem maximal ein Stock als Hilfsmittel zum Einsatz gekommen war. Ob ihr das Training überhaupt etwas nützen würde? Wahrscheinlich besaßen selbst die beiden Stallburschen, die sie eben mit Glubschaugen angestarrt hatten, mehr Erfahrung im Kampf als sie, weil sie in dieser rauen Welt aufwachsen mussten.

„Da bist du ja endlich." Ayryn ließ ihr Schwert sinken, mit dem sie kurz zuvor noch auf einen Kerl eingedroschen hatte, der mehr als einen Kopf größer und fast doppelt so breit war als sie selbst. Während seine Atmung stoßweise ging, ihm der Schweiß über das Gesicht lief und das Hemd klatschnass am Rücken klebte, wirkte Ayryn frisch wie ein Frühlingsmorgen. Sie warf den langen Zopf über ihre Schulter nach hinten und bedachte Alessa mit einem herausfordernden Grinsen. Ihre Augen funkelten fröhlich. „Ich dachte schon, du würdest dich drücken."

Alessa lachte leise und schüttelte den Kopf. „Ich mag vieles sein, aber ganz sicher nicht feige." Sie sah sich um und ging dann zu einer Wand, an der ein ganzes Arsenal an Waffen lehnte. Neugierig inspizierte Alessa es genauer. Neben Schilden, Schwertern in unterschiedlichen Größen, Äxten, Ketten und Netzen befanden sich auch mehrere mannshohe Stäbe. Alessa strich mit den Fingerspitzen über die feinen Verzierungen an den Griffstücken und warf Ayryn einen fragenden Blick über die Schulter hinweg zu.

„Ihr könnt euch in Drachen verwandeln. Euer ganzer Körper ist eine Waffe. Wozu trainiert ihr wie Menschen?"

„Es kann immer zu einer Situation kommen, in der sich ein Drache nicht verwandeln kann. Für diesen Fall müssen wir alle vorbereitet sein."

„Zum Beispiel durch Magie, die einem die Kräfte nimmt?"

„Zum Beispiel." Ayryn stellte sich neben Alessa auf und betrachtete sie forschend. „Welche soll es für dich sein? Eine Axt? Oder lieber ein Schwert? Die mit schmaler Klinge und weniger wuchtigem Griff sind leichter und wurden extra für uns Frauen angefertigt."

„Weil wir kleinere Hände haben und das schwache Geschlecht sind?", vermutete Alessa mit hochgezogener Augenbraue.

„Du wirst einen Mann nur sehr schwer vom Gegenteil überzeugen können. Wenn überhaupt." Ayryn strich sich eine lose Haarsträhne aus dem Gesicht und seufzte. „Ich schulde dir noch eine Entschuldigung."

„Wofür?" Alessa ließ ihre Finger ein weiteres Mal andächtig über die Verzierungen gleiten, ohne Ayryn anzusehen.

„Für mein unbedachtes Geplapper vorhin. Es war nicht meine Absicht …"

„… mich ohne Erlaubnis über eure hinterwäldlerischen Gesetze aufzuklären?"

„Gesetze, denen auch du dich beugen musst."
„Das wird sich noch zeigen." Entschlossen griff Alessa nach dem Stab und wandte sich Ayryn zu. „Ich nehme den hier."
Mit einem leichten Lächeln nickte Ayryn, lehnte ihr Schwert gegen die Wand und nahm sich ebenfalls einen der Stäbe. Dann half sie Alessa in einen Harnisch aus robustem braunem Leder, verschnürte die Bänder an beiden Seiten und wies sie an, Ledermanschetten um ihre Unterarme zu befestigen. „Ich bin gespannt, wozu du fähig bist, *Imperial Sway*."
„Nicht nur du", murmelte Alessa vor sich hin und stellte sich in der Mitte des Trainingsplatzes auf, der innerhalb von Augenblicken wie leergefegt war. Die Männer, die eben noch vor Anstrengung keuchend gegeneinander gekämpft hatten, stellten sich einer nach dem anderen um den Platz herum auf, um ihnen beiden beim Training zuzusehen. Eine angespannte Ruhe senkte sich herab und Alessa nahm an, dass sie neugierig auf ihre Kampfkünste waren. Sie selbst war sich dabei ziemlich sicher, dass sie nicht an Ayryns heranreichen würden. Aber das würde sie niemals offen zugeben.
Camerons Schwägerin kam mit leicht zur Seite geneigtem Kopf näher, während sie ihren Stab in einer Hand rotieren ließ wie einen Propeller. Ein lautes Surren erfüllte die Luft. Anscheinend wollte sie sie beeindrucken oder aber bereits vor dem Kampf einschüchtern. Eine gängige Methode, psychologisch Druck auf den Gegner auszuüben, wenn es um einen Kampf Mann gegen Mann ging - oder wie in ihrem Fall Frau gegen Frau.
Alessa bedachte Ayryn mit gelangweiltem Blick und wischte nicht vorhandenen Staub von ihren Armmanschetten. „Wenn du noch eine Weile brauchst, um dich locker zu machen und deine Angst vor mir in den Griff zu bekommen, sag es ruhig. Braucht dir auch nicht peinlich sein."
Statt zu antworten, stürzte Ayryn nach vorn, schwang mit einem Arm den Stab und zog mit ihm einen Halbkreis. Gerade noch rechtzeitig sprang sie hoch, so dass der Stab surrend unter ihr hindurchpfiff.
„Ein schnelles Reaktionsvermögen hast du jedenfalls", ließ Ayryn sie mit anerkennendem Tonfall wissen, ehe sie leise lachte. „Und ein freches Mundwerk."
„Das höre ich nicht zum ersten Mal." Alessa wehrte eine schnelle Folge mehrerer Schläge mit dem Stab ab, wirbelte blitzschnell

herum und verpasste Ayryn einen kräftigen Hieb gegen den Rücken, der wie bei ihr von dem harten Leder eines Harnischs geschützt wurde. Dann ging sie wieder auf Abstand.

Aufgeregtes Gemurmel war von den umstehenden Männern zu hören. Sie waren es offensichtlich nicht gewohnt, dass Ayryn bei einem Training nicht nur austeilte, sondern auch einstecken musste.

„Wer hat mit dir trainiert?“, wollte Ayryn beeindruckt wissen, als sie einen Wirbel an rasend schnellen Schlägen austeilte. Dabei war ihre Geschwindigkeit unglaublich und ihren Bewegungen mit dem Blick kaum zu folgen. „Es gibt nicht viele, die sich so schnell bewegen können.“ Und wieder wehrte Alessa jeden einzelnen Schlag ab. Ganz so, als wüsste sie immer im Voraus, wo ihre Gegnerin den nächsten Hieb setzen würde.

„Ein Freund.“ Beim Gedanken an Garwin stieg Wut in ihr auf, gemischt mit nagenden Selbstvorwürfen. Wut auf diesen Mistkerl Darius, der ihren Freund in einem dreckigen Verlies gefangen hielt.

Zähneknirschend verfluchte sie einmal mehr ihre eigene Sturheit. Wenn sie Garwin in der Feuerwache nur richtig zugehört, ihm geglaubt und ihn nicht zurückgewiesen hätte, dann wären sie beide jetzt nicht in dieser beschissenen Situation - er ein Gefangener und sie ein Gast mit eingeschränkten Privilegien.

Ein kräftiger Hieb traf sie in den Bauch, der glücklicherweise von dem harten Lederharnisch geschützt wurde. Trotzdem presste die Wucht des Schlags die Luft aus ihren Lungen und riss sie von den Füßen. Alessa knallte auf den Rücken, Staub wirbelte auf und der Stab entglitt ihren Händen.

Ayryn beugte sich zu ihr herab, der lange Zopf baumelte nur wenige Zentimeter über Alessas Gesicht. „Du warst mit den Gedanken woanders. So etwas kann im schlimmsten Fall deinen Tod bedeuten.“ Sie runzelte die Stirn und schnüffelte kurz, ehe sie mit einem Lächeln sagte: „Und du bist wütend.“

Alessa kniff die Augen zusammen und schnaubte. „Das geht dich verdammt nochmal einen Scheißdreck an.“

„Wenn du überleben willst, dann musst du lernen, im Kampf deine Gefühle zu kontrollieren. Lernst du es nicht, wirst du auch deine Kräfte niemals wirklich kontrollieren können. Denn bei einem Drachen sind die Emotionen untrennbar mit den Kräften verbunden.“

„Tatsächlich?“ Alessa zwang sich in eine sitzende Position. „Hast du keine Angst, dass ich mich verwandle – jetzt, wo ich wütend bin - und dir das Fleisch von deinem Arsch brenne?“

Ayryns Lächeln wandelte sich in ein breites Grinsen. „Keine Chance. Dafür hast du zu wenig Erfahrung. Du bist zwar ein *Imperial Sway*, aber gerade erst *geschlüpft*, würdest du nie im Leben gegen einen erfahrenen *Guardian* bestehen.“

„Und du bist eine eingebildete Zicke. Denn du vergisst dabei eines ...“ Alessa beugte sich etwas weiter vor, ohne den Augenkontakt zu Ayryn abzubrechen.

„Und das wäre?“

„Hochmut kommt immer vor dem Fall.“ Mit einer blitzschnellen Bewegung packte Alessa den dicken Zopf, der über Ayryns Schulter baumelte, und zog so ruckartig daran, dass die andere Frau ins Stolpern geriet. Sie entriss Ayryn den Stab und schlug ihr damit die Beine weg. Mit einem Aufschrei landete ihre Gegnerin auf dem festgetrampelten Boden.

Alessa warf sich auf sie, schnappte sich ihre Arme, zog sie auf den Rücken und hielt sie bäuchlings in liegender Position fest. Gemächlich setzte sie sich auf den Rücken ihrer Kontrahentin, klemmte deren Arme dabei unter ihrem Körper ein und griff in den schokobraunen Haarschopf, um ihren Kopf leicht in den Nacken zu ziehen. Statt sie jedoch zornig anzufauchen, wie Alessa es erwartet hatte, lachte Ayryn leise.

„Was bist du doch für ein Miststück.“ Ihre Augen funkelten vergnügt. „Und ich liebe es.“

„Was zur Hölle soll das werden?“ Ein aufgebrachter Mann, bei dem es sich der Stimme nach nicht um Cameron handelte, näherte sich Alessa mit stampfenden Schritten von hinten. Sie machte sich jedoch nicht die Mühe, sich nach ihm umzusehen. „Geh *sofort* runter von ihr, sonst ...“

„Dein Mann?“, erkundigte sie sich neugierig bei Ayryn, die übertrieben die Augen verdrehte und hörbar schnaufte. Ihr Atem wirbelte feinen Staub vom Boden auf.

„Nein. Er ist mit Cameron unterwegs und kontrolliert die Schutzbarriere.“

„Ich sagte: Runter von ihr!“ Alessa wurde am Kragen gepackt, von Ayryn heruntergezerrt und fand sich einen Augenblick später einem höllisch attraktiven Mann gegenüber, der aus grünen zornsprühenden Augen auf sie hinabstarrte. Langes, rotbraunes Haar mit vereinzelten geflochtenen Zöpfen wehte um sein kantiges Gesicht und ließ ihn dadurch noch ungezähmter erscheinen, als er in der enganliegenden Lederweste, die seine breiten Schultern und die muskulöse Brust betonte, ohnehin schon wirkte. Und er überragte sie um gut 15 Zentimeter, so dass sie den Kopf in den Nacken legen musste, um ihm ins Gesicht sehen zu können. Gab es hier nur Männer, zu denen sie hochschauen musste?

Ayryn stemmte sich vom Boden hoch, klopfte sich den Staub von den Sachen und schob den langen Zopf über ihre Schulter. „Lass sie los, Cyril. Bevor sie dir noch in den Arsch tritt."

„Die Frau muss erst noch geboren werden, die *mir* in den Arsch tritt ... Mutter."

„*Mutter?*" Alessas Augen huschten immer wieder zwischen Ayryn und dem Neuankömmling hin und her. Das konnten unmöglich Mutter und Sohn sein. Sie hatte Ayryn auf nicht viel älter als sich selbst geschätzt. Nie im Leben konnte sie einen erwachsenen Sohn haben, außer er war vielleicht adoptiert und deutlich jünger, als es auf den ersten Blick den Anschein hatte.

„Ja. Cyril ist mein Sohn. Leider hat er die schlechte Angewohnheit, sich genauso herrisch aufzuführen wie sein Vater." Offenbar hatte Ayryn ihren ungläubigen Blick bemerkt, denn sie fügte hinzu: „Und er ist nicht adoptiert. Obwohl ich mir manchmal wünschte, ich könnte genau das als Ausrede für sein dreistes Verhalten nutzen."

Sie blinzelte überrascht und runzelte die Stirn. Hieß das etwa ...?

„Alessa?" Sie konnte Ayryns fragenden Blick fast körperlich spüren. „Wusstest du nicht, dass Drachen sehr viel älter werden können als Menschen und deutlich langsamer altern?"

Nun ja, in *Wild Dragon Hunt* war der älteste Drache, den sie erlegt hatte, 193 Jahre gewesen – sehr erfahren und ziemlich bösartig. In einen Menschen konnte sich aber keiner der Spielcharaktere verwandeln, also hatte sie keine Ahnung, wie ein 200-jähriger Drache in menschlicher Gestalt aussah.

Alessa schüttelte ihre Überraschung ab und zuckte mit den Schultern. „Hatte ich wohl vergessen. Aber nur mal interessehalber ... wie alt genau können Drachen werden? 250 Jahre? 300?"

„Schön wär's", brummte Cyril vor sich hin und verschränkte die Arme vor der Brust. „Dann wäre ich Cam schneller los als gedacht."

Sein Kommentar brachte ihm einen kräftigen Schlag gegen den Hinterkopf von seiner Mutter ein. „Wie sprichst du über deinen Onkel? Wenn dein Vater davon hört, kannst du dich auf was gefasst machen."

Er zuckte desinteressiert mit den Schultern. „Das kann ich ohnehin. Mal wieder."

„Weil du schon wieder für mehrere Tage untergetaucht bist. Wo warst du überhaupt und warum hast du nicht darauf reagiert, als er dich gerufen hat? Und als ich dich gerufen habe auch nicht." Ayryn sammelte die beiden Stäbe vom Boden auf und lehnte sie wieder an die Wand. „Hast du wieder irgendwelchen Frauen nachgejagt?"

„*Sie* jagen *mich*, nicht ich sie." Er zwinkerte Alessa verschmitzt zu und schenkte ihr ein strahlendes Lächeln, das selbst einen Felsbrocken hätte schmelzen lassen. „Ich kann schließlich nichts dafür, dass ich unwiderstehlich bin."

Während Alessa schallend lachte, verpasste Ayryn Cyril einen weiteren kräftigen Schlag gegen den Hinterkopf.

„Au!" Murrend rieb er sich die schmerzende Stelle und musterte seine Mutter aus zusammengekniffenen Augen. „Wofür war das denn?"

„Du bist genauso überheblich wie dein Vater."

„Dann tob dich an ihm aus und nicht an mir."

„Keine Sorge, das tue ich. Öfter als ihm lieb ist. Also ..." Ayryn stellte sich vor ihrem Sohn auf und pikste ihm mit dem Zeigefinger in die Brust. „Wo warst du in den letzten vier Tagen? Ich habe mir Sorgen gemacht. Und nicht nur ich. Du weißt, dass Cameron es nicht mag, wenn du für mehrere Tage verschwindest, uns alle blockierst und niemand weiß, wo du steckst. Das ist verantwortungslos."

Cyril fasste sich mit einer Hand an die Brust, zog ein Gesicht, als hätte sie ihm eine schallende Ohrfeige versetzt, und seufzte theatralisch. „Verantwortungslos? Ich? Wie kannst du so etwas nur denken? Ich bin die Grenzen des Warden-Gebiets abgeflogen ..."

„... und hast dabei in jedem Dorf einen Zwischenstopp gemacht, in dem es hübsche Mädchen gibt."

„Mutter!"

„Stimmt doch, oder etwa nicht?"

Sein Lausbubenlächeln war Antwort genug, so dass Alessa ein Schmunzeln nicht unterdrücken konnte. Ayryn hingegen stöhnte gepeinigt auf.

„Aber nur während der ersten beiden Tage … und Nächte. Danach …“

„Sag nicht, du warst schon wieder auf *Lejf*-Gebiet?“

„Lass mich doch erst einmal ausreden …“

„Warst du dort?“, fuhr Ayryn dazwischen und Alessa beschlich der Verdacht, dass sie diese Tatsache sogar deutlich mehr aufbrachte als der Umstand, dass ihr Sohn allem nachstieg, was weiblich war und auf zwei Beinen lief.

„Kannst du dich noch an das Unwetter von vor zwei Tagen erinnern? Ich musste irgendwo Unterschlupf finden und der Eingang zum Höhlensystem befindet sich nun mal nicht auf Warden-Gebiet.“

„Also hast du einfach mal die Grenze überschritten, anstatt nach Hause zu kommen.“ Ayryns Stimme triefte vor Sarkasmus. „Machst du das mit Absicht? Willst du eine Auseinandersetzung zwischen Cameron und Bowen provozieren? Du kannst froh sein, dass Bowen deine Eskapaden bisher immer nur mit einem Knurren abgetan hat.“

„Wer ist Bowen?“, fragte Alessa dazwischen, die der Unterhaltung nicht mehr folgen konnte.

„Der Anführer der *Lejf*“, erklärte Ayryn knurrig. „Er mag es nicht, wenn dieser Trottel hier …“, sie verpasste ihrem Sohn einen Knuff in die Seite, „… in seinen Höhlen herumlungert und die alten Drachen weckt, die sich darin zurückgezogen haben. Vor allem nicht, wenn es sein Bruder Rayne ist, den Cyril mit einem Stock pikt und höhnisch lachend fragt: „Na, altes Schuppentier? Noch immer am Leben und nicht vertrocknet?““

Cyril verzog schmollend das Gesicht. „Das ist Monate her. Außerdem hat sich mein Verhältnis zu Rayne deutlich gebessert. Ich piesacke ihn nicht mehr, zumindest nicht mehr mit einem Stock, und er unterhält sich sogar mit mir – ohne seine üblichen Drohungen, dass er mir die Haut bei lebendigem Leib abziehen will, um daraus einen Vorhang für den Höhleneingang zu machen.“

„Rayne spricht mit dir?“

„Ist das ungewöhnlich?“, wollte Alessa wissen. Zogen Drachen, wenn sie ein bestimmtes Alter erreichten, sich in Höhlen zurück, um schweigend dahinzusiechen? Bis ihre Zeit gekommen war, um zu sterben?

„Vor über 20 Jahren hat Rayne sich in das Höhlensystem zurückgezogen, nachdem er mit dem Verlust seiner Frau und seines Sohnes auch allen Lebensmut verloren hatte. Selbst sein Bruder rechnet damit, dass er Rayne bei seinem nächsten Besuch in der Höhle für immer eingeschlafen vorfinden wird. Dass er schlussendlich aufgegeben hat."

„Und deswegen will er, dass Cyril sich von ihm fernhält? Was, wenn es gerade einen nervtötenden Idioten wie deinen Sohn braucht, um seine Lebensgeister zu wecken?"

„Einen *aufmüpfigen Idioten* wie mich?" Cyril kniff die Augen zusammen und machte einen drohenden Schritt auf Alessa zu.

„Ich habe nervtötend gesagt." Sie schenkte ihm ein zuckersüßes Lächeln.

„Ich bin ganz sicher kein Idiot." Wie das Raubtier, das ja tatsächlich in ihm steckte, kam er Schritt für Schritt auf sie zu.

Alessa zuckte mit den Schultern und wich keinen Millimeter zurück. „Deine Familie scheint da anderer Meinung zu sein."

„Ich bin nett, zuvorkommend, charmant …", fing er an, an seinen Fingern abzuzählen, „… jeder mag mich …"

„Außer deiner eigenen Familie, deinen Nachbarn und alten Drachen, die in Ruhe sterben wollen."

„Hör auf, mich zu unterbrechen." Er machte einen weiteren Schritt auf sie zu. „Alle Frauen wollen mich."

„Tatsächlich alle?"

Cyril kniff die Augen zu Schlitzen zusammen, ehe er selbstsicher behauptete: „Auch wenn du es jetzt nicht zugibst. Ich bin mir absolut sicher, dass du mich genauso willst. Ich soll in dein Bett kriechen, dich die ganze Nacht vögeln und zum Schreien bringen. Alle Frauen wollen das."

„Du leidest an Selbstüberschätzung. Aber das ist etwas, das sich ganz schnell ändern kann." Ein Kribbeln breitete sich auf ihrem Rücken aus, sank in ihren Körper und hüllte ihn ein. *Gab es in dieser verdammten Welt nur solche selbstherrlichen, egoistischen Machos?*, fragte sich Alessa und spürte Hitze in sich aufsteigen. Hitze und Wut. Brennenden Zorn, von dem sie gedacht hatte, ihn im Griff zu haben – Fehlanzeige.

Erst hatte ihr dieser Darius alles weggenommen, was ihr am Herzen lag – ihr Zuhause und Garwin. Dann hatte sie erfahren, dass Cameron auch nicht viel besser war. Und jetzt kam dieser Drachen-Don Juan daher und plusterte sich vor ihr auf wie ein eingebildeter Gockel. Wurde Zeit, dass ihm jemand die Federn stutzte. Ein Job, den sie nur zu gerne übernahm.

Alessa bedachte Cyril mit einem spöttischen Lächeln und bemerkte nur am Rande, wie Ayryn den Kopf hob und schnupperte – erst vorsichtig, dann immer hektischer.

„Alessa, nein!“ Ayryn riss erschrocken die Augen auf, packte Cyril am Arm und versuchte, ihn von ihr wegzuziehen. Vergeblich. Wie ein Felsen blieb er stehen und rührte sich kein Stück von der Stelle.

Um die Situation zu entschärfen und die beiden Kampfhähne zu trennen, drängte Ayryn sich zwischen sie. Aber Cyril schob sie kurzerhand beiseite.

„Und dafür willst *du* sorgen?“ Cyril lachte hämisch und maß sie mit einem herablassenden Blick. „Es braucht sehr viel mehr als ein frisch geschlüpftes Drachenküken wie dich, um mich in die Knie zu zwingen.“

Ayryn zog und zerrte am Arm ihres Sohnes. „Hör auf, sie zu reizen, Cyril. Merkst du nicht, was du damit anrichtest?“

„Was denn?“ Er wandte sich seiner Mutter zu. „Sie hat angefangen.“

„Und sie hat sogar recht. Du leidest an Selbstüberschätzung. Du bist so sehr mit dir selbst beschäftigt, dass du dich nicht einmal mehr an die Grundlagen deines Trainings erinnerst.“

„Fragt sich, wer hier mehr Drachenküken ist. Du oder ich?“, stachelte Alessa ihn an.

*„Halt die Klappe!“* Cyril verpasste ihr einen kräftigen Stoß gegen die Schulter, der sie rückwärts taumeln ließ.

Ayryn wurde von einer Hitzewelle getroffen, die ohne jeden Zweifel von Alessa ausging, und schnappte nach Luft. Sie sah zu Cyril, der überrascht die Augen aufriss, als er endlich verstand, was seine Mutter ihm die ganze Zeit hatte sagen wollen. Sein gemurmeltes „Verdammte Scheiße“ wurde von wütendem Drachengebrüll übertönt. Die Umstehenden stießen Warnschreie aus. Und dann brach die Hölle los.

## 13. Kapitel

*Warden Castle*

Fassungslos beobachtete Cameron aus der Ferne, was mitten im Hof vor sich ging, während er mit Caden an seiner Seite auf die Festung zuhielt. Bis auf die Wachen und *Guardian*, die sich auf der Wehrmauer versammelt hatten und dem Schauspiel im Innenhof neugierig folgten, hatten alle anderen Burgbewohner offenbar Schutz im Inneren der Burg gesucht.

„Beruhige dich, Alessa!", hörte er Ayryn über das wütende Fauchen der Drachin hinwegbrüllen, die es sich anscheinend zur Lebensaufgabe gemacht hatte, seinem Neffen die Haut abzuziehen. Etwas, das er auch schon mehrfach in Betracht gezogen hatte.

Cyril kletterte in seiner Drachengestalt flink an der Festungsmauer empor, um aus Alessas Reichweite zu kommen. Aber sie schnappte nach seinem Schwanz, zerrte ihn mit einem Ruck herunter und schleuderte ihn in einen Stapel Fässer. Holzsplitter flogen umher und verteilten sich im Umkreis von mehreren Metern.

Kaum hatte sein Neffe sich aufgerappelt, stürzte Alessa sich erneut auf ihn. Und sie hatte es wieder auf seinen Schwanz abgesehen, der bereits an mehreren Stellen aufgerissen war. Blut – von kleinen Spritzern bis hin zu kopfgroßen Flecken - verteilte sich überall auf dem Trainingsplatz. Cameron beschlich das Gefühl, dass Alessa nicht ohne Grund ausgerechnet hinter diesem Körperteil her war. Dieser kleine Bastard!

„Hört auf!" Ayryn rannte auf die ineinander verkeilten Drachen zu, die knurrend und fauchend über den Boden rollten, und sprang zur Seite, als ein rotgoldener Schwanz neben ihr auf dem Boden aufschlug. Offenbar hatte sie genug von der wilden Rauferei und wollte sie gewaltsam beenden. Denn als Cameron im Hof landete, nahm auch Ayryn ihre Drachengestalt an und versetzte dem Drachenknäuel einen so kräftigen Schlag mit dem Schwanz, dass er gegen die Mauer geschleudert wurde.

Cameron hielt eilig auf Alessa zu, die benommen den Kopf schüttelte, von Cyril abließ und stattdessen Ayryn mit zornsprühenden Augen fixierte. Bevor er sie jedoch erreichen und der

Auseinandersetzung ein Ende bereiten konnte, schoss sie einen Feuerball ab, der seine Schwägerin gegen die Brust traf und sie nach hinten warf.

*„Es reicht!“* Mit einem Satz sprang er Alessa an, schlang seinen langen Schwanz um ihr Maul, presste sie auf den Boden und nutzte dabei seine Größe und sein Gewicht gegen sie, so dass sie sich nicht mehr rühren konnte. Kleine Rauchwolken stiegen von ihren Nasenlöchern auf, während sie versuchte, sich unter ihm hervorzuwinden.

*„Geh runter von mir!“*

*„Erst, wenn du dich beruhigt hast.“* Er hielt sie eisern fest, wich ihren unkoordinierten Schwanzschlägen aus und zischte einen Fluch, als sie ihn mit einem Hieb in der Seite erwischte. *„Cyril hat ganz sicher verdient, dass du ihn in mundgerechte Stücke filetierst. Bei Gott, das wollte ich selbst schon tausende Male mit diesem Idioten machen. Aber ich denke, er hat seine Lektion gelernt.“*

Alessa schien sich langsam zu beruhigen, auch wenn ihr Atem noch immer schwer ging und große Ähnlichkeit mit einem gedämpften Fauchen hatte. Ihr Schwanz strich nur noch über den Boden hinweg, schlug nicht mehr aus und sie beobachtete angespannt, wie Caden einer zerzausten Ayryn aufhalf, die sich benommen taumelnd an ihm festhielt und nach ihrem Sohn umsah.

Cyril nahm seine menschliche Gestalt wieder an, stemmte sich nackt vom Boden hoch und warf seiner Mutter einen vorwurfsvollen Blick zu. „Meine Güte! Hättest du mich nicht warnen können?“

„Das habe ich versucht, aber du hast nicht zugehört. Dabei hättest du es selbst spüren müssen, was sie ist.“

„Habe ich aber nicht.“

„Weil du zu sehr damit beschäftigt warst, dich wie ein rechthaberisches Arschloch aufzuführen und deine Potenz zu beweihräuchern.“ Ayryns Stimme kippte fast über, während sie ihren Sohn anschrie: „Hör auf, dich durch sämtliche Dörfer zu huren und werd endlich erwachsen!“

„Ich bin erwachsen!“, brüllte Cyril in der gleichen Lautstärke zurück und hüllte seinen Körper mit einer Handbewegung in Hemd, Hose und Wildlederstiefel. Dann rieb er mit der flachen Hand über seine Stirn, ertastete eine hässliche Beule und zuckte zusammen.

*„Eher unwahrscheinlich. Er ist 87 und besitzt kein bisschen Verstand, den man in diesem Alter eigentlich haben sollte"*, murmelte Cameron in ihrem Kopf. *„Verspieltes Drachenküken."*

Noch immer unter Camerons schwerem Drachenkörper begraben, sah Alessa dem Mann entgegen, der auf sie zukam und Cyrils Vater sein musste. Die Ähnlichkeit war nicht zu übersehen. Er ging vor ihr in die Hocke, neigte den Kopf und lächelte leicht.

„Du hast Cyril ganz schön zugesetzt."

*„Er hat es verdient."*

„Ohne Zweifel hat er das." Sein Blick hob sich, bis er seinem Bruder in die Augen sehen konnte. „Ich denke, sie hat sich beruhigt. Du kannst sie jetzt loslassen."

*„Du hast ihn gehört. Also runter von mir, du blaues Ungetüm."*

*„Mir gefällt es, dich unter mir zu haben. Genau die richtige Position, um ..."*

*„Wag es ja nicht, das auch nur zu denken, Mistkerl."*

*„Wirst du schon wieder wütend?"*

Cameron löste seinen Schwanz von ihrem Maul, machte es sich auf ihrem Rücken gemütlich und strich mit der Schwanzspitze neckend an ihrer Flanke entlang. Ein angenehmer Schauer rieselte durch ihren Körper und ließ ihn erzittern. Wenn er nicht damit aufhörte, würde sie über kurz oder lang anfangen zu schnurren wie eine Katze. Dabei wollte sie ihm viel lieber die Dornen von seinem verdammten Schädel reißen und sie ihm in den Arsch rammen, weil er ihre missliche Lage so schamlos ausnutzte.

„Hältst du es für eine gute Idee, sie weiter zu reizen?", fragte Caden beiläufig und trat einen Schritt zurück. Dass er dabei leise lachte, ließ Alessas Puls erneut rasen. Diese beschissenen Reptilien steckten alle unter einer Decke, einer mehr Macho als der andere.

*„Sie muss lernen, ihre Emotionen zu kontrollieren."* Er schnüffelte kurz, schüttelte dann den Kopf und stützte sich so schwer auf ihren Körper, dass er das letzte bisschen Luft aus ihren Lungen presste. *„Ich kann deine Wut noch immer riechen. Ein Kohlefeuer, das jederzeit erneut aufflammen kann."*

Alessa knirschte mit den Zähnen und stieß niedergeschlagen den Atem aus. *„Ich bin ruhig. Und jetzt geh runter von mir."* Als er sich trotzdem nicht bewegte, schob sie ein gewürgtes *„Bitte"* nach.

Gemächlich erhob er sich, trat zur Seite und ein hauchzarter blauer Nebelschleier wirbelte um seinen Körper, als er seine menschliche Gestalt annahm. Nachdem der feine Nebelschleier sich aufgelöst hatte, stand Cameron komplett eingekleidet vor ihr.

„Und jetzt du“, forderte er Alessa auf und sah sie erwartungsvoll an.

Sie richtete sich auf, setzte sich auf die Hinterläufe und schloss die Augen, um sich zu konzentrieren. Es fühlte sich an, als würde eine frische Brise über ihren Körper streichen, ihn liebkosen und beruhigen. Dabei hatte sie Hitze und Flammen erwartet.

Als sie die Augen wieder öffnete, fand sie sich Cameron, Caden und Cyril gegenüber, die sie mit erstaunten Gesichtsausdrücken und offenen Mündern anstarrten. Fehlte nur noch, dass ihnen der Sabber vom Kinn tropfte.

„Kannst du das immer tragen?“, fragte Cyril aufgeregt, so dass Alessa an sich herab sah und erschrocken nach Luft schnappte. Das hatte sie sich nicht vorgestellt, sondern wieder Jeans und ein bequemes Shirt. Stattdessen trug sie verführerische tiefrote Dessous und ihre Haut schimmerte, als sei sie mit goldenem Puder überzogen. *Shit!*

„Ganz sicher nicht“, fauchte sie giftig, wirbelte herum und stapfte verärgert zurück in die Festung. Auf halbem Weg wirbelte sie herum und brüllte: „Und hört gefälligst auf, mir wie pubertierende Teenager auf den Arsch zu starren, als hättet ihr noch nie eine Frau in Dessous gesehen!“ Ihr Blick wanderte nach oben zu den Männern, die sich entlang der Wehrmauer aufgestellt hatten und ebenfalls fasziniert ihren Abgang beobachteten. „Und damit meine ich euch alle!“

Dann riss sie einer der Bediensteten, die sie ungeniert angaffte, das Tuch von den Schultern und wickelte sich darin ein, ehe sie die Treppe zum Rittersaal hochlief und hinein verschwand.

„So nennt man das? Dessous?“ Caden sah zu Ayryn, die ihm einen finsteren Blick zuwarf, als ahnte sie, was als Nächstes kommen würde. „Könntest du so etwas für mich tragen? Heute Nacht?“

„Warum sollte ich?“

„Weil du mich liebst?“

„Momentan tue ich das ganz und gar nicht. Eher das Gegenteil.“

Ein laszives Lächeln verzog seine Lippen, als er sich zu ihr hinabbeugte und murmelte: „Und wenn ich dir im Gegenzug gewisse Privilegien gewähre?“

„Alle! Ich will sie alle zurück. Keine Einschränkungen mehr.“

„Du bist eine verdammt harte Verhandlungspartnerin.“

„Kommt ganz darauf an, wie sehr du mich in solchen Dessous willst.“ Sie legte ihm eine ihrer schmalen Hände auf die Brust und lächelte verführerisch. „Welche Farbe sollen sie denn haben? Leidenschaftliches Rot? Unschuldiges Weiß? Oder lieber das schimmernde Königsblau eines *Guardian*?“

Cadens Augen verdunkelten sich zu einem tiefen Tannengrün, als er einen Arm um ihren Körper schlang und sie an sich zog. „Du kämpfst unfair, Liebling.“

„Meinst du?“

„Oh ja.“ Er strich ihr eine wirre Haarsträhne hinter das Ohr und neigte den Kopf. „Unfair und mit weiblicher Heimtücke. Dagegen hat kein Mann eine Chance.“

„Und du auch nicht?“

„Vor allem ich nicht.“ Seine Lippen strichen sanft über ihren Mund. „Nicht, wenn es um dich geht.“

Cyril baute sich mit vor der Brust verschränkten Armen vor seinen Eltern auf und verdrehte übertrieben die Augen. „Wie wäre es, wenn ihr beiden auf euer Zimmer geht?“, schlug er vor. „Das wäre auf alle Fälle einfacher, als alle in die Festung zu befehlen, damit ihr zwei alten Drachen euch wie liebestolle Katzen über den Trainingsplatz rollen könnt.“

Cyril sah den Schlag nicht kommen. Weder den ersten, den sein Vater ihm mit der Rückhand gegen die ohnehin lädierte Stirn verpasste, noch den zweiten von seinem Onkel gegen den Hinterkopf.

# 14. Kapitel

*Warden Castle*

„Was, verdammt nochmal, ist das?“ Ein weiteres Mal tunkte Alessa den Lappen in die Schüssel und mühte sich ab, den Goldpuder von ihrem Oberarm zu rubbeln. Aber die Feuchtigkeit auf ihrer Haut verstärkte nur noch den schimmernden Effekt.

Als es an der Tür klopfte, klatschte sie den Lappen in die Schüssel, rubbelte mit einem Tuch das Wasser von ihrem Arm und zog den hochgeschobenen Ärmel wieder zurecht. Genervt rief sie: „Herein“. Dann drehte sie sich um und stockte mitten in der Bewegung. Denn nicht Ayryn, die sie erwartet hatte, sondern Cameron betrat das Zimmer.

Sein Blick glitt über sie hinweg und blieb an der Rötung hängen, die vom Ärmel nicht vollständig verdeckt wurde. Langsam kam er näher, griff nach ihrem Ellenbogen, um sich die Stelle genauer anzusehen, und runzelte die Stirn. Als sie sich ihm entziehen wollte, spannten sich seine Finger fester um ihren Arm und hielten ihn fest.

„Was tust du da?“ Vorsichtig schob er den Ärmel höher, fuhr mit den Fingerspitzen über die Rötung, so dass ein angenehmes Kribbeln zu spüren war, und ließ sie verschwinden. „Du kannst es nicht abwaschen. Dieser leichte Goldschimmer ist ein Merkmal besonders machtvoller *Imperial*, wenn sie menschliche Gestalt besitzen.“

„Na toll! Und was kommt als Nächstes? Fange ich an, nachts den Mond anzuheulen?“

„Natürlich nicht. Du bist kein Wolf oder Lupa.“

„Was sind Lupa?“, wollte sie mit gerunzelter Stirn wissen.

„Riesige Wölfe mit langem, weißem Fell. Ausgewachsen sind sie größer als ein Pferd. Und sie sind viel umgänglichere Wesen, als oftmals behauptet wird, leben aber seit langer Zeit recht zurückgezogen. Man muss schon sehr viel Glück haben, überhaupt noch einem von ihnen zu begegnen. Der Krieg hat uns allen erheblichen Schaden zugefügt, auch ihnen.“

Alessa entzog ihm ihren Arm und dieses Mal ließ er sie gewähren. Mit einem niedergeschlagenen Seufzen setzte sie sich auf das Bett, lehnte sich gegen das Kopfteil und zog die Beine unter ihren Körper, so dass sie im Schneidersitz vor ihm saß und zu Cameron aufblickte. „Ich will zurück nach Hause, nach Chicago."

Cameron presste die Lippen aufeinander und wandte den Kopf zur Seite, damit sie nicht den Schmerz und die Wut in seinen Augen sah. Sie wollte ihn noch immer verlassen, obwohl er ihr bereits gesagt hatte, dass es für sie kein Zurück in ihr altes Leben geben würde. Und trotzdem gab sie den Gedanken an eine Rückkehr nicht auf.

Alessa musste sie doch genau wie er spüren. Die unüberwindliche Anziehungskraft, die zwischen ihnen beiden herrschte. Wie konnte sie sie einfach beiseite wischen, *ihn* ignorieren, während er sich mit jeder weiteren Minute mehr nach ihr sehnte?

*Sie braucht mehr Zeit, sich an dich und ihr neues Leben zu gewöhnen,* ermahnte er sich in Gedanken und hätte beinahe laut geflucht vor Verzweiflung. Denn eben das war es, was er nicht hatte. Keiner von ihnen. Zeit.

Er atmete tief durch, drängte das wilde Tier in seinem Inneren zurück, das lautstark nach der Frau auf seinem Bett verlangte. Das danach schrie, sie sich zu unterwerfen, wie es jeder Drache tun würde. Ungeachtet der Tatsache, dass er keinerlei Recht dazu hatte, weil Darius bereits Anspruch auf sie erhoben hatte.

Cameron wollte sie, ohne jeden Zweifel und mit jeder Faser seines Körpers. Aber er durfte trotzdem nicht vergessen, dass sie rein gar nichts über das Leben und die Gepflogenheiten in ihrer Heimat wusste. Und das hieß, dass er es langsam angehen musste. Nichts war ihm jemals schwerer gefallen.

„Du kannst nicht zurück, Alessa", sagte er mit einer Ruhe, die er nicht empfand. Er suchte ihren Blick und schüttelte bedauernd den Kopf. „Es ist unmöglich."

„Wenn ich etwas weiß, dann, dass es nichts gibt, was unmöglich ist. Bis vor nicht einmal zwei Tagen habe ich es für vollkommen unmöglich gehalten, dass es Menschen gibt, die sich in Drachen verwandeln können. Und wie sich herausgestellt hat, bin ausgerechnet ich in der Lage, mich in einen dieser Feuerspeier zu verwandeln."

Sie stand vom Bett auf und baute sich wie eine kampfbereite Amazone vor ihm auf, während Flammen in ihren tiefblauen Augen aufloderten - ungezähmt und wunderschön. Cameron musste sich zusammenreißen, sie nicht in seine Arme zu ziehen und zu küssen, bis sie beide nicht mehr klar denken konnten.

„Also erzähl mir nicht so einen Bullshit. Von wegen, es wäre nicht möglich. Wie komme ich zurück?"

*Geduld,* ermahnte er sich in Gedanken. *Du musst Geduld mit ihr haben.* Dabei war der Drang, sie kräftig zu schütteln, damit sie endlich verstand, schier unüberwindlich. „Ich enttäusche dich nur ungern. Aber selbst, wenn ich wüsste wie, ich würde dir nicht helfen. Du bist zu wichtig für mich … für uns. Ohne dich wird niemand jemals Ruhe finden, weil die Feindseligkeiten niemals aufhören würden."

„Okay." Sie stemmte beide Hände in die Hüften und schürzte die Lippen. „Sag mir, was ich tun muss, um sie zu beenden."

*Wenn das so einfach wäre*, dachte Cameron und seufzte. „Füge dich in dein Schicksal wie jeder andere von uns. Es ist dein Geburtsrecht, über alle Drachen zu herrschen." Er hoffte, sie würde akzeptieren, was ihr vorherbestimmt war. Und das bald. Vielleicht würde ihre Akzeptanz dann auch den Weg für sie beide ebnen, dass sie zusammenkommen und –bleiben konnten. Selbst mit Darius' Anspruch auf sie. Es musste irgendeinen Weg geben. Denn er wollte nicht dazu gezwungen sein, sie aufgeben zu müssen.

„Vergiss es." Alessa schüttelte vehement den Kopf und versuchte, sich an ihm vorbeizudrängen. Doch er hielt ihren Arm fest und riss sie zurück.

„Dafür wurdest du geboren, Alessa. Kein Stamm wird dir den Thron streitig machen, jedenfalls nicht noch einmal. Wir haben aus unseren Fehlern gelernt."

„Was mein Schicksal angeht, das bestimme ich ganz allein. Niemand wird mir vorschreiben, was ich zu tun habe. Sucht euch einen anderen Idioten für den Job. Ich habe nicht die Absicht, über irgendwen zu herrschen."

„Es gibt nur dich. Verstehst du das nicht? Kein anderer ist dazu in der Lage, uns ein wahrhaft lebenswertes Leben zurückzugeben. Jedem Einzelnen von uns, egal welcher Lebensform. Ohne dich …", sein Miene nahm einen schmerzlichen Ausdruck an, „… sind wir dazu verdammt, früher oder später elendig zu Grunde zu gehen." Behutsam strich er ihr eine rotblonde Haarsträhne hinter das Ohr. Sie schien nicht einmal den Hauch einer Ahnung zu haben, wie wichtig sie war. „Wir haben uns in den letzten Jahrzehnten nach nichts so sehr gesehnt, wie nach den *Imperial* und *Sway*. Dass sie zurückkehren würden. Irgendwie. Und du bist die Antwort auf alles.“

Alessa schüttelte abwehrend den Kopf und stemmte ihre Hände gegen seine Brust, um ihn von sich zu schieben. Angst machte sich in ihr breit und ließ ihr Herz rasen.

In diesem Moment gab es nichts, was sie sich sehnlicher wünschte, als in ihr altes, wenn auch hin und wieder ereignisloses Leben in der Feuerwache zurückkehren zu können. Zusammen mit Garwin, den sie entsetzlich vermisste und der, solange sie denken konnte, ihr Ruhepol gewesen war. „Ich bin nicht das, worauf ihr gewartet habt. Ich will es nicht sein.“

Cameron neigte den Kopf zur Seite, musterte sie sekundenlang und schien zu einer Entscheidung zu kommen. Denn in seinem Blick tauchte eiserne Entschlossenheit auf, die die Furcht in ihrem Inneren noch schürte. Angst quetschte ihre Eingeweide zusammen und legte sich wie ein zentnerschweres Gewicht auf ihre Brust, so dass sie schlechter atmen konnte. Alessa verstärkte den Druck gegen seine Brust und wand sich in seiner Umklammerung. Kräftemäßig war sie ihm jedoch eindeutig unterlegen.

„Vielleicht glaubst du mir ja, wenn ich es dir zeige, du es mit eigenen Augen siehst.“ Sein Blick verhakte sich mit ihrem, hielt ihn fest und zog sie in einen Bann, gegen den Alessa sich nicht zur Wehr setzen konnte. Camerons eisgraue Augen nahmen die Farbe eines stürmischen Gewitterhimmels an. Er umfasste ihr Gesicht mit beiden Händen, schob seine Finger in ihre Haare und drängte sie behutsam und dennoch unerbittlich, den Kopf weiter in den Nacken zu legen. Ihr Puls raste und das Blut rauschte in ihren Ohren. Alles um sie herum verschwamm zu einem Mischmasch an Farben. Alessa stockte der Atem. Da war nur noch ein Strudel aus Blau und Grün, der immer heller glitzerte, bis er schließlich so grell war, dass sie geblendet die Augen schloss.

Unzählige Bilder blitzten wie Erinnerungsfetzen vor ihren Augen auf. Bilder von beeindruckenden Gebirgszügen, geheimnisvollen Wäldern, saftig grünen Wiesen mit bunt blühenden Blumen, auf denen riesenhafte Rinder weideten, fruchtbaren Äckern und fischreichen Gewässern, die allen mehr als genug Nahrung spendeten. Kinder, die fröhlich lachend miteinander spielten und dabei wohlwollend von ihren Müttern beobachtet wurden.

Dann änderte sich mit einem Mal die Szenerie. Der Eindruck einer heilen Welt ohne Gefahren verschwand und machte einem beängstigenden Verfall Platz, der unaufhaltsam voranschritt.

Das Grün der Wälder und Wiesen verschwand. Verdorrte regelrecht vor ihren Augen, bis nur noch unfruchtbarer Boden zu sehen war. Die Äcker waren aufgewühlt und von Blut getränkt. Tote Fische trieben bäuchlings an der Oberfläche giftgrüner Seen. Als aus den fröhlichen Kindern, weinende wurden, die sich mit ängstlichen und verhärmten Gesichtern an den zerfetzten Röcken ihrer verzweifelten Mütter festklammerten, spürte Alessa, wie Tränen sich unaufhaltsam ihren Weg über ihre Wangen bahnten.

Sie *fühlte* am eigenen Leib, was diese Menschen ertrugen. Spürte den nagenden Hunger und die Trockenheit in ihrer Kehle. Die Kälte in ihrem Körper, die nicht einmal ein Feuer vertreiben konnte. Verzweiflung und Hoffnungslosigkeit mischten sich mit Schmerzen und Furcht.

Ein ersticktes Schluchzen entrang sich ihrer Kehle und sie setzte sich gegen Cameron und alles, was er ihr zeigte, zur Wehr. Sie wollte nicht noch mehr davon sehen, ertrug es nicht, wie Angst, Hass und Verzweiflung sich immer weiter wie eine Seuche ausbreiteten und alles vernichteten.

„Scht … ganz ruhig." Er zog ihren zitternden Körper in seine Arme und strich beruhigend mit den Händen über ihren Rücken, während sie erschöpft ihre Wange an seiner Brust rieb, schniefte und die Augen geschlossen hielt. „Ich musste es dir zeigen, damit du mir glaubst." Als sie ihm nicht antwortete, hob er mit den Fingerspitzen ihr Kinn an, damit sie ihn ansah. „Dass wir Drachen uns jahrhundertelang gegenseitig bekriegt haben, war ein schwerer Fehler. Wir waren selbstsüchtig und gedankenlos und haben damit alle ins Unglück gerissen. Jetzt ist unsere Aufgabe, den alten Zustand wieder herzustellen, wenn wir eine Zukunft haben wollen. Aber das können wir nur mit dir. Nur mit den Kräften aller Drachenstämme wird es wieder so werden wie früher."

Reue nagte an seinen Eingeweiden, als Cameron die Tränenspuren auf ihren Wangen und die tiefe Traurigkeit in ihren Augen sah. Es war nicht fair, ihr mitfühlendes Wesen, das sie ihrem *Imperial*-Erbe zu verdanken hatte, gegen sie zu verwenden. Er hatte sie nicht so sehr erschüttern wollen. Trotzdem hatte er es getan, obwohl er ihr nur einen winzigen Bruchteil von dem gezeigt hatte, was seit Verschwinden ihrer Vorfahren geschehen war. Aber

Alessa musste verstehen, die Dinge sehen, wie sie waren, und sich ihrer Verantwortung stellen.

„Es tut mir leid“, murmelte er leise und neigte langsam den Kopf. Behutsam strich er mit den Lippen über ihre Stirn und suchte ihren Mund.

Mit einer Zärtlichkeit, die sie nicht für möglich gehalten hatte, bewegte sich sein Mund auf ihrem. Cameron hob den Kopf und sah sie aus sanften Augen um Entschuldigung bittend an, während er ihr liebevoll über den Rücken streichelte. Ihr Inneres erwärmte sich allmählich und die furchtbaren Bilder rückten in den Hintergrund.

„Ich würde alles dafür geben, diese Bürde von dir zu nehmen, Alessa. Du bist die Einzige von uns, die wahrhaft unschuldig ist. Aber Hasyra, wir alle brauchen dich. *Ich* brauche dich.“

„Cameron …“ Ihre Stimme war nur noch ein Wispern. Alessa schlang ihre Arme um seinen Nacken und fuhr mit ihren Fingern durch seine seidigen schwarzen Haare. Sie legte ihren Kopf an seine Brust, hörte den kräftigen Herzschlag und ließ sich davon beruhigen. Camerons Nähe und die Sicherheit, die er ihr damit vermittelte, spülten auch den letzten Rest Schmerz fort, der sie zuvor gequält hatte.

Als sie wieder zu ihm aufsah, senkte er den Kopf. Cameron strich leicht mit seinem Mund über ihren, ehe er den Kuss vertiefte und sie fester mit seinen Armen umschlang. Er schenkte ihr Vergessen und weckte Gefühle, die sie nie zuvor für einen Mann mit einer solchen Intensität gespürt hatte. Und sogar die kleine Stimme in ihrem Kopf, die sie so oft genervt hatte, meldete sich nicht zu Wort, als wäre sie mit Alessas Wahl einverstanden.

Sie drängte ihren Leib gegen seinen und rieb sich verlangend an Cameron. Die Verzweiflung war nur noch eine blasse Erinnerung und wurde von heißem Begehren verdrängt, das wie eine Feuerwalze durch ihren Körper rollte und ihn in Flammen aufgehen ließ.

Alessa öffnete die Lippen, verlor sich in seinem drängenden Kuss und stöhnte leise in seinen Mund. Sein Griff verstärkte sich und er zog sie so dicht an sich, dass ihre Körper beinahe miteinander verschmolzen.

„Cameron“, wisperte sie atemlos, als er den Kopf zurückzog und aus lustverhangenen Augen auf sie herabsah. Sie wollte mehr von ihm und nicht nur einen Kuss. Sie wollte alles. Jetzt. Bevor dieser magische Moment vorbei und sie wieder Herrin ihrer Sinne war.

Sie wollte ihn mit sich auf das Bett ziehen, damit er beendete, was er begonnen hatte. Als er den Kopf schüttelte, nach ihren Händen griff und sie von seinem Hemd löste, blinzelte Alessa verwirrt. Was sollte das werden? Erst machte Cameron sie so heiß, dass sie befürchten musste, sie würde die gesamte Festung in Flammen aufgehen lassen. Und dann zog er sich zurück?

„Das ist nicht dein Ernst?“ Ihre Stimme klang ungläubig.

„Es wäre ein Fehler. Zumindest *jetzt* wäre es ein Fehler. Ich will nicht, dass du glaubst, ich hätte die Situation und deine Verwirrung ausgenutzt.“

„Ich will aber, dass du die Situation ausnutzt.“ Erneut packte sie sein Hemd, aber Cameron machte sich los und trat kopfschüttelnd einen Schritt zurück.

„Mach es mir nicht schwerer, als es ohnehin für mich ist. Ich will dich so sehr, dass es mich fast umbringt. Ich kann mich kaum noch beherrschen, Alessa.“

„Prima.“ Sie riss sich das Shirt über den Kopf und schleuderte es beiseite, so dass ihre vollen Brüste nur noch von tiefroter Spitze bedeckt waren. Cameron schluckte hörbar, als sein Blick auf die aufgerichteten Brustwarzen fiel, die sich durch den hauchdünnen Stoff abzeichneten. „Ich will es, Cameron.“

Er riss seinen Blick von ihren verführerischen Brüsten los, ballte die Hände zu Fäusten und wandte sich abrupt ab. „Nein“, stieß er hervor, riss die Tür auf und verschwand, ehe sie noch etwas entgegnen konnte.

Mit offenem Mund starrte sie die geschlossene Tür an und konnte nicht glauben, was gerade geschehen war. Sie hatte sich ihm angeboten wie eine billige Hure, sich ihm regelrecht an den Hals geworfen. Und er ließ sie abblitzen?

Alessa klaubte ihr Shirt vom Boden auf und zog es sich wieder über. Dann setzte sie sich auf das Bett, lehnte den Rücken gegen die Kopfstütze und starrte minutenlang ins Leere, um das Chaos in ihrem Kopf zu ordnen. Hatte Cameron ihr diese Bilder gezeigt, damit sie ein schlechtes Gewissen bekam und aus dem Grund blieb? Und dann hatte ihn selbst das schlechte Gewissen gepackt, als die Situation sich in eine andere Richtung entwickelte als gedacht? Was für ein mieses Spiel trieb er mit ihr?

Alessa verpasste dem Kissen neben sich einen kräftigen Knuff. Sie musste ihren Frust loswerden. Irgendwie und bei irgendwem.

Und sie wusste ganz genau, wer ihr zuhören würde. Tief atmete sie ein und schloss die Augen.

*„Garwin!"* Selbst in ihrem Kopf klang es wie das wütende Kreischen einer Harpyie. Erschrocken zuckte sie zusammen. Und Garwin erging es offensichtlich nicht besser, seinem Aufschrei nach zu schließen.

„Fuck! Was soll das denn, Alessa? Willst du mich umbringen?"

Er verdrehte die Augen und wischte mit einer Hand das Wasser von Kinn und Brust, das er vor Schreck verschüttet hatte. Nach einem prüfenden Blick in den leeren Gang vor seiner Zelle setzte er sich wieder auf die Pritsche.

*„Ich bin sauer, stinkwütend."*

„Und deswegen musst du mich zusammenbrüllen? Was ... wer hat dich so wütend gemacht? Und warum vermittelst du nicht das Gefühl, als würdest du jeden Moment in Flammen aufgehen? Kannst du deine Kräfte bereits besser kontrollieren?"

*„Cameron, dieser Schweinehund."*

„Was ist passiert?"

*„Er hat mir Bilder gezeigt, wie Hasyra verfällt, und gesagt, es würde bei mir liegen, es zu verhindern. Erschütternde Bilder, Garwin. Ich habe die Angst und Verzweiflung gespürt, als wären sie meine. Ist es wirklich so schlimm?"*

„Ich kann rein gar nichts spüren, nur dich. Und damals, als kleiner Junge ..." Garwin neigte den Kopf zur Seite, schloss die Augen und versuchte sich zu erinnern. Dann schüttelte er den Kopf, obwohl er wusste, dass Alessa es nicht sehen konnte. „Ich weiß es nicht, kann mich nur an die Festung erinnern, die ich so gut wie nie verlassen habe. An Ranken, die meterhohe Mauern bedecken und andere Kinder, die mit mir in der Festung Verstecken gespielt haben."

„Also stimmt es nicht?"

„Ich weiß es nicht." Garwin stieß geräuschvoll den Atem aus, ließ sich rückwärts auf die Pritsche fallen und verschränkte die Arme hinter dem Kopf. „Tut mir leid, dass ich dir keine Hilfe bin, Kleines."

„Wie solltest du von dort aus, wo du gerade steckst, etwas tun können?" Er hörte sie niedergeschlagen Seufzen und dann ... „Geht es dir gut? Bis auf, dass du eingesperrt bist, meine ich. Behandelt dich Darius gut?"

„Er lässt mich in Ruhe. Also ja, es geht mir gut“, beruhigte er sie. „Und jetzt erzähl mir mehr von Cameron. Allein wegen der Bilder bist du doch nicht so sauer auf ihn, oder?“

*„Dieser Mistkerl …“*, schimpfte sie vor sich hin und entlockte Garwin ein Schmunzeln. *„Erst diese grauenhaften Bilder, dann hat er mich getröstet. Danach hat er mich so heiß gemacht, dass ich nicht mehr wusste, wo mir der Kopf steht und ich mir die Klamotten vom Leib gerissen habe. Und dann ist er plötzlich weggegangen.“*

„Du bist sexuell frustriert?“ Garwin versuchte sein leises Lachen zu kaschieren, indem er sich mehrfach räusperte. Alessa und Cameron. Es klang für ihn nach einem ‚Perfect Match‘, auch wenn er den Mann bisher noch nicht persönlich kennengelernt hatte. Der *Guardian* schien für sie seine Bedürfnisse zurückzustellen und sein Temperament zu zügeln, ging die Sache für einen Drachen ungewöhnlich behutsam an und hatte damit sichtlich Erfolg. Alessa war dabei, ihm zu verfallen.

„Versprich mir, dass du ihn nicht zu sehr reizt. Okay?“

*„Warum nicht? Er hätte es verdient.“*

„Weil du bisher wahrscheinlich nicht einmal ansatzweise seine wilde Seite zu sehen bekommen hast. Mach ihn wütend – und damit meine ich fuchsteufelswild – dann wirst du mehr von ihm bekommen, als du dir vorstellen kannst. Und wofür du eventuell bereit bist.“

*„Klugscheißer.“*

„Immer zu Diensten, Prinzessin.“

Das Schweigen zwischen ihnen zog sich in die Länge, ohne peinlich zu werden. Sie waren einander bewusst, genossen die Anwesenheit des anderen und ließen sich davon beruhigen.

*„Garwin?“*, murmelte sie nach einer Weile betrübt.

„Ja?“

*„Ich vermisse dich.“*

„Und ich dich. Aber wir werden uns wiedersehen. Bald.“

*„Versprichst du mir das?“*

„Ich schwöre es dir.“

## 15. Kapitel

*Warden Castle*

Wo blieb sie nur? Cameron sah zur offen stehenden Tür des Rittersaals, hinter der man den Fuß der Treppe erkennen konnte, und runzelte die Stirn. Ayryn hatte ihm schon vor einer gefühlten Ewigkeit erzählt, dass Alessa Bescheid wusste, dass sie alle auf ihr Erscheinen beim Abendessen warteten.

Er ließ den Blick über seine Männer schweifen, die unruhig auf den Bänken hin und her rutschten und das Essen auf den Tischen gierig mit den Blicken verschlangen. Aber sie hielten sich zurück, wenn auch nur widerwillig.

War sie noch immer wütend auf ihn, weil er sich nicht von ihr ins Bett hatte ziehen lassen? Wenn sie wüsste, was es ihn gekostet hatte, sich von ihr zu lösen und das Zimmer zu verlassen. Danach war er stundenlang geflogen, hatte sich nach körperlicher Erschöpfung gesehnt, damit die schmerzhafte Erregung endlich nachließ. Aber weder der Flug noch das Bad in dem eiskalten See, der von einer unterirdischen Quelle gespeist wurde, hatten Wirkung gezeigt.

Er bekam die Bilder nicht aus dem Kopf. Alessa und wie hinreißend sie ausgesehen hatte, als sie lichterloh vor Verlangen gebrannt hatte. Nur war er sich unsicher gewesen, ob tatsächlich er es war, den sie wollte. Oder ob sie nur vergessen wollte, was er ihr gezeigt hatte. Als Mittel zum Zweck dienen? Das war ihm zu wenig.

Er wünschte sich ihre Zuneigung, wenigstens. Denn auf mehr konnte er nicht hoffen, jedenfalls jetzt noch nicht, wo sie ihn kaum kannte. Aber um sich besser kennenzulernen, mussten sie Zeit miteinander verbringen. Was eignete sich dafür besser, als ein Abendessen? Und seine Leute würden ihr die gleiche Sicherheit geben wie ihm. In ihrer Anwesenheit würde er nicht in Versuchung geraten, über sie herzufallen. Wo, verdammt nochmal, blieb sie also?

Als hätte er sie mit seinen Gedanken herbeigerufen, tauchte sie im Durchgang auf und betrat den Rittersaal. Ihm stockte der Atem, als er ihre Kleidung sah. Jeder von ihnen war es gewohnt, dass Drachen hin und wieder nackt herumliefen. Keiner störte sich daran. Selbst jene Menschen, die keinerlei Fähigkeiten besaßen, hatten sich an den Umstand gewöhnt, dass sie ab und an einen nackten Drachen oder eine Drachin zu sehen bekamen.

Aber die Kleidung, die Alessa gerade trug, war zu viel für einen Mann mit einem gesunden sexuellen Appetit, eben *weil* sie so spärlich ausfiel. Denn sie betonte genau die richtigen Stellen und zog damit wie magisch die Blicke auf sich. Es kribbelte ihm in den Fingern, auszutesten, ob ihr Hintern sich tatsächlich so straff und fest anfühlte, wie er in dieser viel zu kurz geratenen, roten … Hose? … aussah. Sie bedeckte gerade so ihren wohlgerundeten Po und lenkte alle Blicke auf ihre langen, schlanken Beine. Das weiße Oberteil ließ ihren flachen Bauch frei, lag knapp über dem Bauchnabel eng an und fiel an den Schultern deutlich weiter aus, so dass der Stoff ihr von einer Schulter gerutscht war und der weiße Träger ihrer … Wie nannte sie sie gleich noch? … Dessous und der Ansatz einer Brust sichtbar wurden.

Konnte etwas noch verlockender wirken als eine Frau, die ihre Reize zwar verhüllte, sie damit jedoch gleichzeitig so gekonnt betonte? Er bezweifelte es.

Cameron sah ihr erwartungsvoll entgegen und beobachtete, wie sie den Saal durchquerte. Statt jedoch den freien Platz neben ihm anzusteuern, quetschte sie sich zwischen zwei seiner Männer auf eine der Bänke und schenkte ihren überraschten Nachbarn ein strahlendes Lächeln. Und damit verwandelte sie die beiden grobschlächtigen Kerle, die er als sehr loyale, aber auch raufwütige Drachen kannte, in zahme Lämmchen.

Caden, der drei Plätze weiter saß, warf ihm an Ayryn vorbei einen verdutzten Blick zu. *„Was tut sie da?“*

*„Ich habe keine Ahnung.“*

*„Als ob!“*

Cameron richtete seinen Blick auf Ayryn, die ihm ein süffisantes Lächeln zuwarf und die Augenbrauen hochzog. „Du hast schon richtig gehört“, sagte sie leise, damit nur er und Caden es hören konnten. „Als ob! Du weißt ganz genau, was du getan hast. Das ist ihre Revanche. Und sie ist hervorragend. Ich liebe diese kleine Hexe und ihren Einfallsreichtum. Bin schon gespannt, was sie sich als Nächstes ausdenkt.“

„Du hast uns belauscht?“

„Ich wollte nur sichergehen, dass du dich anständig benimmst und sie nicht vollkommen verschreckst.“ Sie zuckte lässig mit den

Schultern. „Dass du dich dann aber soooo anständig benimmst, das war dann doch etwas zu viel. Warum hast du Idiot sie nur stehen lassen? Sie wollte dich – und wie sie dich wollte.“ Ayryn wandte Alessa den Kopf zu, die in ein Gespräch mit ihren beiden Tischnachbarn vertieft war, und schnupperte vorsichtig. „Alles, was ich im Moment rieche, ist unterdrückte Wut und ihr verständlicher Wunsch nach Rache für die Zurückweisung. Rache an dir.“

„Das wird sich ändern“, erwiderte Cameron selbstsicher. Er griff nach einem gegrillten Huhn und riss es mit den bloßen Händen auseinander. Dann biss er in das weiche, weiße Fleisch und kaute darauf herum, ohne es zu schmecken. Dabei starrte er weiterhin Alessa an, die von seinem Blick anscheinend nichts mitbekam. Oder ihn bewusst ignorierte. Noch einmal würde er sich nicht zurückhalten. Sie hatte ihn einmal gewollt und sie würde es wieder tun.

Cameron beobachtete unverwandt seine Männer, die immer näher an Alessa heranrückten. Einige stellten sogar Bänke um, damit sie ihr gegenübersitzen konnten, was wiederum seine eigene Sicht behinderte. Was mussten diese Idioten auch einer wie der andere die Ausmaße von zu groß geratenen Behia-Zuchtbullen haben?

Verärgert spülte er den letzten Bissen gegrilltes Huhn herunter und sah zur Tür, durch die Cyril in den Saal stolziert kam. Sein Neffe verpasste im Vorbeigehen einer der Bediensteten einen leichten Schlag auf den Hintern, so dass sie aufquietschte und den Krug Bier in ihren Händen beinahe fallen ließ. Gemächlich schlenderte er um die Tafel herum und setzte sich neben seinen Vater.

„Bin aufgehalten worden“, entschuldigte er sein Zuspätkommen und langte nach einer Schüssel mit würzigem Rinderbraten. Nachdem er drei Scheiben auf seinem Teller aufgestapelt hatte, riss er ein Laib Brot auseinander und machte sich über das Essen her. Kauend wies er mit dem Kopf in Alessas Richtung. „Gibt es einen Grund, warum ihr sie nach da drüben verbannt habt?“

„Sie hat sich den Platz selbst ausgesucht“, brummte Cameron mürrisch.

„Also liegt es an dir? Musst ja mächtigen Mist gebaut haben, dass sie einen solchen Abstand zwischen euch hält. Bist du ihr zu nahe getreten und hast dich dabei wie der letzte Idiot angestellt?“

„Bring deine Brut zum Schweigen, Caden, oder ich erledige das.“ Cameron zerkrümelte ein Stück Brot zwischen seinen

Fingern, ignorierte Cyrils Geschwätz und sah erneut zu Alessa. Ärger stieg in ihm auf, weil sie seinen Männern mehr Beachtung schenkte als ihm. Mit ihnen scherzte, lachte und Spaß hatte. Als Lorne, der Mann rechts von ihr, seine Muskeln spielen ließ, lachte sie erst vergnügt und testete mit einem beeindruckten Gesichtsausdruck seinen Bizeps.

Cameron sprang mit einem wütenden Knurren von seinem Stuhl auf und stürmte um die Tafel herum.

Cyril schob ein weiteres Stück Fleisch in den Mund, kaute genüsslich und sah zu seinem Vater. „Worum wetten wir, dass er es versaut?“

„Was willst du?“

„Ein Fässchen von deinem Obstschnaps, den du so ungern teilst.“

„Gieriger kleiner Bastard.“

„Also? Oder glaubst du, dein Bruder wird nicht mit ihr fertig?“

„Ein Fässchen, ein kleines.“

Alessa amüsierte sich köstlich. Die raubeinigen Krieger waren alle eifrig bemüht, sie bei Laune zu halten. Sie waren es offensichtlich nicht gewohnt, dass sich eine der Frauen so unvoreingenommen zu ihnen gesellte und sogar über ihre derben Scherze lachte.

Es war ein blendender Einfall gewesen, Cameron in die Schranken zu weisen, indem sie ihn demonstrativ mied. Und er machte keinen Hehl daraus, dass ihm das ganz und gar nicht gefiel.

Er hatte seine eigenen Männer mit grimmigen Blicken bedacht und mehr Brot auf seinem Teller zerkrümelt, als andere sich während des Essens in den Mund geschoben hatten. Erst als Cameron jetzt mit einem zornigen Knurren von seinem Stuhl aufsprang und um die Tafel herumstürmte, kam Alessa der Verdacht, dass sie ihn vielleicht ein klein wenig zu viel gereizt haben könnte, indem sie den muskulösen Oberarm von Lorne betastet hatte.

Wachsam beobachtete sie seine verkniffene Mimik und den ruckartigen Gang, der dafür sprach, wie aufgebracht er sein musste. Geschah ihm nur recht.

Als er schräg hinter ihr stehen blieb und das Gespräch um sie herum verstummte, wandte sie ihm den Kopf zu und fragte arglos über ihre Schulter hinweg: „Kann ich dir irgendwie helfen?"

Grob packte er ihren Arm, zog sie von der Bank hoch und warf sie sich wie einen Sack Getreide über die Schulter. Dann lief er zielstrebig zum Kopf der Tafel und ließ sie auf den freien Stuhl neben Ayryn plumpsen. Er nahm an ihrer anderen Seite Platz und bedachte sie mit einem eindringlichen Blick.

Alessa strich sich die wirren Haare aus dem Gesicht und funkelte ihn wütend an. „Ist das deine Art, mit einem Gast umzugehen?"

„Wenn ein Gast sich so benimmt, wie du es tust, dann ja. Du sitzt neben *mir* und nirgendwo anders."

„Mir hat es dort drüben sehr gut gefallen." Alessa winkte Lorne zu und lachte leise, als der riesige Krieger tatsächlich errötete.

„Aber mir nicht."

„Und wen interessiert das?"

Cameron knirschte mit den Zähnen und sah aus, als wolle er jeden Moment aus der Haut fahren. Dann atmete er tief durch, nahm den Bierkrug und füllte seinen Becher nach. Als er Alessa eine Schüssel mit Fleischstücken hinschob und sie nur angewidert das Gesicht verzog, zischte er aufgebracht: „Du hast keine Ahnung, woran du rührst, wenn du mich weiter provozierst."

Sie neigte den Kopf zur Seite und starrte ihn mit verkniffener Miene an. „Ich provoziere dich keineswegs. Ich esse nur kein rotes Fleisch, sondern ausschließlich weißes."

„Nur *weißes* Fleisch?" Verblüfft sah Cameron sie an und sein Ärger verpuffte.

„Genau. Weißes Fleisch – Geflügel und Fisch. Nichts anderes." Sie füllte sich einen Becher und prostete der Gruppe Krieger zu. „Etwas, das die Jungs da drüben innerhalb kürzester Zeit herausgefunden haben. Weil sie mich *gefragt* haben, was ich möchte und mir keine Schüssel hingestellt haben wie einen Futtertrog."

„Alessa ..."

Sie winkte ab und schenkte ihm ein süßliches Lächeln. „Gib dir keine Mühe. Wir beide wissen, dass du es nicht so damit hast, die

Wünsche einer Frau zu erkennen. Geschweige denn, danach zu fragen."

„Alessa …" Dieses Mal klang ein deutliches Grollen in seiner Stimme mit. Aber sie ließ sich nicht davon abschrecken.

„Und da nicht alle deiner Männer so ungehobelte Holzklötze sind, scheint dieses machohafte und unbedachte Verhalten hauptsächlich nur dich zu betreffen. Oder liegt das in der Familie?"

Sie sah fragend zu Ayryn, die ihr einen Daumen nach oben zeigte und leise lachte. Cyril zuckte mit den Schultern, als schere er sich einen Dreck um Alessas Anschuldigung. Caden hingegen kniff die Augen zusammen und stieß ein leises Knurren aus.

„Du beleidigst meine Familie?" Cameron schloss seine Finger fester um den Becher in seiner Hand, bis das Material mit einem *Knack* nachgab und das Bier durch den Riss herausfloss. Mit einem gezischten Fluch stellte er den Becher ab und wischte sich die Finger ab.

„Genau genommen beleidige ich dich. Was den Rest deiner Familie angeht – Ayryn natürlich ausgenommen –, wenn sie sich angesprochen fühlen … Bitteschön."

„Übertreibe es nicht", warnte er sie und bedachte Alessa mit einem harten Blick. „Sonst …"

„Sonst was? Wirfst du mich aus der Festung? Nur zu. Dann bekomme ich genau das, was ich ohnehin will."

Ein Muskel unter Camerons linkem Auge fing an zu zucken. „In Ordnung." Er nickte knapp. „Ab der nächsten Mahlzeit steht es dir frei, dir einen Platz zu suchen, den du für richtig erachtest."

„Geht doch!" Sie schob ihren Stuhl zurück und schenkte ihm ein zuckersüßes Lächeln. „Du entschuldigst mich? Ich bin hundemüde. Es macht dir doch sicherlich nichts aus, wenn ich dein Zimmer übernehme? Oder soll ich mich lieber in einem anderen Zimmer einquartieren? Vielleicht gibt es ja noch ein freies Zimmer neben dem von Lorne …"

„Du kannst mein Zimmer haben", fuhr er dazwischen, bevor sie ihren Gedanken vollständig aussprechen konnte, und entließ sie mit einem knappen Nicken.

Der Muskel unter seinem Auge zuckte noch stärker, während er ihren Abgang beobachtete. Cameron war ungemein stolz auf sich, dass er es geschafft hatte, ruhig zu bleiben und sie nicht wie ein irrer Berserker nach oben zu schleppen.

Sie wollte ihn zum Gespött der ganzen Festung machen, indem sie ihn bis aufs Blut reizte? Ganz sicher nicht. Sie wollte ihn ausquartieren? Für diese eine Nacht würde er es akzeptieren. Aber spätestens am nächsten Tag würden sich die Wogen geglättet haben und sie wieder zugänglicher sein.

„Was habe ich dir gesagt, Dad?“, hörte er Cyril vier Stühle weiter sagen. „Er versaut es mit ihr. Und … *du meine Güte* … wie sehr er es versaut hat. Lust auf noch eine Wette?“

Cameron ballte beide Hände zu Fäusten und warf seinem Neffen einen giftigen Blick zu. Wenn Cyril nicht bald seine verdammte Fresse hielt, würde Cameron eigenhändig seine Familie dezimieren. Und nichts gefiele ihm in diesem Augenblick besser, als seine Wut an Cyril auszulassen und ihm das freche Mundwerk zu stopfen.

„Ich übernehme das Training“, bestimmte Cameron am nächsten Morgen und betrat den Trainingsplatz. Sein Blick ruhte auf Ayryn, die ihn mit hochgezogenen Augenbrauen ansah. „Wo ist Alessa?“

Er musste sie sehen, dringend. Die vergangene Nacht war die Hölle gewesen. Er hatte Alessas Nähe zwei Zimmer weiter bis in die letzte Faser seines Körpers gespürt. Hatte die ganze Zeit ihren süßen Duft in der Nase gehabt. Und es hatte ihn verrückt gemacht. Ebenso, dass er in seinem Traum nicht auf sie getroffen war, als würde sie sich verstecken oder hätte ihn ausgesperrt. Ein frustrierender Gedanke, wenn sie tatsächlich dazu in der Lage sein sollte.

„Sie ist mit Lorne in der Waffenkammer.“

„Mit *Lorne*?“ Cameron setzte sich bereits in Bewegung, schenkte Ayryn und dem, was sie als Nächstes sagte, keine weitere Beachtung. Er schob sich an einer Gruppe Kriegern vorbei und hastete die beiden Stufen hinab, die in die Waffenkammer führten. Regal reihte sich an Regal, mehrere Tische standen in der Mitte und überall lagen und hingen Waffen aller Art. Und mitten im Raum standen Alessa und Lorne.

Der kampferprobte Krieger stand für seinen Geschmack viel zu dicht bei ihr. Dicht genug, dass seine langen, dunkelblonden Haare über ihren Oberarm strichen. Als er sie dann auch noch berührte, seine Arme von hinten um sie schlang, um sie bei der korrekten Handhabung des Langschwerts zu unterstützen, kochten Camerons Emotionen über.

Mit einem lauten Brüllen nahm er seine Drachengestalt an. Regale wurden gegen die Wände geschleudert, Tische flogen durch den Raum und mit ihnen die Messer und Schwerter, die darauf ausgebreitet lagen. Glücklicherweise steckten alle Klingen in Scheiden, so dass sie keine ernsthaften Verletzungen anrichten konnten.

Cameron drängte sich dichter an das Paar heran und musterte Lorne, der sich schützend vor Alessa geschoben hatte, mit hartem Blick. *„Geh weg von ihr!“*

„Du verstehst das vollkommen …“ Der Rest des Satzes endete in einem Röcheln, weil Cameron seinen Schweif vorschnellen ließ und Lorne damit um den Hals packte. Er riss ihn von Alessa weg und schleuderte ihn achtlos aus der Waffenkammer. Dann schob Cameron sich unter dem Geklapper von Schilden, die von einem Ständer auf den Boden fielen, weiter vor und drängte Alessa gegen die Wand in ihrem Rücken.

Die Hände flach gegen die kalten, rauen Steine gelegt, starrte Alessa zu ihm auf. Ihr Puls raste vor Wut. Er ließ ihr keinen Platz, ihre eigene Drachengestalt anzunehmen und ihm auf Augenhöhe entgegenzutreten. *Verfluchter Mistkerl!*

„Was soll das werden? Du kannst nicht einfach …“, setzte sie an und unterbrach sich abrupt. Die Spitze seines Schwanzes knallte neben ihrem Kopf gegen die Wand und bohrte sich in eine breite Fuge, so dass feiner Sand auf ihre Schulter rieselte.

*„Versuch nicht, mich mit einem meiner Männer eifersüchtig zu machen! Denn ich garantiere dir, du willst nicht erleben, wozu ich dann fähig bin.“*

„Lorne hat mir lediglich gezeigt …“

*„Er zeigt dir nichts. Weder jetzt noch in Zukunft“*, schnitt er ihr das Wort ab. *„Rein gar nichts.“*

„Das hast nicht du zu bestimmen.“

*„Und ob!“* Er zog seinen Schweif zurück, strich mit der Schwanzspitze von ihrer Schläfe über ihre Wange und den Hals hinab bis zwischen ihre Brüste. Ein gemeines Lächeln entblößte

seine spitzen Zähne. *„Wenn dir jemand etwas zeigt, bin ich dieser Jemand.“*

„Nimm deinen …“, sie schlug mit einer Hand nach ihm, „… verdammten Schwanz von mir!“

*„Gefällt es dir nicht? Gestern wolltest du ihn.“* Er strich mit der Schwanzspitze an der Außenseite ihres Beines empor und wechselte zur Innenseite ihres Schenkels. Kurz vor ihrem Zentrum hielt er inne, schloss die Augen und schnupperte an ihrem Hals. *„Du bist erregt.“*

*Fuck!* Konnte dieser verdammte Drache seine Klauen und alle anderen beweglichen Körperteile nicht bei sich behalten? Und wieso turnte es sie überhaupt an, wenn er sich wie ein primitiver Hinterwäldler benahm?

„Ich bin wütend und nicht erregt. Also nimm deinen beschissenen Schwanz von mir, bevor ich ihn dir abreiße und in den Hals stopfe.“

Er kam so nahe, dass sein warmer Drachenatem über sie hinwegstrich, und presste die Schwanzspitze gegen ihr heißes Zentrum. Alessa zuckte zusammen, stemmte ihm beide Hände gegen die Brust und schob mit aller Kraft. Camerons Schuppen bewegten sich unter ihren Handflächen, fühlten sich glatt und warm an. Aber er bewegte sich keinen Millimeter von ihr weg.

Als sie ihre Hände zurückziehen wollte, sah sie ein kurzes Flirren in der Luft und Cameron drängte sich in seiner menschlichen Gestalt näher an sie, klemmte ihre Hände zwischen ihnen ein.

„Das gefällt mir“, sagte er mit rauer Stimme, schob seine Finger in ihre Haare und zog ihren Kopf in den Nacken. „Wenn du mich berührst und der Duft deiner Erregung dich einhüllt. Weil du mich willst.“

„Im Moment will ich nur, dass du mich …“

„Dass ich dich, was? Küsse? Nichts lieber als das.“

„Wag es ja ni…“

Sein Mund verschloss ihre Lippen mit einem harten Kuss und erstickte jeglichen weiteren Kommentar. Um ihm zu entkommen, wollte Alessa den Kopf zur Seite drehen. Sie wurde von seinem festen Griff jedoch aufgehalten und stöhnte leise vor Schmerz, als er an ihren Haaren zog. Cameron drängte seine Zunge zwischen ihre Lippen und ließ ihr keine andere Wahl. Mit einem leisen Seufzen gab sie nach, schmiegte sich an seinen Körper und erwiderte hingebungsvoll seinen Kuss, den er viel zu schnell wieder beendete.

Cameron hob den Kopf und sah mit lustverschleierten Augen auf sie hinab. Sein Atem ging schnell und abgehackt, wie der ihre. „Es ist Zeit für dein Training, mein kleiner spitzzüngiger Drache. Auch wenn ich das hier viel lieber noch eine ganze Weile ausdehnen würde, werden wir das auf später verschieben müssen."

„Ein *Später* wird es nicht geben", bestimmte Alessa, befreite sich aus seinen Armen und lief auf den Ausgang zu. Sie kletterte über die Bretter der zerstörten Regale und über die durcheinander liegenden Waffen und zischte über ihre Schulter hinweg: „Ich habe vor, so lange zu trainieren, bis ich vollkommen erschöpft ins Bett falle. Damit ich dir heute nicht mehr begegnen muss. Also hoffe nicht auf eine Wiederholung."

„Dann werde ich mir die Wiederholung während des Trainings gönnen. Sehr, sehr, sehr viele Wiederholungen." Alessa erreichte die Tür, wirbelte herum und sah ihn erschrocken an. Cameron verschränkte locker die Arme vor der Brust, ein listiges Lächeln auf den Lippen. „Wann immer ich dich zu Boden bringe, hole ich mir von dir einen Kuss als Pfand, damit du wieder aufstehen darfst. Ab sofort trainierst du nämlich mit mir."

„Weg von mir, Mistkerl!" Alessa stemmte ihre Hände gegen Camerons breite Schultern und zappelte unter seinem Körper, mit dem er sie auf dem Boden festpinnte.

Die letzten vier Tage waren immer nach dem gleichen Schema abgelaufen. Sie trainierte hin und wieder mit Ayryn, aber die meiste Zeit mit Cameron, der sich viel zu viele Freiheiten herausnahm und sie damit fuchsteufelswild machte. Und damit auch unvorsichtig. Immer wieder ging sie ihm in die Falle, reagierte auf seine Anzüglichkeiten, die von Mal zu Mal dreister wurden, Bedienstete, Wachen und Krieger gleichermaßen belustigten. Nur sie nicht.

„Eine sehr bequeme Position, findest du nicht?“ Sein unschuldiger Blick brachte sie zum Knurren. „Du unter mir. Nur sollten wir beim nächsten Mal beide nackt sein.“

„Beweg deinen Arsch von mir runter. Sofort!“ Alessa zappelte noch mehr. „Es ist unfair, dich immer wieder in einen Drachen zu verwandeln. Das war so nicht vorgesehen.“

„Aber es gehört zu deinem Training dazu, auf alles vorbereitet zu sein. Du musst lernen, dich rechtzeitig und auch ohne Wut verwandeln zu können. Ab und zu kann sie hilfreich sein. Meistens ist sie jedoch nur hinderlich, macht dich blind und damit angreifbar.“

„Dann lass mich aufstehen und ich verwandle mich.“

„Um mir das Fleisch von den Knochen zu brennen?“

„Genau das.“ Sie bog und wand sich unter Cameron, der seine bessere Position sichtlich genoss - zu sehr genoss. Dieses blöde Stück …

„Erst, wenn ich meinen Pfand bekommen habe. Das wäre dann der wievielte Kuss heute? Der zwölfte oder der dreizehnte?“ Er wandte den Kopf zur Seite und sah zu seinem Bruder, der bei einer Gruppe Kriegern stand und wie alle anderen breit grinste. „Hast du mitgezählt, wie oft ich sie heute schon … *flachgelegt* habe?“

„Dreizehn Mal. Sechs Mal weniger als gestern um die gleiche Zeit. Alessa wird eindeutig besser.“ Cadens Blick wechselte von Cameron zu ihr. „Aber ich denke, du solltest sie weniger reizen. Sie sieht aus, als würde sie jeden Moment aus der Haut fahren und dir tatsächlich das Fleisch vom Arsch brennen.“

„Dann beeile ich mich lieber.“ Er stahl sich einen schnellen Kuss, sprang auf und nahm vorsichtshalber Abstand von ihr, bevor er sich in Kleidung hüllte. „Noch einmal von vorne?“

„Nein. Ich habe genug. Genug von diesem blöden Training, Wachen mit einem dämlichen Dauergrinsen im Gesicht und vor allem genug von dir.“ Sie stemmte sich hoch, klopfte sich den Staub von der Kleidung und stolzierte mit hoch erhobenem Kopf an ihm vorbei auf die Festung zu.

Alessa hatte die Nase gestrichen voll davon, dass Cameron ihr im Kampf haushoch überlegen war. Dabei war sie davon ausgegangen, dass sein Können nur minimal besser als Ayryns sein konnte. Denn Ayryn war schon verteufelt gut und kaum zu schlagen. Aber weit gefehlt. *Verdammt!*

Sie stapfte die Stufen zur Festung hoch, stieß die Tür so hart auf, dass sie mit Wucht gegen die Wand knallte, und lief quer durch den Saal. Das war das letzte Mal, dass er sie vorgeführt hatte, nahm sie sich vor. Dieser selbstgerechte Macho.

Alessa warf die Tür ihres Zimmers mit einem lauten Knall hinter sich zu und schloss die Augen. Tief atmete sie ein, erstickte die brodelnde Wut, konzentrierte sich auf die in ihr schlummernden Kräfte und verwandelte sich. Als sie die Augen wieder öffnete, hockte sie zusammengekauert auf dem Boden am Fußende des Bettes, den Schwanz um ihren Körper geschlungen. Sie hob den Kopf und grinste ihr Spiegelbild in dem hohen Standspiegel an. Von wegen, sie war nicht in der Lage dazu, sich ohne Wut zu verwandeln. Sie hatte sich unter Kontrolle. Das Einzige, das sie nicht kontrollieren konnte, waren ihre chaotischen Gefühle, wann immer sie mit Cameron zusammentraf. Aber auch dafür gab es eine Lösung. Und sie wusste auch schon welche …

## 16. Kapitel

*Warden Castle*

Ein wuchtiger Schlag traf Cameron gegen die Brust und riss ihn von den Füßen. Dumpf schlug er rücklings auf dem festgetretenen Lehmboden des Übungsplatzes auf und rang nach Luft. Von seinen Gedanken an Alessa abgelenkt, hatte er auf den Angriff seines Bruders zu spät reagiert und konnte nicht mehr rechtzeitig ausweichen.

Sie hatte sich seit ihrem letzten Training am Vortag komplett zurückgezogen und war nicht einmal zum Abendessen aufgetaucht. Als er nach ihr gesehen hatte, hatte sie quer über dem Bett gelegen und war nicht einmal aufgewacht, als er ihr ein Kissen unter den Kopf geschoben und sie zugedeckt hatte. Sogar das Frühstück an diesem Morgen hatte sie ausfallen lassen. Hatte er ihr in den letzten Tagen zu viel abverlangt?

Cadens feixendes Gesicht tauchte über ihm auf. „Du lässt nach. Ich habe dich schon mal schneller reagieren sehen. Oder lenken dich etwa deine Gedanken an unseren hübschen, eigenwilligen Gast in deinem Zimmer ab?"

Cameron packte die Hand, die ihm entgegengestreckt wurde, und ließ sich hochziehen. „Das geht dich nichts an!"

„Und ob! Dass du dich so dumm anstellst, hat mich eines meiner Fässer Obstschnaps gekostet. Und in den letzten Tagen hat sich die Situation zwischen euch nicht entscheidend gebessert. Außerdem hast du dich damals auch in Ayryns und meine Angelegenheiten eingemischt und es mir dadurch nicht leichter gemacht."

„Das wirst du mir ewig vorhalten, oder?" Es war weniger eine Frage denn eine Feststellung. Camerons Blick schweifte zu einem der Fenster, die zu seinem Zimmer gehörten, und er fragte sich, was Alessa wohl gerade tat.

Die Zeit verrann erbarmungslos und ihm fiel nichts ein, womit er Darius' Anspruch auf die Frau, die er mehr als alles andere begehrte, untergraben konnte. Kein Ausweg, keine Lücke in ihren Gesetzen, die er zu seinem Vorteil nutzen konnte. Er musste die alten Aufzeichnungen nicht noch einmal durchstöbern, um das zu wissen. Er kannte sie in- und auswendig.

Und trotzdem war er nicht bereit, die Hoffnung aufzugeben. Denn nachdem er bereits Neela an Darius verloren hatte, wollte er nicht auch noch Alessa an seinen Cousin abtreten müssen.

Camerons Gedanken wanderten zurück zu jenem Tag, als Neelas Kräfte erwachten und er zu spät kam, um sie vor Darius' Beanspruchung zu bewahren. Er hatte sie als kleines Mädchen in seine Obhut genommen, nachdem ihre Familie einem brutalen Überfall zum Opfer gefallen war. Sie war ihm innerhalb kürzester Zeit ans Herz gewachsen und war wie eine Tochter für ihn gewesen.

Viel zu früh und vollkommen unerwartet brachen sich ihre Drachenkräfte Bahn und ließen sie sich an der Grenze zum *Mageia*-Gebiet zum ersten Mal verwandeln. Obwohl Cameron sich sofort auf den Weg zu ihr machte, als sie nach ihm rief, kam er zu spät. Darius hatte bereits seinen Anspruch auf sie erhoben. Eine junge Frau, die eigentlich noch ein Mädchen war.

Sein Cousin hatte all seine Verhandlungsbemühungen, die Zeremonie auf einen späteren Zeitpunkt zu verlegen, abgelehnt. Camerons Forderung, dass Neela zurück in seine Obhut gegeben werden sollte, bis sie stärker und wenigstens 20 Jahre alt war, stieß auf taube Ohren. Darius bestand auf seinem Recht und machte die süße Neela, eine wunderschöne *Guardian*, mit ihren noch nicht einmal 18 Jahren zu seiner Gefährtin.

Immer wieder beteuerte sie, Darius würde sie wie eine Königin behandeln und ihr Gefühle entgegenbringen, die man bei ihm nicht vermuten würde. Zwar bezweifelte er das, ließ sich jedoch nichts anmerken und gab vor, sich für Neela zu freuen. Als ihn schließlich die Nachricht von ihrem Tod erreichte, löste sich die letzte noch vorhandene Bindung zu seinem Cousin in Nichts auf, machte unendlicher Trauer und unbändigem Hass Platz. Die Geschichte vom unglückseligen Unfall - einem Treppensturz – nicht für eine Sekunde hatte er daran geglaubt.

„Cameron?" Caden berührte leicht die Schulter seines Bruders und riss ihn aus den trüben Gedanken. „Denkst du wieder an Neela?"

„Woher weißt du es?"

„Dein Gesichtsausdruck. Er wirkt immer dann so gequält, wenn du an sie denkst. Und seit Kurzem, wenn es mit Alessa zu tun hat. Aber Alessa ist nicht Neela. Sie ist vollkommen anders. Die ganze Situation ist anders."

„Ist sie das?“ Cameron schüttelte den Kopf und seufzte niedergeschlagen.

„Und ob sie das ist. Ich kann dir nicht sagen, warum ich davon überzeugt bin, aber ich bin mir sicher, dass es trotz seines Anspruchs einen gemeinsamen Weg gibt. Für euch beide.“

„Du kennst unsere Gesetze. Und mir fällt nichts ein, womit ich Darius' Anspruch auf Alessa untergraben kann. Wenn ich mich nicht offen gegen Aitas Anweisung stellen will, muss ich sie ihm spätestens zum nächsten Drachenmond übergeben.“ Ratlos fuhr Cameron sich mit einer Hand über die Augen. Allein der Gedanke, Alessa aufgeben zu müssen, zerriss ihn innerlich. Und das, obwohl sie sich bis auf einige wenige heiße und viele spielerisch süße Küsse noch nicht viel näher gekommen waren. Cameron musste sich eingestehen, dass diese schon ausreichten, um ihr rettungslos zu verfallen.

„Unsere Gesetze verbieten es nicht, für die Liebe zu kämpfen. Du bist nicht umsonst unser Anführer. Also lass dir etwas einfallen, wie du die Gesetze umgehen kannst. Genauso, wie du dir etwas einfallen lassen musst, um das Herz dieser bezaubernden, aber eigenwilligen Frau zu erobern.“ Caden schmunzelte und verpasste Cameron einen kräftigen Schlag gegen den Rücken. „Eins muss ich ja sagen, ich habe noch nie einen Mann gesehen, der sich so lange zurückgehalten hat wie du. Zwischen euch beiden sprühen Funken, sowie ihr euch nahe kommt. Sie will dich genauso, wie du sie willst. Wenn ich dir also einen Rat geben darf: Nimm dir endlich, was du haben willst. Sonst entgleitet dir irgendwann die Situation, weil du nicht mehr in der Lage sein wirst, dein Temperament zu zügeln, wie du es in den letzten Tagen getan hast.“

Ein leichtes Lächeln umspielte Camerons Mund, als er an Alessa dachte. Ja, zwischen ihnen beiden knisterte es gewaltig. Und Caden hatte recht, Alessa wollte ihn. Wenn auch nur auf der körperlichen Ebene. Reichte ihm das? Nein. Aber es war ein Anfang.

Sein Blick wanderte zu Ayryn, die in einiger Entfernung neben einem jungen *Guardian* stand und ihm die richtige Handhabung des Langschwerts erklärte. Sie bedeutete Caden das, was Alessa für ihn war. Alles.

In Alessa Gefühle für sich wachzurufen, die er für sie bereits empfand, war gefährlich für sie beide. Denn wenn er sie am Ende tatsächlich aufgeben musste, würde der Schmerz sie beide auffressen. Und trotzdem war er nicht bereit, sich dieses Glück zu verwehren – auch wenn es vielleicht nur kurz anhalten würde. Und wer sagte, dass es nicht doch eine gemeinsame Zukunft für sie gab?

Cameron wandte den Kopf, sah erneut zum Fenster seines Zimmers. Wo blieb sie nur? Sie müsste inzwischen längst aufgewacht sein.

Als ihn ein merkwürdiges Gefühl beschlich, runzelte er die Stirn. Irgendetwas stimmte nicht. Ein unangenehmer Schauer lief über seinen Rücken, ein unmissverständliches Anzeichen drohender Gefahr. Er berührte vorsichtig Alessas Geist und stieß auf eine Barriere, die am Tag zuvor noch nicht so stark gewesen war. Sie hatte sich komplett abgeschottet. Wie war das möglich?

Immer eindringlicher warnte ihn eine innere Stimme vor Gefahr. Er konnte sie nicht länger ignorieren. Cameron warf den Stock beiseite, verfiel in einen schnellen Laufschritt und lief vom Trainingsplatz zur Festung.

Camerons überstürzter Abgang versetzte Caden in Alarmbereitschaft. Er wies die *Guardian* an, ihre Positionen auf den Türmen und der Wehrmauer zu beziehen und nach einer Bedrohung Ausschau zu halten. Dann winkte er Ayryn zu sich und beide folgten Cameron in die Festung.

Jeweils zwei Stufen auf einmal nehmend, stürmte Cameron die Treppe der Festung hinauf, durchquerte den Gemeinschaftssaal und verschwand in dem schwach beleuchteten Treppenaufgang, der zu seinen Gemächern führte. Während er die letzten Stufen erklomm, rief er im Geist nach Alessa und unterlegte seinen Ruf mit einem Zwang, der selbst eine geistige Barriere durchdringen musste. Im nächsten Moment stieß Cameron die schwere Holztür auf, stürzte ins Zimmer hinein und sah sich um. Keine Spur von Alessa.

Er ließ sich auf alle viere fallen und sah unter dem Bett nach. Sogar den Deckel der großen Truhe hob er an, obwohl er ahnte, dass sie sich nicht darin versteckt haben würde. Alessa war verschwunden, als hätte sie sich in Luft aufgelöst. Nichts deutete auf ihren Verbleib hin. Ein Kampf schien ebenso wenig stattgefunden zu haben, denn nichts war zerstört worden.

Cameron hatte ihr unmissverständlich klar gemacht, dass sie die Festung auf keinen Fall ohne Begleitung verlassen durfte. Und eines war sicher, Alessa befand sich nicht mehr innerhalb der Festung. Beißende Wut wallte in ihm hoch, weil sie weggelaufen war und sich damit in nicht abzuschätzende Gefahr brachte. Nicht in der Lage, den flammenden Zorn einzudämmen, ließ er seinen Gefühlen freien Lauf und verwandelte sich laut brüllend in einen Drachen.

Caden, der ihm auf dem Fuß gefolgt war, wirbelte herum und schob Ayryn hastig rückwärts aus dem Zimmer in den sicheren Gang. „Du bleibst hier!“, bestimmte er.

„Aber …“

„Kein Aber, Liebes.“ Caden gab ihr einen sanften Kuss. „So wütend, wie er da drinnen tobt, wäre es besser, wenn ich nur auf meine Sicherheit achten muss.“

Wie um Cadens Worte zu untermauern, ertönte das Geräusch berstenden Holzes. Mühelos zerlegte Camerons peitschender Schweif das massive Bett in winzige Stücke, die bis in den Gang hinaus flogen. Der Standspiegel ging mit einem Klirren zu Bruch. Mit den Klauen fuhr er über die Wände, zerfetzte Wandteppiche, riss erkaltete Fackeln samt Halterungen herunter und hinterließ tiefe Furchen in den Steinen.

Widerwillig ließ Ayryn Cadens Hand los und ihn zu seinem wutschnaubenden Bruder gehen. „Sollte er dich verletzen, reiße ich ihm jede seiner verdammten Schuppen einzeln aus. Und wenn es Tage dauert.“

Caden betrat angespannt das Zimmer, näherte sich seinem Bruder vorsichtig von der Seite, wich mehrmals dem peitschenden Schweif aus und sprach beruhigend auf ihn ein: „Ich weiß, wie du dich gerade fühlst, Cameron. Das ist es, was ich vorhin meinte. Es zerreißt dich innerlich, dass sie sich dir so vehement widersetzt, obwohl die Anziehung zwischen euch nicht zu leugnen ist. Deine Gefühle für sie werden immer stärker und du weißt trotzdem nicht, woran du bei ihr bist.“ Ein zustimmendes Knurren war die einzige Antwort. „Kannst du dich noch daran erinnern, als Ayryn weggelaufen ist? Was du damals getan hast, weil ich meine Gefühle nicht mehr kontrollieren konnte und wie ein Irrer den halben

Westflügel der Festung zerstört habe? Du hast mich nach unserem Kampf in Ketten gelegt, bis ich wieder klar denken konnte. Ich würde das Gleiche mit dir machen, wenn ich müsste."

Cameron wandte sein mächtiges Haupt und schaute Caden an, der ihm in einer beruhigenden Geste eine Hand auf die Schulter legte. Die unverhohlene Wut verschwand aus seinem Blick und machte Erkenntnis Platz.

„Du willst nicht wirklich gerade jetzt, wo jede einzelne Minute kostbar ist, dass ich mich verwandle und wir unsere Kräfte messen. Ich bin kein unerfahrener Jungdrache mehr, den du mit Leichtigkeit überwältigen kannst. Außerdem brauchst du deine Kräfte, um Alessa zu finden." Caden gestattete sich ein flüchtiges Grinsen. „Und seien wir doch mal ehrlich, wenn ich mit dir fertig bin, wirst du nicht mehr besonders ansehnlich sein. Oder besser … noch unansehnlicher, als du es ohnehin schon bist. So wirst du deiner Angebeteten doch wohl nicht gegenübertreten wollen?"

Ein Zittern überlief Camerons massigen Drachenkörper, ehe sich der blauschimmernde Nebelschleier bildete und um seinen Körper wirbelte. Es dauerte länger als gewöhnlich, bis Cameron seine menschliche Gestalt wieder annahm. Er war noch immer viel zu aufgewühlt.

„Du wirst niemals gegen mich gewinnen", stieß Cameron schwer atmend hervor. „Und außerdem … der Hässlichere von uns beiden bist du. Wie Ayryn diesen Anblick schon so viele Jahre erträgt, wird mir ewig ein Rätsel bleiben."

„Charmant wie immer, Großer." Caden schaute sich in dem Chaos um, das Cameron verursacht hatte. Absolut nichts war verschont geblieben, das ohnehin spärliche Inventar komplett zertrümmert. „Kannst du Kontakt mit ihr aufnehmen?"

„Alessa hat eine geistige Barriere errichtet, die ich nicht durchdringen kann."

„Dazu sind solch junge Drachen normalerweise nicht in der Lage. Dann wirst du sie wohl aufspüren müssen."

Cameron ging zum zweiten Fenster, blickte hinaus, den steilen Abhang hinab, der sich direkt an das Ende der Festungsmauer anschloss. Scharf sog er die Luft ein, als er an einer aus dem Abhang ragenden Wurzel ein rot-weiß gestreiftes Stück Stoff hängen sah, das in diesem Augenblick von einer Windböe erfasst wurde und wegflatterte. Es war das Shirt, das sie am Abend zuvor getragen hatte, als er sie schlafend auf dem Bett vorgefunden hatte.

Alessa musste aus dem Fenster gesprungen sein und die Wandlung im freien Fall vollzogen haben, diese törichte Frau. Zwar mochten ihre Kräfte sich in rasendem Tempo entfalten, aber Alessa hatte sie noch längst nicht unter Kontrolle.

Cameron schloss die Augen, atmete tief ein und erschnupperte ihren süßen, blumigen Duft, der ihn auf ihre Spur bringen würde. Dann schwang er sich auf den Fenstersims und schaute über seine Schulter zu Caden. „Kümmere dich bitte darum, dass das Zimmer wieder hergerichtet wird." Im nächsten Moment stieß er sich kraftvoll ab und vollzog im freien Fall die Wandlung.

Caden lief zum Fenster und erhaschte einen kurzen Blick auf einen majestätischen Drachen, der mit kräftigen Flügelschlägen auf die hoch stehende Sonne zuflog.

Ayryn schlang ihre Arme von hinten um seine Hüften und schmiegte sich gegen seinen Rücken. „Kann er wirklich nichts gegen Darius' Anspruch unternehmen?"

„Unseren Gesetzen nach gibt es nichts, was er tun kann. Dafür müssten sie geändert werden. Aber das hieße, sich mit Aita auseinandersetzen zu müssen. Und wie der reagiert, kann niemand vorhersagen."

„Also ist es hoffnungslos? Sie können nicht zusammenkommen, selbst wenn sie eigentlich zusammengehören?"

„Bis auf eine Sache ist nichts jemals hoffnungslos." Caden wandte sich vom Fenster ab und erwiderte Ayryns fragenden Blick. „Wenn ein Drache sich verliebt, dann verfällt er hoffnungslos seiner Gefährtin. Das ist wahrscheinlich so etwas wie ausgleichende Gerechtigkeit, dafür, dass wir so oft gegen euren Willen Anspruch auf euch erheben", meinte er mit einem Schmunzeln.

„Gut so! Wenigstens etwas Gerechtigkeit in dieser von herrischen Drachen regierten Welt." Ayryn legte den Kopf schief und spitzte die Lippen, als würde sie überlegen. „Bist du es eigentlich noch?"

„Ob ich dir noch verfallen bin? Mit Leib und Seele, Liebes. Das war die letzten 89 Jahre so und wird sich auch niemals ändern, solange ich lebe", schwor Caden, senkte den Kopf und eroberte Ayryns Lippen mit einem stürmischen Kuss.

## 17. Kapitel

*Warden-Gebiet*

Es war so einfach gewesen. Alessa musste sich nur aus dem Fenster fallen lassen und ihre Drachengestalt kam instinktiv zum Vorschein. Es brauchte seit letzter Nacht keine überkochenden Emotionen mehr, keinen glühenden und alles verzehrenden Zorn, um ihr zweites Ich hervorzulocken. Inzwischen fühlte es sich so natürlich an, als hätte sie ihr Leben lang nichts anderes gekannt und getan.

In den letzten Tagen hatte sie mehrfach an die Bilder denken müssen, die Cameron ihr gezeigt hatte. Und mittlerweile war sie fest davon überzeugt, dass er sie damit tatsächlich nur hatte manipulieren wollen. Die spürbare Verzweiflung und Hoffnungslosigkeit, die von ihnen ausgegangen waren, nichts davon konnte sie fühlen, wenn sie ihren Geist öffnete. So war es, seit sie in dieser Welt angekommen war. Es gab überall nur Hoffnung und Erleichterung. Selbst die Tiere und Pflanzen wirkten ... glücklich. Wenn man es so nennen konnte. Aber ein anderes Wort fiel ihr nicht ein, um es zu beschreiben.

Cameron hatte versucht, sie zu beeinflussen, damit sie den Gedanken an eine Rückkehr nach Chicago aufgab und blieb. Mit Lügen über eine Welt, die angeblich vor dem Untergang stand, und heimtückischer, wenngleich auch sehr wirksamer Verführung, der sie beinahe erlegen wäre. Um was zu sein? Die Trophäe in einer Rangelei um Macht zwischen ihm und Darius?

Sie hatte nicht darum gebeten, in diese Welt gezerrt zu werden. Und sie würde sie verlassen. Wenn sie erst einmal zu Hause war, würde sie weiter daran arbeiten müssen, ihre Kräfte noch besser zu kontrollieren, um sie vor den Menschen verbergen zu können. Alessa war sich jedoch sicher, dass Garwin ihr dabei helfen würde, so wie er es schon immer getan hatte.

Aber um ihr Ziel zu erreichen, musste sie erstens: Die Person finden, die Garwin und sie nach Hause bringen konnte. Zweitens: Garwin aus diesem dämlichen Verlies holen. Und drittens: Cameron so weit wie möglich auf Abstand halten.

Denn auch wenn er sie manipuliert hatte, so war sie gegen seine Anziehungskraft nicht immun. Mit jedem Tag, der verging, fiel es ihr schwerer, nicht auf seine Spielchen einzugehen und sich ihm nicht wieder an den Hals zu werfen. Sie wollte ihn mit jedem gestohlenen Kuss mehr. So sehr, dass allein der Gedanke an ihn ein angenehmes Prickeln auslöste, das sich innerhalb eines Wimpernschlags in ein verlangendes Ziehen wandelte. Seine heißen Küsse, die ihren Körper in Flammen aufgehen ließen und eine unbeschreibliche Sehnsucht nach mehr in ihr weckten. Etwas, das nur er …

*Reiß dich zusammen!*, wies sie sich selbst zurecht und atmete tief durch, um die aufkeimende Lust zu ersticken. Genau das war es, warum sie Abstand halten musste. Sonst würde ihr wohldurchdachter Plan in Rauch aufgehen.

Alessa bewegte ihre Schwingen in einem gleichmäßigen Rhythmus, drehte ihren Kopf von rechts nach links und suchte nach der Stelle auf dem Feld, wo sie sich in der Nacht ihrer Ankunft verwandelt hatte. Vielleicht konnte sie dort die Spur der alten Frau aufnehmen.

Einen weiten Kreis ziehend überflog Alessa das Feld, bis sie die Stelle gefunden hatte. Dann verringerte sie ihre Geschwindigkeit und die Flughöhe. Mit weit ausgebreiteten Schwingen setzte sie sanft auf dem Feld auf und fing sofort an, sich auf die Suche nach einer Spur zu machen. Den Boden abschnüffelnd sortierte sie die verschiedenen Gerüche - Gras, Erde, Menschen, Schweiß, Pferdemist und … Magie. Sie hatte nichts von Darius' Schwärze in sich, keinen Hass und keine Wut. Sie wirkte frisch wie ein plätschernder Bach, neutral und vollkommen rein und damit umso machtvoller.

Alessa hielt ihre Nase in den Wind, verglich Duftspuren und suchte die der Alten. Als sie sie gefunden hatte, lief sie leichtfüßig los – immer dem schwachen Duft nach uralter weißer Magie folgend.

Die windschiefe Hütte am Waldrand verschmolz mit den Schatten der Bäume und war auf den ersten Blick kaum auszumachen. Alessa sah an sich herab und ein Flirren legte sich über ihren Körper, so dass er chamäleongleich mit den Farben des Waldes eins wurde. Eine überaus nützliche Fähigkeit, wenn man sich anschleichen wollte.

Vorsichtig ging sie näher an die Hütte heran und lugte durch das einzige vorhandene Fenster. Als die Tür sich plötzlich nach außen öffnete, machte Alessa erschrocken einen Satz zur Seite, verlor die Konzentration und wurde wieder sichtbar. *Noch etwas, das ich dringend üben muss,* dachte sie missmutig und wagte einen Blick in die Hütte hinein, ohne sie jedoch zu betreten.

„Tretet ruhig ein, *Eure Hoheit*“, kam es mit einem gackernden Lachen von der alten Frau. Die Alte liebte es viel zu sehr, sie mit diesem vermaledeiten Titel anzusprechen. Aber Alessa wusste, dass in ihrem Fall keine Drohungen wirken würden, nicht so wie bei Tara.

Alessa trat einen Schritt zurück, nahm ihre menschliche Gestalt an und hüllte sich in ihre Lieblingskleidung – bequeme Jeans und ein Shirt. Danach betrat sie barfuß die winzige Hütte und hoffte inbrünstig, die Frau könnte ihr helfen, den Weg nach Hause zu finden.

„Was führt dich in mein bescheidenes Heim, Alessa?“

„Tu nicht so, als würdest du das nicht längst wissen.“

„Aaahhh … du lernst schnell“, sagte die Alte mit einem Kichern und rührte in einem überdimensionalen Kessel, der über der Feuerstelle hing.

Überall in der Hütte standen Töpfe und Tiegel auf schiefen Regalbrettern. Getrocknete Kräuterbündel hingen von der tiefen Decke und an einem Pfeiler. Eine Katze mit löchrigem Fell lag zusammengerollt auf dem Bett und blinzelte zu ihr herüber. Kein Wunder, dass man sie alte Hexe nannte, schoss es Alessa durch den Kopf. Sie kam sich vor wie in *Hänsel und Gretel*.

„Du willst also zurück nach Hause? In die Welt, aus der Darius dich und deinen Freund geholt hat?“ Schwerfällig humpelte sie zu einem Stuhl und ließ sich darauf nieder.

„Ja. Ich will nach Hause.“

„Tut mir wirklich sehr leid. Aber es gibt keinen Weg zurück.“

„Es muss einen geben“, beharrte Alessa. „Schließlich wolltest du für Garwin und mich ein Portal öffnen, als wir noch in Chicago waren. Genau deswegen hast du doch mit ihm Kontakt aufgenommen. Das warst doch du, oder nicht?"

„Ja, weil ich befürchten musste, dass ihr nicht alleine zurückfinden würdet."

Flehentlich sah Alessa die alte Frau an. „Dann öffne das Portal, damit wir wieder zurück können. Nach Chicago."

„Nein."

„Warum nicht?"

„Weil es mich sehr wahrscheinlich umbringen würde."

Alessa sah sie erschrocken an. Hieß das etwa …?

„Ja." Die Alte nickte, als wüsste sie ganz genau, was Alessa gerade gedacht hatte. „Ich wäre bereit gewesen, mein Leben dafür zu geben, damit du und dein Freund nach Hause kommen könnt. Aber jetzt, wo ihr hier seid, warum sollte ich mein Leben unsinnigerweise aufs Spiel setzen?"

Alessa wurde die Brust eng. Sie wäre bereit gewesen, für Garwins und ihre Rückkehr zu sterben? „Es gibt also nur noch Darius, der ein Portal öffnen könnte?"

„Darius und Aita."

Verwirrt runzelte Alessa die Stirn. „Wer ist Aita?"

„Aita ist der Vater der Drachen, uralt und als einziger in der Lage tatsächlich zu sprechen. Er hat den Drachen ihre Kräfte verliehen und nach seinen Gesetzen leben sie. Seit weit über 1000 Jahren schon."

„Wo finde ich ihn?" Hoffnung flackerte in Alessa auf. Vielleicht war ja dieser Drachenvater bereit …

„Dieses mürrische Schuppentier wird dir ganz sicher nicht helfen."

„Warum nicht?" Der kleine Hoffnungsschimmer, an den sie sich geklammert hatte, erlosch und Alessas Schultern sackten mutlos herab.

„Weil er wie alle anderen auf deine Rückkehr gewartet hat. Selbst wenn es außer Darius und Aita noch jemanden mit genug Macht geben würde. Niemand würde ein Portal für dich öffnen. Der Zugang zu eurer Heimat auf Zeit ist verschlossen und wird es bleiben." Die Alte tätschelte Alessas kalte Hand und schenkte ihr ein aufmunterndes Lächeln. „So ist es besser."

„Ist es das?" Alessa musterte die Alte, die ihre blinden Augen starr auf sie gerichtet hielt. Ganz so, als würde sie auf Alessas nächste Fragen warten. „Woher wusstest du, wo Garwin und ich waren? Warum weißt du so gut über mich Bescheid?“

„Weil ich es war, die damals das Portal geöffnet hat, damit du in Sicherheit gebracht werden konntest.“ Ihr Mund verzog sich zu einem zahnlosen Lächeln. „Was mich im Übrigen an die Grenzen meiner Macht gebracht hat und mich sogar um wenigstens 100 Jahre hat altern lassen.“ Sie fuhr sich mit ihren knochigen Fingern durch das dünne weiße Haar und legte eine Hand auf den Haarknoten in ihrem Nacken. „Dafür habe ich mich aber gut gehalten. Findest du nicht?“, fragte sie mit einem gackernden Lachen.

Alessa war nicht zum Lachen zumute. Das Herz schlug dumpf in ihrer Brust, als ihr klar wurde, dass sie nicht zurück nach Hause konnte. Ihr altes Leben war endgültig vorbei. Und Jules … sie würde ihre Freundin niemals wiedersehen. Hatte sich nicht einmal von ihr verabschieden können.

„Warum wurden Garwin und ich damals nach Chicago gebracht? Und von wem?“, fragte sie mit rauer Stimme. „Ich kann mich nicht daran erinnern.“

„Weil du zu klein warst, ein Baby von gerade einmal sechs Monaten.“ Sie wandte den Kopf, sah zur offenen Tür hinaus und ihr Gesicht nahm einen entrückten Ausdruck an, als würde sie die Vergangenheit Revue passieren lassen. „Und du warst vollkommen schutzlos. Auch wenn jeder Stamm dich sicherlich nur zu gern in seine Obhut genommen hätte. Aber das Risiko war zu groß, dass darüber der Krieg erst recht eskalieren würde. Wenn ich gewusst hätte, wie schwer uns dein Verlust treffen würde, dass dadurch der Verfall unserer Welt sogar vorangetrieben wird, hätte ich das Portal nicht geöffnet.“

„Verfall?“ Wovon redete die Alte? Sie blickte zur offenstehenden Tür hinaus und schüttelte ungläubig den Kopf. Hier sah nichts nach Verfall und Hoffnungslosigkeit aus. Wo immer sie auch hinschaute, sah sie üppiges Grün, farbenfrohe Blumen und gesunde Bäume. Rein gar nichts deutete auf den Verfall einer Gesellschaft hin.

„Du hattest schon als Baby gewisse Kräfte, nur sehr schwach und kaum wahrnehmbar. Aber sie waren vorhanden. Und mit ihnen hast du ihn aufgehalten. Nachdem du fort warst …“ Sie seufzte niedergeschlagen und schüttelte den Kopf. „Es war ein Fehler, der glücklicherweise behoben wurde.“

„Von Darius.“

„Genau."
„War er es, der uns damals weggebracht hat? Wenn ja, warum hält er Garwin dann gefangen?"
„Gott bewahre, er wusste wie alle anderen rein gar nichts von deiner Existenz. Es war Rayne, der euch in Sicherheit gebracht hat. Er wusste, wenn er dich zu seinem Stamm bringt, würden alle anderen ebenfalls darauf bestehen, dich in ihre Obhut zu nehmen. Und Darius wäre wahrscheinlich sogar so weit gegangen, Jagd auf jeden einzelnen *Lejf* zu machen, bis er dich endlich bekommen hätte. Also kam Rayne zu mir, als er dich fand."
Alessa riss die Augen auf. Sie spürte ein aufgeregtes Flattern in ihrer Brust. Sollte sie endlich mehr über ihre Vergangenheit erfahren? „Er hat mich gefunden? Wo? Und was war mit meinen leiblichen Eltern?"
„Tot. Das sind sie schon sehr lange. Azalea, deine Mutter, war eine wunderschöne, wilde *Sway*. Aber auch unglaublich dickköpfig. Sie hat sich geweigert, dem Schlachtfeld den Rücken zu kehren und bis zu ihrem letzten Atemzug gekämpft. Und der letzte *Imperial*, der vor über 100 Jahren fiel, war dein Vater Bryn. Er war das Oberhaupt der *Imperial* und wurde bei dem Versuch, zu Azalea zu kommen, um sie vor einer Übermacht an Angreifern zu retten, tödlich verwundet."
„Sie sind vor über 100 Jahren gestorben? Das kann unmöglich stimmen. Ich bin nicht einmal 25."
„Genau genommen bist du fast 139 Jahre. Zu dem Zeitpunkt, als Rayne dich tief verborgen im Höhlensystem fand, warst du bereits 114."
„Ein 114 Jahre altes Baby? Das ist Schwachsinn." Grenzenlose Enttäuschung machte sich in Alessa breit. Das, was die alte Frau erzählte, konnte nicht stimmen. War sie vielleicht verwirrter, als sie auf den ersten Blick wirkte? Hatte sie sich in ihr getäuscht? Sie musste sich in ihr getäuscht haben.
Sie schob den Stuhl zurück und wollte vom Tisch aufstehen, als ihre Hand mit überraschender Kraft von der Alten gepackt wurde.
„Ein sechs Monate altes Baby, das mehr als 113 Jahre in einen magischen Kokon gehüllt war, in dem es geschlafen und sich nicht weiterentwickelt hat. Was glaubst du eigentlich, warum deine Kräfte jetzt so rasend schnell zunehmen? Sie haben 114 Jahre aufzuholen, nachdem sie endlich freigesetzt wurden."

Es konnte nicht stimmen, durfte nicht wahr sein. Und dennoch spürte Alessa tief in ihrem Inneren, dass es die Wahrheit war. Wie oft hatte Ayryn in den letzten Tagen immer wieder betont, dass ihre Kräfte sich ungewöhnlich schnell entwickelten? Dass sie kaum noch mit ihr mithalten konnte, obwohl sie die Ältere war und mehr Erfahrung besaß.

Hatte sie als Baby tatsächlich wie Dornröschen geschlafen? Mehr als 100 Jahre? Unmöglich!

Alessa rieb sich mit der flachen Hand über die Stirn und schloss verzweifelt die Augen. Nichts war unmöglich. Das hatte sie selbst gesagt. Musste sie das Unglaubliche akzeptieren? Etwas anderes würde ihr wohl nicht übrig bleiben.

„Woher weißt du das alles? Wenn meine Eltern tot sind … Wer hat dir davon erzählt?"

„Dein Vater hat sich mit letzter Kraft in die Höhle geschleppt, in der er und Azalea dich versteckt hatten, und hat seine Erinnerungen in den Kokon eingewoben, bevor er gestorben ist. Seine Erinnerungen waren ein Teil der Magie, die dich so lange hat schlafen lassen. Als ich den Kokon berührt habe, habe ich sie gesehen."

„Was ist mit Garwin? Warum war er …" Alessa stutzte und erinnerte sich an ihr erstes Zusammentreffen mit Cyril. „*Rayne* hat mich in Sicherheit gebracht?"

Die Alte nickte. „Ich sehe, so langsam fügst du ein kleines Teil nach dem anderen zusammen. Ohne, dass ich nachhelfen muss. Rayne ist Garwins Vater."

„Und er lebt seit über 20 Jahren in eben jenem Höhlensystem, in dem er mich gefunden hat, weil …"

„… er auf die Rückkehr seines Sohnes wartet und sich ihm auf diese Weise näher fühlt."

„Er weiß noch nicht, dass Garwin hier ist? Ich dachte, alle Drachen können ihresgleichen spüren?"

„Woher sollte er es wissen? Kein *Lejf* weiß, dass er hier ist. Darius' Magie schirmt ihn vollkommen ab. Wenn überhaupt, kannst maximal du Kontakt zu Garwin aufnehmen. Darius hält zwar seine Kräfte unter Verschluss, aber er kann die enge Bindung zwischen euch beiden nicht kappen."

Alessa sah auf ihre ineinander verschränkten Finger und starrte sie minutenlang schweigend an. Ihr Blick glitt über das Tattoo der verschlungenen Ranken an ihrem Arm und das Herz wurde ihr schwer. Sie wirkten so endgültig. Eine Zeichnung fürs Leben. War ihr restlicher Weg tatsächlich vorbestimmt?

Jetzt, nachdem sie wusste, wie viele Menschen sich für sie aufgeopfert hatten und es noch immer taten … Hatte sie überhaupt das Recht, sich weiter gegen ihre Pflicht zu sträuben? Es gab keinen Weg zurück in ihr altes Leben. Das war ihr mittlerweile klar. Garwin hatte recht gehabt, als er sagte, sie wären früher oder später entdeckt worden. Und zwar spätestens dann, wenn sie ihren offiziellen 100. Geburtstag feierte und noch immer wie Mitte 20 aussah.

„Was soll ich tun?“, murmelte sie und sah fragend zu der Frau neben sich.

„In Bezug worauf? Dein Erbe? Cameron? Darius? Oder Garwin?“

„Alles.“

Die Alte tätschelte ihre Hand und erhob sich schwerfällig. „Ich kann nicht in die Zukunft schauen. Nun ja …“, sie zwinkerte ihr spitzbübisch zu, „… jedenfalls nicht so weit.“

„Du kannst mir nicht helfen? Oder willst du es nur nicht?“

„Du willst Hilfe, einen Rat?“ Sie beugte sich umständlich vor und strich mit einem Daumen und geschlossenen Augen über Alessas Stirn. Ihr Mund verzog sich zu einem geheimnisvollen Lächeln. „Egal, wie sehr du im Moment vielleicht daran zweifelst. Aber ich kann dir versichern, dass du hier glücklich werden wirst.“

„Mit einem Kerl, der Anspruch auf mich erhoben hat, den ich nicht einmal richtig kenne und den ich bereits jetzt nicht ausstehen kann?“

„Darius ist wie dein Freund ein Gefangener, ein Gefangener seines eigenen Schmerzes. Und das lässt ihn Dinge tun, für die er gehasst wird.“

„Und was ist mit Cameron?“

„Wovor hast du Angst, Alessa? Deinen eigenen Gefühlen? Der Liebe eines Mannes? Oder davor, dass alles neu für dich ist und wie schnell sich alles entwickelt?“

„Es ist wohl alles zusammen“, gab Alessa zu und seufzte leise. „Es ist alles zu viel.“

„Das habe ich mir fast gedacht. Aber auch dagegen kannst du nichts unternehmen. Dein Schicksal wird sich hier erfüllen, mit einem starken Drachen an deiner Seite, der dir mit Leib und Seele verfallen ist.“

„Cameron oder Darius?“

Die blinden Augen der Frau hefteten sich auf Alessas Gesicht. „Das, meine liebe Alessa, kann ich dir nicht sagen. Du wirst schwerwiegende Entscheidungen treffen müssen, die das Schicksal aller beeinflussen. Und in ihren Entscheidungen sind alle frei …“

„Was ist mit Garwin? Werde ich ihn wiedersehen?“

„Sein Schicksal wird sich wie deines hier erfüllen.“ Die Alte kicherte vergnügt vor sich hin. „Er wird immer mit dir verbunden bleiben – auf die eine oder andere Weise.“

*Auf die eine oder andere Weise*. Musste die Frau unbedingt in Rätseln sprechen? Zwar hatte sie ein wenig Licht ins Dunkel ihrer Vergangenheit gebracht. Aber was die Gegenwart und ihre Zukunft anging, war Alessa noch immer nicht schlauer. Und trotzdem schuldete sie ihr Dank.

„Vielen Dank für deine Hilfe …“ Alessa geriet ins Stocken. *Alte Hexe* wollte ihr einfach nicht über die Lippen.

„Berthe“, half die Alte aus. „Früher wurde ich Berthe genannt.“

„Vielen Dank, Berthe.“ Sie schob ihren Stuhl zurück und war im Begriff aufzustehen, als sie ein kleines Kaninchen mit ungewöhnlich hellem Fell entdeckte, das sich vorsichtig an ihnen vorbeischlich. Das war kein gewöhnliches Kaninchen, das war ein …

Für ihr Alter außerordentlich flink sprang Berthe von ihrem Stuhl auf und packte das Kaninchen im Nacken. Es war gerade erst geräuschlos auf ein niedriges Regal gehüpft und hatte mit dem winzigen Näschen an einem der Tiegel geschnuppert.

„Du kleines Luder!“

Alessa wusste im ersten Moment nicht, ob sie lachen oder eingreifen sollte. Berthe starrte auf das zappelnde Kaninchen in ihrer knochigen Hand und schüttelte es leicht.

„Hatte ich dir nicht gesagt, wenn ich dich noch einmal erwische, wie du dich an meinen Kräutern zu schaffen machst, landest du im Kochtopf?“ Sie humpelte zu dem großen Kessel, in dem es gefährlich brodelte.

„Berthe, nicht!“ Alessa schob ihren Stuhl so heftig nach hinten, dass er umfiel und krachend auf dem Holzboden landete. Sie lief um den Tisch herum und schnappte sich das Kaninchen aus Berthes festem Griff. „Das ist kein Kaninchen.“

„Denkst du, das weiß ich nicht?“ Die alte Frau wies mit verkniffener Miene auf das Kaninchen, das Alessa auf dem Tisch abgesetzt hatte. „Das kleine Miststück will sich vor ihrer Verantwortung drücken. Noch immer. Das macht sie schon seit zwei Jahren. Aber jetzt ist Schluss!"

„Bitte!" Vor Alessas Augen verwandelte sich das Kaninchen in eine traumhaft schöne Frau mit auffälligen grünen Augen und langen silberblonden Locken, die ihr weit über den Rücken fielen und ihr ein feenhaftes Aussehen verliehen. Eine *Lejf*, die ziemlich nackt auf Berthes Tisch saß. „Ich schwöre dir, ich werde dich nicht noch einmal darum bitten und auch meine Finger von deinen Kräutertöpfen lassen." Sie krabbelte vom Tisch, drängte sich an Alessa vorbei und tänzelte um Berthe herum wie ein aufgeregter Welpe. „Nur noch dieses eine Mal. Ich bin noch nicht soweit. Bitte! Nur noch ein weiteres halbes Jahr."

„Eine Woche, Shari."

„*Was?*", quietschte sie erschrocken. „Drei Monate."

„Eine Woche."

„Das ist zu wenig, Berthe. Was soll mir denn diese eine Woche bringen? Ich brauche mehr Zeit. Zwei Monate? Wenigstens einen?"

*Shari hat nicht den leisesten Schimmer, wie man Verhandlungen führt*, stellte Alessa fest und konnte ein Schmunzeln nicht mehr unterdrücken. Sie gab viel zu schnell nach. Nur, damit sie überhaupt etwas von dem bekam, was sie wollte. Was immer das in diesem Moment auch war.

„Na gut, zwei Wochen. Keinesfalls mehr."

„Aber …"

Berthe hielt einen Zeigefinger hoch. „Na, na, na, keine weitere Diskussion. Zwei Wochen oder gar nichts."

„Aber …" Shari wirkte inzwischen richtiggehend verzweifelt und knetete ihre Finger.

Berthes Zeigefinger stieg noch etwas höher, ohne dass sie ein Wort sagte, und Sharis Schultern sackten mutlos herab. Ihre Miene wirkte so mitleidserregend, dass Alessa beinahe versucht war, für sie Partei zu ergreifen.

Nachdem Shari von Berthe ein kleines Kräutersäckchen bekommen hatte, flitzte die junge Frau nach einer raschen Verabschiedung aus der Hütte. Alessa wandte sich zur Kräuterhexe um und sah sie fragend an. Sie war sich sicher, dass Berthe genau wusste, was sie wissen wollte. Ob sie nun sehen konnte oder nicht.

„Das kleine Luder drückt sich seit zwei Jahren vor einer Beanspruchung", erklärte Berthe mit einem schelmischen Grinsen.

„So etwas geht?“

„Ja, indem man die eigenen Kräfte mithilfe einer regelmäßig eingenommenen Kräutermischung verbirgt. Eine meiner ganz speziellen Mischungen. Niemand weiß, dass ihre Kräfte schon vor zwei Jahren zum Vorschein gekommen sind – außer mir. Und jetzt auch du.“

„Aber warum willst du ihr nicht mehr helfen? Sie scheint ziemlich verzweifelt zu sein.“

„Sie will sich nicht einem Mann unterordnen müssen. Ihren Vater und ihre beiden Brüder kann Shari mit ihrem Engelsgesicht problemlos beeinflussen und sie merken es nicht einmal. Ihr Gefährte wird ihr ihre Eskapaden nicht durchgehen lassen, ihre Sicherheit und ihren Schutz immer vornan stellen. Egal, was sie davon halten mag.“

Alessa schob beide Hände in die Hosentaschen. „Ein Grund mehr, ihr zu helfen. Findest du nicht?“

„Er sucht bereits nach ihr, wenn auch noch unbewusst.“

„Wer?“

„Der Drache, der ihr Gefährte werden wird. Also *darf* ich nicht viel länger eingreifen.“

„So, wie du mir nichts über meine Zukunft sagen kannst?“

„Genau so.“ Berthe widmete sich wieder dem brodelnden Inhalt des Kessels und winkte in Richtung Tür. „Und jetzt – *husch* – ab mit dir. Ich bin alt und brauche hin und wieder ein kleines Nickerchen. Aber wenn du deinen Kopf noch etwas frei bekommen willst, hinter der Hütte führt ein schmaler Pfad zu einem wundervollen, versteckt gelegenen See. Der wird dir sicher gefallen.“

Alessa verabschiedete sich und verließ die kleine Hütte. Einige Runden in dem See zu schwimmen, halfen vielleicht wirklich, ihre Gedanken und Gefühle zu ordnen. Sie schob einen tiefhängenden Ast beiseite, ging um die Hütte herum und entdeckte den beschriebenen Weg.

Mit einem verschmitzten Lächeln auf den Lippen folgte Berthes trüber Blick Alessa, wie sie in Gedanken versunken um die Ecke der Hütte verschwand. Ein kleiner Schubs in die richtige Richtung hatte noch niemandem geschadet …

## 18. Kapitel

*Warden-Gebiet*

Cameron kreiste kurz über dem Feld an der Stelle, wo er ihren Duft am stärksten wahrnehmen konnte, und setzte zur Landung an. Seine Hinterläufe berührten noch nicht einmal den Boden, als er auch schon die Wandlung vollzog. Er hockte sich inmitten des Feldes hin, strich mit der flachen Hand über den unebenen Boden und riss ein Büschel Gras heraus, um daran zu riechen.

Er musste sie knapp verfehlt haben. Ihr süßer, verlockender Duft hing in der Luft und umgab ihn mit einer Intensität, als stünde sie direkt neben ihm. Dem aufgewühlten Boden nach zu urteilen, hatte Alessa nach irgendetwas oder jemandem gesucht. Sie war im Kreis gelaufen und hatte ihn immer enger gezogen, bis sie gefunden hatte, was sie suchte.

Cameron presste die Lippen so fest aufeinander, dass sie nur noch eine schmale Linie bildeten, und sah über seine Schulter in Richtung Wald. Er wusste ganz genau, nach wem sie gesucht hatte und warum. Alessa schien sich weiterhin verzweifelt an den Gedanken zu klammern, dass sie diese Welt wieder verlassen konnte. Wie sehr sie sich doch irrte. Aber das würde sie schon noch herausfinden. Er würde dafür sorgen, dass sie es endlich begriff und akzeptierte.

Aus der Hocke heraus schwang er sich in die Luft. Ihren Fußspuren brauchte er nicht zu folgen. Cameron wusste ganz genau, wohin Alessa gelaufen war und folgte ihr zum Haus der alten Berthe.

Cameron stand vor Berthes Hütte, schnüffelte und knurrte wütend, als er Alessa im Inneren nicht ausmachen konnte. Er hatte sie erneut verpasst. Ihre Duftspur führte aus der Hütte heraus, von ihr weg und einen schmalen Pfad entlang in Richtung des Sees.

Als ein krächzendes Lachen in seinem Kopf widerhallte, betrachtete er Berthe durch das winzige Fenster hindurch. Sie hatte ihm den Rücken zugewandt, wusste aber offensichtlich genau, dass er direkt vor ihrer Hütte stand. Die alte Hexe drehte sich um und zeigte ihm ein zahnloses Grinsen.

„Hol sie dir, Cameron, bevor dir ein anderer zuvor kommt!"

„Zwar geht dich das nichts an, Alte, aber genau das habe ich vor", antwortete er ihr und schlug den Weg zum See ein.

Während er ihr folgte, strich warme Luft über seinen Körper. Sie roch nach Alessa, vernebelte seine Sinne und schürte sein Verlangen nach ihr. Cameron wusste, er würde sich nicht mehr länger dagegen zur Wehr setzen können. Die letzten Tage und Nächte waren die reinste Folter gewesen. Ihre Nähe zu spüren, von ihrem süßen Duft ständig eingehüllt zu werden und trotzdem nicht mit ihr zusammen sein zu dürfen, hatte seine Willenskraft auf eine harte Probe gestellt. Er wollte nicht einen einzigen weiteren Tag dazu verdammt sein, sich mit dieser Verzweiflung nach ihr zu verzehren.

Cameron war Alessa verfallen, rettungslos. Schon seit er ihr das erste Mal im Traum begegnet war. Und sein Instinkt gebot es ihm, sie endlich zu der Seinen zu machen, auch wenn ein anderer bereits Anspruch auf sie erhoben hatte.

Der Pfad wurde schmaler und das Gebüsch dichter. Dünne Zweige streiften seinen Oberkörper, doch Cameron nahm davon keine Notiz. Er konzentrierte sich darauf, den Drachen in seinem Inneren im Zaum zu halten, der lautstark nach einer Vereinigung mit Alessa verlangte.

Alessa setzte sich an den Rand des Sees, zog die Beine an ihren Körper und umschlang ihre Knie mit beiden Armen. Das Kinn auf den Knien abgestützt betrachtete sie gedankenverloren die spiegelnde Wasseroberfläche und ließ das Gespräch mit Berthe Revue passieren.

Dass sie kein normaler Mensch war, hatte sie inzwischen verkraftet. Selbst, dass sie königlicher Abstammung war, konnte sie akzeptieren. Aber dass sie viel älter war, als sie gedacht hatte … 138 Jahre. Sie war 138 Jahre alt, fast 139. Ihre Eltern waren seit über 100 Jahren tot. Vollkommen unmöglich.

Wieder dieses *Unmöglich*. In letzter Zeit benutzte sie dieses Wort ungewöhnlich oft. Dabei war sie stets der festen Überzeugung gewesen, dass eben nichts unmöglich war. Sie war es weiterhin. Und das bedeutete, alles, was in den letzten acht Tagen geschehen war und sie über sich herausgefunden hatte, war real.

Alessa schloss die Augen, rieb ihre Wange an ihren Knien und hörte auf, gegen die Tränen anzukämpfen. Ließ ihnen freien Lauf.

Das Herz pochte dumpf in ihrer Brust, hämmerte gegen den Schmerz ihres Verlusts an. Sie hatte nicht nur einmal, sondern zweimal in ihrem Leben alles verloren. Erst ihre Eltern, an die sie zwar keinerlei Erinnerungen hatte, von denen sie aber trotzdem wusste, dass sie ihnen alles bedeutet hatte. Ein Schluchzen entrang sich ihrer Kehle und Alessa umschlang ihre Knie fester. Und dann Garwin, Jules, alles, was sie in Chicago gekannt und geliebt hatte. Ein ganzes Leben fortgewischt, als hätte es niemals existiert.

Alessa erinnerte sich an Berthes Worte und hob den Kopf. Sie schniefte und wischte sich die Tränen von den Wangen. Berthe hatte gesagt, sie würde in Hasyra glücklich werden. Nur wie?

Nachdenklich betrachtete sie die roten, goldenen und schwarzen Linien auf ihrem Arm. Darius hatte Anspruch auf sie erhoben und es bedeutete ihr rein gar nichts. Er löste nichts in ihr aus. Kein Glücksgefühl. Da waren kein hektisches Herzklopfen und kein Sehnen, wenn sie an ihn dachte. Das spürte sie nur, wenn sie an Cameron dachte oder er in ihrer Nähe war.

Cameron verwirrte sie mehr, als ihr lieb war. Es war zum Verrücktwerden. *Er* machte sie verrückt. Weil er ein manipulativer kleiner Bastard war. Und er war ein … verflucht heißer Drache, der viel zu oft in ihrem Kopf herumspukte.

Wenigstens war sie inzwischen in der Lage, eine geistige Barriere aufzubauen, damit sie in ihren Gedanken allein bleiben konnte, wann immer *sie* es wollte. Selbst in ihren Träumen.

Ein leises Rascheln ließ Alessa herumfahren und wachsam mit Blicken das Unterholz absuchen. Als sie einen jungen Hirsch zwischen zwei Bäumen hervortreten sah, lächelte sie leicht.

„Hast du etwa vor, mir beim Schwimmen zuzusehen?“, fragte sie ihn mit hochgezogener Augenbraue. Während er neugierig näher kam, redete sie leise weiter: „Wenn mein Charakter in *Wild Dragon Hunt* Energie brauchte, hat er solche hübschen Burschen wie dich mit Vorliebe gefressen.“ Ihr Blick wanderte hinüber zu zwei Adlern, die sich gerade auf einem dicken Ast niederließen und mit majestätisch geneigten Köpfen auf sie herabsahen. „Und euch hätte ich noch in der Luft zu einem Drachenimbiss geröstet.“

Alessa erhob sich vorsichtig, um die Tiere nicht gleich wieder zu verschrecken, und blinzelte überrascht, als der Hirsch noch näher kam. Bis er direkt vor ihr stand, den Hals reckte und an ihr schnüffelte.

„Müsstest du nicht Angst vor mir haben?“, murmelte Alessa verwundert. „Du kannst den Drachen in mir doch sicherlich riechen.“

Behutsam legte sie ihm eine Hand auf die Stirn und spürte eine Welle der Dankbarkeit über sich hinwegspülen. Sprachlos sah sie ihn an und saugte mit tiefen Atemzügen Luft in ihre Lungen. Der Hirsch strahlte grenzenlose Dankbarkeit und Hoffnung aus, die ihr erneut die Tränen in die Augen trieb. Er wirkte glücklich, allein, weil sie bei ihm war. Endlich verstand Alessa, was Berthe und auch Cameron gemeint hatten.

Ohne *Sway* und *Imperial* war das Gleichgewicht in Hasyra vollkommen aus den Fugen geraten, nicht nur das zwischen den Drachenstämmen. Diese Welt hatte angefangen zu verfallen, und dadurch waren alle schwächer geworden – Drachen, Menschen, Tiere, Pflanzen. Allein den Krieg ruhen zu lassen, hatte den Verfall nicht aufhalten können. *Sie* war der Schlüssel, das fehlende Puzzleteil, um das Gleichgewicht wiederherzustellen.

Alessa strich dem jungen Hirsch über die Stirn und erwiderte den vertrauensvollen Blick seiner sanften braunen Augen. „Hat eine Weile gedauert, aber jetzt habe ich es verstanden“, sagte sie leise. Er stupste sie spielerisch an der Schulter an und wühlte mit der Schnauze durch ihre Haare.

„Wie sieht’s aus? Kommst du mit eine Runde schwimmen?“ Sie zog sich das Shirt über den Kopf, warf es nach dem Hirsch und lachte fröhlich, als er verspielt um sie herum sprang. Als sie sich aus der Jeans schälte, verpasste er ihr einen Schubs gegen den Hintern und Alessa fiel auf die Knie. Nachdem sie sich aus dem eng anliegenden Stoff freigestrampelt hatte, sprang sie auf und rannte am Ufer des Sees entlang hinter dem Hirsch her.

Leises Lachen und plätscherndes Wasser ließen Cameron innehalten, kurz bevor er die kleine Lichtung mit dem See erreichte. Einem Jäger gleich pirschte er sich durch das Dickicht näher heran. Bis er Alessa sah. Sie stand im hüfthohen Wasser, das von ihrem verführerisch goldschimmernden Körper perlte, und bespritzte lachend einen jungen Hirsch, der im flachen Gewässer vor ihr herumsprang und Alessa zu beeindrucken versuchte. Eine ganze Schar wilder Gänse schwamm im Halbkreis um sie herum, schlug aufgeregt mit den Flügeln und schnatterte wild durcheinander. Beobachtet wurde die ganze Szenerie von zwei Adlern, die Wachen gleich in einem Baum saßen.

So lange Cameron lebte, ein solches Verhalten hatte er bei Tieren noch nie zuvor gesehen. Nicht mal die *Lejf* riefen ein solches Verhalten bei ihnen hervor, obwohl der Stamm am stärksten mit ihnen verbunden war. Die meisten Tiere hatten Angst vor Drachen, wollten nicht als Zwischenmahlzeit herhalten und hielten darum aus gutem Grund Abstand von ihnen. Warum also nicht auch von ihr? Sie mussten doch spüren, was Alessa war.

Cameron schob einige Zweige beiseite, um einen besseren Blick zu haben, und fluchte unterdrückt, als die Adler Warnschreie ausstießen. Der Hirsch floh hastig ins dichte Gebüsch und die Gänse flatterten aufgescheucht davon.

Alessa stieg Schritt für Schritt aus dem Wasser und schaute sich suchend um. Aber sie konnte nirgends eine direkte Bedrohung ausmachen. Sie öffnete ihren Geist, tastete sich vor und blieb erschrocken im knöcheltiefen Wasser stehen, als sie Cameron ganz in der Nähe spürte.

Als er sich einen Augenblick später hinter einem dicken Baumstamm hervorschob, Zweige beiseite drückte und die Lichtung betrat, biss sie sich verunsichert auf die Unterlippe. Cameron wirkte aufgebracht, viel wütender als an dem Tag in der Waffenkammer, als er Lorne mit einer schnellen Bewegung seines Schweifs aus dem Raum geschleudert hatte. Sein Zorn stand deutlich in seinen eisgrauen Augen und haftete jeder seiner Bewegungen an. Und dann waren da noch Entschlossenheit und wilde Gier, die ihr aus seinen Augen entgegenleuchteten.

Das Herz klopfte ihr bis zum Hals und ihr Mund fühlte sich so staubtrocken an, dass sie mehrfach schlucken musste. In Kombination mit seiner unverhohlenen Wut machte ihr dieses brennende Verlangen Angst. Was, wenn er sich vergaß? Wenn er sich dieses Mal nicht zu beherrschen vermochte wie die vielen Male zuvor?

*Reiz ihn nicht zu sehr, sonst bekommst du vielleicht mehr, als du verträgst*, hatte Garwin sie gewarnt. Hatte sie Cameron in den letzten Tagen zu sehr gereizt? Aber wie hätte sie das tun können, wo doch immer er es gewesen war, der sie herausgefordert hatte? Und das an jedem verdammten Tag.

Ohne sich dessen bewusst zu sein, tat Alessa einen Schritt rückwärts. Er hielt kurz inne, runzelte die Stirn und schüttelte den Kopf, so dass die schmalen Zöpfe mit den eingeflochtenen Federn hin und her schwangen.

„Lauf nicht vor mir davon, Alessa! Nicht noch einmal“, warnte er sie mit grollender Stimme und fixierte sie mit hartem Blick. „Bleib stehen und zwing mich nicht dazu, dich jagen, einfangen und unterwerfen zu müssen. Denn genau das werde ich tun. Und eines ist gewiss, du *wirst* nachgeben.“

„Du hast mir nichts zu befehlen“, stieß sie mit heftig klopfendem Herzen hervor und hoffte, dass er nicht bemerkte, wie sehr er sie in diesem Moment verunsicherte. „Niemand kann mich zu etwas zwingen, ich kann tun und lassen, was *ich* will.“ Sie maß ihn mit einem abschätzigen Blick und richtete sich gerader auf. Sie fühlte sich alles andere als selbstsicher, trotzdem wollte sie ihm genau diesen Eindruck vermitteln. „Und das schließt ein, dass ich dich hier gerade nicht haben will.“ Sie winkte ihn mit einer lockeren Handbewegung davon. „Und jetzt geh, ich bin beschäftigt.“

Sein Blick verfinsterte sich noch mehr, weil sie ihn wegscheuchen wollte wie ein lästiges Insekt. „Ja, du wirst gleich sehr beschäftigt sein. Und zwar mit mir“, knurrte er gefährlich und kam noch näher.

Alessa wich einen weiteren Schritt zurück und sah sich nach einem Fluchtweg um. Sie war nicht bereit, sich ihm widerstandslos zu ergeben. Auch wenn alles in ihr danach schrie, es zu tun. Ihr Herz raste und das Ziehen in ihrer Körpermitte nahm mit jeder Sekunde, die verstrich, zu. Sie wollte ihn, und wie sie ihn wollte. Aber sie würde ihm nicht wie eine reife Frucht in den Schoß fallen. Sich ihm nicht wie eine Professionelle an den Hals werfen. Nicht noch einmal!

Sie machte einen Satz aus dem Wasser heraus, vollzog die Wandlung und stieß sich mit ihren Hinterläufen kräftig vom Boden ab. Ein paar Flügelschläge reichten aus und sie befand sich meterweit über dem See. Immer weiter schraubte sie sich in die Höhe, um ihrem Verfolger zu entkommen. Und Camerons fauchendes Brüllen unter ihr trieb sie zur Eile an, denn sie war sich seiner größeren Spannweite sehr wohl bewusst. Sie streckte ihren Körper und bewegte die Schwingen in einem schnellen Rhythmus, um Abstand von ihm zu gewinnen.

Obwohl sie mit einem Angriff gerechnet hatte, hatte Alessa nicht geglaubt, dass er so rasch erfolgen würde. Cameron schlug seine Krallen in ihre Schwingen und sie rollte sich in der Luft herum. Sie schüttelte ihn ab, seine Krallen rissen das dünne Gewebe ihrer Schwingen auf und beißender Schmerz zuckte durch sie hindurch. Aber ihr blieb keine Zeit, sich darüber Gedanken zu machen. Denn er griff sie erneut an – dieses Mal von unten -, so dass Alessa ins Trudeln geriet und die Orientierung verlor. Cameron packte gnadenlos zu, hielt sie rücklings unter sich fest und ließ sich in Richtung Boden fallen. Ihre Schwingen wurden seitlich gegen ihren Leib gepresst und flatterten nutzlos im Wind. Sie kamen gegen den Druck, der auf sie wirkte, nicht an.

Ineinander verkrallt sausten sie in rasender Geschwindigkeit auf den See zu. Kurz bevor sie auf der spiegelnden Oberfläche aufschlugen, öffnete Cameron seine Flügel und bremste ihren Fall ab. Trotzdem presste die Wucht des Aufpralls jegliche Luft aus Alessas Lungen und sie brauchte eine Weile, ehe sie sich an die Wasseroberfläche zurückkämpfen und tief einatmen konnte. Nur einen Atemzug später packte der *Guardian* sie im Nacken und schleifte sie zum Ufer.

Alessa brüllte wütend gegen ihre eigene Hilflosigkeit an. Blut rauschte in ihren Ohren. Ihr panisch pumpendes Herz sprengte ihre Brust beinahe auseinander, während sie sich gegen seinen festen

Griff wehrte. Weder erreichte sie ihn mit den peitschenden Schlägen ihres Schweifs noch mit ihren messerscharfen Klauen, wühlte mit ihnen nur den Boden auf, so dass Grasbüschel, Erde und kleine Steine durch die Luft flogen. Sie warf sich mit einem heftigen Ruck herum, um sich so von ihm loszureißen. Aber statt von ihm loszukommen, bohrten sich seine spitzen Zähne vorbei an ihren Schuppen und tiefer in ihren Körper hinein, so dass sie vor Wut und Schmerz aufschrie.

Cameron hielt sie weiter mit seinen kräftigen Kiefern im Nacken gepackt und drückte Alessa mit seinem Körper auf den Boden, bis sie sich nicht mehr bewegen konnte. Wie sie in den letzten Tagen herausgefunden hatte, eine gängige Methode von männlichen Drachen, einen weiblichen unter Kontrolle zu bekommen und zur Aufgabe zu zwingen. Alessa blieb ganz still liegen, weil ihr nichts anderes übrig blieb, und nahm ihre menschliche Gestalt wieder an.

„Ich habe dich gewarnt", stieß er mit abgehacktem Atem hervor, während er auf alle viere gestützt über ihr kauerte. Er begutachtete vorsichtig die Schrammen und Kratzer auf ihrem Rücken und den Biss in ihrem Nacken. „Jeder Drache liebt es zu jagen. Und läuft die Beute davon, wird der Jagdinstinkt sogar noch angeheizt. Wenn du nicht wieder und wieder von mir zur Strecke gebracht und unterworfen werden willst, dann hör auf, dich mir zu widersetzen."

„Du kannst mich mal", zischte Alessa mit geschlossenen Augen und ließ die Heilungsprozedur über sich ergehen. Der Schmerz ebbte ab, aber die Verärgerung über seine Worte blieb.

„Lauf niemals wieder vor mir davon!", knurrte er an ihrem Ohr, vergrub sein Gesicht in ihrer zerzausten, rotblonden Lockenmähne und atmete ihren unvergleichlichen Duft tief ein. Er konnte von ihm nicht genug bekommen. Ihr Geruch machte ihn verrückt, wahnsinnig vor Verlangen nach ihr. Und diesem brennenden Verlangen würde er hier und jetzt nachgeben.

Als Cameron ihre Haare beiseiteschob und sanft ihren Nacken küsste, rieselte ein Schauer nach dem anderen durch ihren Körper. Das Herz raste in ihrer Brust. Dieses Mal nicht vor Angst, sondern weil heiße Erregung über sie hinwegschwappte. Ihr Atem ging stoßweise und Alessa krallte ihre Finger in dicke Grasbüschel. Sie drehte den Kopf zur Seite und schloss die Augen. Seine Nähe brachte sie um den Verstand, löschte jeglichen vernünftigen Gedanken aus. Und dieses Mal würde sie ihm nicht widerstehen können, wie sie es in den letzten Tagen erfolgreich getan hatte. Egal, wie sehr sie sich selbst damit gequält hatte – und offensichtlich auch ihn.

Cameron schob sich etwas zur Seite, ließ seine Finger über ihren Rücken gleiten und erforschte die seidig weiche Haut. Voller Ehrfurcht zeichnete er die Umrisse des Drachentattoos nach. „Ich habe versucht, mein Verlangen nach dir zu kontrollieren. Jede einzelne Sekunde, seit ich dir im Traum zum ersten Mal begegnet bin. Aber ich kann es nicht mehr."

Er neigte den Kopf, küsste zärtlich ihren Hals und fuhr mit seiner Zungenspitze über die Stelle, unter der ihr Puls hektisch pochte. „Wunderschön. Du bist so wunderschön", murmelte er zwischen zwei Küssen, liebkoste mit den Lippen ihren Nacken und folgte ihrer Wirbelsäule.

Ein leichtes Lächeln umspielte seinen Mund, als er mit einer Hand über ihre Seite strich und Alessa unter seiner Berührung spürbar erzitterte. Sie krallte sich noch immer an den Grasbüscheln fest, ihr Körper reagierte jedoch auf seine Liebkosungen, wurde nachgiebig und fing an, sich von innen heraus zu erwärmen. Kurz versteifte sie sich, als Cameron ein Bein zwischen ihre drängte und mit einer Hand über die Innenseiten ihrer Schenkel fuhr.

„Scht … hab keine Angst." Seine beruhigenden Worte flossen wie warmer Honig über sie hinweg, ließen Alessa sich entspannen und genießen, was er mit ihrem Körper anstellte. Immer stärker sehnte sie sich nach seiner Berührung, verlangte es sie danach. Ihr Widerstand - das winzige bisschen, das vorhanden gewesen war - zerschmolz unter seinen Händen. Sengende Hitze schwappte über sie hinweg, strömte aus ihr heraus und seinen liebkosenden Händen entgegen.

Sie konnte nicht länger widerstehen, schmiegte sich ihm katzengleich entgegen und seufzte, als seine Finger ihre geheimste Stelle erforschten. Mit sanftem Druck rieb er über die kleine, versteckte Knospe zwischen ihren Schenkeln und entlockte Alessa ein leises Stöhnen. Heiße Erregung ließ ihr Zentrum pulsieren und rollte wellenartig durch ihren Leib. Sie bestand nur noch aus purer, allumfassender Lust, die nach Befriedigung suchte. Der Drache in ihr übernahm die Führung, suhlte sich in der Leidenschaft, die von ihrem Körper Besitz ergriffen hatte, und verlangte nach Erfüllung.

Alessa drehte sich auf den Rücken und erwiderte schwer atmend Camerons glutvollen Blick. Seine Augen hatten das stürmische

Grau eines Gewitterhimmels angenommen und unverhohlene Lust leuchtete ihr aus ihnen entgegen. Den Blick mit seinem verhakt, stemmte sie sich mit den Armen hoch und drängte Cameron zurück. Sie kletterte auf seinen Schoß und umschlang seine Hüften mit ihren Beinen.

„Ich will dich", murmelte sie wie zu sich selbst, verschränkte ihre Arme in seinem Nacken und presste ihren Mund auf seinen. Leise stöhnend rieb sie ihren erhitzten Leib an Camerons unnachgiebigem Körper. Sie musste ihm noch näher kommen, ihn intensiver spüren. Wollte ihn endlich in sich spüren, weil sie lichterloh für ihn brannte. Ihre Haut fühlte sich unglaublich sensibel an. Selbst sanfteste Berührungen ließen sie in wilder Erregung erschauern.

„Alessa ..." Cameron unterbrach keuchend den Kuss, strich beruhigend über ihren Rücken und hielt ihren Blick gefangen. „Nicht so hastig, kleiner Drache."

„Bitte, Cameron, ich will es ... will dich", beteuerte sie. Er durfte sie nicht wieder zurückweisen, wie er es bereits getan hatte. Alessa wurde von ihrem Verlangen nach ihm versengt und er sollte dieses Feuer löschen.

„So wie ich dich will. Glaub niemals etwas anderes." Cameron senkte den Kopf und tupfte ihr kleine Küsse auf Stirn, Nasenspitze und den Mund. „Aber wir müssen es langsamer angehen lassen. Deine Körpertemperatur steigt rasend schnell. Viel zu schnell."

„Natürlich steigt sie", mokierte sich Alessa und schaute ihn an. „Weil ich erregt bin und Sex mit dir will."

„Ist dir auch bewusst, dass nicht nur du erregt bist? Du willst doch keinen Waldbrand auslösen, oder?" Seine Hände strichen weiter unablässig über ihre erhitzte Haut und Alessa verstand. Cameron milderte einerseits die Temperaturschübe ab und bändigte damit das verzehrende Feuer, das von ihren Drachenkräften herrührte und aus ihr herausströmte. Andererseits schürte er ihr Verlangen nach ihm und ließ die pulsierende Hitze, die sich in ihrer Körpermitte sammelte, ins Unermessliche ansteigen. Eine süße Qual, die sie an die Grenzen des Erträglichen brachte.

Alessa barg ihr Gesicht an Camerons Hals und stöhnte frustriert. „Sex nur mit erhöhter Verbrennungsgefahr. Das ist nicht fair. Was kann noch passieren?", murmelte sie, hob den Kopf und suchte seinen Blick, weil ihr ein Gedanke kam.

„Ja ...", bestätigte er schmunzelnd, denn er ahnte, was ihr durch den Kopf ging, „… es wäre wahrscheinlich etwas … ähm … unangenehm, wenn du ausgerechnet in unserer jetzigen Position deine Drachengestalt annehmen würdest. Hauptsächlich für mich natürlich.“

„Aber es wäre zumindest eine nette Abwechslung.“ Alessa seufzte leise, als das flammende Inferno etwas nachließ und ihre Lust das Drachenfeuer in ihrem Inneren überwog. Sie strich über seine Schultern, spielte mit seinen Haaren und ließ sie durch ihre gespreizten Finger gleiten. Dann senkte sie ihren Blick in Camerons und legte ihm beide Hände auf die Schultern. In sinnlichen Bewegungen ließ sie ihr Becken kreisen, presste ihr heißes Zentrum gegen seinen steinharten Schaft und brachte Cameron zum Fluchen. „Ich auf dir und du bist mir hilflos ausgeliefert.“

Er schüttelte den Kopf, packte mit beiden Händen ihre Hüften und warf Alessa auf den Rücken. Mit einer schnellen Bewegung schob er sich über ihren Körper und pinnte sie auf dem Boden unter sich fest.

„Nicht dieses Mal.“ Er barg sein Gesicht in ihrer Halsbeuge, knabberte an ihrer Schulter und ließ seine Hände über ihren Körper gleiten. Cameron neigte den Kopf, zeichnete mit der Zungenspitze betörende Kreise auf ihrer Brust, bevor er die kleine Knospe in den Mund nahm und an ihr saugte.

Alessa bäumte sich ihm entgegen, stöhnte leise und murmelte seinen Namen. Sie spürte, wie ein weiterer Hitzeschub sich durch ihren Körper arbeitete, der ihr Verlangen nach ihm schürte, und spannte sich unwillkürlich an.

„Keine Angst, kleiner Drache“, murmelte er beruhigend. „Es wird mir ein Vergnügen sein, das Feuer, das in dir lodert, zu bändigen und in ungefährlichere Bahnen zu lenken.“

Bei seinen Worten ließ die Anspannung augenblicklich nach. Alessa vergrub ihre Hände in seinen langen Haaren und reckte sich ihm entgegen. Leise Seufzer entrangen sich ihrer Kehle, während er sich an ihrem Körper nach unten arbeitete und jeden Zentimeter mit Händen, Lippen und Zunge erforschte. Sie schloss die Augen, ließ sich fallen und versank im Strudel allumfassender Lust.

„Cameron …“, murmelte sie leise und drängte ihn dazu, den Kopf zu heben. „Ich will dich.“

„So, wie ich dich will. Nur dich“, wiederholte er mit rauer Stimme und ließ es wie ein Versprechen klingen, ehe er sich an ihr nach oben schob und ungestüm ihren Mund eroberte. Die Ellenbogen zu beiden Seiten ihres Kopfes aufgestützt erforschte er genüsslich ihre Mundhöhle und saugte jeden noch so kleinen süßen Laut, den sie von sich gab, in sich auf. Cameron spreizte mit einem Knie ihre Schenkel weiter auseinander, presste seine Härte gegen ihr heißes Zentrum und entlockte ihr ein leises Stöhnen.

Alessas Puls beschleunigte sich, als sie den Beweis seiner Lust so deutlich zu spüren bekam. Cameron bewegte sein Becken so quälend langsam vor und zurück, dass sein Schaft zwischen ihren Schamlippen auf und ab glitt, die Feuchtigkeit, die in Strömen aus ihr herausfloss, verteilte und ihr ein weiteres kehliges Stöhnen entlockte.

„Du bist wie flüssiges Feuer", stieß er mit abgehacktem Atem hervor. Seine Nasenflügel bebten, er hob den Kopf und stöhnte laut. „Und du riechst wundervoll, einzigartig. Nach wilder Lust und verführerisch süß wie die pure Sünde."

„Cameron." Ihr Unterleib zuckte ihm bei seinen Worten entgegen und verstärkte die Reibung, mit der er sie in den Wahnsinn trieb. Ihre Fingernägel bohrten sich tiefer in seine Schultern und hinterließen kleine Halbmonde auf seiner Haut. „Hör auf, mich zu quälen."

Als er ihre Brust umfasste, erst mit dem Daumen über die aufgerichtete Spitze fuhr, bis sie sich fest zu einem kleinen harten Knopf zusammenzog, und dann hingebungsvoll an ihr saugte, lösten sich ihre letzten Bedenken in Nichts auf. Wenn denn noch welche dagewesen waren. Das unmissverständliche Ziehen konzentrierte sich in ihrem Unterleib. Ihr ganzer Körper brannte vor Erregung und sehnte sich nach seinen Zärtlichkeiten, mehr davon. Mehr von ihm. Alles in ihr schrie nach einer Vereinigung mit diesem Mann, der ihren Willen allein mit sanften Berührungen und himmlischen Küssen gefügig machte.

Lustvoll stöhnend bäumte sie sich auf, ihrem Liebhaber entgegen. Sie wünschte sich nichts sehnlicher, als endlich mit ihm zusammenzukommen.

Cameron drängte ihre Beine noch weiter auseinander und tastete sich zu ihrer geheimsten Stelle vor. Seine Finger glitten zwischen ihre Schenkel, erforschten und liebkosten ihre feuchte Hitze. Er zog mit seinem Daumen kleine Kreise um ihre anschwellende Klitoris, übte mehr und mehr Druck aus, bis Alessa ihn schluchzend anflehte, sie nicht länger zu quälen. Etwas, wozu er ohnehin nicht mehr in der Lage war.

Vorsichtig drang er mit einem Finger in ihre Enge ein. Sie war heiß, feucht und bereit, von ihm genommen zu werden. Auf einem Arm abgestützt, kniete er zwischen ihren angewinkelten Beinen und führte mit einer Hand seinen Schaft. Zentimeter für Zentimeter drang er tiefer in sie ein. Dabei hämmerte das Herz in seiner Brust und Schweiß lief ihm über den Rücken.

„Himmel, du bist unglaublich eng, Alessa. Fast so, als ob ..." Er hielt inne, hob den Kopf und suchte ihren Blick.

„Nicht aufhören." Sie klammerte sich mit beiden Händen an seinen Oberarmen fest, grub ihre Fingernägel tief in seine Haut und schaute aus lustgetrübten Augen zu ihm auf.

Seine Muskeln zitterten vor Anstrengung, weil er sich mit aller Kraft zurückhielt und nicht einfach mit einem harten Stoß in ihrer Wärme versenkte. Es langsam angehen und sich nicht von seiner Lust mitreißen ließ. Stück für Stück drang er weiter in ihre Enge vor, bis er auf die zarte Barriere stieß, mit der er nicht gerechnet hatte.

„Ich will dir nicht wehtun", stieß er angestrengt hervor und küsste behutsam ihre geschwollenen Lippen. „Aber dieses Mal wird es sich nicht verhindern lassen."

Sie fuhr mit beiden Händen über seine Brust, weiter über die Schultern und schlang ihre Arme um seinen Nacken, um ihn etwas weiter zu sich herunterzuziehen. Ihre Stimme ähnelte einem rauen Schnurren, als sie leise an seinem Ohr flüsterte: „Liebe mich, Cameron. Jetzt! Ich brauche es. Brauche dich."

Die Anspannung wich bei ihren Worten aus seinem Körper und seine Gesichtszüge wurden weich. „Das tue ich bereits. Ich liebe dich, Alessa!", gestand er ihr, presste seinen Mund auf ihre Lippen und dämpfte ihren Aufschrei, als er sich tief in ihr versenkte und die zarte Barriere zerriss.

Cameron ließ ihr einen Moment Zeit, sich an ihn zu gewöhnen. Er knabberte zärtlich an ihrem Hals, küsste die empfindliche Stelle hinter ihrem Ohr und wartete, bis Alessa sich unter ihm entspannte. Dann beobachtete er ihr Mienenspiel, während er sich etwas zurückzog und erneut in sie eindrang. Weder Schmerz noch Angst trübten ihren Blick. Da waren nur reine Verzückung und Begehren in ihren wunderschönen blauen Augen.

„Mach weiter!", forderte Alessa außer Atem und schlang ihre Beine fest um seine Hüften.

Cameron kam ihrer Aufforderung nach und stieß in einem gleichmäßigen und zugleich kräftigen Rhythmus in sie hinein. Alessa krallte ihre Finger in seine Oberarme und stöhnte leise bei jedem seiner kontrollierten Stöße. Sie wollte mehr davon, viel mehr. Brauchte alles, sonst würde sie verglühen.

Heiße Erregung sammelte sich in ihrer Mitte, breitete sich wellenförmig aus und mischte sich mit verzehrender Hitze. Hitze, die sich bis in die letzte Zelle ihres Körpers senkte und ihr den Verstand raubte.

„Cameron! Ich halte das nicht aus“, schluchzte sie verzweifelt, wand sich unter ihm und versuchte, dem Feuer zu entkommen, in dem sie gefangen war. Ihre Fingernägel hinterließen blutige Kratzspuren auf seinen Armen und Schultern.

„Drachin und Wildkatze in einem“, stieß er atemlos hervor und griff nach ihren Händen. Cameron verschränkte seine Finger mit ihren und drückte ihre Hände neben ihrem Kopf auf den Boden, so dass sie ihrer Lust und ihm hilflos ausgeliefert war. „Eine wahnsinnig gefährliche Mischung.“

Ihr erstes Mal würde nicht so laufen, wie er es sich ausgemalt hatte. Härter enden, als er gedacht hatte. Denn ihre überbordende Leidenschaft ließ sich nicht bändigen, sondern musste erfüllt werden, wenn er von ihr nicht verbrannt werden wollte. Die Hitze, die von ihrer Wollust geschürt wurde und die sie ausstrahlte, war unglaublich.

Er presste seine Lippen auf ihre, stieß seine Zunge tief in ihren Mund, ahmte mit ihr die Bewegungen seines Beckens nach und löste einen weiteren Hitzeschub in ihr aus, der sie beide erzittern ließ. Cameron richtete seinen Oberkörper auf, ohne ihre Hände loszulassen. Mit einem Stöhnen versenkte er sich tief in ihre Enge. Seine Hüften bewegten sich in einem harten, aggressiven Rhythmus vor und zurück. Er wurde nur noch von dem Ziel getrieben, Erlösung zu schenken und zu finden. Das Feuer zu löschen.

„Gott, Cameron!“ Alessa riss die Augen auf und schnappte keuchend nach Luft. „Was … was tust du?“

„Dir geben, was du brauchst. Sonst verbrennen wir beide“, stieß er zwischen zusammengebissenen Zähnen hervor und pumpte unablässig weiter.

Cameron pfählte sie wieder und wieder, füllte sie mit jedem Stoß gänzlich aus und dehnte sie bis zur Schmerzgrenze. Und sie wollte, brauchte mehr davon. Alessa löste die Umklammerung um seine Hüften, winkelte die Beine an und stemmte die Fersen in den Boden, um seinen hämmernden Stößen entgegenzukommen und sie aufzufangen.

Das Ziehen in ihrem Unterleib nahm an Intensität zu, formte sich zu einer Spirale, die sich höher und höher schraubte. Sie zog sich eng und enger zusammen und explodierte in einem gleißenden Funkenregen. Alessa schrie seinen Namen und bäumte sich auf, als ihr Höhepunkt wie ein Feuersturm über sie hinwegfegte und nichts als ein schluchzendes Häufchen Asche von ihr übrig ließ.

Alessas Orgasmus spülte über Cameron hinweg, nahm die vibrierende Hitze aus ihrem wilden Liebesspiel und riss ihn mit. Ihre zarten Muskeln zogen sich rhythmisch um seiner Härte zusammen. Sie saugten an ihm, bis er mit Wucht über die Klippe geschleudert wurde. Ein letztes Mal versenkte er sich bis zur Wurzel in ihrer pulsierenden Enge und erstarrte mitten in der Bewegung, die Muskeln zum Zerreißen gespannt. Ein Zittern überlief seinen Körper, er stieß ein erleichtertes Stöhnen aus und ergoss sich in ihre Wärme.

Cameron sackte auf Alessa zusammen, schlang seine Arme um ihren Leib und rollte sich auf die Seite, damit er sie nicht länger mit seinem Gewicht belastete. Sein Gesicht in ihren Locken wartete er, dass sein Herz aufhörte zu rasen.

Tief sog er ihren süßen blumigen Duft, der sich mit seinem eigenen Geruch vermischt hatte, in seine Lungen. Eine wundervolle, die perfekte Mischung. Er wollte niemals wieder etwas anderes an ihr riechen.

Alessa war überall – um ihn herum, in seinem Kopf, seinem Herzen. Nicht er hatte sie, sondern sie ihn gebrandmarkt. In jeder nur möglichen Weise war er ihr verfallen, konnte und wollte sich von seinen Fesseln nicht mehr befreien. Nie wieder.

Cameron bewegte sich leicht, zog Alessa enger in seine Umarmung und spürte zum ersten Mal die Kratzer, die sie ihm zugefügt hatte. Die mussten bis später warten, entschied er mit einem Lächeln und strich mit beiden Händen über Alessas schweißnassen Rücken. Weder hatte er gerade genug Kraft, sich zu heilen, noch wollte er Alessa loslassen. Vielleicht würde er die Spuren ihres ersten Liebesspiels auch so lange behalten, bis sie allmählich und ganz von selbst abheilten. Denn was eben zwischen ihnen geschehen war, war ganz sicher erinnerungswürdig. Und niemand würde ihnen das jemals nehmen können.

## 19. Kapitel

*Darkmoore Castle*

„Ich bringe dich um, du mieser Bastard! Wie kannst du es wagen …“, brüllte Darius bebend vor Zorn. Er sprang von seinem Stuhl auf, der mit einem Krachen umkippte, und fegte mit einem Arm das Geschirr samt Essen vom Tisch vor sich. Teller, Schüsseln, die Weinkaraffe flogen an seinen Männern vorbei, die von ihren Bänken aufsprangen und sich hastig einige Meter in Sicherheit brachten, krachten gegen die Wand und fielen zu Boden. Das noch dampfende Essen schwamm in einer Pfütze dunkelroten Weins, der über den Steinboden kroch, sich wie eine Blutlache ausbreitete.

Dass die beiden Mädchen, die ihm und seinen Männern das Essen serviert hatten, mit einem ängstlichen Aufschrei aus dem Raum flohen, bemerkte er nicht einmal. Ebenso wenig wie seine Wachen, die sich irritiert suchend nach einer drohenden Gefahr umsahen.

Darius griff nach dem Tisch aus schwerem Eichenholz und schleuderte ihn quer durch die Halle, als wöge er nichts. Sofort traten seine Männer den Rückzug an und nahmen weiter Abstand angesichts seines glühenden Zorns, auch wenn sie nicht flohen.

Wie konnte Cameron es wagen, Alessa trotz seines Anspruchs anzufassen? Sie gehörte ihm und keinem anderen!

Schäumend vor Wut lief er aus der Halle, die Treppe runter und machte erst Halt, als er unter freiem Himmel inmitten des Hofes stand.

Es wurmte ihn schon seit Tagen, dass Alessa dazu in der Lage war, ihn von ihrem Geist fernzuhalten. Die Barriere, die sie errichtet hatte, war überaus wirksam und konnte nur mit enormem Kraftaufwand durchbrochen werden. Das wusste er nur zu gut, denn er hatte in den letzten Nächten immer wieder versucht, zu ihr durchzudringen. Wenn sie eigentlich am schwächsten war. Und trotzdem hatte er sich jedes Mal unverrichteter Dinge zurückgezogen, weil er seine Kräfte nicht für kleine Spielereien verschwenden wollte. Etwas, das er jetzt bereute.

Aber er würde dafür sorgen, dass er nicht der Einzige war, der für seine Fehler büßte. Cameron würde es bitterlich bereuen, Alessa genommen zu haben, obwohl sie ihm gehörte.

*„Himmel, du bist unglaublich eng, Alessa. Fast so, als ob …“*, hatte es in seinem Kopf gehallt. Alessas Gedanken waren wie der Hauch einer Spiegelung zu ihm durchgedrungen. Hatten ihn verspottetet, dass er niemals das bekommen würde, was Cameron sich gerade von ihr nahm. Das *ihm* zugestanden hätte. Und dafür würde dieser Hurensohn büßen. *Sie* würde es sein, die seinen Cousin dafür leiden ließ. So wie Alessa ihn – wenn auch unbeabsichtigt – ihre überbordende Erregung hatte spüren lassen, die durch die Barriere gesickert war. Ganz leicht war sie durch ihre Verbindung in seinem Bewusstsein widergehallt und hatte ihn dennoch wie ein hammerharter Faustschlag in die Magengrube getroffen.

Er würde ihren Verstand ausschalten und dafür sorgen, dass sie ihre Kräfte gegen seinen Cousin richtete und ihn in die Hölle schickte. Und wenn Alessa danach vor Cameron floh, konnte er seinen Anspruch ohne Probleme durchsetzen. Denn es gab keinen Ort, an dem sie sich lange vor ihm würde verstecken können.

Darius starrte in den wolkenlosen Himmel, konzentrierte sich auf Alessa und seine Verbindung zu ihr. Dieses Mal würde er keinen Halt vor der Barriere machen und sich zurückziehen. Ihre Kräfte mochten zwar stark sein und stetig zunehmen, seiner geballten Macht würde sie jedoch nicht ewig standhalten können.

Seine Lippen verzogen sich zu einem hämischen Lächeln, als er spürte, wie Alessa ihren Geist hastig vor ihm verschloss. Sie wehrte seinen ersten Zugriff problemlos ab und Darius musste sich eingestehen, dass sie innerhalb der letzten beiden Tage sogar noch stärker geworden war. Am Ende würde es jedoch nicht reichen, um gegen ihn zu bestehen.

Er ballte beide Hände zu Fäusten, presste die Lippen zusammen und ließ seine gesamte Macht aus sich herausströmen. Er konzentrierte sich auf Alessa, nutzte seinen Anspruch auf sie und wirkte mit aller Kraft auf ihre geistige Barriere ein. Rücksichtslos attackierte er sie immer und immer wieder, bis sie endlich nachgab und in sich zusammenbrach.

## 20. Kapitel

*Warden-Gebiet*

Cameron strich Alessa eine der rötlichen Locken aus der Stirn und musterte ihre entspannten Gesichtszüge. Sie war wunderbar und alles, was er sich jemals gewünscht hatte, wenn er sich in Gedanken die Frau vorgestellt hatte, die er zu seiner Gefährtin machen würde. Dass sie vor ihm mit noch keinem anderen Mann zusammen gewesen war, war - im Nachhinein betrachtet – nicht überraschend. Das Feuer in ihrem Inneren war unglaublich, alles verschlingend und hätte jeden Mann ohne magische Kräfte zu einem Haufen Asche verbrannt.

Sanft fuhr er mit der Spitze seines Zeigefingers die kaum sichtbare Narbe in ihrem Gesicht nach. „Woher hast du sie?", fragte er leise und suchte ihren Blick.

Ihr Mund verzog sich zu einem leichten Lächeln. „Die Antwort würde dir nicht gefallen."

„Ich möchte es trotzdem wissen."

„Ich habe versucht, meinem unerwünschten Jungfrauendasein Abhilfe zu verschaffen, und bin jämmerlich gescheitert."

Cameron versteifte sich kurz bei ihren Worten, entspannte sich aber rasch wieder. „Was ist passiert?", wollte er wissen, obwohl er es sich bereits denken konnte.

„Es ist ein Feuer ausgebrochen, bevor Ben und ich überhaupt zum Wesentlichen kommen konnten. Alles um uns herum ist Flammen aufgegangen. Es kam zu einer Explosion und ich wurde von einem herumfliegenden Stück Blech im Gesicht getroffen." Als er sich erneut anspannte, schmiegte sie sich enger an ihn und legte den Kopf an seine Schulter. Beruhigend strich sie Cameron über die Brust. „Hört sich schlimmer an, als es war. Ich kann mich nicht einmal mehr daran erinnern, dass es wehgetan hat."

Alessa ließ ihre Fingerspitzen über eine der Narben wandern, die sich diagonal über seine Brust zogen. Fühlte den kleinen Unebenheiten im Gewebe nach. „Und wie ist das passiert?", fragte sie leise. „Du bist ein *Guardian*, kannst Verletzungen heilen und hast trotzdem solche Narben?"

Er lachte leise, so dass sein Brustkorb auf und ab schaukelte. „So etwas passiert, wenn man sich im jugendlichen Leichtsinn mit einem ganzen Rudel Basuraden anlegt und nicht schnell genug klettern kann."

„Was sind Basuraden?"

„Riesige schwarze Schweine mit dichtem Fell, spiralförmig gedrehten Hauern und Hörnern. Sie sind viel größer als Wildschweine und bösartiger."

„Und warum hast du dich mit ihnen angelegt?"

Cameron zuckte mit den Schultern. „Ich war 13, hielt es für eine tolle Idee. In dem Alter verfügt kein Junge über genug Verstand, um die Folgen des eigenen Handelns richtig abschätzen zu können."

„Auch wenn du damals noch keine Heilkräfte hattest, andere *Guardian* hatten doch welche."

„In den Hauern der Basuraden steckt Gift. Wenn es in eine Wunde gelangt, lässt es das Fleisch weich werden und zerfallen. Auf diese Weise können Basuraden ihre Beute schneller auffressen und müssen nicht unendlich lange darauf herumkauen."

„Und sie haben dich auch vergiftet, deine Wunden?" Ein Zittern überlief Alessas Körper und ihr wurde die Kehle eng. Cameron musste kaum vorstellbare Schmerzen ausgestanden haben.

„Ja. Aber zum Glück war mein Vater schon auf der Suche nach mir, als die Viecher mich erwischt haben. Ich bin nach der ersten Attacke auf einen Baum geflüchtet, hab vor Schmerzen und Scham geflucht und geheult."

„Und dann?"

„Mein Vater hat mich noch auf dem Baum zwischen zwei Ästen hängend geheilt. Danach hat er die Basuraden zur Strecke gebracht."

„Und du hast als Andenken diese Narben behalten."

„Genau. Die Wunden konnte mein Vater ohne Probleme heilen, aber das vergiftete Fleisch hat Narben zurückgelassen."

„Sag das nicht so, als wärst du auch noch stolz drauf." Alessa schob sich an seinem Körper ein Stück nach oben, sah ihn mit einem tadelnden Blick an und knuffte ihm in die Seite. „Du hättest sterben können."

„Bin ich aber nicht." Er hob den Kopf und stahl sich einen Kuss. Dann sah er zum Himmel und runzelte die Stirn. „Wir sind seit Stunden fort und müssen zurück zur Festung, bevor sich Caden noch Sorgen macht und einen Suchtrupp losschickt." Leises Lachen schüttelte seinen Körper. „Oder Ayryn, die ihm dann die Hölle heißmacht, warum er sich nicht genug Sorgen macht."

Alessa schob sich über ihn, stützte ihre Hände zu beiden Seiten seines Kopfes ab und knabberte an seinem Kinn. „Ich tippe auf Letzteres. Ayryn liebt es, deinem Bruder die Hölle heißzumachen."

„So wie du mir?"

Sie hob den Kopf, sah auf ihn hinab und schürzte die Lippen. „Du meinst, weil ich dir inzwischen ungefähr 1000 Mal angedroht habe, dir das Fleisch vom Arsch zu brennen?"

„Was du niemals tun würdest", behauptete er mit einem breiten Grinsen selbstsicher, schob ihr seine Hand in den Nacken und zog sie wieder zu sich herunter, um einen verführerischen Kuss auf ihre Lippen zu hauchen.

Alessa verpasste ihm einen leichten Schlag gegen die Schulter und bedachte ihn mit einem herablassenden Blick. „Sei dir dessen nicht so sicher."

Cameron rollte sich mit ihr herum, so dass sie unter ihm zum Liegen kam, und sah auf sie herab. Seine langen Haare fielen über seine Schultern. Die Zöpfe mit den blauen Federn strichen über ihre empfindlichen Brüste und ließen Alessa erschauern. Sie öffnete den Mund, um ihm gespielt herrisch zu befehlen, von ihr herunterzugehen, als sie den fremden Zugriff auf ihren Geist spürte.

*Wer war das?* Alessa blinzelte mehrmals. Das war nicht Garwin, der Kontakt aufnehmen wollte. Die Verbindung zu ihm fühlte sich anders an – frisch, kühlend und belebend. Sie war niemals dunkel, erschreckend und … hasserfüllt.

„Darius …", hauchte sie leise. Das Blut gefror in ihren Adern und sie erstarrte in Camerons Armen, weil er erneut eine Verbindung zu ihrem Bewusstsein knüpfen wollte - diesmal viel aggressiver. Er gab nicht nach, selbst als sie seinen zweiten Angriff abwehrte. Darius attackierte sie wieder und wieder und von Mal zu Mal heftiger.

„Alessa?" Alarmiert richtete Cameron sich auf, zog sie in eine sitzende Haltung und umfasste ihr Gesicht mit beiden Händen, um ihren Blick auf sich zu lenken. Der innere Kampf, den sie ausfocht, war deutlich in ihren Augen abzulesen. Schrecken stand in ihrem Blick und wechselte zu wilder Entschlossenheit, sich dem fremden Willen nicht zu beugen. Und mit ihrer Entschlossenheit regten sich unwillkürlich ihre Drachenkräfte. Sie drängten in den Vordergrund und ließen ihren Puls in die Höhe schnellen.

Statt Blut pumpte ihr heftig pochendes Herz kochende Lava durch ihre Adern. Alessas Körpertemperatur stieg sprunghaft an, während sie sich gegen Darius' Zugriff zur Wehr setzte und versuchte, die grauenhaften Bilder, die er ihr schickte, auszublenden.

Berge von zerstückelten Leichen türmten sich vor ihrem inneren Auge auf. Die Felder waren übersät mit Opfern einer erbitterten, brutalen Schlacht. Sie schwammen in einem Ozean aus Blut – Männer, Frauen, Kinder … so viele Kinder. Die Drachen - *Guardian, Mageia* und *Lejf* - sie waren überall. Sie wüteten unter den Menschen und unter der eigenen Rasse, zerfleischten und zerfetzten alles und jeden, der ihnen im Weg stand.

Sobald ein Drache fiel, wurde er im nächsten Augenblick von seinem Gegner in Stücke gerissen. Sie kannten keine Gnade, keine Reue und hatten nur ein einziges Ziel - den *Imperial Sway*, sie, für sich zu beanspruchen.

„Atme ruhig und gleichmäßig, Alessa! Du darfst nicht die Kontrolle verlieren", redete Cameron eindringlich auf sie ein, konzentrierte sich auf seine heilenden Kräfte und nahm so viel Hitze von ihr, wie es ihm möglich war. Und trotzdem war es nicht genug. Ihre Temperatur stieg und stieg, je heftiger sie sich gegen Darius zur Wehr setzte. Alessas Haut glühte unter seinen Händen.

Verzweifelt rief Cameron nach Caden und Ayryn. Er konnte nur hoffen, dass sie es zu dritt schafften, die Hitze von Alessa zu nehmen. Sie war noch nicht so weit, die voll entfalteten Kräfte der *Sway* und *Imperial* zu beherrschen.

„Egal, was er dir erzählt oder zeigt, schenk ihm keine Beachtung. Darius versucht, dich zu manipulieren, damit du die Beherrschung und Kontrolle über deine Kräfte verlierst. Lass es nicht zu, Alessa!"

Sie atmete flach und viel zu schnell. Das Herz hämmerte laut in ihrer Brust, so dass Cameron jeden einzelnen Schlag klar und deutlich hören konnte. Aus weit aufgerissenen Augen starrte Alessa ihn an, ohne ihn wirklich zu erkennen. Cameron konnte nur erschüttert zusehen, wie ihr Widerstand nach und nach in sich zusammenfiel und sich ein Schleier über ihre sonst so strahlenden blauen Augen legte.

Wenn er ebenfalls in ihr Bewusstsein eindrang, waren die Folgen nicht absehbar. Sie würde in ihrem jetzigen Zustand zwischen Freund und Feind nicht unterscheiden können. Und dann fehlte ihm auch noch die nötige Macht über sie, die ihm ein Anspruch gebracht hätte und die Darius ganz offensichtlich gerade nutzte.

*„Cameron?“* Die ruhige Stimme seines Bruders hallte in seinem Geist wider und ließ ihn Hoffnung schöpfen. *„Wir sind gleich bei dir.“*

*„Beeilt euch! Ich weiß nicht, wie lange sie Darius noch standhalten kann.“*

*„Kannst du nichts dagegen unternehmen?“*

*„Keine Chance. Sie kann nicht mehr zwischen Freund und Feind unterscheiden, würde mich als Feind ansehen und ebenfalls bekämpfen. Damit würde ich sie zusätzlich schwächen.“*

Eine glühend heiße Welle ihrer an die Oberfläche drängenden Macht traf Cameron mit voller Wucht und ließ ihn vor Schmerz erzittern. Er wusste, es war nur ein kleiner Vorgeschmack dessen, wozu sie noch in der Lage sein würde.

„Gib nicht auf, kleiner Drache. Halte durch!“, bat er keuchend und hielt der unbeschreiblichen Hitze, die sie ausströmte und die seine Haut versengte, weiter stand. Kaum heilte er eine Wunde, bildeten sich neue Blasen an anderen Stellen.

*„Himmel! War sie das gerade?“*, wollte Caden wissen, der trotz der Entfernung die wellenartigen Schübe ihrer hervorbrechenden Drachenkräfte am eigenen Leib spürte. Wenn er schon die Hitze spüren konnte, dann musste Cameron sich inmitten eines Feuersturms befinden.

*„Beeilt euch!“*

Caden war froh, dass er nicht nur Ayryn, sondern auch Cyril und Lorne mitgenommen hatte. Denn er bezweifelte, sie beide würden als Camerons Unterstützung ausreichen, um Alessa unter Kontrolle zu bekommen.

Je näher sie der Lichtung mit dem kleinen See kamen, umso deutlicher war Alessas pulsierende Macht zu spüren. Gleichzeitig waren da Camerons enorme Kräfte, mit denen er beruhigend auf sie einwirkte und sich der drohenden Katastrophe entgegenstellte.

Als Caden seinen Bruder schließlich inmitten der Lichtung erblickte, stieg seine Sorge ins Unermessliche. Cameron widerstand ihrem Feuer und trotzte dem Schmerz, den es verursachen musste, Alessa in ihrem jetzigen Zustand zu berühren. Sie versengte alles um sich herum. Erste Bäume hatten Feuer gefangen und das Gras auf der Lichtung schwelte, so dass blanke, dampfende Erde zum Vorschein kam. Im See trieben unzählige Fische bäuchlings nach oben an der Oberfläche, weil sich die Wassertemperatur erhöht hatte.

Am schlimmsten traf Caden jedoch Camerons Anblick. Sein Bruder nutzte zwar seine Heilkraft wie ein Schild, um sich zu schützen, aber durch den direkten Kontakt mit Alessa trug er immer wieder Verletzungen davon. An etlichen Stellen seines Körpers bildeten sich Blasen, rissen auf und heilten einen Augenblick später wieder ab, nur um gleich darauf an anderer Stelle wieder zu hervorzubrechen. Ein grauenhaftes, sich ständig wiederholendes Schauspiel, dem sie schnellst möglich ein Ende setzen mussten. Auf die Dauer konnte Cameron das nicht durchhalten.

Caden und die anderen näherten sich dem Paar vorsichtig, um die Situation nicht noch zu verschlimmern. Sie mussten Cameron dringend dabei unterstützen, Alessas Kräfte in ungefährlichere Bahnen zu lenken und abzuschwächen.

Alessas Herz brannte in ihrer Brust. Es pumpte immer schneller und trotzdem war es nicht genug. Sie saugte verzweifelt Luft in ihre Lungen, rang panisch um jeden Atemzug.

Es geschah tatsächlich. Die Vision, die ihr vorgaukelte, dass sie wegen ihr kommen und sich gegenseitig zerfleischen würden, war echt. Sie würde die Schuld am Tod unschuldiger Menschen tragen. Und dass die Schlacht kurz bevorstand, war offensichtlich. Denn die ersten Drachen näherten sich ihr bereits vorsichtig. Ihnen würden weitere folgen – von anderen Drachenstämmen. Sie alle würden sich gegenseitig bekämpfen, um sie – Alessa – in die Finger zu bekommen. Und keiner von ihnen würde Rücksicht darauf nehmen, wer dabei verletzt oder getötet werden könnte. Die Schlacht hätte verheerende Folgen und sie allein wäre der Auslöser. Auf keinen Fall durfte sie das zulassen.

Mit einem gequälten Aufschrei gab Alessa ihren Widerstand auf und ließ zu, dass die in ihr schlummernden Kräfte sich vollends

Bahn brachen. Sie stieß Cameron weit von sich und nahm ihre Drachengestalt an. Ihr Körper dehnte und streckte sich, rotgoldene Schuppen sprossen hervor und bedeckten ihren Leib und die Gliedmaßen. Sie richtete sich auf, breitete die Schwingen aus und brüllte so furchterregend, dass jegliches Lebewesen aus dem angrenzenden Wald die Flucht ergriff. Alessa riss den Kopf zurück und stieß einen meterhohen Feuerstrahl in die Luft.

Ihr stachelbewehrter Schweif peitschte über den Boden, während sie sich um die eigene Achse drehte und die *Guardian* einen nach dem anderen musterte.

Caden nahm seine menschliche Gestalt an und warf der vor Zorn bebenden Drachin einen kurzen Blick zu, bevor er zu seinem Bruder lief und sich neben ihm auf den Boden kniete.

Sein Rücken sah übel zugerichtet aus. „Cameron?“ Caden heilte die großflächige Wunde auf dem Rücken und drehte seinen Bruder herum, um einen Blick auf den Brustbereich werfen zu können. Sein ganzer Oberkörper war mit Brandwunden übersät. Als Caden den Wunden am Hals und im Brustbereich die Hitze entzog und sie abheilen ließ, fing Cameron an zu husten, ehe er sich mit einem Ruck aufsetzte und sich hektisch umsah.

„Alessa?“

„Sie hat dich heftig erwischt.“ Caden wies auf den Felsbrocken, gegen den Cameron geschleudert worden war. „Geröstet und weichgeklopft. Dabei dachte ich immer, ihre Drohungen wären nichts anderes als genau das. Drohungen.“

„Sie kann nichts dafür. Es ist Darius.“ Cameron presste seine Hand auf eine Verbrennung an seinem Arm, entzog ihr die Hitze und ließ sie heilen, während er sich langsam vom ausgedörrten Boden erhob. Dabei beobachtete er besorgt Alessa und registrierte nur nebenbei, dass Caden sich um die in Brand geratenen Bäume kümmerte. Dem Feuer die Luft entzog und es auf diese Weise löschte.

Cameron zischte einen Fluch, als er sah, dass Alessa sich den ihrer Meinung nach schwächsten *Guardian* herauspickte und sich Cyril fauchend und mit gesenktem Kopf Schritt für Schritt näherte. Sein Neffe mochte zwar hin und wieder wie ein zu groß geratenes, verspieltes Kind wirken, aber er war ganz sicher nicht unerfahren oder schwach. Und dass sie ihm bei ihrer letzten Auseinandersetzung so zusetzen konnte, hatte nur daran gelegen, dass Cyril sich nicht ernsthaft zur Wehr gesetzt hatte.

*„Halt dich von ihrem Feuer fern, Cyril"*, wies Cameron ihn lautlos an, damit Alessa nichts mitbekam.

*„Genau das hatte ich vor. Will schließlich nicht gut durchgebraten enden wie du."* Cyril behielt Alessa im Auge, bewegte sich mit ihr und achtete auf die kleinste ihrer Bewegungen.

*„Dieses Mal ist es kein Spiel. Sie sieht in uns eine echte Bedrohung."*

*„Als wäre ich nicht auch schon darauf gekommen."* Er wich ihrem stachelbewehrten Schweif aus, mit dem sie auf seine Brust zielte, und versetzte ihr im Gegenzug einen schnellen kräftigen Schlag gegen die Flanke. Nur, dass er seine Stacheln nicht zum Einsatz brachte, um sie nicht zu verletzen. Alessa taumelte kurz, fing sich wieder und schoss eine Serie von Feuerbällen auf Cyril, die er mit einem rasch errichteten Schutzschild abwehrte. Die hellblau schimmernde Schutzbarriere vor seinem Körper flackerte bei jedem Treffer, hielt jedoch stand, was Alessa offenbar noch mehr reizte. Denn ihr Körper begann vor Anspannung zu zittern. Im nächsten Augenblick legte sich ein Flirren wie ein dünner Teppich auf ihren Leib, bevor Flammen daraus hervorbrachen und ihn vollständig bedeckten.

Sie hatte sich selbst in Brand gesetzt, um ihrem nächsten Angriff mehr Kraft zu verleihen. Und Cameron war sich ziemlich sicher, dass der Schutzschild einer weiteren Attacke nicht standhalten würde. Jedenfalls nicht, wenn er von nur einem *Guardian* aufrechterhalten wurde.

„Den Schild verstärken!", brüllte Cameron und rannte auf die *Guardian* zu, um sie zu unterstützen. Kurz bevor er bei ihnen ankam, hieb Alessa nach Cyril und durchschnitt mit der Daumenklaue dessen Barriere, so dass sie in sich zusammenfiel. Sein Neffe zog gerade noch rechtzeitig die Schulter zurück, bevor sie ihn erwischen konnte. Als sie mit einem gezielten Schwanzschlag nachsetzen wollte, krachte ihr Schweif gegen einen fünffach verstärkten Schild. Funken stoben in die Luft und sie wurde mit Macht zurückgeworfen. Die Flammen, die über ihren Körper züngelten, erloschen und Alessa schüttelte den Kopf, während sie sich taumelnd wieder aufrichtete. Offensichtlich wurde ihr bewusst, dass sie es nicht mit allen gleichzeitig aufnehmen konnte, und bewegte sich rückwärts von ihnen weg.

Cameron wusste, dass sie in diesem Moment nur noch einen Ausweg sah. Auch wenn er sie damit noch mehr gegen sich aufbringen würde, erschuf er mit seinem Willen ein magisches Netz und warf es über Alessa, um sie an einer Flucht zu hindern.

„Sie darf auf keinen Fall fliegen." Weitere Netze der anderen *Guardian* senkten sich über ihren Körper, ließen sie vor Wut fauchen und brüllen, während sie sich hin und her warf, um sie wieder abzuschütteln. „Schließt sie ein!", befahl Cameron und errichtete um Alessa einen kreisförmigen Schutzwall, der sich nach oben hin verjüngte und schloss. Unter einem kuppelartigen Gebilde mit mehreren Metern Durchmesser hielt er sie gefangen. Gerade noch rechtzeitig vereinten sie ihre Kräfte und verstärkten die Kuppel.

Alessa befreite sich von den Netzen und richtete sich zu ihrer vollen Größe auf. Flammen tanzten erneut über ihren Körper, während sie Cameron mit einem hasserfüllten Blick fixierte.

Sie spie einen Feuerstrahl in seine Richtung, der jedoch von der ‚Schutzglocke', unter der sie gefangen war, abperlte und auf verbrannte Erde fiel. Dass sie gegen die Barriere nichts ausrichten konnte, ließ sie nervös in ihrem Gefängnis herumwandern. Ihr Schweif zuckte unruhig hin und her, während sie von einem *Guardian* zum nächsten lief und jeden einzelnen eindringlich musterte.

Alessa fixierte Lorne mit ihrem Blick, reckte ihren Kopf in die Höhe, richtete sich auf und öffnete in einer Drohgebärde ihre Flügel. Ganz offensichtlich wollte sie die in zartem Himmelblau schimmernde Barriere schwächen, indem sie einen von ihnen einschüchterte. Und in Flammen stehend gab sie ein mehr als furchterregendes Bildnis ab.

Lorne mochte von ihr als Frau beeindruckt sein, aber als gestandener, erfahrener Krieger würde er niemals nachgeben. Dessen war Cameron sich sicher. Lorne wich keinen Millimeter zurück und erwiderte Alessas Blick ruhig, fast schon gelangweilt. Nicht ein Muskel an seinem massigen Drachenkörper zuckte, als Alessa ihn erst mit weit aufgerissenem Maul anbrüllte und schließlich sogar Feuer in seine Richtung spie, das wirkungslos an der Barriere abprallte.

Die *Guardian* hatten sich um die Kuppel verteilt, hielten sie aufrecht. Cameron ließ seinen Blick nacheinander über sie schweifen und trat entschlossen einen Schritt zurück. Drei von ihnen reichten aus, um Alessa und ihre Kräfte unter Verschluss zu halten.

„Und was hast du jetzt vor? Sollen wir es aussitzen, bis sie sich vielleicht beruhigt?“, wollte Caden von ihm wissen und stellte sich neben Cameron auf. „Momentan sieht es nämlich alles andere als danach aus, dass sie sich überhaupt beruhigen würde.“

„Genau das hat Darius bezweckt. Und nicht nur das. Ich glaube vielmehr, er wollte ihren Verstand gänzlich ausschalten, damit sie sich gegen jeden richtet, der ihren Weg kreuzt – ganz speziell natürlich gegen mich.“

„Sieht aus, als hätte er erreicht, was er wollte.“

„Nur zum Teil“, erwiderte Cameron überzeugt. „Ihr Verstand arbeitet noch immer hervorragend – wenn auch nicht zu unseren Gunsten.“

Caden beobachtete, wie Alessa in ihrem Gefängnis unruhig auf und ab lief, immer wieder jeden einzelnen *Guardian* musterte und nach einem Ausweg suchte. Von der unscheinbaren Barriere hielt sie sich jedoch wohlweislich fern. Hätte sie den Verstand verloren, dann hätte sie versucht, sich gegen die Barriere zu werfen, um sie mit Gewalt niederzureißen. Nur um herauszufinden, dass das nicht möglich war. Denn bei einem Angriff des Schutzwalls würde sie zu viel von ihren Kräften verlieren, die sie brauchte, um fliehen zu können. Also mied sie den direkten Kontakt. Wie Cameron gesagt hatte, arbeitete ihr Verstand tatsächlich noch hervorragend, nur leider gegen sie alle.

„Und was sollen wir jetzt tun?“, fragte Caden und wandte den Blick von Alessa zu seinem Bruder.

„Im Moment können wir nur warten und hoffen, dass sie sich beruhigt. Ich glaube kaum, dass ich zu ihr durchdringen kann, jedenfalls jetzt noch nicht.“ Ratlos fuhr Cameron sich mit einer Hand über das Gesicht und folgte weiterhin jeder von Alessas Bewegungen mit dem Blick. Zwar waren die Flammen, die ihren Körper bedeckten, kleiner geworden, aber sie waren nicht verschwunden – eine deutlich sichtbare Warnung. „Wenn wir sie gewaltsam überwältigen, haben wir hinterher eventuell eine schlimmere Situation als jetzt.“

„Weiter warten? Das könnte Tage dauern“, gab sein Bruder zu bedenken. Tage- und nächtelang hier ausharren und darauf warten, dass Alessa wieder zur Besinnung kam, würde für sie alle einen unglaublichen Kraftakt bedeuten.

„Ich hätte dich für schlauer gehalten, *Guardian*“, hallte es spöttisch aus dem Dickicht des Waldes zu ihnen herüber. Einen Augenblick später betrat Bowen die Lichtung, gefolgt von seinen Männern.

Instinktiv wandelten Cameron und Caden ihre Gestalt, sprangen dem Stammesführer der *Lejf* entgegen und versperrten ihm und seinem Gefolge den Weg zur Kuppel, unter der Alessa wegen der Neuankömmlinge aufgebracht fauchte und Feuer spie.

„*Verlasst sofort meine Ländereien!*“, verlangte Cameron herrisch und peitschte als Warnung mit seinem Schweif auf den Boden.

Bowen hob beschwichtigend die Hände. „Immer mit der Ruhe, Cameron. Ich bin nicht hier, um dich und deine Männer anzugreifen. Vielmehr will ich dir helfen.“

„*Du glaubst doch nicht ernsthaft, dass ich dir das abnehme?*“

„Glaub, was du willst. Aber frage dich eines: Wenn wir hier wären, um euch anzugreifen, wie groß wären eure Chancen, uns zu besiegen? Drei von euch sind damit beschäftigt, einen außer Kontrolle geratenen *Imperial Sway* unter Verschluss zu halten. Bleiben nur noch du und dein Bruder gegen sechs von uns. Also ... wie hoch schätzt du eure Chancen ein, gegen uns zu bestehen? Außer natürlich, deine Krieger lassen die Barriere fallen, eilen dir zu Hilfe und befreien damit einen Drachen, der in seinem jetzigen Zustand eine unbeschreibliche Verwüstung anrichten könnte.“

Bowen wusste nur zu gut um die Zwickmühle Bescheid, in der er sich befand, gestand Cameron sich ein. Und wenn er sie tatsächlich hätte angreifen wollen, wäre er nicht auf die Lichtung geschlendert wie bei einem Spaziergang über die eigenen Ländereien.

Cameron nahm seine menschliche Gestalt an und beobachtete wachsam das Mienenspiel seines Gegenübers. Bowen war 243 Jahre alt, auch wenn er in seiner menschlichen Gestalt nicht einen Tag älter als 30 aussah. Die blonden Haare trug er kurz geschnitten. Und wie alle männlichen *Lejf* besaß er eine zwar großgewachsene und muskulöse, aber keine massige Gestalt.

Als sein älterer Bruder Rayne vor über 20 Jahren freiwillig als Stammesoberhaupt zurückgetreten war und sich in das Höhlensystem zurückzog, hatte er dessen Platz eingenommen - wenn auch widerwillig. Trotzdem war er ein nicht zu unterschätzender Gegner, der seine Verantwortung ernst nahm und seinen Clan schützte, so gut es ihm möglich war.

„Wie willst du mir helfen?“

Bowen hob den Kopf, sog tief den Atem ein und ließ ein breites Lächeln sehen. „Wie ich mir gedacht habe. Ich kann sie überall an dir riechen. Du hast deinen Cousin ziemlich wütend gemacht, indem du seiner Braut … zu nahe getreten bist.“

„Das hat er mich schon sehr deutlich spüren lassen.“

Bowen blickte an Cameron vorbei zu Alessa, die sprungbereit auf dem Boden kauerte, ihn durch die Barriere hindurch mit den Augen fixierte und warnend anknurrte. „Eine echte Schönheit.“ Er hob den Kopf und sah fragend zu Cameron. „Ich kann mich nicht erinnern, dass ein *Sway* jemals dazu in der Lage gewesen wäre, sich selbst in Brand zu setzen.“

„Das konnten sie auch nicht.“ Er warf einen kurzen Blick über seine Schulter und musterte Alessa besorgt. „Sie kombiniert ihre Fähigkeiten und hat das Schild entzündet, mit dem ein *Imperial* unsichtbar wird.“

„Ich konnte es kaum glauben, als Shari mir davon erzählt hat. Dass sie im Wald über eine Frau gestolpert wäre, die nach *Guardian* riecht, aber Darius’ Zeichen trägt, und die obendrein auch noch ein *Imperial Sway* ist. Welcher Mann würde eine Frau allein durch die Gegend laufen lassen? Und vor allem … ausgerechnet *sie*. Oder bist du nicht in der Lage, deine hübsche Gefangene sicher zu verwahren?“

„Sie ist keine Gefangene.“ *Normalerweise nicht*, fügte Cameron in Gedanken hinzu. Er verschränkte die Arme vor der Brust und bedachte Bowen mit einem spöttischen Lächeln. „Und was ist mit Shari? Ihr erlaubt es euren Frauen also, sich außerhalb der Burgmauern und ohne Begleitung zu bewegen und sich damit in Gefahr zu bringen?“

Bowen zog eine Grimasse und knurrte: „Fordere mich nicht heraus, *Guardian*.“ Dann schüttelte er seine Verärgerung ab und zuckte mit den Schultern. „Shari wird in Zukunft keine Dummheiten mehr machen können. Ihr Vater hat ihr eine Eskorte verpasst, die sie auf Schritt und Tritt überwacht.“ Ein Schmunzeln zupfte an seinen Lippen, als er hinzufügte: „Du kannst dir sicher vorstellen, wie begeistert sie davon ist.“

„Ich habe eine ziemlich genaue Vorstellung.“

„Nun gut.“ Bowen stieß einen tiefen Seufzer aus und verlor sich in Alessas Betrachtung, die erneut unruhig in ihrem Gefängnis umherlief. Ihr nervöser Blick wanderte von ihren Gefängniswächtern zu den Neuankömmlingen, die sich in etwas Abstand um die Schutzkuppel herum verteilt hatten. „Dann mal zurück zu deinem Problem, das ganz schnell zu unser aller werden könnte, wenn wir nichts unternehmen."

„Was schlägst du vor?"

„Unsere Gesetze und Gepflogenheiten sind dir doch bekannt, oder?"

„Nur zu gut. Das solltest du wissen."

„Wenn es so wäre, würden du und deine Männer sich nicht in der jetzigen Situation befinden", erwiderte er mit einem spöttischen Grinsen.

„Worauf willst du hinaus?" Darius hatte zuerst Anspruch auf Alessa erhoben. Dagegen konnte er nicht viel unternehmen, eigentlich gar nichts. Wenn es eine einfache Lösung seines Problems gäbe, hätte er sie längst gefunden und auch genutzt.

„Du musst ebenfalls Anspruch auf sie erheben."

„Das ist Unsinn. Damit erreiche ich gar nichts."

Bowen schob sich an Cameron vorbei, trat näher an die Barriere heran und erwiderte ruhig Alessas unsteten Blick. „Woher willst du das wissen? Hast du einen Beweis aus erster Hand, dass es *nicht* funktionieren würde?"

„Hast du denn einen, der das Gegenteil beweist?"

„Nein, das nicht. Aber solange die Zeremonie nicht vollzogen ist, ist nichts tatsächlich endgültig. Und nur, weil es bisher keiner versucht hat, heißt es nicht, dass es nicht funktionieren würde." Er trat zurück und sah Cameron direkt an. „Du hast eine Verbindung zu ihr geknüpft, die er nicht hat – glaube ich zumindest. *Das* in Verbindung mit einem zweiten Anspruch könnte dir vielleicht genug Macht über sie verschaffen, ihr zu helfen und Darius auszubremsen."

„Du meinst …?" Wenn Bowens Theorie stimmte, dann müsste er so viel Einfluss auf sie haben können, dass er ihre Kräfte lenken und abdämpfen konnte, wenn sie allein es nicht vermochte.

„Wie sicher bist du dir, dass Darius nur den Erstanspruch auf sie erhoben hat und zwischen den beiden nicht noch mehr war?"

„Absolut sicher", erwiderte Cameron mit fester Stimme.

Mit einem anzüglichen Grinsen nickte der *Lejf* verstehend. „Na, das erklärt natürlich seinen unbändigen Hass auf dich."

„Er hat mich schon immer gehasst."

„Nicht so sehr wie im Moment, Cameron. Und er lässt es dich durch sie spüren."

Gemeinsam mit Bowen beobachtete Cameron, wie Alessa den Blickkontakt abbrach und sich von der Schutzbarriere zurückzog. Die Flammen züngelten nicht mehr wild über ihren Körper, sondern waren nur noch ganz schwach erkennbar. Sie wirkte etwas ruhiger. Aber er wusste, dass der Schein trog. Vielmehr vermutete er, sie würde jeden Moment zum Angriff übergehen. Auch wenn er sich nicht vorstellen konnte, wie sie die Barriere durchdringen wollte.

## 21. Kapitel

*Warden-Gebiet*

Alessa versuchte die Neuankömmlinge einzuschätzen. Sie spürte mehr, als dass sie es wusste, dass sie wie Garwin dem Stamm der *Lejf* angehörten. Und das hieß, sie konnten sich in alles Mögliche verwandeln. Noch griffen sie die *Guardian* nicht an. Aber wie lange würde das so bleiben? Sehr wahrscheinlich täuschten sie das friedliche Miteinander nur vor, um sie abzulenken. Denn die Anspannung ihrer Gefängniswärter war nicht zu übersehen gewesen, als die anderen eingetroffen waren. Sicherlich war es nur eine Frage der Zeit, bis es zu einer blutigen Auseinandersetzung kam – wegen ihr.

Wenn sie doch nur ein Wort von dem verstehen würde, was außerhalb dieser verdammten Kuppel gesagt wurde. Damit sie wusste, was sie planten. Ob sie sich gerade gegenseitig den Krieg erklärten, bei dem sie die Trophäe für den Sieger darstellen sollte? Aber durch den unscheinbaren Schutzwall drang so gut wie nichts von dem Gespräch zu ihr durch, als wären ihre Ohren mit Watte vollgestopft.

Alessa zog sich in die Mitte der Schutzglocke zurück, kauerte sich auf dem Boden zusammen und ließ ihren Blick argwöhnisch von einem ihrer Wächter zum nächsten wandern. Irgendwie musste sie wenigstens einen davon überzeugen, sich gegen die anderen zu wenden und sie so zu befreien.

Ihr Blick verweilte auf Ayryn. In deren dunklen Augen spiegelte sich nicht mehr nur die Entschlossenheit wider, sie unter dieser Glocke gefangen zu halten, sondern auch Mitleid und Bedauern.

Endlich hatte Alessa den gesuchten Schwachpunkt gefunden, an dem sie ansetzen konnte. Sie konzentrierte sich auf die andere Frau, suchte und fand eine Verbindung zu ihr.

*„Lass mich frei"*, bat Alessa, ohne den Blickkontakt abzubrechen. *„Siehst du nicht, was geschieht?"*

*„Es tut mir leid, Alessa. Ich kann nicht. Im Moment bist du eine Gefahr für dich selbst und jeden anderen."*

*„Ihr und eure Gier nach Macht macht mich dazu."*

*„Nein. Wir versuchen nur, dir zu helfen."*

*„Indem ihr was tut? Darum kämpft, in wessen Besitz ich übergehe? Willst du, dass der Krieg erneut ausbricht? Und das nur wegen mir?“*

*„Wir haben lange genug gelitten. Niemand von uns will, dass der Krieg wieder aufflammt.“*

*„Und das glaubst du wirklich?“* Alessa stieß ein spöttisch Lachen aus und sorgte dafür, dass es in Ayryns Kopf in einer Dauerschleife widerhallte. *„Sieh sie dir doch an. Was tun sie gerade? Zwei Feinde diskutieren darüber, wie sie mich gemeinsam in die Knie zwingen können. Und was kommt danach, sobald sie es geschafft haben? Fallen sie dann übereinander her, wie in den letzten Jahrhunderten?“*

*„Nein.“*

*„Was macht dich so sicher? Ein Versprechen? Die werden schneller gebrochen, als du blinzeln kannst.“*

*„Nein! Nicht dieses Mal.“*

*„Würdest du dein Leben darauf verwetten? Oder besser … Cadens Leben und das deines Sohnes?“*

*„Alessa!“*

*„Sag es mir!“* Sie übte weiter Druck auf Ayryn aus und sah in ihren Augen, wie der Widerstand bröckelte. Gemächlich stand sie auf, lief mit geschmeidigen Bewegungen auf Ayryn zu und blieb kurz vor der schimmernden Schutzbarriere stehen. Alessa neigte den Kopf zur Seite und fragte sanft: *„Würdest du es tun?“*

Cameron zischte einen derben Fluch, als er das kaum merkliche Flackern der Schutzbarriere wahrnahm. Sein Blick huschte zu Alessa, die in diesem Augenblick aufstand und mit katzenhafter Geschmeidigkeit auf Ayryn zulief, ohne seine Schwägerin aus den Augen zu lassen.

„Caden!“ Er rief seinem Bruder eine Warnung zu und rannte um die Kuppel herum. Was immer Alessa zu Ayryn sagte, es wirkte. Denn die Frau seines Bruders machte einen vollkommen verunsicherten Eindruck, was untypisch für sie war.

Kurz bevor Cameron und Caden Ayryn erreichten, löste sich der Schutzwall vor ihr auf und bildete ein Loch, durch das ein Feuerball nach außen drang. Ayryn wurde zurückgeschleudert und blieb reglos liegen. Caden verwandelte sich brüllend in einen Drachen und warf sich schützend über seine Gefährtin, um sie vor weiteren Flammen zu schützen, während Cameron ein magisches Netz vor den Ausgang schleuderte. Alessa durfte sich nicht befreien, nicht in diesem verwirrten Zustand, der ihre Aggressivität noch anstachelte.

Mit ihrem wütenden Fauchen schossen gleichzeitig die Flammen auf ihrem Körper erneut in die Höhe. Sie riss das Netz vom Ausgang weg und drängte sich durch die Öffnung. Der Schutzwall brach in sich zusammen, Lorne und Cyril wichen ein Stück zurück und Cameron sprang vor, ehe Alessa flüchten konnte. Mitten im Sprung wandelte er seine Gestalt und knallte mit voller Wucht in ihre Flanke, so dass sie von den Füßen gerissen wurde. Er rollte mit ihr herum, versuchte sie im Nacken zu packen, aber sie rammte ihm ihren stachelbewehrten Schwanz in die Seite, riss seine schuppige Haut auf und schüttelte ihn ab.

*„Alessa, beruhige dich! Niemand von uns will dir etwas tun"*, redete Cameron eindringlich auf sie ein, um sie zur Vernunft zu bringen. Er rappelte sich vom Boden auf, biss die Kiefer aufeinander und ignorierte den beißenden Schmerz in seiner Seite. Als sie herumwirbelte und ihn erneut attackierte, sprang er rasch beiseite.

*„Lügner!"*

*„Ich belüge dich nicht. Was immer Darius dir gezeigt hat, ist falsch."*

*„Ist es das? Würdet ihr euch etwa nicht gegenseitig zerfleischen, nur um mich zu bekommen? So, wie ihr es schon einmal getan habt? Um an den Thron zu kommen, der jedem Einzelnen von euch noch mehr Macht verleiht? Macht über alles und jeden."*

*„Das ist Darius' Ziel, nicht meins. Und auch nicht das der anderen. Alles, was wir wollen, ist Frieden. Den du uns allein damit gewährst, dass du hier bist."*

*„Nein!"*

Sie schoss eine schnelle Folge von Feuerbällen auf ihn. Mit dem ersten traf sie ihn gegen die Brust, die restlichen landeten in einer dichten Wand aus Ranken, die sich innerhalb eines Wimpernschlags aus dem Boden nach oben schob und Cameron abschirmte.

Alessa fuhr herum und kniff die Augen zusammen, als sie Bowen entdeckte, der eine Hand flach auf den Boden drückte, ohne den Blick von ihr zu wenden. *Verdammter Lejf!*

Immer mehr und mehr Ranken schossen aus dem Boden, wanden sich um ihre Hinterläufe und ihren Schweif, um sie davon abzuhalten, ihn nochmals zum Einsatz zu bringen oder zu fliehen. Dieser Angriff konnte nicht allein von einem einzigen *Lejf* stammen. Hastig sah sie sich um und fauchte frustriert. Jeder einzelne von ihnen war in die Hocke gegangen und hielt eine Hand auf den Boden gepresst. Und dabei hielten sie wohlweislich Abstand von ihr, damit sie nicht nach ihnen schnappen konnte.

Alessa biss in die Ranken, zerquetschte sie zwischen ihren mächtigen Kiefern und riss sie aus dem Boden. Sobald sie einen Fuß befreit hatte, trat sie auf die nachwachsenden Schlingen, spie Feuer und verbrannte sie, bevor sie groß genug waren, um sich um sie zu winden.

Sie kämpfte die aufsteigende Panik nieder, als ein himmelblau schimmerndes Netz sich über ihren Körper herabsenkte. Auf keinen Fall durften sie sie auf den Boden zwingen, sonst hatte sie verloren.

Alessa drehte den Kopf, schnappte nach dem Netz, bevor es sich komplett über ihren Körper legen konnte, und schleuderte es in Richtung von drei *Lejf*, die dicht beieinander hockten, und pinnte sie damit auf den Boden. Zwei weitere lenkte sie mit einer Feuerfontäne ab.

Um von den flüssigen Flammen nicht getroffen zu werden, errichteten sie einen pflanzlichen Baldachin über ihren Köpfen und waren für den Moment abgelenkt. Zischend fraß sich Alessas Feuer durch ihren Schutz, so dass sie ihn immer und immer wieder verstärken oder flüchten mussten.

*Noch zwei!* Sie biss die Ranken um ihren anderen Fuß durch, riss ihren Schwanz los und wirbelte herum. Der *Lejf*, der sich am nächsten zu ihr befand, sah sie überrascht an, hechtete zur Seite, rollte sich ab und sprang als Sumpfmonster, in das auch Garwin sich schon verwandelt hatte, wieder auf. Trotz seiner massigen Gestalt war er unglaublich schnell, was wahrscheinlich der Grund war, warum er ausgerechnet diese Gestalt ausgesucht hatte.

Alessa jagte hinter ihm her, schnappte nach seinem Hintern und hätte ihn fast erwischt. Als er in ein Gebüsch sprang, schickte sie ihm einen Feuerball hinterher. Sie musste ihn getroffen haben, denn er stieß einen gellenden Schmerzensschrei aus. Einen Augenblick später kam er wie ein Projektil aus dem Gebüsch herausgeschossen, rannte laut fluchend an ihr vorbei auf den See zu. Perplex sah Alessa ihm hinterher, wie er mit einer Hand am Hintern ins Wasser sprang. Ein fataler Fehler.

Gleich drei Drachen hatten sich ihr genähert. Sie waren kaum mehr zwei Meter von ihr entfernt – viel zu nah.

Der *Lejf* schlang seinen Schweif um ihr Maul, riss Alessas Kopf nach unten und verstärkte seine Fessel mit Ranken, die sich um ihren Kopf und Hals wanden. Cameron warf sich auf ihren Rücken, drückte sie flach auf den Boden und Lorne hielt ihren Schwanz unbeweglich.

*„Verwandle dich zurück. Jetzt!“*, Camerons Stimme klang selbst in ihrem Kopf gepresst und atemlos.

Alessa stieß ein Grollen aus und wollte ihm eine ganze Reihe von Beleidigungen an den Kopf werfen, als sie einen vertrauten Geruch wahrnahm. Frisch und ungemein beruhigend strich er über sie hinweg, nahm die Anspannung aus ihrem bebenden Körper und die brennende Wut aus ihren Gedanken. *Garwin.*

Er war hier. Ganz in der Nähe. Ihre Gedanken hörten auf durcheinanderzuwirbeln und eine befriedigende Ruhe nahm von ihr Besitz. Alessa schloss die Augen, ein Zittern überlief ihren Körper und die Flammen erloschen, als sie ihre menschliche Gestalt wieder annahm.

Sie spürte, wie er näher kam und sich neben sie kniete, auch wenn sie den Kopf nicht zur anderen Seite drehen konnte, um ihn tatsächlich zu sehen. Er strich ihr sanft die wirren Haare aus dem Gesicht und flüsterte kaum verständlich ihren Namen. Behutsam legten sich seine Fingerspitzen auf ihre Schläfe und ein leichtes Lächeln umspielte ihre Lippen. Kurz bevor sie einschlief, murmelte sie leise: „Ich habe dich vermisst, Garwin.“

## 22. Kapitel

*Warden-Gebiet*

„Du hast mehr als 20 Jahre in dieser vermaledeiten Höhle gehockt und gewusst, dass er noch lebt? Und du wusstest, dass es *sie* gibt?“ Aufgebracht wies Bowen auf Alessa, die Cameron in Kleidung gehüllt hatte und die jetzt friedlich auf einer ausgebreiteten Decke schlief. Bis auf den aufgewühlten, verbrannten Boden wies nichts mehr auf ihre Auseinandersetzung hin. „Warum hast du nicht ein verdammtes Wort darüber verloren?“

„Ich hielt es damals für die richtige Entscheidung.“

„Deinen Sohn aufzugeben? Deinen *einzigen* Sohn und meinen Neffen.“

„Denkst du, ich habe die Entscheidung leichtfertig getroffen?“ Raynes Blick wanderte zu Alessa. „Aber sie musste in Sicherheit gebracht werden. Sonst wäre über den Streit, wer sie in seine Obhut nimmt, der Krieg eskaliert. Sie brauchte jemanden an ihrer Seite. Und ich konnte dieser Jemand nicht sein. So sehr ich es mir auch gewünscht habe, bei Garwin und ihr zu bleiben.“

„Himmel …“, Bowen raufte sich die Haare, „… bei der Asche unserer Eltern. Ich bin gerade so sauer auf dich, dass ich dich am liebsten ohne Umwege zu ihnen schicken möchte. Hast du eine Ahnung, was ich in den letzten Jahren durchgemacht habe, nachdem du dich still und heimlich aus der Verantwortung für den Clan gezogen hast?“

„Das Gleiche, das ich mehr als 120 Jahre lang davor durchgemacht habe.“ Rayne lächelte leicht, etwas das er seit dem Verlust seiner Gefährtin äußerst selten getan hatte. Aber es gab einen Grund, sich zu freuen. Denn sein Sohn befand sich in greifbarer Nähe. Es war nur noch eine Frage der Zeit, bis er ihn wiedersah und in die Arme schließen konnte. Und dann gab es auch noch Alessa, die in ihre Heimat zurückgekehrt war. Ihre Situation konnte sich nur noch zum Besseren wenden.

Cameron sah von Rayne zu Bowen. „Auch wenn ich – egal mit wem von euch beiden - nur selten einer Meinung bin, aber Rayne hat das Richtige getan. Zum damaligen Zeitpunkt war es das Richtige. Denn wir hätten uns um sie gestritten, uns gegenseitig noch härter bekämpft. Viel wichtiger ist doch, dass sie *jetzt* wieder hier sind." Er sah zurück zu Rayne. Der ehemalige Stammesführer der *Lejf* hatte fast als tot gegolten. Weil er in seiner Höhle fast nur noch geschlafen und sich geweigert hatte, seine menschliche Gestalt anzunehmen. „Alessa und dein Sohn."

„Ja." Bowen schnaufte abfällig. „Garwin, den Darius in seiner Gewalt hat. Ganz toller Schachzug, den du dir da ausgedacht hast, Bruder."

„Ich werde ihn ganz sicher nicht bei den *Mageia* lassen."

„So, wie du ihn nicht in der anderen Welt lassen wolltest?"

„Es reicht!" Cameron trat zwischen die beiden Brüder. Er hatte genug von dem Gekeife, das keinen von ihnen voranbrachte. „Vorwürfe bringen überhaupt nichts. Wir müssen das Beste aus unserer jetzigen Situation machen, die Vergangenheit liegt hinter uns. Und genau dort sollte sie auch bleiben. Weil wir uns ganz sicher nicht mit ihr rühmen können."

„Was schlägst du also vor?" Bowen sah bedeutungsvoll von Rayne zu Alessa. „Sie wecken, damit sie herausfindet, dass eben nicht Garwin es war, den sie gespürt hat? So eng, wie ihre Verbindung zu meinem Neffen ist, wird sie sich von Rayne getäuscht fühlen. Dann bricht innerhalb von Augenblicken wieder die Hölle los."

„Niemand kann sie in den nächsten Stunden wecken. Vielleicht sogar nicht einmal für einen ganzen Tag." Rayne schüttelte den Kopf und betrachtet Alessa mit einem besorgten Blick. Sie war emotional vollkommen erschöpft gewesen, so dass sie seinen Kräften nichts mehr entgegenzusetzen hatte und er sie in einen tiefen Schlaf versetzen konnte. „Was nach den Bildern, die Darius ihr gezeigt hat, auch besser ist." Der kurze Blick, den er auf die Bilder in ihrem Kopf erhascht hatte, hatte selbst ihn als gestandenen Krieger zutiefst erschüttert. „Sie braucht die Ruhe eines traumlosen Schlafs, um zu verarbeiten, was sie gesehen hat. Und um zu erkennen, dass es nichts als Trugbilder waren." Er wandte sich wieder Cameron zu, neigte leicht den Kopf und musterte ihn abschätzend. „Für 200 Jahre waren die *Lejf* und die *Guardian* einander feindlich gesinnt. Euch Seite an Seite kämpfen zu sehen und nicht mehr gegeneinander, war ein ergreifender Anblick. Auch wenn es darum ging, Alessa in die Knie zu zwingen."

„Für diese Hilfe stehe ich in eurer Schuld. Ohne euch …", Camerons Augen schweiften zu dem *Lejf*, dem Alessa erst beinahe den Hintern abgebissen hätte, bevor sie ihn versengt hatte. Er lief vor sich hin fluchend im See auf und ab, um seiner Kehrseite Kühlung zu verschaffen, was Cameron ein leises Lachen entlockte. „Oder besser … ohne eure Ärsche, die ihr als Zielscheiben zur Verfügung gestellt habt, hätten wir noch einige Zeit länger gebraucht, um sie zu bändigen."

„Einer von euch wird doch seine Schmerzen lindern? Und das hoffentlich bald, sein Gejammer ist nicht zum Aushalten." Bowen verdrehte die Augen gen Himmel und schüttelte den Kopf.

Cameron nickte schmunzelnd und sah sich nach Cyril um, der neben seiner Mutter auf dem Boden hockte. Der Feuerball hatte Ayryn glücklicherweise nicht verletzt. Aber sie sah reichlich zerzaust aus, blinzelte immer wieder und wirkte etwas desorientiert. „Kümmere dich um den gebratenen *Lejf,* Cyril."

„Du willst, dass ich ihm an den *Arsch* fasse?"

„Genau da hat Alessa ihn erwischt. Also ja, fass ihm an den Arsch, damit er aufhört zu jaulen wie eine ganze Wagenladung Wölfe."

„Das meinst du nicht ernst?"

Cameron maß Cyril mit hartem Blick, den sein Neffe mit verkniffener Miene erwiderte. „Und ob ich das ernst meine."

„Schon in Ordnung." Ayryn tätschelte ihrem Sohn mit einem breiten Grinsen beruhigend den Arm und schickte sich an, sich vom Boden hochzustemmen. „Das klingt viel eher nach einer Aufgabe für mich."

„Nichts da! Du wirst keinem Kerl an den Arsch fassen, außer mir", empörte sich Caden und drückte Ayryn zurück in eine sitzende Position. Dann verpasste er seinem Sohn einen kräftigen Klaps gegen den Hinterkopf. „Beweg dich."

Cyril rieb sich murrend den Kopf, während er zum Ufer des Sees lief. Er winkte den *Lejf* aus dem Wasser, linderte dessen Schmerzen und ließ die Verletzung abheilen. Dass der Mann vor Erleichterung laut aufseufzte, ließ Cyril wütend knurrend herumfahren und in die Runde starren. „Wenn auch nur einer von euch es wagen sollte, darüber Witze zu reißen, dann …"

„Keine Sorge." Cameron winkte ab. „Für dich wird sich ohnehin niemals eine Frau ernsthaft interessieren. Also lohnt es sich nicht einmal, Witze darüber zu reißen, wie du ihm sanft über den Allerwertesten gestreichelt hast."

„Habe ich nicht …"

„Sah aber so aus“, erwiderte er mit ernster Miene und ignorierte Bowens leises Lachen hinter sich. „Und es hat sich auch danach angehört.“

Cyril stapfte auf seinen Onkel zu, starrte ihn einen Augenblick lang giftig an und lief dann wortlos weiter in Richtung Wald. Dafür sprachen seine ruckartigen Bewegungen und der staksige Gang Bände. Wütend schlug er einen Ast beiseite und verschwand im Unterholz.

Cameron nickte Rayne und Bowen zum Abschied zu und wandte sich zu Alessa um. Sie mussten in die Festung zurückkehren. Es galt die Frau, die er liebte, von sich und seinen ehrlichen Absichten zu überzeugen und Anspruch auf sie zu erheben. Und es mussten Pläne geschmiedet werden, um einen Verbündeten zu befreien, den er für einen Rivalen gehalten hatte.

## 23. Kapitel

*Warden Castle*

Alessa schlug die Augen auf und beobachtete durch das offene Fenster, wie die Sonne am Horizont herabsank und von der Abenddämmerung abgelöst wurde. Wie viele Stunden hatte sie geschlafen? Als sie mit Cameron zusammen gewesen war, war es Nachmittag gewesen. Sie runzelte die Stirn, setzte sich auf und rieb sich mit den Fingerspitzen über die Stirn, während sie sich zu erinnern versuchte, wie sie in ihr Zimmer gekommen war.

Stück für Stück lichtete sich der Schleier, der über ihren Erinnerungen lag. Ein eisiger Schauer überlief ihren Körper, als die Bilder zurückkehrten. Jene, die Darius ihr geschickt hatte. Brutale Bilder einer erbarmungslosen Schlacht mit unzähligen Opfern. Unschuldigen Opfern. Von einem kleinen blonden Mädchen, das sich weinend an ihrer sterbenden Mutter festklammerte. Blankes Entsetzen stand in ihrem Gesicht, als ein blutverschmierter Drachenschwanz auf sie zusauste. Das Mädchen wurde mitten ins Schlachtgetümmel geschleudert und ihr schmächtiger Körper unter dutzenden Drachenklauen zermalmt.

Schmerz und Angst flammten erneut in Alessa auf und jagten heiße Schauer durch ihren Körper. Aber sie vernebelten nicht ihren Verstand, so dass sie Kontrolle verlor.

Ein gequältes Stöhnen entrang sich ihrer Kehle, als sie daran dachte, dass sie sich durch Darius dazu hatte verleiten lassen, genauso zu handeln wie die Drachen, die sich mit Zähnen und Klauen rücksichtslos bekämpft hatten. Dass sie selbst sich gegen alles und jeden gerichtet hatte, sogar getötet hätte, wenn sie eine Chance dazu bekommen hätte.

Sie zog die Decke vom Bett und schlang sie um ihren Körper, weil ein eiskalter Schauer über ihren Rücken lief und sie zittern ließ. *Cameron*. Ihre Augen schwammen in Tränen, als sie an ihn dachte. Er hatte gebrannt, gelitten und sie trotzdem nicht aufgegeben. War die ganze Zeit über bei ihr geblieben und hatte versucht ihr zu helfen, obwohl sie eine unberechenbare Gefahr dargestellt hatte.

Tat sie das noch immer? Wann würde Darius den nächsten Versuch unternehmen, sie zu manipulieren? Und würde sie es beim nächsten Mal erkennen oder ihm erneut Glauben schenken und sich gegen alles und jeden in ihrer Nähe richten?

Die Tür zu ihrem Zimmer öffnete sich mit einem leisen Knarren und riss Alessa aus ihren Gedanken. Auch ohne sich umzusehen, wusste sie, dass Cameron den Raum betrat. Sein herber, würziger und unverwechselbarer Geruch stieg ihr in die Nase. Sie wagte es nicht, sich umzudrehen. Zu groß war die Furcht vor dem, was sie in seinen Augen sehen würde. Enttäuschung, Sorge, vielleicht Distanziertheit oder … Angst?

Plätscherndes Wasser zog ihre Aufmerksamkeit auf sich, sie warf einen raschen Blick über ihre Schulter und vermied dabei den Blick in Camerons Gesicht. Er füllte einen Eimer Wasser in einen großen Waschzuber ein, der am Tag zuvor noch nicht dagewesen war. Ebenso wenig wie die dicken Teppiche auf dem Boden und die kleine Sitzgruppe mit Tisch und die zwei bequem wirkenden Sessel in der Ecke, wo der Spiegel gestanden hatte. Warum war das Zimmer neu eingerichtet worden? Und wann?

Als Cameron den zweiten Eimer auf dem Boden abstellte und sich aufrichtete, wandte sie den Blick hastig wieder ab und sah erneut aus dem Fenster.

„Alessa?“

Ihr Rücken versteifte sich noch mehr, so dass sie das Gefühl hatte, sie hätte einen Stock verschluckt, der beim geringsten Nachgeben brechen würde. Angespannt lauschte sie auf seine Schritte.

Camerons Blick wanderte von ihrer Hand, mit der sie verkrampft die Decke vor ihrer Brust zusammenhielt, zu ihrem Gesicht. Sie weigerte sich ihn anzusehen und sah mit starrem Blick aus dem Fenster. Alessa hatte nie zuvor so verloren und verunsichert gewirkt wie in diesem Moment. Die mutige, selbstbewusste Frau, die ihm - wann immer sich ihr die Möglichkeit dazu ergab – die Stirn bot, hatte sich in sich selbst zurückgezogen und hielt sich aus Furcht versteckt. Und er wollte sie zurück. Nie hatte er sich lebendiger gefühlt als in den Momenten, in denen sie bei ihm war. Alles in ihm sehnte sich nach der Frau, die zu einer aufmüpfigen kleinen Furie werden konnte, wenn etwas nicht nach ihren Wünschen lief. Er liebte es, sie aus ihr hervorzukitzeln.

Vorsichtig setzte er sich neben Alessa auf das Bett und achtete darauf, ihr nicht zu nahe zu kommen, damit sie sich nicht noch mehr von ihm zurückzog.

„Alessa?“

Statt einer Antwort wandte sie den Kopf zur Seite. Eine zurückweisende Geste, die ihn normalerweise verärgert hätte. Aber die Scham und Verunsicherung in ihrer Miene war ihm nicht verborgen geblieben. Irgendwie musste er sie aus der Reserve locken, damit sie sich ihm wieder öffnete. Ein leichtes Lächeln umspielte sein Mundwinkel, als ihm eine Idee kam.

„Ayryn besteht auf den ersten Angriff bei eurem nächsten Training - für den Feuerball, den du auf sie geschleudert hast.“

Alessa riss den Kopf herum und sah ihn mit großen Augen an. „Geht es ihr gut?“

„Sie sah für eine Weile etwas derangiert aus, aber sie ist eine *Guardian*.“ Er zwinkerte ihr verschmitzt zu. „Wir sind geborene Kämpfer und unglaublich zäh. Was man von den *Lejf* nicht unbedingt behaupten kann.“ Er verdrehte die Augen gen Decke, schüttelte den Kopf und seufzte hörbar. „Der Kerl, dem du den Arsch versengt hast, hat gejammert wie eine Horde Banshees.“

„Aber ihm geht es wieder gut? Du hast ihn geheilt?“

Sein Lächeln nahm einen gemeinen Zug an. „Diese Aufgabe habe ich Cyril überlassen. Du glaubst gar nicht, wie sehr er sich darüber gefreut hat, ihm an den Arsch fassen zu dürfen.“

„Will er beim nächsten Training auch den ersten Schlag?“ Allmählich gab Alessa ihre abwehrende Haltung auf, hielt die Decke nicht mehr so fest, als würde es um ihr Leben gehen.

„Keine Ahnung. Er versteckt sich seit gestern und schmollt wie ein kleines Kind.“

„Gestern?“, fragte sie und blinzelte verwirrt.

Cameron legte ihr behutsam eine Hand auf die Wange und strich mit dem Daumen über ihre volle Unterlippe. „Du hast einen ganzen Tag geschlafen. Rayne hat dich schlafen lassen.“

„Rayne? Nicht Garwin?“ Enttäuschung zeigte sich in ihren Augen, als er mit einem Nicken bestätigte, dass ihr Freund sich nicht aus dem Verlies hatte befreien können, sondern sein Vater es gewesen war, den sie gespürt hatte.

„Er hielt es für das Beste, nachdem Darius dir all diese Trugbilder gezeigt hat.“

„Die mich in einen verrückten Feuerspeier verwandelt haben.“

„Es war nicht deine Schuld. Sie wären an niemandem spurlos vorübergegangen. So heftig deine Reaktion auch ausgefallen ist, sie war normal und nichts, wofür du dich in irgendeiner Weise schämen müsstest.“

„Aber ich habe andere verletzt, unschuldige Menschen … Drachen.“

„Du hast viel mehr als das getan.“ Als sie erschrocken nach Luft schnappte, lächelte Cameron beruhigend. „Du hast innerhalb kürzester Zeit zwei verfeindete Clans dazu gebracht, als Verbündete zusammenzuarbeiten. Auch wenn der Krieg seit Jahren ruht, wir haben es die ganze Zeit nicht geschafft, unsere Differenzen endgültig zu begraben und sind Feinde geblieben. Aber kaum bist du hier, ändert sich alles. Verstehst du, was ich dir damit sagen will?“

„Und wer garantiert, dass es dabei bleibt? Was, wenn …“

„Nein. Das wird ganz sicher nicht noch einmal passieren. Wir haben aus unseren Fehlern gelernt, weil wir so lange gelitten haben – mehrere Lebensspannen eines Menschen. Niemand wird das Schicksal erneut auf diese Weise herausfordern, wie wir es getan haben.“

Alessa schmiegte ihre Wange in seine Handfläche und schloss die Augen. „Es wäre zu schön, wenn das stimmt. Aber Darius, sein Anspruch auf mich und sein Einfluss, den er auf meine Gedanken ausüben kann, selbst wenn ich mich vor seinem Zugriff schütze … er könnte mich dazu benutzen, dass ihr wieder zu Feinden werdet.“

„Ich werde alles in meiner Macht Stehende tun, um das zu verhindern.“ Cameron strich mit den Fingerspitzen über ihren Hals, die Schulter und den Arm hinab zu ihrer Hand. Dann verschränkte er seine Finger mit ihren, betrachtete kurz das verschlungene Rankenmuster, das sich um ihren Unterarm wand, und presste ihre beiden Hände sanft gegen seine nackte Brust. Direkt über die Stelle, unter der sein Herz kräftig pochte.

Alessa sah verwirrt von ihren ineinander verschlungenen Fingern in sein Gesicht. Als sie seine beinah feierliche Miene bemerkte, runzelte sie die Stirn. „Cameron?“

„Es gibt vielleicht eine Möglichkeit, Darius’ Einfluss auf dich abzuschwächen.“

„Und die wäre?“, fragte sie neugierig. Was immer es war, wovon Cameron sprach, sie würde zustimmen. Denn sie wollte niemals wieder Darius in ihrem Kopf fühlen, seinen unbändigen Hass, der sie zu verschlingen drohte.

„Wenn ich ebenfalls Anspruch auf dich erheben würde."

„Heißt das, du bittest mich um Erlaubnis, Anspruch auf mich erheben zu dürfen? Du tust es nicht gegen meinen Willen?"

„Genau das, Alessa."

„Verstößt das nicht gegen irgendwelche Drachengesetze, wenn die Frau vorher gefragt und nicht einfach überrannt wird?" Ihr Mund verzog sich zu einem verschmitzten Lächeln, das endlich auch ihre Augen erreichte und sie strahlen ließ.

„Nein. Dafür gibt es kein Gesetz." Cameron sah sie mit hochgezogenen Augenbrauen an und wartete auf ihre Antwort. Wenn auch ungeduldig, denn mit jeder Sekunde, die verstrich, wurde er nervöser. Was, wenn er sich geirrt hatte und sie ihn nicht so sehr wollte wie er sie? Was, wenn …

„Ja. Ich möchte, dass du Anspruch auf mich erhebst."

Er stieß erleichtert den Atem aus, von dem er nicht einmal mitbekommen hatte, dass er ihn vor Anspannung angehalten hatte. „Mit der Antwort hast du dir jetzt aber reichlich Zeit gelassen", murmelte er vorwurfsvoll.

„Wie bitte?"

„Die alte Methode gefällt mir eindeutig besser."

„Wenigstens bist du ehrlich." Sie kicherte vergnügt. Dann schob Alessa ihm eine Hand in den Nacken, zog seinen Kopf zu sich und strich verführerisch mit ihren Lippen über seinen Mund. „Und jetzt erhebe Anspruch auf mich, bevor ich es mir noch einmal anders überlege."

Sein Blick verhakte sich mit ihrem, so tief, dass sie glaubte, er würde die Tiefe ihrer Seele ergründen. Ihr Herz setzte für einen Schlag aus, nur um im nächsten Augenblick hektisch weiterzupochen. Und als er die rituellen Worte sprach, breitete sich ein angenehmes Kribbeln auf ihrer Handfläche aus. „Ich, Eyben Cameron Warden, Oberhaupt des Stammes der *Guardian,* erhebe Anspruch auf dich, Alessa Martin, Nachfahrin des Stammes der *Sway* und *Imperial*. Deinen Körper und deine Seele binde ich an mich, solange ich auf dieser Welt existiere. Du gehörst mir!"

Das Kribbeln wuchs an zu einem Prickeln und Alessa sah auf ihre verschlungenen Hände. Blaue Ranken schlängelten sich um ihr Handgelenk und ihren Unterarm und drängten sich zwischen Darius' schwarze und ihre roten und goldenen Zeichnungen.

Sie hob den Kopf, schmunzelte und zog eine Augenbraue hoch. „Und das war's? Oder kommt noch etwas?"

„Fehlt nur noch das rituelle Opfer."

„*Opfer?*", quietschte Alessa, riss erschrocken die Augen auf und zerrte ihre Hand aus seiner Umklammerung. Ihre geschockte Miene entlockte Cameron ein leises Lachen. Er umfasste mit beiden Händen ihr Gesicht und eroberte ihre Lippen mit einem stürmischen Kuss.

„Das *Opfer* wird dir gefallen", versprach er ihr und drückte sie rückwärts auf die Matratze. Er schob sich über ihren Körper und zupfte spielerisch an der Decke, die zwischen ihnen eingeklemmt war. „Aber die hier stört, denn du musst dabei nackt sein. Und …"

Das laute Knurren ihres Magens ließ ihn innehalten. Ein Lausbubenlächeln verzog seine Lippen und ließ seine kantigen Gesichtszüge weicher wirken. Cameron stahl sich einen letzten Kuss und richtete sich wieder auf.

Alessa stützte sich auf ihre Ellenbogen und runzelte argwöhnisch die Stirn. „Wo willst du hin? Du lässt mich jetzt nicht tatsächlich hier liegen und gehst?"

„Ich mag meine Opfer satt und zufrieden. Also werde ich dir etwas zu essen besorgen."

„Ich bin nicht dein Opfer."

„Bist du dir sicher?" Er schlenderte zur Tür, zog sie auf und bedachte Alessa über seine Schulter hinweg mit einem frechen Grinsen. „Darüber sollten wir noch einmal diskutieren, wenn du stöhnend unter mir liegst und mich um mehr anbettelst."

„Bescheuerter Machodrache!" Er zog rasch die Tür hinter sich zu und das Kissen, das sie ihm hinterher schleuderte, prallte wirkungslos daran ab. Selbst durch mehrere Zentimeter Holz hindurch konnte sie ihn im Gang dröhnend lachen hören und verfluchte ihn für seine Überheblichkeit. Eine Eigenschaft, die so charakteristisch für männliche Drachen war. Nichtsdestotrotz gefiel ihr sein ausgeprägtes Selbstbewusstsein. Cameron war dominant wie alle Drachen und wusste sich Respekt zu verschaffen. Aber er besaß auch ein einfühlsames und verständnisvolles Wesen, das man bei ihm auf den ersten Blick nicht vermuten würde. Eine ungewöhnliche Mischung - ungewöhnlich, anziehend und unheimlich sexy.

Alessa erhob sich vom Bett und lief zu der übergroßen Waschzuber. Kurz hielt sie die Fingerspitzen ins Wasser und schüttelte sich, als sie spürte, wie kalt es inzwischen geworden war.

*Konzentrier dich darauf, was du mit deinen Kräften erreichen willst,* erinnerte sie sich in Gedanken und betrachtete ihre Handfläche. Warmes Wasser. Genau das wollte sie und steckte ihren Arm bis zum Ellenbogen in das Wasser. Dann schloss sie die Augen, konzentrierte sich und fühlte, wie sich das kalte Nass um ihren Arm herum zu erwärmen begann. Kein Kochen und Sprudeln. Kein Wasser, das verdampfte und Blasen schlug. Ein ganz sanftes und allmähliches Erwärmen.

„Langsam habe ich den Dreh raus", murmelte sie zufrieden mit sich selbst, ließ die Decke von ihrem Körper rutschen und stieg in die Wanne. Mit einem Seufzen lehnte sie sich gegen den Wannenrand, schloss die Augen und ließ ihre angespannten Muskeln vom warmen Wasser lockern, das sie in weichen Wellen umspülte.

*„Ich möchte, dass du in der Wanne auf mich wartest"*, hallte Camerons Stimme überdeutlich in ihrem Kopf wider, als würde er direkt neben ihr stehen. Alessa setzte sich mit einem Ruck aufrecht hin und sah sich irritiert um. Als hätte er ihre plötzliche Verwirrung gespürt, sagte er beruhigend: *„Keine Angst. Dass du mich jetzt viel intensiver wahrnehmen kannst, liegt am Anspruch, den ich auf dich erhoben habe."*

*„Heißt das, ich kann dich nicht mehr aussperren?"*

*„Doch, natürlich. Mit etwas größerem Kraftaufwand bist du dazu noch immer in der Lage. Aber warum solltest du?"*

*„Um meine Ruhe vor dir zu haben?"* Dass ihm der Gedanke nicht gefiel, war offensichtlich. Denn Cameron benötigte länger, um ihr zu antworten.

*„Wann immer du dich zurückziehen möchtest, musst du es mir nur sagen und ich lasse dich in Ruhe. Aber verschließe dich nicht vor mir. Sperre mich niemals aus."*

*„Warum nicht?"*

*„Weil ich dich liebe und es nicht ertragen könnte."*

*„Und du würdest dir gewaltsam Zutritt verschaffen?"*

*„Möglicherweise."*

Eigentlich hätte ihr sein Eingeständnis Angst einjagen müssen. Tat es jedoch nicht. Ob es daran lag, dass sie anfing, sich an ihr neues Leben zu gewöhnen und alles, was es mit sich brachte? Oder lag es eher daran, dass sie instinktiv wusste, dass Cameron sie nicht wie Darius leiden lassen würde?

Die Tür öffnete sich leise knarrend und Cameron balancierte ein voll beladenes Tablett in seinen Händen in den Raum. Ein kleines

Lächeln zupfte an ihren Mundwinkeln, als sie den großen Stammesführer in seiner Rolle als Kellner beobachtete. *Daran* könnte sie sich problemlos gewöhnen.

Er stellte das Essen auf den Tisch und trug ihn samt Tablett zum Zuber, um ihn direkt daneben abzustellen. Ohne sie aus den Augen zu lassen, zog er sich das Hemd über den Kopf und zerrte sich die Hose von den Beinen. Als er nackt neben der Wanne stand, ließ Alessa ihren Blick über ihn hinweggleiten. Über seine Brust mit den beiden fast parallel verlaufenden Narben und weiter über seinen Bauch mit den klar definierten Muskeln, die sich unter gebräunter Haut bewegten. Ihre Augen blieben an seinem Schaft hängen, der erigiert in die Höhe ragte. Als er einen Schritt nach vorne machte, wippte er sanft gegen seinen Bauch.

„Siehst du irgendetwas, worauf du gerade Lust hast?"

Alessa blinzelte, verfluchte die Röte, die fühlbar in ihr Gesicht stieg, und hob den Kopf. *Verfluchter Drache!* Er wusste ganz genau, was er bei ihr mit seinen Anzüglichkeiten anrichtete. Aber dieses Spiel konnten auch zwei spielen.

„Und ob." Verführerisch lächelte sie ihn an und nahm sich einen Apfel vom Tablett. Unter halb gesenkten Lidern hervor beobachtete sie ihn, während sie mit einem leisen Stöhnen über die glänzend rote Schale leckte. Camerons Augen weiteten sich, er schluckte sichtbar und sein bestes Stück schwoll sogar noch mehr an. Ja, sie wusste ganz genau, was er sich in diesem Moment ausmalte.

Sie lächelte wölfisch, zeigte ihm die Zähne und biss herzhaft in den Apfel. Cameron zuckte unter dem krachenden Geräusch zusammen und fluchte unterdrückt.

„Du Biest!" Rasch stieg er in den Holzzuber und zerrte sie auf seinen Schoß, so dass sie rittlings auf ihm hockte. „Hast du überhaupt eine Ahnung, was du damit bei mir anrichtest?"

„Ich kann es mir vorstellen …" Sie drückte ihren Unterleib kurz gegen seine Härte, entlockte ihm ein Stöhnen und nickte. „Und ich kann es spüren."

„Mach so weiter und …"

„… der große Stammesführer der *Guardian* verliert die Beherrschung?", neckte sie ihn, beugte sich zur Seite und bediente sich weiter vom Tablett. Dabei achtete sie darauf, dass sie ihm nah genug kam, dass ihre Brüste über seinen Brustkorb rieben. Was ihm ein weiteres unterdrücktes Stöhnen entlockte. Alessa leckte sich über die Lippen, schob sich ein Stück Käse in den Mund und fragte mit unschuldigem Augenaufschlag: „Wer ist hier jetzt wessen Opfer?“

Er stieß zischend den Atem aus und packte ihre Hüften, um sie ruhig zu halten. Wenn sie ihn weiter reizte, konnte er für nichts mehr garantieren. Vor allem nicht dafür, dass sie ihren Hunger würde stillen können. Denn sein eigener Hunger wuchs mit jeder Sekunde – sein Hunger nach ihr. „Das wird sich am Ende zeigen, kleiner Drache.“

„Wird es das?“ Sie bewegte trotz seines festen Griffs ihr Becken ein Stück vor und zurück, spürte, wie sein steinharter Schaft sich zwischen ihre Schamlippen drängte und über ihr Zentrum rieb.

„Alessa …“ Er ließ den Kopf in den Nacken fallen, schloss die Augen und kämpfte sichtlich um Beherrschung. Seine Brust hob und senkte sich rasch unter heftigen Atemzügen.

„Ja?“, fragte sie arglos. Erneut rieb sie ihre Brüste an ihm und neigte den Kopf. Sie ließ ihre Zungenspitze um eine seiner Brustwarzen kreisen, schabte mit den Zähnen über seine Haut und knabberte an Camerons Schulter. Unwillkürlich drängte er sich ihr entgegen und verstärkte die Reibung seiner Härte zwischen ihren Schenkeln.

„Du treibst mich in den Wahnsinn“, knurrte er und hob den Kopf. Wilde Gier stand in seinem Blick. „Egal, ob du satt bist oder nicht, jetzt werde ich erst einmal meinen Hunger nach dir stillen.“

Mit einer schnellen Bewegung riss er ihr den angebissenen Apfel aus der Hand und warf ihn in Richtung Tablett.

„Cameron, was …“

Er schnitt ihr das Wort ab, indem er seine Lippen hart auf ihre presste. Mit einer Hand packte er sie in den Haaren, hielt sie fest und forderte gleichzeitig mit seiner Zunge Einlass in ihren Mund. Und sie ergab sich mit einem leisen Stöhnen, drängte sich ihm entgegen und genoss ihr rohes Liebesspiel. Stöhnte in seinen Mund, als seine Hand sich schwer auf ihre Brust legte, das empfindliche Fleisch massierte, über ihren flachen Bauch hinabwanderte und sich zwischen ihre Körper schob. Tief versenkte Cameron einen Finger in ihrer Wärme, die sich fest um ihn zusammenzog.

Alessa klammerte sich mit beiden Händen an seinen Schultern fest und begann, sich auf seiner Hand auf und ab zu bewegen. Vertraute Hitze stieg in ihrem Inneren auf und breitete sich in

Wellen in ihrem Körper aus. Doch dieses Mal hatte sie keine Angst davor, vertraute darauf, dass Cameron sie im Zaum halten würde.

„Cameron“, murmelte sie leise, neigte den Kopf und knabberte an seinem Kinn. „Ich bin noch immer hungrig … nach dir.“

„Dann sollst du mich haben.“ Er zog seine Hand zwischen ihren Körpern hervor und stemmte sich mit Alessa im Arm hoch. In Strömen floss das Wasser an ihnen herab.

„Was hast du vor?“ Sie schlang Arme und Beine um ihn und klammerte sich an Cameron fest, während er mit ihr aus der Wanne stieg. „Wir können genauso gut hier drin …“

„Nein. Im Bett“, bestimmte er und legte sie auf der Matratze ab. „Ich will dich im Bett, egal, ob du Löcher in die Laken brennst.“ Auf Händen und Knien ragte er über ihr auf und ließ seinen Blick gierig über sie hinweggleiten. Dann griff er nach ihrem linken Handgelenk, hob ihren Arm an und hauchte einen Kuss auf ihre Handfläche.

Einem Stromstoß gleich schoss heiße Wollust durch sie hindurch und ließ Alessa aufkeuchen. „Cameron, was …?“

„Du kannst es spüren, nicht wahr?“

Ihre Antwort bestand aus einem leichten Nicken. Zu mehr fühlte sie sich nicht im Stande, denn in ihrem Inneren tobte ein wilder Sturm. Prickelndes Verlangen schwappte über sie hinweg, raubte ihr den Atem und vernebelte ihren Verstand. Sie wand sich unter ihm, als Cameron mit Zunge und Lippen über das Rankentattoo fuhr. Seiner Zeichnung nachfuhr und auf diese Weise ein weiteres Mal Anspruch auf sie erhob.

Als Cameron sich nach einer gefühlten Ewigkeit ihrer Brust zuwandte, sie liebkoste und die empfindliche Brustspitze in seinen Mund saugte, war Alessa kurz davor, ihn anzubetteln. Er sollte sie endlich nehmen und dieser Qual ein Ende bereiten. Das alles verzehrende Feuer in ihr löschen, wie nur er es konnte. Mit einem leisen Stöhnen wölbte sie den Rücken, bog sich ihm entgegen und wisperte atemlos seinen Namen. Sie grub ihre Finger in sein seidiges Haar, krallte sich daran fest und drängte ihn, den Kopf zu heben.

„Du hattest recht“, stieß sie abgehackt hervor und suchte mit ihren Lippen seinen Mund. „Ich bin dein Opfer. Und jetzt erlöse mich. Ich halte das keine Sekunde länger aus.“

Seine Augen verdunkelten sich bei ihren Worten noch mehr, spiegelten sein Begehren wider. Grenzenloses Begehren und das

Verlangen, sie in jeder nur erdenklichen Weise an sich zu binden. Damit sich niemals jemand zwischen sie drängen konnte.

Cameron neigte den Kopf und eroberte ihren Mund in einem sinnlichen Kuss. Er knabberte und saugte an ihrer Unterlippe. „Ich liebe dich, kleiner Drache", schwor er ihr zwischen zwei Küssen. „Solange ich lebe, werde ich dich lieben."

„Cameron …"

Er schüttelte leicht den Kopf und suchte ihren Blick. Niemand würde es ihm nehmen. Dieses wunderbare Gefühl, das ihn vervollständigte. Selbst wenn es irgendwann zu einer bittersüßen Erinnerung wurde. „Nichts wird daran etwas ändern. Nichts."

Alessa lächelte sanft und schlang ihre Arme um seinen Nacken. „Ich liebe dich auch. Was immer passieren mag." Dann umklammerte sie seine Hüften mit ihren Beinen und forderte unmissverständlich: „Und jetzt mach mich glücklich."

„Was immer meine Königin mir befiehlt."

Cameron erforschte mit Händen, Mund und Zunge ihren anbetungswürdigen Körper und entlockte Alessa kleine sinnliche Laute. Leise Seufzer entrangen sich ihrer Kehle, als er sich an ihrem Körper herabarbeitete. Spielerisch tauchte er seine Zungenspitze in ihren Bauchnabel, knabberte an ihr und leckte die letzten verbliebenen Wassertropfen von ihrer Haut, bevor sie durch ihre Hitze verdampfen konnten.

Vollkommen entrückt bäumte Alessa sich unter ihm auf und stöhnte seinen Namen. Ihr sich lustvoll windender Körper brachte ihn an die Grenze seiner Willenskraft. Er musste an sich halten, um nicht jegliche Rücksicht fallen zu lassen, über sie herzufallen und sich mit einem harten Stoß in ihr zu versenken. Er ließ seinen Mund weiter nach unten wandern und steuerte unbeirrt ihr Lustzentrum an. Mit beiden Händen spreizte er ihre Schenkel und kauerte sich dazwischen.

Alessa hob den Kopf, stützte sich auf ihre Ellenbogen und sah ihn verlangend an. „Cameron?"

„Ich will dich schmecken, Liebes. Will spüren, wie du vor Lust nach mir zerfließt", stieß er mit einem Knurren hervor und presste seinen Mund auf ihr heißes Zentrum. Ihr unvergleichlicher Duft stieg ihm in die Nase, umfing ihn und berauschte seine Sinne. Er hörte sie laut stöhnen, während er sich hingebungsvoll ihrer empfindlichen Perle widmete und sie mit gekonnten Zungenschlägen malträtierte. Alessa schmeckte unglaublich süß, machte ihn süchtig nach ihr. Er würde niemals wieder von ihr lassen können und wollte es auch nicht.

Glühende Lust fegte über Alessa hinweg, ließ sie erzittern und zusammenhanglose Worte murmeln. Ihre Finger verkrallten sich in das Laken unter ihrem Körper und zerrten daran, bis der dünne Stoff nachgab und riss. Keinesfalls konnte sie diese Tortur länger ertragen, versuchte Cameron und seinen Zärtlichkeiten zu entkommen und schrie frustriert auf, als er sie unerbittlich festhielt.

Er schlang beide Arme um ihren Unterleib, hielt sie an Ort und Stelle fest, leckte und saugte genüsslich an ihr, bis die Erlösung über Alessa hinwegspülte. Laut stöhnend erreichte sie ihren Höhepunkt, Hitze floss aus ihr heraus und über ihn hinweg.

„Ich würde sagen, allmählich bekommen wir dein Feuer in den Griff", murmelte Cameron und arbeitete sich gemächlich an ihrem Körper wieder empor. Er verteilte tupfend kleine Küsse auf ihrem Bauch, ihren Brüsten und vergrub sein Gesicht in der Kuhle an ihrem Hals. „Ich liebe deinen Geruch. Eine Mischung aus dir und mir und ungebändigtem Verlangen."

Alessas Brustkorb hob und senkte sich unter ihren schnellen, abgehackten Atemzügen. „Es ist noch nicht zu Ende, oder?", stieß sie nach Luft japsend hervor und suchte seinen Blick.

„Nein. Das war erst der Anfang." Seine Lippen senkten sich auf ihre, teilten sie und er stieß seine Zunge tief in ihre Mundhöhle. „Ich werde dich nach Art der Drachen lieben. Hart, um den Verstand bringend, immer und immer wieder. Die ganze Nacht hindurch."

„Du bringst mich um."

„Nein." Ein verheißungsvolles Lächeln verzog seine Lippen. Er drehte sie auf den Bauch, zog sie in eine kniende Haltung und beugte sich über ihren Rücken, um ihre Schulter zu küssen. „Aber es wäre eine wundervolle Art zu sterben."

Mit den Knien drängte er ihre Beine auseinander, spreizte sie so weit, dass ihr Geschlecht schutzlos seinen Blicken ausgeliefert war. Seinen Schaft in der Hand ließ er ihn zwischen ihren Schamlippen auf und ab gleiten und benetzte ihn mit ihrer Nässe, die in Strömen aus ihr herausfloss, ehe er sich mit einem mächtigen Stoß in ihr vergrub.

Alessa schrie auf und versuchte, sich von ihm zu trennen. Das war zu viel. *Er* war zu viel, zu tief, sie spürte ihn viel zu intensiv, als dass sie dieses Liebesspiel überstehen könnte. Aber Cameron ließ sie nicht entkommen. Er schob einen Arm seitlich unter ihrem Körper zwischen ihren Brüsten hindurch, packte mit seiner Hand ihre Schulter und hielt sie fest. Mit der anderen stützte er sich neben ihrem Kopf auf dem Bett ab.

„Cameron, bitte …“ Alessa schüttelte schluchzend den Kopf. „Das ist zu viel.“

„Nein. Es ist genau so, wie es sein soll.“ Er zog sich zurück und stieß erneut hart zu. Versenkte sich so tief in ihr, dass seine Eichel ihren Muttermund küsste. Das Ziehen in ihrem Unterleib wurde zu einem Brennen, das sich in jede einzelne ihrer Zellen fraß. Flammen züngelten unter ihrer Haut, drohten hervorzubrechen und sie beide zu versengen.

Und trotzdem nahm er sie immer und immer wieder, ließ ihr keine Möglichkeit zur Flucht vor ihrer eigenen Lust, die sie bis in die letzte Faser erschütterte. Er stieß seine Härte in sie hinein und zwang sie dazu, sich ihrer eigenen Leidenschaft zu ergeben.

Ein Zittern überlief ihren Körper. Alessa krallte ihre Finger in das zerfetzte Laken und begrüßte jeden weiteren seiner mächtigen Stöße mit lautem Stöhnen. Nichts hatte sie jemals so sehr erschüttert wie die Art, in der er sie in Besitz nahm. Sie brandmarkte.

Camerons lautes Keuchen mischte sich mit ihrem, während er den Rhythmus beschleunigte, schneller und härter in sie stieß. Seine schweißnasse Haut rieb über ihren Rücken, während er seinen Schaft in sie hineintrieb und sein Becken gegen ihren Unterleib klatschte. Der süße Schmerz in ihrem Inneren nahm an Intensität zu, senkte sich tief in ihren Körper und entlud sich in einem Kaleidoskop an Farben, die vor ihren Augen explodierten. Erleichterung rollte über sie hinweg, Alessa warf den Kopf zurück und schrie ihren Höhepunkt heraus.

Ein letztes Mal versenkte Cameron sich tief in ihrer Hitze. Seine Muskeln zitterten vor Anspannung, bis er mit einem erleichterten Stöhnen endlich seine Erlösung fand und sich heiß in ihr verströmte. Schwer atmend sackte er auf Alessa zusammen und rollte sich auf die Seite, ohne sich von ihr zu trennen. Fest umschlang er sie mit beiden Armen, zog sie gegen seinen Körper und vergrub das Gesicht in ihren verschwitzten Locken.

„So lieben nur Drachen“, stieß er nach Luft ringend hervor.

„Das ist mörderisch“, murmelte Alessa geschafft und war nicht einmal mehr dazu fähig, ihren Kopf zu heben. Geschweige denn, sich nach ihm umzusehen.

„Nein, mein kleiner Drache." Behutsam strich er ihr die wirren rotblonden Haarsträhnen aus dem Gesicht und küsste ihre Schläfe. „Es ist genau so, wie ich dich liebe. Heiß, innig und von ganzem Herzen."

Schwerfällig drehte sie den Kopf, sah ihn sekundenlang schweigend an und lächelte dann schelmisch. „Muss ich damit rechnen, dass du ab jetzt alle paar Minuten über mich herfällst?"

„Das kann durchaus passieren." Er hauchte ihr mit einem leisen Lachen einen zärtlichen Kuss auf den Mund. „Aber ich werde schon dafür sorgen, dass du bei Kräften bleibst."

„Dann fang schon mal damit an, indem du das Essen zum Bett holst." Sie wedelte mit einer Hand in die Richtung, wo sie den Waschzuber vermutete und wo der Tisch mit dem reichlich beladenen Tablett stand. „Ich kann mich nicht mehr bewegen und sterbe vor Hunger nach dieser erschöpfenden Einlage."

Als er nicht sofort aufstand, verpasste sie ihm mit dem Ellenbogen einen Stoß in die Rippen, um ihn aus dem Bett zu scheuchen. Vorsichtig trennte er sich von ihr, stahl sich einen letzten Kuss und lachte leise, weil ihr Magen lautstark protestierte und damit Alessas Worte bestätigte.

„Dein Wunsch ist mir Befehl, Königin meines Herzens."

## 24. Kapitel

*Darkmoore Castle*

„Was tust du da?“ In den vergangenen drei Wochen seit ihrer Ankunft in Hasyra hatte Alessa es sich zur Gewohnheit gemacht, regelmäßig Kontakt mit Garwin aufzunehmen. Auch wenn er es ihr schon vor geraumer Zeit verboten hatte, um sie nicht in Gefahr zu bringen.

„Wonach sieht es denn aus?“ Garwin lachte leise und kippte sich einen Eimer Wasser über den Kopf, um die Seifenreste von seinem Körper abzuspülen. Er stand in dem Turmzimmer, in dem er damals aufgewacht war, nachdem Darius ihn und Alessa durch das Portal gezogen hatte, und in dem er jetzt festgehalten wurde. Warum Darius ihn vor über einer Woche aus dem Verlies geholt hatte, war ihm noch immer ein Rätsel.

Die Ketten um seine Handgelenke klapperten, als er aus dem Waschzuber stieg, der ihm nicht einmal genug Platz zum Sitzen bot. Er klaubte ein Tuch vom Bett, um sich damit abzutrocknen. Dann wickelte er es sich um die Hüften und drehte sich zu Alessa um, die er als geisterhafte Erscheinung sehen konnte. Ein feiner Nebelschleier waberte um ihren Körper. Zum ersten Mal seit Wochen bekam er sie wieder zu Gesicht, konnte sich *normal* mit ihr unterhalten und hörte sie nicht nur in seinem Kopf.

„Deine Kräfte nehmen täglich zu“, sagte er anerkennend.

„Das macht das ständige Training. Die *Guardian* lieben es, mich tagein, tagaus mit irgendwelchen Trainingseinheiten auf Trab zu halten. Viel schlimmer als du es immer getan hast.“

„Solange es sich auszahlt.“ Er setzte sich auf die Kante des Bettes und neigte den Kopf zur Seite, während er sie unverwandt ansah. „Ich glaube nicht, dass ich mich irre, aber ich habe seit einiger Zeit das Gefühl, du verheimlichst mir etwas, Alessa.“

„Wie kommst du darauf?“ Sie begann, in dem Zimmer umherzuwandern und wich seinem Blick aus.

„Weil du eine miese Lügnerin bist. Du warst es schon immer. Also, was ist los?“ Er machte es sich auf dem Bett gemütlich, kreuzte die Beine an den Knöcheln und verschränkte unter dem Geklapper der Ketten die Hände hinter dem Kopf.

„Ich habe deine Familie kennengelernt."

Garwin setzte sich mit einem Ruck auf. „Die Alte hat also nicht gelogen und ich habe tatsächlich noch Familie? Warum meldet sich dann keiner von ihnen bei mir?" Er runzelte die Stirn und seine Miene nahm einen nachdenklichen Ausdruck an. „Sie können gar keinen Kontakt zu mir aufnehmen, oder? Nur du."

„Ja."

„Und warum sagst du mir das erst jetzt?"

„Ich wollte dich nicht noch mehr belasten. Du hast in einem Verlies gesessen und mit jedem Tag schlechter ausgesehen."

„Vielleicht hätte es mich ja aufgemuntert." In seiner Stimme klang keinerlei Vorwurf mit.

„Oder noch mehr deprimiert, nicht bei ihnen sein zu können."

„Wie sind sie?"

„Dein Vater Rayne hat wie du blonde Haare und er riecht wie du. Aber da hören die Gemeinsamkeiten auch schon auf. Und dein Onkel Bowen ist ein rechthaberischer Trottel. Er scheint sich nur wohlzufühlen, wenn er sich mit irgendwem anlegen kann – vorzugsweise seinem Bruder oder einem der *Guardian*."

„Sie sind noch immer verfeindet?", fragte Garwin besorgt.

„Nein, sind sie nicht." Alessa ließ ein verschmitztes Lächeln sehen. „Aber sie alle lieben es, sich gegenseitig aufzuziehen und hin und wieder zu streiten - freundschaftlich."

Erleichtert stieß er die Luft aus und lehnte sich entspannt gegen das Kopfteil des Bettes. „Klingt doch gar nicht schlecht. Ganz so, als wären sie auf dem richtigen Weg."

„Und sie versuchen gemeinsam einen Weg zu finden, dich zu befreien."

„Kann es sein, dass sie mit Darius in Verhandlung stehen und er mich deswegen aus dem Verlies geholt und in dieses Zimmer gesteckt hat?"

Seine Frage hing noch in der Luft, als die Zimmertür aufschwang und Darius in rasender Geschwindigkeit auf Alessa zustürmte, die wie erstarrt stehen blieb, anstatt zu fliehen. Dabei murmelte er etwas Unverständliches vor sich hin und einen Wimpernschlag später fand Alessa sich mit Darius in einen magischen Käfig gesperrt wieder. Die schwarzen Gitterstäbe um sie herum vibrierten vor dunkler Magie. Kälte hüllte sie ein und sie konnte nicht verhindern, dass Panik in ihr aufstieg. Auch wenn sie sich ziemlich sicher war, dass er ihr eigentlich nichts anhaben konnte, weil sie nicht körperlich vor ihm stand.

„Bleib weg von ihr!“, brüllte Garwin, sprang vom Bett auf und zerrte an den Ketten, die ihn zurückhielten. Sie waren zwar lang, aber nicht lang genug, um an Darius oder Alessa heranzureichen. Wie von Sinnen kämpfte er gegen seine Fesseln an und stieß Verwünschungen aus, weil er sich nicht losreißen konnte.

„Sie gehört mir, *Lejf*. Niemandem steht das Recht zu, mir Befehle zu erteilen. Und um deine Frage zu beantworten: Ich habe dich nicht wegen deiner Familie aus dem Verlies geholt, sondern wegen ihr. Weil ich darauf gewartet habe, dass sie sich zeigt. Was sie im Verlies wahrscheinlich niemals getan hätte.“ Darius’ Hand schoss vor und legte sich um ihren Hals. Aber er drückte nicht zu, sondern strich liebkosend mit seinem Daumen über ihre Kehle. Seine Sanftheit schürte noch die Angst, die in ihr aufstieg. Tat es mehr, als wenn er ihr gedroht oder sie gar angegriffen hätte. „Hast du wirklich geglaubt, ich würde nicht merken, dass du dich fast jeden Tag in meine Festung schleichst, um meinen Gast zu besuchen?“

Alessa versuchte, in ihren Körper zurückzukehren. Als es ihr nicht gelang, sah sie sich hektisch nach einem anderen Fluchtweg um. Darius’ Lippen verzogen sich zu einem süffisanten Lächeln und die beißende Angst in ihr machte ihrem altbekannten Kampfgeist Platz. „Wie dumm von Cameron, zu denken, er könnte in irgendeiner Weise Einfluss auf meinen rechtmäßigen Anspruch nehmen und dich vor mir schützen, indem er dich flachlegt.“

„Ich vögele Cameron und er mich“, warf Alessa ihm an den Kopf und erwiderte ohne mit der Wimper zu zucken seinen harten Blick, obwohl sie sich alles andere als sicher fühlte. „So oft es nur geht.“

Darius knirschte mit den Zähnen und kniff die Augen zu Schlitzen zusammen. „Und sehr bald werde ich es sein, der dich besteigt.“

„Ganz sicher nicht.“ Das Herz pochte ihr bis zum Hals, dabei dürfte sie es gar nicht spüren. Und trotzdem fühlte es sich an, als würde es ihr jeden Moment aus der Brust springen.

„Du kommst hier nicht mehr raus, meine Liebe. Ich kann dich durch meinen Anspruch in Verbindung mit meinen Kräften so lange festhalten, wie ich will. Und niemand kann etwas dagegen tun. Irgendwann werden sie mir den Rest von dir bringen *müssen*.

Spätestens dann, wenn sie nicht mehr wissen, wie sie deinen Körper am Leben erhalten sollen, weil er immer schwächer wird. Und das dürfte sogar noch vor dem nächsten Drachenmond sein." Sein Lächeln wurde sanfter und das panische Gefühl in Alessa wieder stärker. „Hattest du wirklich gedacht, du könntest dich mir ewig entziehen und dich verstecken?"

*Warden Castle*

Stirnrunzelnd sah Cameron sich auf dem Übungsplatz um. Er hatte die wieder hergerichtete Waffenkammer inspiziert und gedacht, dass Alessa ihn bereits auf dem Trainingsplatz erwarten würde. Aber er konnte sie nirgends entdecken. Warum war sie noch nicht beim Training? Sie hatte scherzhaft gesagt, sie würde ihm erst folgen, wenn sie die Spuren der vorangegangenen und sehr schweißtreibenden Nacht abgewaschen hatte. Aber so lange konnte sie für ein Bad doch nicht benötigen, oder? Andererseits hatten sie beide gemeinsam auch schon eine halbe Nacht in der riesigen Wanne verbracht.

Ein Schmunzeln stahl sich auf seine Lippen, als er an die letzten Stunden dachte. Von ihm aus konnte sein Geruch ruhig überall an ihr haften. Denn es gab nichts, was dem Drachen in ihm mehr schmeichelte.

Cameron lief über den Hof, an den Ställen vorbei und die Treppe hoch in die Festung.

*„Alessa?"* Er versuchte, Kontakt zu ihr herzustellen und wäre fast über seine eigenen Füße gestolpert, als er sie nicht finden konnte. Sie war hier, da war er sich vollkommen sicher. Cameron konnte ihren süßen blumigen Duft fast auf der Zunge schmecken. Hatte sie ihn etwa ausgesperrt? Ein Knurren arbeitete sich in seiner Kehle hoch, während er seine Schritte beschleunigte und jeweils zwei Stufen auf einmal nahm, um in das nächste Stockwerk zu gelangen. Er hatte sie doch gewarnt, dass er das nicht akzeptieren würde.

Mit einem derben Fluch auf den Lippen stieß er die Tür zu ihrem Zimmer auf, sah sich um und stoppte mitten in der Bewegung.

Alessa saß noch immer in der großen Holzwanne, die ausreichend Platz für zwei bot. Aber es war weniger, dass sie tatsächlich aufrecht saß. Vielmehr hing sie kraftlos in dem riesigen Zuber, war in sich zusammengesackt und rutschte immer tiefer.

Cameron stürzte nach vorn und beugte sich hastig über die Wanne. Er packte sie unter den Armen und zog sie in die Höhe, bevor ihr Kopf nach vorne kippen und dadurch unter Wasser geraten konnte.

„Alessa? Wach auf!" Seine Stimme klang selbst in seinen Ohren flehentlich und weniger wie ein Befehl. Angst schnürte ihm die Kehle zu, als er sie mit einem Arm an seinen Körper drückte, um sie aufrecht zu halten. Er legte ihr eine Hand auf die Stirn und Alessas Kopf fiel in ihren Nacken, als würde in ihrem Körper nicht mehr ein Funken Leben sein. Dabei konnte er ihren kräftigen Herzschlag spüren und hören. Sie atmete gleichmäßig und schien tief zu schlafen. Aber irgendetwas stimmte nicht.

„Cameron?" Caden tauchte mit besorgtem Gesicht in der offenen Tür auf und sah sich um. „Was ist passiert?", wollte er wissen und kam rasch näher. Seine Augen huschten über Alessas entspannte Gesichtszüge. „Was ist mit ihr? Ich habe deine Verzweiflung gespürt, als wäre es meine eigene."

„Ich kann sie nicht mehr spüren." Cameron legte Alessa auf dem Bett ab, zog rasch eine dünne Decke über ihren Leib und umrahmte ihr Gesicht mit beiden Händen. Dann schloss er die Augen und schüttelte nach einem Augenblick den Kopf. Verzweiflung fraß sich wie ätzende Säure durch seine Gedärme, als ihm klar wurde, was geschehen sein musste. „Sie ist weg." Hilfesuchend sah er zu Caden. „Ihr Körper ist nur noch eine leere Hülle."

„Darius?"

„Ja. Niemand anders kann es sein."

„Kannst du ihren Geist aufspüren?"

Cameron neigte den Kopf zur Seite, schloss erneut die Augen und suchte nach ihrer Verbindung. „Ganz schwach. Er schirmt sie mit dunkler Magie ab, hält sie gefangen."

„Diese miese Ratte schreckt aber auch vor keinem noch so dreckigen Trick zurück", knurrte Caden wütend. „Damit wir gezwungen sind, ihm ihren Körper zu übergeben, wenn wir nicht wollen, dass er dahinsiecht."

„Ruf Ayryn."

„Was hast du vor?"

„Ich werde ihr folgen. Etwas anderes kommt für mich nicht in Frage." Ernst schaute er seinen Bruder an, kletterte zu Alessa aufs Bett und zog sie in seine Arme. „Und wenn ich auch nur den Hauch einer Chance gegen seine Magie haben und mit Alessa zurückfinden will, brauche ich hier einen Anker – euch."

*Darkmoore Castle*

„Was zum …?" Darius ließ den Arm sinken und trat einen Schritt zurück, als sein verhasster Cousin direkt vor ihm auftauchte und Alessa von ihm abschirmte. Unglaube sprach aus seinem Blick. „Das ist nicht möglich."

„Wie du siehst, ist es doch möglich." Cameron warf einen kurzen Blick auf Garwin, der ihn erst überrascht ansah, ehe er lächelnd nickte. Dann wandte er sich Darius wieder zu. „Sie gehört zu mir, wird niemals dir gehören. Also gesteh dir deine Niederlage ein …", er wies mit dem Kopf in Garwins Richtung, „… und lass ihn gehen."

„Niemals", spie Darius hasserfüllt und langte nach Alessa, die sich enger an Camerons Rücken presste. „Ich habe Anspruch auf sie erhoben. Unseren Gesetzen nach gehört sie mir."

„Noch hat die Zeremonie nicht stattgefunden."

„Die Zeremonie ist unerheblich."

„Ist sie nicht. Sie macht einen Anspruch erst endgültig."

„Sag nicht, *du* willst mich davon abhalten? Bei Neela hast du es nicht geschafft. Und bei ihr …", sein Blick richtete sich wieder auf Alessa, „… wirst du mich ebenso wenig aufhalten können."

„Neela war in ihrer jugendlichen Naivität in dich verliebt. Hat in dir etwas gesehen, was nicht da war und niemals sein wird. Nur deswegen hat sie dich damals schon vor der Zeremonie akzeptiert.

Dieses Mal wird es ganz sicher nicht zu einer Zeremonie kommen."

„Soll ich das als offene Kriegserklärung verstehen, Cameron? Bist du tatsächlich bereit, dich gegen Aita zu stellen, weil du einem anderen Mann sein Anrecht auf eine Frau verwehrst, die du für dich haben willst? Du egoistischer kleiner Bastard."

„Bastard? Bist das nicht eher du? Soweit ich weiß, hat dein Vater Elaine niemals beansprucht. Er hat meine Tante wie ein Tier gehalten, sich immer wieder an ihr vergangen. Und das bedauernswerte Ergebnis warst du, der seinem hassenswerten Erzeuger nacheifert."

„Halt den Mund! Halt, *verdammt nochmal*, den Mund!" Darius attraktives Gesicht verzog sich zu einer hässlichen Fratze.

„Nein." Cameron fasste nach hinten und ergriff Alessas Hand. In einer liebevollen Geste führte er sie zu seiner Brust und drückte sie dagegen, so dass sie ihn mit einem Arm umschlang. „Ich habe Alessa ebenfalls für mich beansprucht und verlange, dass du deinen Anspruch auf sie aufgibst."

Darius ballte seine Hände so fest zu Fäusten, dass sie zitterten. Sein Zorn strömte aus ihm heraus und schwappte in Wellen durch das Zimmer, als er bemerkte, dass ihm Alessa dank Camerons Auftauchen entglitt. Sein Blick wanderte zu ihrem Arm, mit dem sie Cameron umschlungen hielt, und er zischte einen Fluch. Blaue Ranken wurden neben goldenen, roten und schwarzen auf ihrem körperlosen Arm sichtbar. Sie hatten sich zwischen seine und Alessas Markierung gedrängt. Und damit war die Magie, mit der er sie im Käfig hatte festhalten wollen, nicht stark genug. Gegen Alessa und Cameron zusammen konnte sie nicht bestehen. „Das wird nicht geschehen. Ich bestehe auf meinem Recht. Entweder du übergibst sie mir bis zum nächsten Drachenmond oder du wirst dich Aita gegenüber verantworten müssen." Er ließ den Käfig in sich zusammenfallen und Cameron verschwand mit seiner Beute. *Verfluchter Mistkerl!*

Darius wandte sich ab, stürmte zur Tür und blieb abrupt stehen, als das Rasseln von Ketten hinter ihm erklang. Mit zu Schlitzen zusammengekniffenen Augen wirbelte er herum und starrte Garwin an, der es sich auf dem Bett wieder gemütlich machte und vor sich hinlächelte.

„Du bist also ein Bastard?"

„Wage es nicht, über mich zu urteilen!"

„Ich glaube eher, du bist es, der sich selbst aburteilt. Auf jeden Fall hast du es getan, aber jetzt hat sich etwas ergeben, das dir helfen könnte. Ein königlicher Sprössling, der obendrein Hasyras Rettung bedeutet. Alessa. Ist das vielleicht auch mit ein Grund, eventuell sogar der Hauptgrund, warum du so verbissen hinter ihr her bist? Willst du deine verrufene Abstammung in ein besseres Licht rücken, indem du dich zum König der Drachen erhebst?“

*„Halt. Den. Mund.“* Das Brüllen war ohrenbetäubend.

Ein Magieschub traf Garwin wie ein wuchtiger Schlag mit einem Baseballschlager gegen die Brust und schleuderte ihn quer über das Bett, bis die Ketten sich straff spannten, seinen Flug beendeten und er auf den Boden knallte. Mit einem Stöhnen rollte er sich herum. Er stemmte sich um Atem ringend vom Boden hoch, stützte sich mit einer Hand auf dem Bett ab und presste die andere auf seine Brust. Sein Blick glitt zu Darius und ein gequältes Lächeln umspielte seine Mundwinkel.

„An dem Spruch, *Wahrheit tut weh*, ist mehr dran, als ich dachte. Aber das war’s wert.“

## 25. Kapitel

*Warden Castle*

Alessa riss die Augen auf, blinzelte gegen den trüben Schleier vor ihren Augen an und presste ihre Hände gegen etwas Unnachgiebiges.

„Ganz ruhig." Muskulöse Arme schlangen sich enger um ihren Leib und hielten sie auf dem Bett fest. „Du brauchst keine Angst mehr zu haben."

Erleichterung flutete durch ihren Körper, als sie Camerons Stimme erkannte. Mit einem leisen Aufstöhnen barg sie ihr Gesicht an seiner Brust.

„Ich war wie erstarrt, konnte vor Schreck nicht mehr klar denken und dann war es für eine Flucht zu spät", murmelte sie.

„Du hättest gar nicht dort sein dürfen."

„Ich weiß. Garwin hat mir auch schon verboten, ihn weiter zu besuchen. Aber …"

„Du bist öfter bei ihm?" Cameron runzelte die Stirn und sah auf sie hinab. Als hätte sie seinen Blick gespürt, hob Alessa den Kopf und sah ihn mit zerknirschter Miene an.

„Hin und wieder."

„Was meinst du damit? Ich will es genauer wissen."

Betreten wandte Alessa den Kopf zur Seite und entdeckte Ayryn, die es sich mit Caden auf den beiden Sesseln in der Ecke des Zimmers gemütlich gemacht hatte. Während Caden sie mit hochgezogenen Augenbrauen ansah, grinste Ayryn über das ganze Gesicht, als würde sie sagen wollen: *Jetzt bin ich aber gespannt, wie du dich da wieder herauswindest.*

„So gut wie jeden Tag."

„Das ist nicht dein Ernst?" Cameron sah sie überrascht an und rückte ein Stück von ihr ab.

„Bisher ist nie etwas passiert. Wann immer wir etwas gespürt haben, habe ich mich sofort zurückgezogen."

„So, wie ihr beide etwas gespürt habt, war Darius sich deiner Anwesenheit bewusst. Er hat nur auf den richtigen Zeitpunkt gewartet, um zuzuschlagen."

„Aber …"

„Kein Aber. Du wirst dich nicht noch einmal in eine solche Gefahr begeben.“ Mit zwei Fingern unter ihrem Kinn hob er ihren Kopf an, damit Alessa ihn direkt ansah. „Haben wir uns verstanden?“

„Garwin ist mein Freund und ich werde ihn dort nicht in Gefangenschaft versauern lassen.“

„Ebenso wenig, wie wir ihn bei Darius lassen wollen. Aber du wirst unter keinen Umständen noch einmal Kontakt zu ihm aufnehmen.“

„Du verbietest mir den Kontakt mit ihm?“ Argwöhnisch kniff sie ihre Augen zusammen und ging auf Abstand zu Cameron. Sie zog das dünne Laken höher und funkelte ihn wütend an. Niemand würde ihr die Freundschaft zu Garwin verbieten, auch nicht er.

„Würdet ihr beide uns bitte entschuldigen?“ Cameron blickte demonstrativ von ihren beiden Zuschauern zur Tür.

„*Was?* Ausgerechnet jetzt, wo es interessant wird?“, murrte Ayryn.

„Ich glaube nicht, dass es eine gute Idee ist, ihn in seiner momentanen Stimmung auch noch zu reizen, Liebes“, wies Caden seine Frau sanft zurecht und zwinkerte Alessa aufmunternd zu. Dann stand er auf, griff nach Ayryns Handgelenk und zog sie hinter sich her zur Tür.

Cameron wartete, bis sich die Tür hinter dem Paar geschlossen hatte, bevor er sich Alessa erneut zuwandte. „Ich habe nicht vor, dir den Kontakt mit Garwin dauerhaft zu verbieten. Nur will ich, dass du dich von ihm fernhältst, solange Darius ihn gefangen hält.“

„Nein. Niemand anders hat eine Verbindung zu ihm, außer mir. Und er ist …“

„Alessa, nein!“ Er umfasste ihr Gesicht mit beiden Händen und erstickte mit seinen Lippen ihren Widerspruch, ehe sie ihn vollständig hervorbringen konnte. „Du wärst fast ertrunken. Der Gedanke, dich zu verlieren, bringt mich fast um. Und genau deswegen werde ich alles in meiner Macht Stehende tun, um dich zu schützen. Auch vor dir selbst, wenn es sein muss.“

„Cameron …“

„Ich liebe dich, kleiner Drache. Nie zuvor in meinem Leben habe ich jemanden so sehr geliebt wie dich …“

Bei seinen Worten spülte Wärme über sie hinweg und beruhigte ihre aufgewühlten Gedanken. Sie konnte seine Gefühle spüren.

Camerons Liebe, aber auch seine verzweifelte Sorge darüber, dass er sie vielleicht verlieren würde.

„Selbst wenn es dein ohnehin aufgeblasenes Drachenego noch mehr anschwellen lassen wird …“, murmelte Alessa mit einem schelmischen Lächeln, das Cameron beruhigen sollte, „… ich liebe dich auch.“

Alessa schlang ihre Arme um seinen Nacken, suchte seine Lippen mit ihren und verlor sich in einem zärtlichen Kuss. Ihre Atmung beschleunigte sich und ein unmissverständliches Prickeln breitete sich in ihrem Körper aus. So war es jedes Mal, wenn sie zusammen waren. Sie verloren sich ineinander und schwelgten in ihren Gefühlen füreinander, während sie sich liebten.

Als Cameron sich von ihr löste und die Stirn runzelte, blinzelte Alessa irritiert. „Was ist?“

Kaum hatte sie die Frage ausgesprochen, hörte sie es auch – das Poltern, das aus der Halle zu ihnen heraufdrang, gemischt mit aufgebrachtem Geschrei.

Cameron zischte einen Fluch, sprang mit einem Satz aus dem Bett und zog sie mit sich aus dem Zimmer.

„Warte.“ Alessa stemmte sich gegen seine Umklammerung und schlug ihm mit der Faust gegen den Rücken, weil er stur weiterlief und nicht stehen blieb. „Verdammt nochmal, Cameron, ich bin nackt! Lass mich etwas …“

Cameron hielt einen Augenblick inne, fuhr mit der Hand durch die Luft und Alessas Körper steckte in einem weit geschnittenen braunen Kleid, das in der Taille mit einem Ledergürtel zusammengehalten wurde. Dann zerrte er sie weiter hinter sich her, dem immer lauter werdenden Tumult entgegen.

„Ein Kleid? Ich will kein Kleid!“

„Du siehst wundervoll aus in einem Kleid. Außerdem erleichtert es mir den Zugang zu besonders verführerischen Stellen an deinem Körper.“

„Wie kannst du an Sex denken, während da unten jemand die Festung in ihre Einzelteile zerlegt?“ Sie stolperte hinter ihm die Treppe hinunter.

„Wann immer ich mit dir zusammen bin, will ich Sex mit dir.“ Er zwinkerte ihr über seine Schulter hinweg zu. „Und wenn ich nicht mit dir zusammen bin, stelle ich mir vor, wie es wäre, mit dir zusammen zu sein und Sex zu haben.“

„Das ist nicht mehr normal.“ Alessa verpasste ihm einen Knuff in den Rücken, der ihm ein raues Lachen entlockte.

„Doch, ist es. Und es wird sich auch nicht ändern. Ich bin ein verliebter Mann, zum Teil Drache. Und es ist vollkommen normal für einen Drachen, seiner Gefährtin seine Gefühle zu zeigen, indem …“

Sie erreichten die Halle und Cameron drängte Alessa hastig in eine Nische, weil eine Bank in ihre Richtung geflogen kam. Sie krachte gegen die Wand und zersplitterte in etliche Holzteile.

„… indem er sie bei jeder sich bietenden Gelegenheit flachlegt?“, beendete Alessa seinen Satz und boxte ihm entrüstet gegen die Brust. „So wie du es ständig mit mir tust?“

„Exakt. Wenn das hier geregelt ist, werde ich genau das mit dir tun“, versprach er ihr mit einem verheißungsvollen Blick, bevor er sich umdrehte und sich einen Überblick über das vorherrschende Chaos verschaffte.

Über Camerons Schulter hinweg sah Alessa zu Cyril, der sich vor mehreren *Lejf* aufgebaut hatte. Er hatte die Knie gebeugt und es sah aus, als wollte er seine Gegner in der nächsten Sekunde anspringen. Hinter ihm versperrte ein mehrfach überlagertes magisches Netz den Ausgang, ließ keinen in die Halle rein und auch niemanden hinaus.

„Geh zur Seite, Bowen!“

„Du greifst uns an, kaum dass wir eure Festung betreten haben - mit freundschaftlichen Absichten. Seit wann benimmt man sich so Verbündeten gegenüber?“ Bowen klang wütend, aber beherrscht. Anscheinend versuchte er herauszufinden, was mit dem *Guardian* vor ihm los war, ohne sofort auf Konfrontationskurs zu gehen. Und er hielt auch seine Männer zurück, die mit ihm gekommen waren, und genauso angriffslustig aussahen wie Cyril.

„Ich sagte, geh zur Seite, Bowen. Alle deine Männer sollen zur Seite gehen. Sofort!“ Cyrils Augen huschten unruhig von einem Mann zum anderen.

Alessas Blick wanderte zu der kleinen Gruppe hinter Bowen und sie hielt erschrocken die Luft an, als sie mittendrin eine junge Frau entdeckte. Shari. Cyril hatte es gar nicht auf alle *Lejf* abgesehen, sondern nur auf einen ganz bestimmten.

„Beruhige dich, mein Junge." Caden trat einen Schritt vor und schüttelte den Kopf, als Ayryn an ihm vorbei zu ihrem Sohn wollte. Mit einem Arm schob er sie wieder hinter sich.

„Ich bin vollkommen ruhig. Ruhiger als jeder andere es in meiner Situation wäre", knurrte Cyril und bewegte sich mit geschmeidigen Bewegungen auf die Gruppe vor ihm zu.

„Danach sieht das hier aber ganz und gar nicht aus, Cyril", mischte sich nun auch Cameron ein. Immer darauf bedacht, dass Alessa hinter ihm blieb, näherte er sich seinem Neffen vorsichtig.

„Sag ihnen, sie sollen weggehen, Cameron."

„Dafür gibt es keinen Grund. Sie sind nicht unsere Feinde."

„Cameron?" Alessa zupfte an seinem Hemd und hoffte, er würde sich ihr zuwenden, damit sie ihm erklären konnte, was es mit Cyrils aggressivem Verhalten auf sich hatte.

„Nicht jetzt, Alessa!"

„Ich muss dir etwas sagen."

„Nicht jetzt."

Alessa zupfte immer hektischer an Camerons Hemd, um seine Aufmerksamkeit zu bekommen. Doch er schüttelte den Kopf und konzentrierte sich weiter auf seinen Neffen. Alessa hatte genug davon, von ihm ignoriert zu werden und versetzte ihm einen kräftigen Tritt gegen die Wade.

„Alessa!" Endlich wandte er sich halb zu ihr um und sah sie mit gerunzelter Stirn an.

„Entweder sie gehen beiseite oder sie müssen kämpfen", flüsterte sie und ihr Blick heftete sich auf Shari, die sich hinter einem der Männer versteckte und die Halle mit den Augen nach einem Fluchtweg absuchte.

„*Was?* Warum?"

„Cyril ist nicht hinter ihnen allen her, sondern nur hinter ihr." Alessa wies mit dem Kopf in Sharis Richtung. „Er will zu Shari."

Irritiert sah er zu der jungen *Lejf*, schnupperte kurz und zuckte dann mit den Schultern. „Was ist mit ihr?"

„Du kannst es nicht riechen? Und auch nicht spüren?"

„Ich verstehe nicht, worauf du hinauswillst. Sie hat ihre Kräfte noch nicht."

Alessa kaute auf ihrer Unterlippe herum, runzelte die Stirn und murmelte dann zu sich selbst: „Die Kräutermischung muss noch wirken. Zumindest bei jedem anderen, außer bei Cyril. Auf ihn hat sie keinen Einfluss mehr."

„Wovon sprichst du?", wollte er verständnislos wissen. Im nächsten Augenblick leuchtete Erkenntnis in seinen Augen auf. „Diese verdammte Hexe hat ihr geholfen, ihre Kräfte zu verbergen?"

„Ja."

„Wie lange?"

„Ist das wichtig?"

„Wie lange, Alessa?", wollte er ungeduldig wissen.

„Zwei Jahre." Als Cameron einen derben Fluch ausstieß, zuckte sie zusammen und erklärte hastig: „Sie hat sich aber geweigert, ihr weiterhin zu helfen. Weil …"

„… sie wusste, dass Cyril Shari bereits gespürt haben muss und auf der Suche nach ihr ist. Das erklärt seine häufige Abwesenheit in den letzten Monaten, um die Grenzen unseres Gebiets abzufliegen."

„Was ist mit Shari? Können wir ihr nicht irgendwie helfen? Und Cyril?"

„Nein. Das müssen die beiden unter sich ausmachen. Sie hätte längst beansprucht werden müssen. Und wie es scheint, ist Cyril dazu bestimmt."

Cameron wandte sich Bowen zu, der ihn mit fragendem Blick ansah. Offenbar hatte er von seinem leise geführten Gespräch mit Alessa nichts mitbekommen, weil er Cyril im Auge behalten hatte. *„Geh beiseite, Bowen. Und auch deine Männer."*

*„Warum? Was ist mit deinem Neffen?"*

*„Es ist Shari. Die Hexe hat ihr geholfen, ihre Kräfte zu verstecken."*

Verwundert wandte Bowen sich um, musterte die junge Frau, die sich offensichtlich unwohl in ihrer Haut fühlte, und presste die Lippen fest zusammen. Dann nickte er verstehend, trat beiseite und wies seine Männer an, das Gleiche zu tun.

„Was?" Shari sah sich panisch nach Bowen um und machte einen Schritt rückwärts, weil sie Cyril allein gegenüberstand. „Was soll das?"

Bowen schnaubte wütend. „*Du* fragst, was das soll? Ich habe mich schon gewundert, warum du keinerlei Kräfte entwickelst, obwohl du einer sehr starken Linie *Lejf* abstammst. Du hast uns alle zum Narren gehalten, uns dazu gebracht, dich durch die Gegend zu fliegen. Dabei hättest du selbst fliegen können.“ Er schüttelte verständnislos den Kopf und sagte mit harter Stimme: „Es war ein Fehler, zur Hexe zu gehen, damit sie dir hilft, deine Kräfte zu verbergen. Du selbstsüchtiges kleines Luder hast dabei nur an dich gedacht.“

„Was ist so schlimm daran, dass ich meine Freiheit länger genießen will? Ich habe niemandem damit geschadet.“ Shari knetete nervös ihre Finger, machte einen weiteren Schritt rückwärts ... und noch einen.

„Doch.“ Bowen wies auf Cyril, der sich ihr unaufhaltsam näherte. „Ihm.“

„Ich kenne ihn nicht, nur dem Namen nach. Habe ihn nie gesehen. Wie kann ich ihm geschadet haben?“

„Wie es aussieht, ist er dazu bestimmt, Anspruch auf dich zu erheben. Und wie stark sich Drachen an ihre Gefährtin binden können, sollte dir bekannt sein. Ab dem Moment, in dem er dich und deine Kräfte gespürt hat und du dich vor ihm versteckt hast, hast du ihn gequält.“

„Das war nicht meine Absicht.“ Tränen standen in Sharis Augen. Flehentlich sah sie ihren Clansführer an.

„Wenn irgendein *Lejf* auch nur ansatzweise eine Reaktion auf deine verborgenen Kräfte zeigen würde wie er, würde ich Cyril jetzt aufhalten. Aber nicht unter diesen Umständen.“

„Du verstößt mich?“, flüsterte sie fassungslos und ihre ohnehin helle Haut wurde leichenblass.

„Nein, Shari. Ich überlasse dich dem Drachen, der schon längst Anspruch auf dich erhoben hätte, wenn du dich nicht feige vor ihm versteckt hättest.“

Shari schaute von Bowen zu Cameron, auf der Suche nach Hilfe. Als Cyril sie mit gepresster Stimme ansprach, zuckte sie zusammen.

„Sieh *mich* an.“ Er blieb etwas mehr als eine Armlänge von ihr entfernt stehen und hielt ihr seine Hand hin. „Und komm zu mir.“

Sie schüttelte ängstlich den Kopf und zog sich noch weiter von ihm zurück. „Ich will das nicht.“

„Und ich will dich nicht zwingen müssen, Shari. Aber ich werde es tun, wenn du mir keine andere Wahl lässt.“

In Alessa regte sich Mitleid mit der jungen Frau. Sie verstand, wie Shari sich fühlte. Einer Gesetzgebung ausgeliefert, die ihr eine Rolle aufzwang, die sie sich nicht aussuchen konnte. Dabei konnten die männlichen Drachen von Natur aus nicht anders handeln. Es war ein angeborener Instinkt, der sich in ihren Gesetzen widerspiegelte.

„Ich werde dich kein weiteres Mal darum bitten, Shari."

Alessa sah zurück zu Cyril, dessen Stimme von unterdrückten Emotionen dunkler als sonst klang. Dunkler und härter. Er hielt Shari auffordernd die Hand entgegen und wartete, jeder einzelne Muskel in seinem Körper angespannt. Als sie bis zur Wand zurückwich, mit dem Rücken dagegen stieß und hektisch den Kopf schüttelte, hielt Alessa den Atem an. Irgendetwas würde passieren. Sie konnte spüren, wie die Luft in der Halle sich mit Energie auflud und vibrierte. Jeder schien es zu spüren, denn alle nahmen Abstand von Cyril und Shari.

Die *Lejf* schoben sich in Richtung des Ausgangs, der noch immer versperrt war, und Caden bugsierte Ayryn zum Durchgang, der zu den Treppen führte. Cameron drängte Alessa zurück in eine der Nischen und schirmte sie mit seinem Körper ab. Sie stellte sich auf die Zehenspitzen, schob den dichten Vorhang seiner Haare beiseite und schaute über seine Schulter.

„Nicht weglaufen, Shari", hörte sie Cameron leise vor sich hinmurmeln. „Mach es nicht noch schlimmer, indem er dich jagen muss."

Nicht Cyril, sondern Shari war es, die die Beherrschung verlor. Sie schrie ihn an, sich von ihr fernzuhalten. Einen Wimpernschlag später wandelte sie die Gestalt und ihr langes Kleid fiel in sich zusammen. Als kleines cremefarbenes Kaninchen huschte sie aus dem Kleiderhaufen heraus an der Wand entlang, auf der Suche nach einem Schlupfloch im Mauerwerk, durch das sie entwischen konnte. Cyrils wütendes Gebrüll im Nacken ließ sie die winzigen Ohren anlegen und noch schneller flitzen.

Wäre die Situation nicht so ernst, Alessa hätte beim Anblick dessen, was sich vor ihren Augen abspielte, gelacht. Cyril nahm wutschnaubend seine Drachengestalt an und jagte Shari quer durch die Halle. Tische flogen durch die Luft, krachten gegen die Wände und zerbröselten unter der Wucht des Aufpralls in winzige Teile. Eine Bank schoss in ihre Richtung und Cameron errichtete gerade noch rechtzeitig ein Schild vor der Nische, so dass sie daran abprallte.

Alessa hielt den Atem an, als Shari an ihnen vorbeihuschte, einen Haken schlug und in Richtung der *Lejf* rannte. Hatte sie vor, die Männer ihres Clans zu einem Eingreifen zu zwingen, indem sie sie in die Auseinandersetzung mit hineinzog?

Cyril war in seiner Drachengestalt bei Weitem nicht so wendig wie Shari, schlitterte an ihnen vorbei, überschlug sich und knallte in die letzte verbliebene Tischgruppe. Holz splitterte und flog in alle Richtungen. Cyril rappelte sich wieder auf, stieß ohrenbetäubendes Gebrüll aus, das von den Wänden zigfach zurückgeworfen wurde, und setzte Shari nach.

Kurz bevor sie bei der Gruppe *Lejf* ankam, brach der Boden vor ihr auf. Gesteinsbrocken flogen durch die Luft und eine dichte Wand aus eng verschlungenen Ranken schoss in die Höhe. Shari bremste ab, wollte erneut einen Haken schlagen, hatte ihre Geschwindigkeit offenbar unterschätzt und rutschte gegen die Wand. Sie schüttelte sich und sah sich hektisch nach ihrem Verfolger um. Als er sich direkt vor ihr aufbaute und aus grimmig zusammengekniffenen Augen auf sie herabstarrte, zuckte sie ängstlich zusammen. Sein furchterregendes Knurren ließ sie sich noch kleiner machen, als sie ohnehin schon war. Shari duckte sich mit angelegten Ohren und drückte ihren pelzigen Hintern gegen die Rankenwand.

„Er wird sie doch nicht etwa fressen wollen, oder?“, fragte Alessa leise und packte Camerons Arm.

„Keine Sorge. Das wird er ganz sicher nicht tun. Er hat etwas ganz anderes im Sinn. Aber solange sie nicht ihre menschliche Gestalt annimmt, kann er keinen Anspruch auf sie erheben.“

„Aber sie hat Angst. Siehst du nicht, wie sie zittert? Ich glaube kaum, dass sie ihre Gestalt dann ändert.“

„Sie hat mehr Angst vor dem, was Cyril vorhat, als vor ihm selbst.“

Alessa nickte verstehend und verfolgte weiter gebannt über Camerons Schulter hinweg, was geschah. Cyril nahm seine menschliche Gestalt an und neigte den Kopf leicht zur Seite, ohne Shari aus den Augen zu lassen.

„Verwandle dich, Shari.“ Seine Stimme war ein tiefes Grollen, das selbst Alessa einen Schauer über den Rücken laufen ließ. Kein Wunder, dass Shari aussah, als würde sie sich jeden Moment in den Pelz machen. Ihre winzigen Pfoten rutschten über den Boden, während sie sich dichter gegen die Wand in ihrem Rücken presste.

Cyril machte einen Satz auf sie zu und Shari wandelte tatsächlich die Gestalt, womit Alessa nicht gerechnet hätte. Nur nahm sie nicht, wie von Cameron erwartet, ihre Menschen-, sondern Drachengestalt an und schlug mit ihrem Schwanz nach Cyril. Sie erwischte ihn hart an der Seite und schleuderte ihn von sich.

Camerons Muskeln unter Alessas Hand spannten sich an, als er seinen Neffen in den Durchgang fliegen sah, in den sich seine Eltern zurückgezogen hatten. Ein Krachen und Scheppern war zu hören, weil Cyril offenbar die aufgestellten Kräuterschalen umgerissen hatte. Dann folgte lautes Brüllen, Cyril brach erneut in seiner Drachengestalt aus dem Durchgang hervor und spie ein magisches blaues Feuer, das Shari gegen die Wand schleuderte.

„Ich hatte keine Ahnung, dass er das kann“, murmelte Cameron beeindruckt und Alessa sah zu ihm hoch.

„Ist das ungewöhnlich?“

„Ja, ist es. Normalerweise kann das kein Drache, der nicht wenigstens 100 Jahre alt ist. Und er muss stark sein, sehr stark.“ Cameron seufzte, wandte ihr den Kopf zu und zog eine leidende Miene. „Jetzt kann ich ihn nicht mehr damit aufziehen, dass er ein verspieltes Drachenküken ist.“

Alessa versetzte ihm einen Knuff in den Rücken und brummte: „Fieser Machodrache.“

Er zwinkerte ihr verschmitzt zu und sah sich wieder nach seinem Neffen um, der in diesem Augenblick seine sich nach Leibeskräften wehrende Beute erlegte. Zwar hieb Shari mit ihren Klauen nach ihm und riss tiefe Wunden in seinen Schuppenpanzer, aber Cyril ließ trotzdem nicht von ihr ab. Als sie sich herumwarf und versuchte ihm zu entkommen, indem sie flink an der Wand emporkletterte, schlug Cyril sie mit seinem Schweif herunter. Er stürzte sich auf sie, bevor sie sich vom Boden wieder aufrappeln konnte, und packte sie im Genick. Zwischen seinen kräftigen Kiefern eingeklemmt, konnte sie ihm nicht mehr entwischen und fauchte frustriert, als er sie mit seinem massigen Drachenkörper auf den Boden presste, so dass sie sich nicht mehr bewegen konnte.

Minutenlang hallten schwere Atemgeräusche, Fauchen und Knurren von den Hallenwänden wider. Bis Shari schließlich aufgab und ihre menschliche Gestalt wieder annahm. Ein Meer aus langen blonden Locken bedeckte ihren Rücken, als Cyril sich von ihr erhob. Er zog sie hoch, drehte sie mit dem Gesicht zu sich und hielt sie an den Oberarmen gepackt, während er sie gegen eine Wand drückte.

„Bitte nicht.“ Shari sah flehentlich zu Cyril auf und schüttelte den Kopf.

Und wieder spülte eine Welle der Anteilnahme über Alessa hinweg. Doch wie jeder andere in der Halle wusste auch sie, dass Cyril Shari auf keinen Fall nochmals entkommen lassen würde. Mit unnachgiebiger Miene erhob er seinen Anspruch auf die junge Frau und besiegelte ihn mit einem harten Kuss, der außer Alessa jeden in der Halle aufatmen ließ.

Wenn es stimmte, was Bowen gesagt hatte, fanden die Paare immer so zusammen, wie es ihnen vorherbestimmt war. Der Gedanke traf Alessa wie ein kräftiger Schlag in die Magengrube. So viel zu ihrer Überzeugung, sie könnte über ihr Schicksal selbst entscheiden.

Alessa senkte den Blick und löste ihre Finger aus Camerons Hemd, das sie noch immer umklammert hielt. Denn wenn es tatsächlich vorherbestimmt war, wie die Paare zusammenfanden, dann hatte sie von Anfang an keinerlei Recht auf ihn gehabt und Cameron auch nicht auf sie.

Sie richtete ihren Blick wieder auf das Paar. Cyril zog Shari hinter sich her zu den Treppen. Als er an Cameron und ihr vorbeikam, blieb er nicht einmal stehen, als er von seinem Onkel forderte: „Ich will eine Zeremonie. Bald. Morgen Abend.“

# 26. Kapitel

*Warden Castle*

Alessa hätte Ayryn niemals für eine romantische Frau gehalten, aber ihr verklärter Gesichtsausdruck und die sich ständig wiederholenden Seufzer belehrten sie eines Besseren. Camerons Schwägerin stand neben ihr, während sie der Zeremonie beiwohnten, die Alessa sich vollkommen anders vorgestellt hatte.

Es gab keine herausgeputzten Hochzeitsgäste oder überbordende Bouquets auf langen festlich ausgestatteten Tafeln, die die Luft mit lieblichem Blumenduft schwängerten. Die Zeremonie war schlicht, sehr schlicht. Aber trotz ihrer Schlichtheit war die feierliche Stimmung fast greifbar. Und das, obwohl sich Massen an *Lejf* und *Guardian* in der riesigen Halle dicht an dicht drängten, so dass man sich kaum bewegen konnte.

Dass Cyril auf eine baldige Zeremonie bestanden hatte, wunderte sie nicht, nachdem er scheinbar Qualen ausgestanden hatte, um Shari zu finden. Er wollte auf Nummer sicher gehen, dass Shari in allen nur möglichen Wegen an ihn gebunden war und ihm nicht mehr entkommen konnte. Er hatte sie zwar mit seinem Anspruch bereits als die Seine gekennzeichnet, aber das reichte ihm nicht aus.

„Also von Caden hat er die romantische Ader jedenfalls nicht", murmelte Ayryn neben ihr, nachdem Cyril Sharis Hand in die seine genommen und mit fester Stimme seinen Schwur abgelegt hatte. „Von ihm kam damals nur ein: *Du gehörst mir!* Danach hat er in die Runde geguckt und gesagt: *Und wehe, irgendeiner von euch Trotteldrachen sieht sie auch nur komisch an*."

Alessa biss sich auf die Unterlippe, um nicht zu lachen, und sah zu Shari, die mit ihren silberblonden Locken, die ihr weit über den Rücken fielen, und dem zarten hellgrünen Kleid wie eine Fee aussah. Sie wirkte bei Weitem nicht mehr so verängstigt wie am Tag zuvor. Aber richtig glücklich sah auch anders aus. Ob sie trotz des Anspruchs Cyril offen ablehnen würde?

„Deine Fast-Schwiegertochter sieht nicht aus wie eine Braut am glücklichsten Tag ihres Lebens."

Ayryn winkte ab. „Das kommt schneller, als sie es sich im Moment vorstellen kann. Sie kann gar nicht anders, als sich in Cyril zu verlieben. Ich war Caden nicht einmal eine Woche nach seinem Anspruch verfallen. Und Cyril arbeitet bereits daran, damit sie seine Gefühle erwidert."

„Indem er sich seit gestern ständig in ihrer Nähe aufhält und sie nicht eine Sekunde aus den Augen lässt?"

„Das liegt daran, dass sie sich zwei Jahre vor ihm versteckt hat. Irgendwann wird er ihr etwas mehr Freiraum zugestehen." Ayryn schürzte die Lippen und wiegte den Kopf hin und her. „So in ungefähr 100 oder 200 Jahren."

Das konnte sie nicht ernst meinen? Geschockt sah Alessa zu Ayryn, die ihr frech zuzwinkerte und dann ihren Blick wieder nach vorn richtete. Shari war an der Reihe ihren Schwur zu leisten und in der Halle herrschte absolute Stille.

Als Shari Cyrils Schwur nicht sofort erwiderte, beugte er sich vor und flüsterte laut genug, dass absolut jeder es hören musste: „Wenn du nicht willst, dass ich hier und jetzt vor all diesen Zeugen mit dir das wiederhole, was ich letzte Nacht mit dir gemacht habe, solltest du dich etwas beeilen."

Sharis Gesicht lief knallrot an und sie sah sich erschrocken um. Alle Männer lachten dröhnend, während die Frauen über Cyrils Worte kicherten. Und Ayryn verlor sich erneut in ihre Schwärmerei, wie romantisch ihr Sohn doch sei.

Was, bitteschön, war daran romantisch, Shari auf diese Weise zum Gelübde zu drängen? Alessa schüttelte den Kopf und verdrehte die Augen gen Decke. Diese Drachin hatte einen abgedrehten Sinn für Romantik.

Nachdem Shari sich wieder gefangen und ihren Schwur hastig abgelegt hatte, trat Cameron hinter das Paar und legte eine Hand auf ihre miteinander verbundenen Hände. Er hieß Shari offiziell in ihrem neuen Clan willkommen, wünschte dem Paar eine glückliche Zukunft und wollte noch etwas sagen, als Bowen dazwischen brüllte: „Sieh zu, dass du sie bald schwängerst, Cyril. Anders bekommst du sie nicht in den Griff."

Weitere durchweg derbe Ratschläge folgten aus verschiedenen Ecken der Halle und jeder einzelne wurde mit lautem Gelächter quittiert. Alessa riss die Augen auf, schnappte nach Luft und konnte nicht fassen, was diese Kerle aus der Hochzeit des Paares machten. Konnte man das überhaupt als Hochzeit bezeichnen?

Oder war es eher ein Wettbewerb, wer der Braut die meiste Schamesröte ins Gesicht trieb? Und war die Zeremonie überhaupt abgeschlossen? Bowen hatte Cameron ja nicht einmal ausreden lassen.

Geschockt riss Alessa den Kopf nach rechts, als Lorne überaus bildhaft beschrieb, mit welcher Sexstellung Cyril Shari garantiert glücklich machen könnte.

„Er hat recht. Die ist wirklich gut."

Alessa fuhr zu Ayryn herum. „Das ist doch nicht dein Ernst?"

„Doch. Männer können das nur nicht so gut beschreiben. Aber wenn die Frau das eine Bein auf seiner Schulter …"

„Das meinte ich nicht", zischte Alessa sie aufgebracht an. „Ihr Idioten ruiniert die Zeremonie."

Ayryn legte ihr beruhigend eine Hand auf den Unterarm und schüttelte lächelnd den Kopf. „Nein, tun wir nicht. Das gehört dazu. Diese ungehobelten Ratschläge sind Teil der Zeremonie."

„Oh Gott, was für ein dämliches Ritual." Alessa sah zu Shari, in deren Gesicht zwar noch immer eine verräterische Röte stand, aber sie wirkte deutlich gelöster als zu Beginn der Zeremonie, richtiggehend erleichtert.

„Je unverschämter die Vorschläge sind, umso besser." Cameron umschlang Alessa von hinten mit beiden Armen, zog sie gegen seinen Körper und hauchte ihr einen Kuss auf den Scheitel. „Damit wird vor allem Shari gezeigt, dass sie willkommen ist. Und für Cyril ist es das Maß, an dem er erkennen kann, wie sehr sich die Mitglieder beider Stämme für ihn freuen."

„Dafür sollten ein Schulterklopfen und ein paar nette Glückwünsche doch auch ausreichen."

„Nur, wenn du ihn beleidigen willst."

Sie befreite sich aus seiner Umarmung und drehte sich mit empörter Miene zu Cameron um. Dass ihre Reaktion auf diese bescheuerte Tradition ihn sichtlich amüsierte, ließ sie die Hände in die Hüften stemmen und ihn wütend anfunkeln. „Ich will ihn ganz sicher nicht beleidigen. Aber um nichts in der Welt werde ich Shari öffentlich mit einer ganzen Reihe von Obszönitäten gratulieren."

„Auch dann nicht, wenn es Tradition ist und von dir sogar erwartet wird?"

„Warum ausgerechnet von mir?"

„Es gibt hier keine anderen *Sway* oder *Imperial*. Du bist die Einzige und sprichst somit für beide Stämme als Oberhaupt."

Camerons Blick wanderte über ihren Kopf hinweg und sein Lächeln vertiefte sich. „Wenn dir so schnell nichts einfällt, dann könnte ich dir aushelfen.“

Argwöhnisch sah sie sich um und stöhnte gequält, als sie sah, wie Cyril sich mit Shari im Arm einen Weg durch die Menge bahnte – in ihre Richtung. Krampfhaft überlegte sie, was sie dem Paar an den Kopf werfen konnte, um der Tradition gerecht zu werden und niemanden zu beleidigen. Alle zotigen Kommentare waren von Männern gekommen, auch wenn die anwesenden Frauen beifällig gelacht hatten. Und jede einzelne Bemerkung hatte auf Cyrils Potenz abgezielt, die er seiner Frau beweisen sollte. In irgendeiner Form.

Sie konnte ihm auf keinen Fall den Rat geben, seine frisch Angetraute in der Hochzeitsnacht ordentlich durchzuvögeln, wie einige andere der Krieger es getan hatten – auf mehr oder weniger direkte Weise. Mit und ohne bildliche Anleitungen, indem sie ihre eigenen bevorzugten Stellungen beschrieben. *Verdammt!*

Als Cyril mit Shari bei Cameron und ihr ankam, überlegte sie noch immer, was sie sagen sollte. Glücklicherweise gewährte ihr Cameron noch etwas Aufschub, indem er seine eigenen ungehobelten *Glückwünsche* überbrachte und seinem Neffen einen harten Schlag gegen die Schulter verpasste.

„Dass du mit deinem schuppigen Schwanz umgehen kannst, hast du im Kampf oft genug bewiesen. Ich hoffe, du bist dazu auch mit dem anderen in der Lage, dass Shari keinen Grund hat, sich zu beklagen.“

Brüllendes Gelächter brandete durch die Halle. Alessa verdrehte die Augen und schüttelte schmunzelnd den Kopf, weil die testosteronüberladene Atmosphäre nicht mehr zum Aushalten war. Wurde Zeit für eine Retourkutsche.

Sie schubste Cameron ein Stück zur Seite und stellte sich mit einem zuckersüßen Lächeln vor dem Paar auf. „Dass du deinen anderen Schwanz einzusetzen weißt, hast du letzte Nacht eindeutig bewiesen, Cyril. Denn obwohl die Mauern der Festung mehr als einen Meter dick sind, konnten wahrscheinlich selbst jene *Lejf* Sharis lustvolle Schreie hören, die sich erst heute auf den Weg zur Zeremonie gemacht haben.“ Zustimmendes Gelächter hallte von den Mauern wider. Aber Alessa war noch nicht fertig. Sie wandte sich Shari mit einem Lächeln zu und sagte: „Diese Nacht bist du am Zug. Mach mit ihm genau das, was er letzte Nacht mit dir gemacht hat und bring ihn zum Brüllen, dass die Wände wackeln. Zeig diesem eingebildeten Machodrachen, wer von euch beiden das Sagen hat."

Für einen Augenblick herrschte Stille, dann grölten zuerst die Frauen im Chor vor Lachen, ehe die Männer einstimmten und Alessa anerkennend ansahen.

Cameron schlang ihr einen Arm um den Körper, zog sie an sich und blickte dem Paar hinterher, das sich durch die Massen kämpfte, um aus der Halle zu kommen. Nachdem alle männlichen Drachen ihre gut gemeinten und unpassend hervorgebrachten Ratschläge losgeworden waren, hagelte es jetzt nicht minder anzügliche Ratschläge seitens der Frauen für Shari.

Ihm war bisher noch nie aufgefallen, dass ihre Frauen sich bei Zeremonien zurückgehalten hatten. Aber das war etwas, was ab dem heutigen Tag wohl der Vergangenheit angehörte.

„Und? Wie war ich? Habe ich die beiden eurer Tradition nach genug beleidigt?", wollte Alessa mit einem leisen Lachen wissen.

Er sah auf sie hinab, strich mit den Lippen über ihren Mund und murmelte: „Vollkommen ausreichend. Und wie es scheint, hast du sogar eine neue Tradition geschaffen. Ich würde Cadens Arsch verwetten, dass bei der nächsten Zeremonie Männer und Frauen versuchen werden, sich gegenseitig zu übertrumpfen."

„Wieso Cadens Arsch und nicht deinen?"

Heiße Lust flackerte in seinem Blick auf und sprang auf Alessa über. Ihre Augen weiteten sich und sie leckte sich über die Unterlippe, um sie zu befeuchten.

„Weil ich meinen noch brauche, damit du deine Krallen hineinschlagen kannst."

„Wann?", stieß sie atemlos hervor und drängte ihren Körper enger an seinen.

„Genau jetzt!" Er packte Alessas Handgelenk und zog sie so schnell hinter sich her, dass sie kaum mit ihm Schritt halten konnte. Bei der Treppe angekommen, schnappte Cameron sie um die Taille, warf sie sich über die Schulter und sprintete immer zwei Stufen auf einmal nehmend nach oben.

Dass ihr hastiger Abgang nicht unbemerkt geblieben war, war nicht zu überhören. Nachdem sich alle Gäste der Zeremonie erst an Cyril und Shari ausgelassen hatten, brüllten sie jetzt derbe Kommentare hinter ihnen her. Sie hallten sogar bis in das nächste Stockwerk.

Kopfüber von Camerons Schulter hängend lachte Alessa so heftig, dass sie japsend nach Luft schnappte. Es gab keine Tradition, die dämlicher war. Aber auch keine, die ihr besser gefiel.

Cameron knallte die Tür hinter sich zu und warf Alessa auf das Bett. Bevor sie sich herumrollen und flüchten konnte, lag er schon auf ihr, packte ihre Arme und drückte sie über ihrem Kopf auf das Bett.

„Du bleibst genau hier", knurrte er, neigte den Kopf und presste seinen Mund auf ihren. „In unserem Bett, damit ich tun kann, was ich die ganze Zeit über mit dir tun wollte. Die Zeremonie hat eine Ewigkeit gedauert."

Alessa lüpfte zweifelnd eine Augenbraue und schüttelte den Kopf. „Eine knappe Stunde, wenn überhaupt."

„Eben. Eine Ewigkeit." Er umfasste ihre Handgelenke mit einer Hand und schob die andere unter ihr eng anliegendes Shirt. Cameron strich über ihren flachen Bauch und arbeitete sich weiter nach oben zu ihren Brüsten. „Habe ich dir schon mal gesagt, dass mir diese Dessous, die du immer trägst, wahnsinnig gut gefallen?" Er schob das Shirt höher, betrachtete mit gierigen Blicken ihre Rundungen, die von zartem Spitzenstoff bedeckt wurden, und leckte sich über die Lippen.

Die zügellose Lust, die ihr aus seinem Blick entgegenleuchtete, schürte ihr eigenes Verlangen. Und das mischte sich mit einer Unsicherheit, die sie in seiner Gegenwart bisher nicht gespürt hatte. Mit Cameron schien eine Veränderung vorzugehen, die sie sich nicht erklären konnte. Sie wand sich unter ihm und versuchte, sich unter seinem Körper hervorzuschieben. Aber er ließ es nicht zu und klemmte ihren Körper zwischen seinen Knien ein.

„Cameron?" Sie sah zu ihm auf und suchte seinen Blick. Seine Augen hatten sich um mehrere Nuancen verdunkelt und die satte Farbe glänzenden Anthrazits angenommen. „Was ist mit dir los?"

„Es ist alles in Ordnung, mein kleiner Drache." Ehrfürchtig streichelte er über die weiße Spitze, umkreiste mit dem Daumen eine ihrer verhärteten Brustwarzen und sog tief den Atem ein. „Ich kann riechen, wie sehr du es willst. Mich willst. So sehr, wie ich dich.“

Bei seinen Worten beschleunigte sich ihr Puls, das vertraute Kribbeln zwischen ihren Schenkeln setzte ein und wurde zu einem heftigen Pochen. „Ja, aber …“

„Es liegt am Drachenmond. Wenn er näher rückt, tritt unsere wilde Seite stärker hervor.“

„Noch stärker?“, flüsterte sie ungläubig. Wann immer sie mit Cameron schlief, war der Sex selten sanft. Er war fast immer ungezähmt und von so glühender Intensität, dass sie sich nicht vorstellen konnte, es könnte davon noch eine Steigerung geben. Die rasende Leidenschaft, die aus jeder seiner Poren strömte, sie einhüllte und sich in seinen Augen widerspiegelte, sprach jedoch genau dafür. „Heißt das …?“

„Ja.“ Ein sinnliches Lächeln verzog seinen Mund. Er griff nach ihrem Shirt, riss es ihr vom Körper und ließ den Spitzen-BH folgen. „Diese Nacht wird ein harter Ritt. Und es wird dir gefallen“, versprach er ihr mit rauer Stimme und ließ ihre Hände los. Er zog sich zurück und machte sich an ihrer Hose zu schaffen. Mit einer schnellen Bewegung zerrte er sie ihr samt Spitzenslip vom Körper und warf sie achtlos beiseite. Dann packte er sie mit beiden Händen in den Kniekehlen, spreizte ihre Beine und zog sie mit dem Hintern näher an den Rand des Bettes, so dass er zwischen ihren Schenkeln stand. „Ich würde sagen, wir fangen mit Lornes favorisierter Stellung an.“

*Wir fangen mit Lornes favorisierter Stellung an?* Und dann? Mit weit aufgerissenen Augen starrte Alessa Cameron an, wie er sich das Hemd vom Leib zerrte und sich an seiner Hose zu schaffen machte. Sie war sich sicher, er hatte vor, sich durch die ganzen Stellungen durchzuarbeiten, die während der Zeremonie so bildhaft beschrieben worden waren. *Oh Gott!*

Und noch einmal *Oh Gott!*, weil sie sich genau das sehnlichst wünschte. Allein die Vorstellung ließ Feuchtigkeit aus ihr heraus- und an den Innenseiten ihrer Schenkel herablaufen. Sie war noch nie zuvor so bereit gewesen, genommen zu werden. Und hatte es niemals so sehr gewollt wie in diesem Augenblick. Auch wenn die Chancen hervorragend dafür standen, dass sie am nächsten Morgen nur noch Schlangenlinien laufen würde. *Verfluchter Drachenmond!*

So wie Cameron ihn und seine Auswirkungen spüren konnte, schürte er ihre eigene Wollust ins Unendliche. Er machte aus ihr ein sexsüchtiges Luder, das genau danach lechzte, was Cameron angedeutet hatte. Einen harten Ritt, mehrere davon, am liebsten die ganze Nacht hindurch.

Wie von selbst hob sie einen Arm, streckte ihn nach Cameron aus und murmelte seinen Namen. Er ergriff ihre Hand und ließ sich von ihr herunter ziehen, bis er sich mit beiden Händen auf der Matratze abstützen musste. Mit einem unterdrückten Stöhnen presste er seine Härte gegen ihr heißes Zentrum und rieb sich aufreizend an ihr.

Cameron neigte den Kopf, presste verlangend seinen Mund auf ihre Lippen und erforschte mit seiner Zunge ihre samtige Mundhöhle. Sein Atem ging stoßweise, als er sich an ihrem Kinn entlang knabberte und mit den Lippen an ihrem Ohrläppchen zupfte.

„So leid es mir tut, Liebes. Aber ich kann dir heute kein langes Vorspiel garantieren“, stieß er mit rauer Stimme hervor und verstärkte den Druck, den er mit seinem Unterleib auf sie ausübte. Sein harter Schaft rieb über ihre Klitoris und ließ sie wollüstig aufstöhnen.

„Vergiss das Vorspiel.“ Alessa winkelte ihre Beine an, stützte ihre Fersen auf die Bettkante und hob ihm ihren Unterleib entgegen.

Cameron strich mit einer Hand an ihrem Körper hinab, über ihr linkes Bein und hob es an. Sanft küsste er ihren Knöchel, knabberte an ihrer Wade und legte es auf seiner Schulter ab. „Ich habe gehofft, dass du es genauso sehen würdest“, murmelte er rau und senkte seinen glühenden Blick in ihren.

Er zog sich etwas zurück, teilte mit seinen Fingern ihre Schamlippen und rieb in einem betörenden Rhythmus über ihre Klitoris. Dann versenkte er erst einen, danach zwei Finger in ihrer Hitze, so dass Alessa leise seufzte und den Rücken wölbte. Sie wollte mehr, brauchte mehr. Und zwar sofort.

Als hätte Cameron ihre Gedanken gelesen, zog er seine Hand zurück und trieb seine harte Männlichkeit mit einem kräftigen Stoß tief in sie hinein. Er stützte seine Arme zu beiden Seiten ihrer Schultern ab und verfiel in einen harten, schnellen, fast wütenden Rhythmus, der Alessa den Atem raubte. Mit einer solchen Intensität hatte sie nicht gerechnet und dennoch wollte sie mehr. Sie spannte die Muskeln in ihrem Unterleib an, umschlang mit ihrem anderen Bein seine Hüften und brachte Cameron damit zum Knurren. Ihre Fingernägel senkten sich in seine Oberarme, während sie ihn stöhnend anspornte, alles von ihm forderte, das er geben konnte.

Was auch immer sie wollte, er würde es ihr geben. Cameron verlor sich in seinem Verlangen, das wie eine unbezähmbare Bestie von ihm Besitz ergriffen hatte und nach Alessa brüllte. Immer härter und aggressiver nahm er sie, pumpte unablässig weiter und genoss dabei das Gefühl, wie sich ihre seidig weichen Muskeln bei jedem Stoß fester um seine Härte zusammenzogen, an ihm saugten und tiefer zogen. Als er die ersten sanften Zuckungen spürte, sie sich wie eine Faust enger um ihn schloss, verfiel er in wahnsinnige Raserei.

Die Anspannung und die verzehrende Hitze in Alessa nahmen mit jedem einzelnen seiner feurigen Stöße zu und wuchsen zu einem kaum erträglichen Ausmaß an. Sie krallte sich an ihrem wilden Liebhaber fest, bäumte sich auf und ließ sich mit einem erleichterten Aufschrei von ihrem Höhepunkt mitreißen, der sich in einem bunten Feuerwerk vor ihren Augen entlud.

Ihr Feuer, das über seinen schweißnassen Körper hinwegleckte, und ihr verzückter Schrei kratzten an seiner Selbstbeherrschung und ließen Camerons letzte verbliebene Zurückhaltung verpuffen. Er versenkte sich mit mächtigen Stößen in ihrer zuckenden Hitze und markierte sie mit jedem Stoß erneut als die Seine. Mit zusammengebissenen Zähnen ertrug er die schier unerträgliche Anspannung in seinem Körper und trieb ein letztes Mal seinen steinharten Schaft in sie hinein. Er riss den Kopf zurück, brüllte triumphierend wie das Tier, das in ihm steckte, und ergoss sich heiß in ihrer pulsierenden Wärme.

Schweißüberströmt sackte er auf Alessa zusammen und rang mit heftig klopfendem Herzen nach Luft. Mit letzter Kraft stemmte er sich hoch und rollte sich auf den Rücken. „Ich … liebe … dich“, stieß er abgehackt hervor, streckte einen Arm aus und zog Alessa an seine Seite.

„Und ich dich.“ Sie kuschelte sich eng an ihn, schmiegte ihren Kopf an seine Schulter und schob ein Bein zwischen seine Beine. Zärtlich küsste sie die Stelle an seinem Hals, unter der sein Puls heftig pochte, und strich beruhigend über seine Brust. „Wenn die ganze Nacht so kraftraubend wird, dann weck mich morgen nicht vor dem Abendessen“, murmelte sie mit einem Seufzen.

„Keinesfalls früher“, versprach er ihr leise lachend und bedeckte ihre Hand, die über seinem Herzen auf seiner Brust lag, mit seiner und küsste sie auf den Scheitel. Alessa entspannte sich, ihre Atemzüge wurden gleichmäßig und tiefer und Cameron wusste, dass sie eingeschlafen war. Und Schlaf konnte sie auch gebrauchen, denn in den nächsten Stunden würde er sie sicherlich noch mehrfach wecken und sein Verlangen nach ihr stillen.

Sein Blick wanderte über sie hinweg zum Fenster und hinaus in die mondhelle Nacht. In zwei Nächten gab es einen Drachenmond. Dann würde die Frist ablaufen, die Darius ihm gesetzt hatte.

Cameron schmiegte seine Wange an ihren Scheitel, schloss die Augen und atmete ihren süßen, blumigen Duft ein. Konnte er sie tatsächlich aufgeben? Oder sollte er sich Aitas Anordnungen widersetzen und auf ihre Gesetze spucken?

Er umschlang Alessa fester und zog sie enger an seinen Körper. Nichts zählte mehr als die Frau in seinen Armen, die er wie nichts anderes auf der Welt begehrte, liebte und niemals wieder aufgeben wollte, weil sie ihn vervollständigte. Er konnte sie nicht aufgeben, egal welche Folgen es für ihn haben würde.

Wenn er sich Aitas Zorn stellen musste, dann sollte es so sein. Sie gehörte nicht zu Darius, sondern zu ihm. In sein Bett. An seine Seite. Für immer.

## 27. Kapitel

*Warden Castle*

Die Albträume kehrten zurück – machtvoller, realer und beängstigender als jemals zuvor. Aber sie hatten sich verändert. Es war nicht mehr der Umstand, dass sie sich in ihren Träumen in einen Drachen verwandelte, der ihr solche Angst einflößte. Sondern die Aussicht, dass sie jeden verlieren würde, der ihr etwas bedeutete. Ein drittes Mal.

Auf einem riesigen Schlachtfeld kämpften Drachen verzweifelt gegen furchteinflößende Kreaturen. Die grotesk anmutenden Mischwesen fielen über sie her wie ein riesiger Schwarm Heuschrecken. Sie fegten über die Drachen hinweg, sprangen sie an, zerflederten ihre Flügel und verbissen sich in ihren Hälsen.

Und inmitten dieser kämpfenden, wogenden Masse sah sie Cameron. Er kämpfte um sein Leben, aber er wurde immer schwächer. Sein Körper war von unzähligen, tiefen Wunden übersät, die er nicht mehr schnell genug heilen konnte. Und der Strom an Angreifern ließ nicht nach. Ein ganzes Rudel riesiger, geflügelter Wölfe warf sich auf ihn. Sie zerrten ihn gnadenlos auf den Boden, schlugen ihre Reißzähne und Klauen tief in seinen Körper und zerfetzten ihn vor ihren Augen.

*Cameron!* Sie würde es nicht zulassen, durfte es nicht zulassen. Niemals …

„Alessa!"

Sie riss die Augen auf und schnappte hektisch nach Luft. Ihre Augen richteten sich auf Cameron, der über sie gebeugt stand, sie an den Schultern gepackt hielt und schüttelte. Die Luft um sie herum flirrte von einer unbeschreiblichen Hitze, die Cameron mit seinen Kräften bändigte und auf ein erträgliches Maß abkühlte.

„So ist's gut, kleiner Drache." Beruhigend strich er ihr die verschwitzten Haarsträhnen aus der Stirn, setzte sich auf die Bettkante und zog sie in seine Arme. „Was ist passiert, Alessa? War es Darius? Hat er dich angegriffen?"

„Nein." Nach Halt suchend klammerte Alessa sich an ihm fest und barg ihr Gesicht an seinem Hals. „Es war nicht Darius. Nur ein Albtraum." *Aus dem ich glücklicherweise wieder erwacht bin,* fügte sie in Gedanken hinzu und schloss die Augen. Tief atmete sie Camerons herben männlichen Duft ein und ließ ihre aufgewühlten Gedanken davon beruhigen. Er war am Leben, lag nicht erschlagen und zerfleischt zu ihren Füßen wie in ihrem abscheulichen Traum.

„Was hast du gesehen? Ich bin kaum zu dir durchgedrungen, um dich zu wecken. Alles, was ich gespürt habe, waren Feuer, Verzweiflung und Angst.“ Er rückte ein Stück von ihr ab, so dass sie sich nicht mehr vor ihm verstecken konnte, und küsste sie sanft. „Was ist passiert?“

„Es war nur ein Traum.“ Wen versuchte sie eigentlich zu beruhigen? Sich selbst oder Cameron? Normale Albträume waren nicht so real, dass man den Verlust und die Schmerzen spüren konnte. Sie einen innerlich zerrissen. Und war es nicht auch so gewesen, als sie noch davon geträumt hatte, sich in einen Drachen verwandeln zu können? War der heutige Albtraum wie die damaligen? So etwas wie eine Vision von etwas, das tatsächlich eintreten würde?

„Du verschweigst mir etwas, Alessa.“ Forschend musterte Cameron ihr Gesicht. Sorge stand in seinem Blick. „Ich bin mir sicher, dass du mir etwas verschweigst. Was ist es?“

Ein Schauer überlief ihren Körper, als sie den brutalen Traum vor ihrem inneren Auge Revue passieren ließ. „Da waren so unglaublich viele Tote“, flüsterte sie mit erstickter Stimme und konnte nicht verhindern, dass ihr Tränen in die Augen stiegen. „Menschen und Drachen. Sie wurden regelrecht in Stücke gerissen von …“

„Von wem? Darius und seinen Männern?“

„Nein. Es waren Kreaturen, wie ich sie noch nie gesehen habe. Unvorstellbar grausam, als würden sie nur ein Ziel kennen.“

„Alles vernichten, was ihren Weg kreuzt.“

„Ja.“

Cameron stieß eine ganze Reihe von Verwünschungen aus und fuhr sich fahrig mit einer Hand durchs Haar. „Wir müssen alle in Sicherheit bringen, weg von der Barriere, bevor …“

Seine letzten Worte wurden von einem langgezogenen, unnatürlichen Kreischen verschluckt, das durch das Fenster zu ihnen hereindrang. Dann war der ohrenbetäubende Knall einer Explosion zu hören, die selbst die dicken Mauern der Festung erzittern ließ. Alessa riss erschrocken die Augen auf und verkrallte ihre Finger in der Bettdecke unter ihrem Körper.

„Was war das?“

„Die Barriere ist gefallen.“ Cameron zog sie vom Bett hoch und kleidete sie mit einer schnellen Handbewegung an. Dann zerrte er sie hinter sich her in den Gang, in dem es bereits von *Guardian* und *Lejf* nur so wimmelte.

„Alle in den Hof, wir müssen uns sammeln, sie zurückdrängen und versuchen, die Barriere neu zu errichten“, rief er Rayne und Bowen zu, als er sie entdeckte.

„Cameron?“ Alessa hasste sich selbst dafür, dass sie so ängstlich klang. Aber genau in diesem Augenblick begann ihr Albtraum Realität zu werden. Was lag da näher, als Furcht zu empfinden?

Im Hof angekommen, drehte er sich zu ihr um, umrahmte ihr Gesicht mit beiden Händen und küsste sie zärtlich. Alessa konnte all seine Liebe für sie in diesem einen Kuss spüren und kämpfte gegen die aufsteigenden Tränen an. Auch wenn Cameron es nicht aussprach, so wusste sie dennoch, dass er sich gerade von ihr verabschiedete – vielleicht für immer.

„Ich liebe dich, kleiner Drache.“

„Und ich liebe dich. Aber du darfst nicht gehen.“

„Ich muss.“

„Cameron, nicht …“

„Nein, Alessa. Ich … wir müssen es tun. Wir müssen sie aufhalten, was immer es auch kosten mag. Ich werde niemals zulassen, dass dir etwas passiert.“ Er sah zu Caden, der sich gerade von Ayryn verabschiedete und weiter zu Cyril, dem nicht einmal drei Tage mit seiner Gefährtin vergönnt gewesen waren. Viel weniger Zeit, als er sie mit Alessa gehabt hatte. Sein Blick glitt über kampfbereite *Guardian* und *Lejf* hinweg.

Sie würden sich gemeinsam einem unberechenbaren Feind stellen. Cameron hoffte inbrünstig, dass sie durch ihre Zusammenarbeit diese Kreaturen besiegen und wenigstens einige von ihnen heimkehren würden.

Nach einem letzten Kuss wandte er sich von Alessa ab, wies Rayne an, bei denen zu bleiben, die sie in der Festung zurückließen, und sie im Notfall in die Höhlensysteme des *Lejf*-Gebiets zu bringen, damit sie dort Schutz fanden. Dann wandelte er seine Gestalt, strich mit seiner Schwanzspitze ein letztes Mal liebkosend über Alessas Wange und erhob sich mit lautem Gebrüll in die Luft.

„Wir müssen ihnen folgen, Rayne. Ich weiß, dass sie es nicht alleine schaffen werden.“ Wie eine gefangene Löwin tigerte Alessa in der Halle hin und her und rieb sich dabei mit beiden Händen die Oberarme. Beißende Kälte fraß an ihr und verstärkte die Angst, Cameron nicht wiederzusehen.

„Du hast Camerons Befehl gehört. Wir werden hier bleiben und uns, wenn nötig, in die Höhlensysteme zurückziehen. Darin kenne ich mich aus und wir können sie gut verteidigen.“

„Aber wenn wir diese Dinger besiegen, dann brauchen wir uns dort gar nicht erst verstecken“, beharrte sie auf ihrem Standpunkt. „Und um sie zu besiegen, braucht es alle von uns. Nicht nur die Männer, auch jeden weiblichen *Guardian* und *Lejf*.“

„Nein. Wir werden hier warten.“ Raynes Miene verschloss sich und wurde unnahbar. Ein Schatten des Bedauerns huschte über sein Gesicht. Er versuchte, ihn zu verbergen, indem er ihr den Rücken zuwandte und in den erkalteten Kamin starrte. Aber er war nicht schnell genug gewesen, Alessa hatte ihn gesehen. Und sie wusste genau, was ihn bedrückte.

„Du hast Angst.“

„Ich habe keine Angst. Es gibt nichts, wovor ich mich fürchten würde“, knurrte er, hielt aber weiterhin den Kopf abgewandt.

„Und ob. Du hast eine Scheißangst, dass du Garwin nicht wiedersehen wirst. Oder deinen Bruder.“

„Es ist egal, was ich fühle. Ich werde mich an den Befehl halten.“

„Selbst wenn du weißt, dass er falsch ist? Was er nach sich ziehen könnte, wenn du ihn befolgst?“ Ein Zittern überlief Rayne und Alessa legte ihm beruhigend eine Hand auf die Schulter. „Willst du tatsächlich alles umsonst aufgegeben haben, um mich zu schützen? Siehst du denn nicht, dass ich eben dafür wieder hier bin? Dieser Kampf ist es, der es entscheiden wird – für jeden von uns. Und ich bin bereit.“ Sie wies mit einer Hand hinter sich auf Ayryn und die anderen Drachinnen. „Sie sind es auch. Wofür wurden selbst die Frauen trainiert, wenn nicht dafür, sich notfalls wehren zu können? Und das, was gerade geschieht, ist ein Notfall."

Rayne hob den Kopf, ließ seinen Blick über die versammelten Frauen schweifen und sah dann zu ihr. „Selbst wenn ich an deiner Abstammung gezweifelt hätte, in diesem Augenblick hättest du mich davon überzeugt, dass königliches Blut durch deine Adern fließt. Du bist als Verhandlungspartnerin nicht zu unterschätzen und weißt, wie du deinen Willen durchsetzt."

„Du bringst uns also zu ihnen?"

„Habe ich denn eine andere Wahl?"

Alessa schob beide Hände in die Hosentaschen ihrer Jeans, zuckte mit den Schultern und schenkte ihm ein kleines Lächeln. „Also ich sehe keine."

„Eben drum, meine Königin. Eben drum."

*Warden-Gebiet*

Alessa glitt neben Rayne durch die Luft, dem Horizont entgegen, an dem die orangefarbene Abendsonne herabsank. Nichts außer dem gleichmäßigen Rauschen von Flügelschlägen war zu hören. Sie wandte den Kopf, sah über ihre Schulter und musterte kurz die Drachinnen, die sich ihr angeschlossen hatten. Nicht eine wollte sich kampflos verstecken und darauf warten, dass sie irgendwann vom Tod ihres Gefährten erfuhr.

*„Kämpft zusammen, nicht allein. Diese Viecher sind nicht zu unterschätzen"*, erklärte Rayne, flog einen Bogen und folgte einem schmalen Fluss, der sich seitlich am Gebirge vorbeischlängelte. *„Und nehmt euch vor ihren Zähnen und Klauen in Acht, einige von ihnen nutzen Gift."*

*„Hast du vor, uns Angst einzujagen?"*, brummte Ayryn.

*„Ich will euch nur warnen."*

*„Gut. Denn egal, was uns da alles erwartet, ich habe vor, diesen Mistviechern in den Arsch zu treten. Und zwar gewaltig."*

Ein Chor aus perlendem Gelächter hallte in Alessas Kopf wider. Sie würde Cameron wiedersehen. Ganz tief in ihrem Inneren fühlte sie es. Und was immer geschehen mochte, sie alle taten hier und jetzt das Richtige, indem sie ihren Männern zu Hilfe eilten.

# 28. Kapitel

*Warden-Gebiet*

*„Himmel, Cameron. Diese Kreaturen haben unglaubliche Kräfte."* Caden stürzte sich auf etwas, das den Körper einer Kuh hatte, aber den Kopf und die Klauen eines Drachen. Und es war wendiger, als es auf den ersten Blick wirkte. Nicht so schwerfällig wie Kühe oder die Behias, ihre deutlich größeren Artgenossen. Caden schlug es mit einem schnellen Schwanzschlag von den Füßen, verbiss sich im Hals der Kreatur und riss ihr den Kopf von den Schultern, ehe er sich der nächsten zuwandte. *„Mehr als eine auf einmal ist nicht möglich. Früher konnten wir mehrere gleichzeitig mit dem Schwanz durchbohren. Diese Stärke ist keinesfalls normal."*

*„Sie werden wie jeder andere von uns vom Drachenmond beeinflusst. Wahrscheinlich haben ihre Kräfte in den letzten Wochen so stark zugenommen, dass sie jetzt auch die Barriere durchbrechen konnten."* Cameron durchbohrte einen monströs großen Wolf mit verkümmerten Flügeln mit seiner Schwanzspitze, schnappte nach dessen Kopf und biss ihn ab. Angewidert spuckte er ihn auf den Boden und schleuderte den leblosen Körper von sich. *„Und sie schmecken ekelhaft."*

*„Ihr seid nicht hier, um euch an ihnen satt zu fressen. Bewegt eure fetten Ärsche, Guardian."* Bowen schoss an ihm vorbei und warf sich auf einen grotesk anmutenden Cevaloren mit breitem Maul und spitzen Reißzähnen. Speichel gemischt mit Blut lief aus seinem Maul und tropfte auf den Boden, als er genüsslich am Drachenflügel eines toten *Lejf* kaute. Bowen schlitzte ihm mit der Daumenklaue seitlich den Hals auf, so dass eine Blutfontäne über Cadens Rücken spritzte, verkrallte seine rasiermesserscharfen Klauen im Rücken des Tiers und hob es in die Luft. Der Cevalor strampelte ziellos und panisch mit den Hufen, fauchte und schrie. Bowen warf ihn mit einem Schwung zurück auf den Boden. Knochen knackten, durchstießen von innen nach außen den Körper der Kreatur und ließen sie jämmerlich verenden.

*„Irgendwas stimmt nicht."* Cyril setzte neben seinem Vater auf dem Boden auf und sah sich besorgt um. *„Es sind zwar viele …*

*sehr, sehr viele von ihnen, aber die Viecher sind strohdumm. Sie stürzen sich kopflos auf alles, was sich bewegt.“*

*„Ist mir auch schon aufgefallen.“* Cameron schlang einem undefinierbaren Mischmasch aus vierfach gehörnter Ziege und Hund und irgendetwas, das wohl Schuppen gehabt haben musste, den Schwanz um den Hals und drückte zu, bis ein lautes Knacken zu hören war und der Kopf in einem ungesunden Winkel abknickte.

*„Wie können sie dann die Barriere durchbrochen haben? Sie besteht aus purer Magie. Und um Magie zu beherrschen, braucht es Grips und nicht nur das Bedürfnis nach Fressen, Scheißen und Schlafen.“*

*„Du hast Vögeln vergessen, mein Junge.“* Caden schüttelte das Blut von seinen Flügeln und bespritzte damit seinen Bruder. *„Oder was meint ihr, woher die Dinger gekommen sind?“*

*„Verdammt!“* Cameron beobachtete, wie sich ein Schwarm schlangenähnlicher Wesen mit hauchdünnen, durchsichtigen Flügeln auf eine Gruppe von fünf *Guardian* fallen ließ. Einer nach dem anderen ging nach den Bissen der Sapanien zu Boden und war nicht mehr im Stande, sich zu rühren. Die kaum eine Elle langen geflügelten Schlangen steuerten die nächste Gruppe Drachen an und Cameron spie ihnen magisches blaues Feuer hinterher. Ihre dünnen Flügel schmolzen in der Luft und die Sapanien fielen zu Boden. Sie wanden sich hin und her, warfen sich herum und schnappten ziellos in alle Richtungen.

*„Haltet euch von diesen Viechern fern oder holt sie mit einer Flamme aus der Entfernung vom Himmel. Mit ihren Bissen machen sie euch sonst bewegungsunfähig.“* Er lief zu den sich windenden Reptilien, schlang seinen Schwanz um einen großen Stein und drosch damit auf sie ein, bis von ihnen nur noch eine undefinierbare blutige Masse übrig war. *„Und wenn sie am Boden liegen, verarbeitet sie zu Brei.“*

Cameron fuhr zu Bowen herum. *„Du musst sie schützen!“*

Sie hatten nicht genug Männer, um die betäubten Krieger in Sicherheit zu bringen. Und mit ihren Heilkräften konnten sie dem Betäubungsgift nicht entgegenwirken, sondern mussten abwarten, bis es seine Wirkung von alleine verlor. Sie mussten die Männer auf andere Weise davor schützen, zerfleischt zu werden, während sie hilflos waren.

Bowen lief zu den bewegungsunfähigen *Guardian,* ließ ein engmaschiges Rankengeflecht aus dem Boden wachsen und sich in

Form einer Kuppel über ihnen schließen. Diese Kreaturen hatten es ausnahmslos auf Fleisch abgesehen, egal ob von einem Menschen oder Drachen. Pflanzen jeglicher Art und Form würden sie kein Interesse schenken und links liegen lassen.

Cameron drehte sich zu dem riesigen schwarzen Loch um, das die Kreaturen in der dichten Waldgrenze geschaffen hatten. Mehrere Meter hohe Felsbrocken wurden von ihnen beiseite geräumt und Bäume niedergerissen worden, um an die Barriere zu kommen.

Immer mehr von ihnen strömten heraus und ihn beschlich das Gefühl, dass sie bisher nur einen Bruchteil dessen zu sehen bekommen hatten, was sich in den Gebirgszügen hinter der Waldgrenze verbarg. Seine Muskeln spannten sich an, als er sah, was in diesem Augenblick auf sie zustürmte.

„*Wildschweine?*“ Cyril warf ihm einen fragenden Blick zu.

„*Ein riesiges Rudel davon. Mit Stachelschwänzen.*“

„*Und sie sehen verdammt hungrig aus*“, murmelte Caden.

„*Und intelligenter als dieses Gekröse, mit dem wir es bisher zu tun hatten*“, fügte Bowen mit einem Knurren hinzu.

„*Das muss die Vorhut gewesen sein, Bauernopfer, um uns zu schwächen und zu dezimieren.*“ Cameron sah in die Runde. „*Ich glaube, heute ist der Tag, an dem wir erfahren werden, was sich tatsächlich hinter der Barriere alles entwickelt hat. Versteckt im Gebirge und von uns unbemerkt.*“

„*Allein diese Bauernopfer sind nicht zu unterschätzen. Fragt sich, was da noch alles kommen wird.*“ Cyril seufzte theatralisch, stieß sich vom Boden ab und erhob sich in die Luft. „*Was würde ich dafür geben, wenn als Nächstes hübsche bunte Schmetterlinge aus diesem beschissenen Loch geflattert kommen würden. Keine, die Feuer spucken können oder Giftpfeile verschießen. Einfach nur Schmetterlinge auf der Suche nach einer Blumenwiese.*“

Schon von Weitem konnte Alessa das Brüllen und Fauchen der Drachen hören. Ihr Magen zog sich vor Angst zusammen. Sie streckte ihren Körper, flog so schnell, dass sie sich ein Stück von der Gruppe absetzte. Sie erkannte Cyril als blauen Drachen, der sich gerade flügelschlagend auf einen Feind stürzte. Mit einem Schaudern erkannte sie, dass das Feld unter ihnen blutgetränkt war. Ein abgerissener Drachenschweif lag unter ihr, ein kurios anmutender Wolf direkt daneben. Seine Kehle war zerfetzt. Je näher sie heranflog, desto dichter war das Feld von Leichenteilen übersät.

Ihr Blick richtete sich auf ein tiefschwarzes Loch im Wald. Es glich einem Höllenschlund, der einen ständigen Strom an widerwärtigen Kreaturen ausspuckte und den Drachen entgegenschleuderte.

Die Drachen gingen erbarmungslos gegen alles vor, was aus diesem Loch herausstürmte oder -flog. Aber sie waren weit, unbeschreiblich weit in der Unterzahl und würden unweigerlich unterliegen, wenn der Strom an Feinden nicht bald nachließ.

*„Rayne?“*

Er wandte ihr den Kopf zu und sah sie mit einem durchdringenden Blick an. *„Du musst alles, was aus diesem Loch geflogen kommt, verbrennen. Das magische Feuer der Guardian reicht dafür nicht aus. Wir brauchen das Höllenfeuer des Sway, Alessa.“*

Sie nickte verstehend, drehte ab und löste sich aus der Gruppe der Drachinnen um Rayne. Alessa streckte ihren Körper, flog schneller und beeilte sich, zu der Öffnung zu kommen. Und dabei galten all ihre Gedanken Cameron, der dort unten um sein Leben kämpfte.

Sie hatte ihn zunächst nicht zwischen den anderen ausmachen können, da seine blaue Schuppen blutüberströmt waren und fast aussahen wie ihre. Doch jetzt konnte sie ihn sehen. Ihr Herz zog sich zusammen. So gerne hätte sie ihn jetzt gedanklich gerufen, doch sie durfte ihn nicht ablenken.

Es waren nur noch wenige Meter bis zur Öffnung und Alessa atmete tief ein, konzentrierte sich auf die Kräfte, die sie von ihrer Mutter geerbt hatte, und ließ das Feuer aus ihr herausströmen. Flammen, die selbst der pfeifende Wind nicht löschen konnte, überzogen ihren Leib vom Kopf bis zur Schwanzspitze und ließen sie wie einen glühenden Kometen aussehen, der am sternenübersäten Himmel entlangschoss.

Sie flog über die Öffnung hinweg und ließ einen glühend heißen Feuerstrahl auf einen Schwarm ekelerregender fliegender Schlangen niedergehen, der ins Freie drängte. Hunderte von ihnen zerfielen noch in der Luft zu Asche, die Richtung Boden rieselte. Und ebenso viele fielen angesengt und flügellos im freien Fall nach unten. Die restlichen setzten unbeirrt ihren Weg fort, die kämpfenden Drachen als Ziel.

Alessa wendete, griff erneut an und verbrannte jede einzelne dieser Kreaturen, bis nichts als Asche von ihnen übrig war. Sie verstreute sich über das Schlachtfeld und Alessa fühlte Genugtuung in sich aufsteigen.

*„Nette Einlage, Alessa. Und so elegant“*, meldete sich Ayryn bei ihr. *„Wenn du fertig bist, kommst du dann zu uns? Shari kämpft zwar wie eine verrückte Basurade, aber … na ja, sieh es dir selbst an.“*

Alessa zog einen Kreis und sah, was Ayryn meinte. Die Drachinnen hatten sich zu beiden Seiten der Öffnung verteilt und bekämpften all jene Kreaturen, die nicht auf das Schlachtfeld zustürmten, sondern sich aufteilten und versuchten, die Drachen einzukreisen. Stolz stieg in ihr auf, als sie sah, wie die weiblichen Drachen instinktiv mit den männlichen eine Einheit bildeten. Obwohl sie es niemals gelernt hatten und bei Kämpfen immer außen vor gelassen worden waren.

Einzig Shari war nicht zu übersehen. Sie kämpfte zwar verbissen, aber ihre Angriffe wirkten unkoordiniert und tollpatschig. Was nur daran liegen konnte, dass sie als Einzige von ihnen niemals trainiert worden war. Mehrmals schubste Ayryn ihre Schwiegertochter beiseite, wenn eines dieser Viecher mit gefletschten Reißzähnen auf sie zurannte.

Ein riesiger Wolf mit verkümmerten Flügeln sprang Shari von hinten an und wollte ihr in den Nacken beißen. Alessa stockte für einen Herzschlag der Atem. Ayryn fegte das Ungetüm gerade noch rechtzeitig mit ihrem Schwanz von Sharis Rücken und Alessa atmete erleichtert auf.

*„Wenn wir das hier überstehen sollten, dann übernehme ich dein Training. Jeden Tag. Vom ersten bis zum letzten Sonnenstrahl. Und dabei ist es mir egal, ob Cyril dich im Nachhinein jede verdammte Nacht auch noch rannimmt, dass du nicht mehr geradeaus gucken kannst.“*

Shari schüttelte eine Mischung aus Hund, vierfach gehörnter Ziege und Schuppentier von ihrem Flügel und zischte Ayryn an: *„Ich kann nichts dafür, dass ich nicht so gut kämpfen kann wie ihr anderen."*

*„Kannst du nicht? Wenn du dich nicht vor meinem Sohn versteckt hättest, dann wärst du längst trainiert und würdest nicht wie ein krummbeiniger alter Bock über das Schlachtfeld torkeln."*

*„Ich torkele nicht, du blöde Schnepfe."*

*„Es reicht!"* Alessa landete fauchend zwischen den beiden Kampfhennen und schoss einer Gruppe stachelschwänziger Wildschweine einen Feuerstrahl entgegen, der ihnen das Fleisch von den Knochen schmolz. *„Konzentriert euch lieber auf das Viehzeug, das uns filetieren will."*

Immer wieder drängten unförmige Mischwesen aus der Öffnung ins Freie. Erst als die Nacht in die Morgendämmerung überging, ließ der ständige Strom merklich nach. Nur noch vereinzelte Kreaturen verirrten sich auf das Schlachtfeld und starben, ehe sie überhaupt angreifen konnten.

*„Geht doch."* Zufrieden sah Ayryn sich um, flatterte mit den Flügeln und schüttelte sich, um Staub, Dreck und Blut loszuwerden.

*„Was, verdammt nochmal, macht ihr hier?"*, kam es fast unisono von Cameron, Caden und Cyril.

Erschrocken fuhren Alessa und die anderen Drachinnen herum. Während Alessa sich stolz aufrichtete und Ayryn mit unbeteiligter Miene in die Luft starrte, stolperte Shari über einen am Boden liegenden Pferdekadaver. Sie kullerte darüber hinweg und blieb auf dem Rücken zu Cyrils Füßen liegen. Rasch rappelte sie sich auf und wollte davonhuschen, aber er stellte einen seiner Hinterläufe auf ihren Schwanz und zwang sie damit, an Ort und Stelle zu bleiben.

*„Wir haben euch Frauen nicht ohne Grund in der Festung gelassen."*

*„Und wie man sehen konnte, war es ein Fehler, Cameron. Ohne uns wärt ihr am Arsch gewesen."*

*„Wären wir das?"*

*„Ja. Jedes gute Team hat ein vernünftiges Back-up"*, behauptete Alessa und ging mit geschmeidigen Bewegungen auf ihn zu. *„Wir sind eures."* Sie sah zu ihm auf, ließ ein breites Reißzahnlächeln sehen und drückte die Brust heraus.

Er nahm seine Menschengestalt an und wartete, dass Alessa es ihm gleichtat. Kaum stand sie vor ihm, riss er sie in seine Arme und presste in einem hungrigen Kuss seine Lippen auf ihren Mund.

„Wenn ich Rayne erwische, kann er was erleben", schwor er zwischen zwei Küssen. „Ihr hättet verletzt werden können."

„Wurden wir aber nicht."

„Nein. Ihr wart wundervoll." Er hob den Kopf und sah sich nach seinem Bruder um, der Ayryn einer intensiven Musterung unterzog, um sicherzugehen, dass seine Gefährtin nicht verletzt war. Cyril zog Shari vom Boden hoch, begutachtete eine Schramme an ihrem Kinn und ließ sie abheilen. Dann schloss er sie fest in seine Arme und vergrub sein Gesicht in der dicken Lockenmasse.

Die Arme um Cameron geschlungen, lehnte Alessa den Kopf gegen seine Brust und schloss erleichtert die Augen. Ihr Albtraum war vorüber. Denn sie hörte laut und kräftig das Herz in seiner Brust pochen. Er lebte und sie würde ihn nicht in einer verheerenden Schlacht verlieren, wie sie es gesehen hatte. Blutüberströmt, aufgeschlitzt … tot.

*„Es ist noch nicht vorbei."*

Alessa öffnete die Augen und hielt den Atem an. Die Stimme strich nur wie ein Windhauch durch ihren Geist, trotzdem wusste sie ohne jeden Zweifel, zu wem sie gehörte. *Darius.*

Sie sah zu Cameron auf und musterte seine entspannten Gesichtszüge. Obwohl er mit ihr verbunden war, konnte er seinen Cousin offensichtlich nicht hören. Darius musste einen Weg gefunden haben, seine Anwesenheit in ihrem Geist vor Cameron zu verschleiern.

Alessa schmiegte ihre Wange wieder an Camerons Brust. Sie sollte Darius nicht antworten, ihn lieber ignorieren. Aber sie konnte nicht anders. *„Doch. Es ist vorbei. Wir haben sie besiegt, diese … abartigen Viecher."*

*„Was ihr besiegt habt, war nur ein winziger Teil dessen, was noch auf euch zukommt. Genau jetzt sammeln sie sich und werden jeden Einzelnen von euch niedermetzeln. Und es gibt nichts, was ihr dagegen tun könnt."*

*„Woher willst du das wissen?"*

*„Ich kann es spüren. Der Ursprung dieser Kreaturen ist dunkle Magie. Sie wurden von all jenen Mageia gezeugt, die den Krieg ausgelöst haben. Aber sie sind nicht zu kontrollieren, waren es damals schon nicht. Nur aus dem Grund haben die Mageia sie*

*niemals auf ihre Feinde losgelassen und weggesperrt. 200 Jahre haben diese Kreaturen nichts anderes getan, als sich zu vermehren, genährt vom Hass. Und sie kennen nur ein einziges Ziel: Den Krieg für sich zu entscheiden und das Land zu bevölkern, mit Drachen und Menschen unter ihrer Herrschaft und als ihre Nahrungsquelle. Sie wollen das, was ihre Erzeuger, die sie in dieses Gebirge eingeschlossen haben und deren abgenagte Knochen in der Erde verrotten, nicht geschafft haben."*

*„Wenn es so ist, dann schließ dich uns an. Hilf uns! Denn auch ihr Mageia seid in Gefahr, wenn es stimmt, was du sagst."*

Sie erhielt keine Antwort und nahm an, Darius hätte sich wieder zurückgezogen. Alessa schloss für einen Moment gequält die Augen, ehe sie sich aus Camerons Armen wand und ihren Blick auf das unheimliche dunkle Loch zwischen den Bäumen richtete.

„Können wir die Barriere irgendwie wieder errichten?", fragte sie leise, ohne sich nach Cameron oder den anderen umzusehen.

„Dafür sind zu wenige von uns übrig. Selbst, wenn die betäubten Drachen wieder auf der Höhe wären, wären wir zu wenig, um das gesamte Gebirge erneut mit einer Schutzbarriere einzuhüllen." Cameron fasste sie bei den Schultern und drehte Alessa zu sich herum, damit sie ihn ansah. „Alessa?"

Mit einem traurigen Lächeln schüttelte sie den Kopf, denn sie spürte in ihrem Inneren, dass Darius die Wahrheit gesagt hatte. Sie waren bereits auf dem Weg zu ihnen. Massen an unförmigen Kreaturen wider der Natur, die in riesigen Wellen über sie und das Land hinwegschwappen und alles, was ihren Weg kreuzte, gnadenlos vernichten würden.

„Es ist noch nicht vorbei", wiederholte sie Darius' Worte, als ein Rauschen in ihrem Rücken zu hören war.

Cameron hob den Kopf, lauschte angespannt und seine Augen weiteten sich. Bestürzung stand in seinem Blick und sein Herz pochte so heftig in seiner Brust, dass Alessa es deutlich hören konnte. Hastig sah er sich um und brüllte nach Rayne. „Bring sie weg von hier! Bring die Frauen in Sicherheit, sofort!"

Ayryn legte ihm eine Hand auf den Unterarm und schüttelte entschieden den Kopf. Dann trat sie zurück an die Seite ihres Mannes. „Wir bleiben hier. Alle. Lieber soll es heute mit mir enden, an Cadens Seite, als in einer dunklen Höhle, in die ich mich verkrieche, und in der sie mich trotzdem aufstöbern werden." Sie sah zu Alessa und weiter zu Shari, die ihre Arme fest um Cyrils

Körper geschlungen hatte. „Dabei hätte ich dir zu gerne den Arsch während des Trainings aufgerissen.“

„Du hättest es vielleicht versucht, aber alte Drachinnen sind wie Hunde. Nur bellen und nicht beißen.“

„Nenn mich noch einmal alt und ich zeige dir, wie gut ich beißen kann, verzogene Göre.“ Sie sah mit hochgezogenen Augenbrauen zu Caden. „Bist du jetzt froh, dass wir nur einen Sohn haben? Stell dir vor, ich hätte noch mehr von solch aufmüpfigen Schwiegertöchtern.“

„Oh ja, eine wundervolle Vorstellung. Und du würdest jede einzelne wie deine eigene Tochter lieben. So, wie du es bei Shari tust.“ Er zwinkerte Shari und Cyril zu und küsste seine Gefährtin sanft. Dann nahm er seine Drachengestalt an, schüttelte sich kurz und nahm Aufstellung in der ersten Linie der Drachen, die sich in einiger Entfernung vor der Öffnung gebildet hatte. Nach einem letzten Kuss löste Cyril sich von Shari und folgte seinem Vater.

„Ich möchte, dass ihr Frauen in den hinteren Reihen bleibt“, bestimmte Cameron, zog Alessa in seine Arme und verlor sich für viel zu kurze Zeit in einem liebevollen Kuss. „Schließlich seid ihr unser Back-up.“

Dann wandelte er seine Gestalt und schob sich nach vorne, nahm zwischen seinem Bruder und Bowen Aufstellung. Der Anführer der *Lejf* nickte und richtete seine Augen wieder nach vorne auf das Loch, das immer mehr einem aufgesprengten Höllentor glich. Es drohte, sie alle zu verschlingen.

In seinen Tiefen leuchtete ein schummriges rötliches Licht, das sich immer weiter ausbreitete. Und je näher es kam, umso stärker wurde auch das Rauschen. Anfangs undefinierbar, konnte Alessa nach einer Weile das Schlagen von Hunderten, vielleicht sogar Tausenden Flügeln herausfiltern, das sich mit wildem Knurren, Fauchen und irren Schreien mischte. Ein Inferno an Geräuschen, die sich gegenseitig untermalten und ihr heftige Schauer über den Rücken laufen ließen.

„*Wenn ich euch helfen würde …*“ Darius’ Flüstern flatterte um sie herum. Im ersten Moment klang es so real, dass Alessa zusammenzuckte und sich suchend nach ihm umsah. „*… was hätte ich davon?*“

„*Sicherheit für deinen Stamm.*“

„*Wir besitzen genug dunkle Magie, um diese Dämonen von uns fernzuhalten. So, wie man Feuer mit Feuer bekämpfen kann, wirkt dunkle Magie hervorragend gegen dunkle Magie.*“

Alessa schluckte und das Herz sank in ihre Magengrube, als ihr klar wurde, was Darius gerade tat. Was er als Gegenleistung verlangen würde für seine Hilfe. „*Was willst du?*“

„*Das weißt du längst.*“

„*Mich?*“

„*Natürlich. Wenn ich diesem zusammengewürfelten Haufen angeschlagener Lejf und Guardian helfe, erwarte ich von dir, den Preis dafür zu zahlen.*“

Cameron und alle anderen retten zu können, dafür würde sie jeden Preis bezahlen. Egal wie hoch. Hauptsache sie waren in Sicherheit. Statt einer Antwort nickte Alessa. Denn sie war sich sicher, dass er es sehen konnte. Irgendwie.

„*Ich will, dass du unsere Gesetze akzeptierst und freiwillig zu mir kommst. Zu dem Mann, der zuerst Anspruch auf dich erhoben hat.*“

„*Du willst, dass ich Cameron vor allen anderen zurückweise. Ihm Schmerzen zufüge, wie du selbst es niemals könntest.*“

Dunkles Lachen hallte in ihrem Kopf wider und sie wertete es als Zustimmung.

„*Das ist der kleine Bonus, den du mir doch sicher gönnst.*“

Alessa ließ ihren Blick zu Cameron schweifen und konnte nicht umhin, ihn für seinen Stolz, mit dem er in die Schlacht zog, zu bewundern. Obwohl der bevorstehende Kampf seinen Tod bedeuten würde. Und sie liebte ihn mit jeder Faser ihres Herzens. Egal wie viel Macho in ihm steckte und mit welcher Leichtigkeit er es schaffte, dass sie wütend auf ihn wurde. Er war der Mann, der unendlichen Schmerzen getrotzt hatte, um sie davor zu bewahren, als wahnsinnige Drachin zu enden. Cameron war alles, was sie sich wünschte.

*Irgendwann wirst du lernen müssen, dass du nicht alles haben kannst. Alles hat seinen Preis, Alessa, manches sogar einen unvorstellbar hohen.*

Wie oft hatte sie diesen Spruch in ihrem Leben gehört? Unzählige Male. Doch erst jetzt verstand sie ihn. Für alles, was man im Leben wollte, wurde eine Gegenleistung gefordert. Ob eine Gegenleistung den Wert dessen gerecht wurde, was man haben wollte, lag allein im eigenen Ermessen.

Wenn sie sich also für Cameron entschied, würde Darius ihnen nicht helfen. Ein unvorstellbar hoher Preis, nur um ein paar Minuten länger in ihrer Liebe schwelgen zu können. Bevor sie alle von Kreaturen, die wie Ausgeburten aus der Hölle aussahen, in Fetzen gerissen wurden.

Wollte sie jedoch Cameron und alle anderen retten, musste sie Darius nachgeben. Nie zuvor war ihr eine Entscheidung so leicht gefallen.

*„Ich werde mich den Drachengesetzen beugen und den Erstanspruch akzeptieren."*

*„Ich hoffe für dich, du wirst dein Versprechen auch einhalten."*

*„Das werde ich."* Stiche malträtierten ihr heftig schlagendes Herz. *„Ich schwöre dir …"*

*„Bei Camerons Leben"*, verlangte er von ihr. *„Schwöre bei seinem Leben, dass du dich unseren Gesetzen beugst. Brichst du deinen Schwur, wird er die Konsequenzen tragen."*

*„Du willst ihn umbringen?"* Ihr Blick huschte zu Cameron und Angst schnürte ihr die Kehle zu.

*„Nein. Nicht ich werde es sein, der ihn büßen lässt, sondern Aita. Nichts und niemand wird ihn davon abhalten, Cameron zu richten. Dafür, dass du deinen Schwur gebrochen und wider unserer Gesetze gehandelt hast."*

Alessa nickte kaum merklich. Auch wenn sie Aita bisher nicht getroffen hatte, sie war sich absolut sicher, dass Darius keine leere Drohung ausstieß. Der Vater der Drachen würde Cameron für ihr Vergehen bestrafen.

*„Ich schwöre dir bei Camerons Leben, ich werde mich den Drachengesetzen beugen und den Erstanspruch akzeptieren."*

*„Genau das wollte ich von dir hören, liebste Alessa. Und jetzt wird es Zeit, diesen hässlichen Viechern zu zeigen, dass Drachen hier das Sagen haben."*

Alessa sah zu Ayryn, die von einem Fuß auf den anderen wechselte und unruhig mit den Flügeln flatterte. Sie war sich der drohenden Gefahr nur zu bewusst. Dann richtete sie ihre Augen auf das Loch, biss die Zähne zusammen und drängte die Angst zurück, die sich in ihrem Inneren hocharbeiten wollte.

Die Kreaturen nahmen schemenhaft Gestalt an und waren nicht mehr nur eine große Masse. Sie kamen immer näher und sogar die Wellen, in denen sie sich bewegten, wurden erkennbar. Rötliches Licht, das von Flammenstößen verschiedener Wesen herrührte, untermalte die Wellenbewegungen und ließ sie noch bedrohlicher wirken.

Alessa atmete tief durch, setzte das Feuer in ihrem Inneren frei, bis ein dünner Flammenteppich über ihrem Körper lag, und wartete auf die erste Welle.

*„Cameron?“*

Er sah fragend zu Bowen, der innerhalb kürzester Zeit zu einem engen Verbündeten geworden war. *„Ja?“*

*„Auch wenn ihr Guardian fette Ärsche habt, ist es mir eine Ehre, an eurer Seite zu kämpfen.“*

*„Ich zeige dir gleich, wer hier einen fetten Arsch hat“*, knurrte Cameron und versetzte Bowens Hinterteil einen kräftigen Klaps mit dem Schwanz.

Bowen lachte rau und sah über seine Schulter. *„Findest du nicht auch, dass das Schicksal eine miese Schlampe ist?“* Cameron folgte seinem Blick und entdeckte Alessa, die unruhig mit den Klauen den Boden aufwühlte. Sein Herz wurde schwer vor Sehnsucht nach ihr. Nichts würde er in diesem Moment lieber tun, als sich zu ihr durchzudrängen und mit ihr dieser Situation zu entfliehen. *„Gerade jetzt, wo wir das zurückbekommen haben, was wir am dringendsten gebraucht haben, werden wir alle verrecken.“*

*„Ja, es ist grausam.“* Er ließ ein gemeines Reißzahnlächeln sehen und nickte mit dem Kopf in Richtung des Lochs inmitten der Bäume. *„Aber tröste dich. Zu denen ist das Schicksal nachher auch grausam. Spätestens dann, wenn sie an unseren Knochen jämmerlich ersticken.“*

Cameron neigte den Kopf zur Seite und horchte. Er runzelte die Stirn und öffnete seinen Geist weiter. Es waren nicht mehr nur die grotesken Kreaturen, die auf sie zukamen. Noch etwas anderes steuerte auf sie zu, nicht mehr nur ein übermächtiger Gegner, sondern … *Mageia*. Hunderte Schwarzdrachen näherten sich ihnen mit rasender Geschwindigkeit.

Er sah über seine Schulter und stieß ein wütendes Grollen aus, als er eine riesige dunkle Wolke entdeckte, die sich vor den orangen Streifen der aufgehenden Sonne schob und in ihre Richtung rollte. Ja, das Schicksal war eindeutig eine miese Schlampe, dass es ihnen in ihrer Situation auch noch eine Auseinandersetzung mit den *Mageia* aufbürdete. Nur würde Aita davon wohl niemals davon erfahren, weil nicht einer von ihnen das Schlachtfeld lebend wieder verlassen würde …

Erstaunt riss er den Kopf herum, als die Wolke über sie hinwegschwappte. Sie sank vor ihnen auf den Boden und es waren tatsächlich wenigstens zweihundert *Mageia*, die sich der Öffnung zuwandten und nicht Bowens und seine Männer angriffen. Camerons Herz pochte kräftig in seiner Brust und drohte sie zu sprengen, als er sah, wie Darius pure schwarze Magie aus sich herausfließen ließ und sie sich mit der seiner Männer verband. Sie errichteten einen Wall, der sich in Richtung des Gebirges krümmte, und fingen die erste Welle Kreaturen ab.

Lautes Heulen war von der anderen Seite zu hören, als sich Hunderte Kreaturen gegen die Barriere warfen und von ihr pulverisiert wurden.

*„Was zum …? Cameron?“*

*„Wenn du wissen willst, ob ich ihn um Hilfe gebeten habe … nein, habe ich nicht, Caden.“*

*„Dann versucht er, seinen eigenen Stamm zu schützen?“*

*„Ich weiß es nicht. Aber lieber einen aus der Not heraus geborenen Verbündeten als einen weiteren Feind in einer ungleichen Schlacht.“*

„Wie wäre es, wenn ihr Waschweiber meine Männer und mich ein wenig unterstützen würdet?“, brüllte Darius über den Lärm hinweg, den die in die magische Wand knallenden Wesen verursachten. „Wir müssen eine neue Barriere errichten. Es hier und heute zu beenden, dafür brauchen wir deutlich mehr Männer, als wir haben.“

Cameron gab den Befehl, sich zwischen den Mageia zu verteilen und die sich aufbauende Barriere zu verstärken. Magisches blaues Feuer mischte sich mit schwarzer Magie und die *Lejf* verankerten das Schutzschild mit einem komplizierten Rankengeflecht metertief im Boden.

Erleichterung spülte über Cameron hinweg, als er sah, wie die Kreaturen erfolglos gegen die Barriere ankämpften und dabei starben. Gemeinsam konnten sie es schaffen, die Drachen *würden* sie aufhalten.

Der Gestank verbrannten Fleisches senkte sich auf Cameron herab und trieb ihm Tränen in die Augen. Immer mehr und mehr Kadaver türmten sich auf der anderen Seite auf. Plötzlich gab es einen Ruck und die magische Wand erzitterte. Cameron hob den Kopf und riss erschrocken die Augen auf. Sein Herz raste, als er in einigen Metern Entfernung eine monströs große Kreatur entdeckte, die auf den Haufen Kadaver gesprungen war und sich dem Rand der Barriere entgegenstreckte. Ein gehörnter, schwarzer Lupa mit gespaltenem Drachenschwanz krallte sich an den Rand des Walls fest und zog sich hoch. Er jaulte vor Schmerz, als seine Klauen Feuer fingen, gab aber nicht auf und zog sich weiter hoch.

Camerons Puls raste, als er sich vom Boden abstieß und kräftig mit den Flügeln schlug. Keinesfalls durfte auch nur eines dieser Biester entkommen. Auf Höhe der Barriere spie er der widerwärtigen Kreatur sein blaues Feuer entgegen. Hellblaue Flammen züngelten über das Wolfsgesicht, fraßen sich durch Fell und Fleisch bis auf die Knochen. Der Lupa-Mischling schlug mit einer Klaue nach ihm, fauchte und mühte sich in Flammen stehend ab, an der Barriere weiter hochzuklettern. Wieder und wieder spie Cameron dem Wesen sein magisches Feuer entgegen, dass sein Herz vor Anstrengung in seiner Brust hämmerte, er sogar den Widerhall in seinem Kopf hören konnte.

Erst als die Kreatur den Halt verlor und herunterfiel, ließ Cameron von ihr ab und landete taumelnd auf dem Boden. Mit tiefen Atemzügen rang er nach Luft. Dieses Vieh war widerstandsfähiger gewesen, als er gedacht hatte. Ein heftiger Schauer überlief seinen Körper. Nicht auszumalen, wenn es sich hätte befreien können. Oder andere seiner Art.

Immer weiter dehnte sich die Barriere aus, wuchs rasend schnell in die Höhe, streckte sich an den Seiten und begann, den Gebirgszug zu umschließen.

Mit jedem Meter, den sie den Schutzschild weiter anwachsen ließen, kämpften die Kreaturen in ihrem alten und neuen Gefängnis noch verzweifelter und vor Wut schreiend dagegen an. Cameron verfolgte mit dem Blick, wie ein Cevaloren-Wolfsmischling sich seitlich durch qualmende Kadaver zur magischen Wand vorwühlte. Als er sie erreichte, kratzte er an ihr und schlug wie von Sinnen den Kopf dagegen.

Er schüttelte das unbehagliche Gefühl ab, das ihn bei diesem Anblick überfiel, und holte tief Luft. Dann stellte er sich zwischen Darius und Rayne auf und spie sein Feuer auf die Barriere. Er hörte nicht auf, bis die unförmige Kuppel sich über der Gebirgsspitze schloss.

Als Rayne neben ihm zurücktrat, atmete Cameron auf. Erleichterung spülte über ihn hinweg und löste den schweren Klumpen auf, der die ganze Zeit über auf seine Brust gedrückt hatte. Er sah über seine Schulter hinweg und suchte Alessas Blick. *„Es fehlt nur noch dein Höllenfeuer und die Magie der Imperial.“*

Alessa nickte, trat näher an die Barriere und spie einen glühend heißen Feuerstrahl. Er sank in die schwarze Magie ein, vermischte sich mit ihr und dem blauen Feuer und breitete sich wie eine weiche Wolke aus. Dann nahm Alessa ihre menschliche Gestalt an, kleidete sich mit einer schnellen Handbewegung in Jeans und T-Shirt und hob beide Hände. Mit gespreizten Fingern tauchte sie ihre Hände in das magische Gewebe. Hauchdünne goldene Fäden schossen in alle Richtungen, blitzten knapp unter der Oberfläche entlang und bildeten ein engmaschiges Netz, das der vereinten Magie Halt und Stärke verlieh, sie miteinander verband.

Sie hatten es geschafft. Die Kreaturen waren wieder eingesperrt und triumphierendes Drachengebrüll brandete um sie herum auf. Vorsichtig zog Alessa ihre Hände zurück. Es war vollbracht. Cameron war sicher, alle waren es. Jetzt war es an ihr, den Preis dafür zu zahlen.

Alessa schluckte gegen die plötzliche Enge in ihrem Hals an, atmete tief durch und sah zu Darius, der sich mit seinen Männern ein paar Meter zurückzog und abwartend stehen blieb. Dann schaute sie in die andere Richtung und suchte Camerons Blick. In seinen Augen standen Verwirrung und grenzenlose Erleichterung. Verwirrung darüber, warum ausgerechnet sein Todfeind ihnen zu Hilfe geeilt war. Und Erleichterung, dass sie überlebt hatten.

Langsam ging sie auf ihn zu und blieb kurz vor ihm stehen. Mit einem wehmütigen Lächeln hob sie eine Hand und strich ihm sanft eine rabenschwarze Haarsträhne aus der Stirn. Ihr Herz pochte dumpf in ihrer Brust. Kämpfte mit jedem weiteren Schlag härter gegen den Schmerz an, der sie innerlich zerriss.

„Ich muss gehen, Cameron."

Er runzelte die Stirn und schüttelte verwirrt den Kopf. „Was? Nein, du musst nicht gehen. Wie kommst du darauf?" Sein Blick glitt über ihren Kopf hinweg und zu Darius.

„Weil ich es versprochen habe. Ich hatte eine Entscheidung zu treffen. Entweder zulassen, dass du … dass alle sterben, oder dafür sorgen, dass ihr lebt."

„Du hast ihn zu Hilfe gerufen?"

„Nein. Gerufen habe ich ihn nicht. Ich habe nur seine Bedingungen akzeptiert, damit er uns hilft."

„Ich kann dich nicht gehen lassen, Alessa." Cameron riss sie in seine Arme und hielt sie fest an sich gepresst. Seine Angst, sie zu verlieren, stürmte auf sie ein und schürte ihre Verzweiflung wie Öl, das man in ein Feuer goss. „Ich liebe dich, kleiner Drache", murmelte er in ihr Haar. „Verdamme mich nicht dazu, ohne dich leben zu müssen."

„Und ich liebe dich. Das wird sich auch nicht ändern. Aber ich hätte nicht einmal für Augenblicke mit dem Gedanken leben können, zu wissen, dass ich dich hätte retten können, es aber nicht getan habe." Sie legte ihre Hände flach auf seine Brust und drückte sich behutsam von ihm weg. „Ich habe ihm versprochen, dass ich mich den Drachengesetzen beuge und den Mann während der Zeremonie freiwillig akzeptiere, der zuerst Anspruch auf mich erhoben hat." Mit den Fingerspitzen zeichnete sie die blauen Ranken auf ihrem Arm nach und lächelte unter Tränen. „Du glaubst nicht, wie sehr ich mir wünsche, du wärst dieser Mann."

„Alessa, nein. Das lasse ich nicht zu …" Cameron schüttelte den Kopf. Seine Finger umspannten schmerzhaft ihre Oberarme und hielten sie fest. „Keinesfalls."

„Scht …" Sie legte ihm einen Finger an die Lippen. Dann schob sie ihm eine Hand in den Nacken und zog seinen Kopf zu sich herunter. Zärtlich strich sie mit den Lippen über seinen Mund und wisperte: „Leb wohl, mein wilder Drache."

Bevor Cameron reagieren konnte, riss sie sich von ihm los und lief zu Darius. Als sie vor ihm stand, richtete sie sich stolz auf und legte ihre zitternde Hand in seine.

„Bring mich bitte weg von hier“, sagte sie leise und versuchte Haltung zu bewahren. Wo sie sich doch viel lieber umgedreht hätte und zu dem Mann zurücklaufen würde, den sie von ganzem Herzen liebte.

Cameron begann in ihrem Rücken zu toben. Alessa konnte seine Pein am eigenen Leib fühlen und spürte, wie ihm das Herz brach. Denn ihres brach im selben Moment. Er brüllte ihren Namen, wieder und wieder. Schrie seinen Schmerz heraus, den sie verursacht hatte. Alessa konnte noch hören, wie Caden und Bowen auf ihn einredeten, ehe eindeutige Kampfgeräusche über die Ebene hallten. Dann – endlich - senkte sich eine gnädige Schwärze auf sie herab und zog sie mit sich in die Tiefe.

## 29. Kapitel

*Darkmoore Castle*

„Hey, Prinzessin!“ Die Stimme war ihr vertraut und auch der frische Geruch, der von ihm ausging und sich beruhigend auf sie auswirkte. Mühsam öffnete Alessa die Augen und blinzelte gegen die Sonnenstrahlen an, die durch das Fenster fielen und sie im ersten Moment blendeten.

„Garwin?“ Ihre Stimme klang kratzig. Sie räusperte sich und setzte sich auf.

„Genau der.“ Er saß neben ihr auf der Bettkante und beugte sich etwas vor, um ihr wirre Haarsträhnen aus dem Gesicht zu streichen. Aufmunternd lächelte er sie an. „Letzte Nacht war wohl ziemlich übel, oder?“

„So könnte man es auch bezeichnen.“ Sie sah sich um und runzelte die Stirn. Warum hatte man sie mit Garwin alleine in einem Zimmer gelassen? Als ihr Freund sich bewegte, war auch nicht mehr das Rasseln von Ketten zu hören. Nur allgegenwärtige dunkle Magie und deren Kälte war zu spüren. „Darius hat dich zu mir gelassen?“

„Eher umgekehrt. *Du* bist zu *mir* gekommen. Oder anders … Darius hat dich mitten in der Nacht zu mir gebracht.“

„Vielleicht geht ihm der Platz in der Festung aus und er wollte mich nicht im Verlies unterbringen, während du im kuschlig weichen Bett schläfst“, vermutete sie scherzhaft. Sie konnte sich jedoch nicht zu einem Lächeln überwinden.

„Keine Ahnung. Er war nicht gerade redselig, sondern hat dich nur ins Zimmer getragen, mich vom Bett vertrieben und dich hineingelegt. Dann hat er mir die Ketten abgenommen und ist nach einem warnenden Blick in meine Richtung wieder verschwunden.“

„Er wusste, dass du nicht versuchen würdest zu fliehen, wenn ich hier bin.“

„Das denke ich auch.“ Garwin schob sich auf das Bett und lehnte sich mit dem Rücken an das Kopfteil. „Und er scheint sich sicher zu sein, dass ich dich nicht anrühre. Jedenfalls nicht in der Art, wie er es gerne möchte.“

„Ja. In dem Punkt ist er sich sehr sicher.“

Fragend sah Garwin sie an und rutschte ein Stück zur Seite, um ihr etwas Platz zu machen. „Woher weißt du das?"

Alessa rückte enger an ihn heran und lehnte ihren Kopf an seine Schulter. Mit Zeige- und Mittelfinger tippte sie sich an die Schläfe. „Er ist hier drin. Also weiß er ganz genau, wie ich dich sehe. Auch wenn ihm unsere Freundschaft nicht passt. Wahrscheinlich hat er mich auch nur wegen unserer Freundschaft zu dir gelassen, damit wir voneinander Abschied nehmen können."

„Es ist nicht so, dass ich dich hier allein bei ihm zurücklassen würde. Warum sollten wir also voneinander Abschied nehmen?"

Alessa hob den Kopf und sah wehmütig aus dem Fenster. „Heute Nacht gibt es einen Drachenmond." Sie stieß ein kellertiefes Seufzen aus und suchte Garwins Blick. „Und eine Zeremonie, so etwas wie eine Hochzeit nach Drachenart."

„Dazu kann er dich nicht zwingen, Kleines. Niemand kann das."

„Das braucht er nicht. Ich werde freiwillig zustimmen."

„Was?" Garwin setzte sich mit einem Ruck auf und sah sie perplex an. „Aber … ich dachte, du wärst mit diesem *Guardian* zusammen? Als Cameron dich aus diesem Käfig geholt hat, da war ich mir sicher, dass da eine ganz besondere Verbindung zwischen euch ist. Er empfindet etwas für dich. Sehr viel sogar. Das war keinesfalls vorgetäuscht."

„Nein. War es nicht." Alessa senkte den Blick, damit Garwin den Schmerz in ihren Augen nicht sehen konnte. Sie zupfte mit den Fingern an der Decke, die locker über ihren Beinen lag. „Er liebt mich."

„Dann verstehe ich nicht, wie du dieser Hochzeit mit Darius zustimmen kannst."

„Weil ich Cameron zu sehr liebe, als dass ich hätte zulassen können, dass er stirbt. Und Darius' Hilfe anzunehmen, war der einzige Ausweg, ihn zu retten."

„Und seine Hilfe hat er natürlich nicht umsonst angeboten", schlussfolgerte Garwin und presste mit einem angewiderten Schnaufen die Lippen aufeinander. „Was für ein fieses Arschloch."

Alessa zuckte mit den Schultern. „Er hat eine Chance gesehen zu bekommen, was er will, und hat sie genutzt."

„Weißt du, was mich an der ganzen Sache am meisten ankotzt?" Garwin ließ den Kopf in den Nacken fallen und starrte an die Decke. „Dass ich Idiot es war, der ihm dazu erst die Möglichkeit gegeben hat. Ohne mich wärst du niemals in diese Situation geraten. Wir wären noch immer in Chicago und …"

„… würden über kurz oder lang zu Gejagten werden, die man irgendwelchen Tests unterzieht, um zu sehen, ob man unsere Kräfte nicht für irgendwelche neuartigen Waffenentwicklungsprojekte benutzen kann." Alessa knuffte ihn gegen die Schulter und schüttelte den Kopf. „Da machst du mal was richtig und flennst hier rum wie ein Baby. Du hast nichts falsch gemacht, also hör auf, dir die Schuld zu geben."

„Kannst du ein Kompliment nicht besser verpacken?"

„Wenn ich hier eines gelernt habe, dann: Drachen brauchen keine Komplimente. Ihr Ego ist auch so groß genug. Besser du gewöhnst dich dran, keine zu bekommen."

„Wenn du heute Nacht Darius heiraten wirst, was ist dann mit Cameron?"

Alessa sah ihn an und zum ersten Mal, seit sie aufgewacht war, war sie zu einem Lächeln im Stande. Ein glückliches Lächeln. Mit einer Hand klopfte sie leicht auf ihren Brustkorb, dort, wo ihr Herz allein bei dem Gedanken an Cameron aufgeregt pochte. „Er ist hier drin. Für immer. *Das* kann mir Darius nicht nehmen."

*Lejf-Gebiet*

Darius hatte ihm das genommen, was er am meisten liebte. Hatte ihm das Herz aus der Brust gerissen und nichts als einen gebrochenen Drachen zurückgelassen. Alles in ihm schrie nach Alessa, wollte, dass sie bei ihm war, zu ihm zurückkehrte.

Cameron kauerte sich auf dem Boden der Höhle zusammen, in die Caden, Cyril, Bowen und Rayne ihn geschleppt hatten. Weil er schäumend vor Wut und brüllend vor Schmerz auf jeden in seiner Nähe losgegangen war, um zu Alessa zu kommen. Es hatte alle vier von ihnen gebraucht, ihn zu Boden zu bringen.

Cameron konnte sich noch deutlich an den schmerzlichen Ausdruck in Cadens Gesicht erinnern, kurz bevor sein Bruder ihn bewusstlos geschlagen hatte. Ihm und den anderen war keine andere Wahl geblieben. Sie hatten ihn ausknocken, fesseln und wegsperren müssen.

Die dicken Ketten, die diese verdammten *Lejf* um seine Hinterläufe und sogar um seinen gesamten Körper geschlungen und tief im harten Boden verankert hatten, ließen sich nicht herausreißen oder aufbrechen. Er hatte es versucht. Die ganze Nacht lang hatte er gegen sie angekämpft, damit er sie loswurde und Alessa folgen konnte. Aber keine Chance. Sie gaben keinen Millimeter nach, egal wie sehr er an ihnen zerrte.

Unter dem leisen Klirren der Ketten schlang Cameron den Schwanz um seinen Körper, legte den Kopf auf den Boden und schloss die Augen.

*„Alessa."* Wie sehr er seinen Ruf nach ihr auch mit einer Dringlichkeit unterlegte, er konnte keine Verbindung mehr zu ihr aufnehmen. Das hatte er mindestens genauso oft versucht, wie diese verdammten Ketten loszuwerden. Cameron spürte, dass Darius ihn von ihr abschirmte. Jetzt, wo sie bei ihm war, war es ihm ein Leichtes, Cameron auf Abstand zu halten.

*„Ich brauche dich, kleiner Drache",* hallte es in seinem Kopf in Dauerschleife und ließ ihn gequält aufstöhnen. Er wusste nicht, was ihm schlimmere Schmerzen verursachte. Dass er Alessa nie wieder würde spüren können oder der Gedanke an Darius, der sie ihm genommen hatte und an seiner Stelle berühren würde.

Ein leises Schlurfgeräusch im Höhlenzugang ließ ihn den Kopf zur Seite drehen. Ob sein Bruder gekommen war, um ihn wieder freizulassen? Oder wollte Caden nur sichergehen, dass er noch lebte?

Cameron hob den Kopf, schnüffelte kurz und ließ ihn wieder sinken. Das war nicht Caden, auch niemand anderes aus seiner Familie oder ein *Lejf*.

Das Schlurfgeräusch wurde lauter und Cameron knurrte warnend, als das Licht einer Fackel immer näher kam und die Höhlenwände ausleuchtete. *„Verschwinde, alte Hexe."*

Gackerndes Kichern war zu hören, dann kam sie um die Ecke in die Höhle gehumpelt, schwer auf einen verkrüppelten Stock gestützt. Sie hielt die Fackel höher, leuchtete die Höhle aus und Cameron kniff die Augen zusammen, als ihn das Licht blendete.

Wozu, zur Hölle, brauchte die Alte eine Fackel, wenn sie blind war? Und wie hatte sie sich ohne Augenlicht überhaupt in dem verschlungenen Höhlensystem zurechtgefunden?

„Na, wen haben wir denn hier?" Sie kam näher, klemmte die Fackel in einem Spalt in der Höhlenwand fest und machte es sich auf einem Felsen in der Nähe seines Kopfes gemütlich. Berthe glättete ihr zerschlissenes Kleid über ihren Beinen, wandte ihm den Kopf zu und zeigte ihm ein fröhliches, zahnloses Lächeln.

*„Ich habe gesagt: Verschwinde, alte Hexe! Also geh endlich, bevor ich dir Feuer unter dem Hintern mache."*

„Wer wird denn hier so angriffslustig sein? Ich ging eigentlich davon aus, du hättest dich langsam beruhigt und könntest wieder klar denken." Ihre blinden Augen glitten über seinen Körper hinweg und sie schüttelte den Kopf. „Hätte ich mir ja denken können. Ein Drache dümmer als der andere. Dass man euch aber immer auf die Sprünge helfen muss."

Cameron fletschte die Zähne, knurrte kurz und drehte den Kopf zur anderen Seite. Wenn er Berthe lange genug ignorierte, würde sie sicherlich früher oder später von ganz alleine aufgeben und gehen.

„Alessa hat genau das getan, wofür sie geboren wurde. Was das Schicksal ihr vorherbestimmt hat. Das weißt du, oder?", plauderte sie drauflos und Cameron war kurz davor, ihr tatsächlich Feuer unter dem Hintern zu machen.

Zorn kochte in ihm hoch. Nicht jener brennende und seinen Verstand ausblendende Zorn, wie er ihn letzte Nacht gespürt hatte. Als Darius Alessa vor seinen Augen in eine schwarze Wolke gehüllt hatte und mit ihr verschwunden war. Der jetzige war voller Bitterkeit.

*Das Schicksal?* Das Schicksal hatte ihn Alessa gekostet. Drauf geschissen, was es wollte. Wenn, dann hätte Alessa für ihn vorbestimmt sein sollen.

Für einen winzigen Augenblick hatte er tatsächlich angenommen, dass es etwas wie Vorbestimmung gab. Denn warum sonst hatte niemand anders als Cyril Sharis Kräfte trotz Hexengebräu spüren können. Auch wenn die Zauberei ihn lange gehindert hatte, sie zu finden. Wäre es dann nicht auch möglich gewesen, dass es ihm vorbestimmt war, Alessa trotz Darius' Anspruch bei sich behalten zu können?

„Sie hat es geschafft, fünf Stämme zu vereinen, die seit einer Ewigkeit nicht eins sein konnten. Kannst du dich an eine Zeit erinnern, in der es solche Zusammenarbeit gegeben hat wie in der letzten Nacht?"

*„Nein"*, brummte er unwirsch und hielt den Kopf weiterhin abgewandt.

„Als ich damals für Rayne das Portal geöffnet habe, damit er Alessa in Sicherheit bringen konnte … Ich habe nie zuvor eine Entscheidung mehr bereut."

Hellhörig hob Cameron den Kopf und musterte Berthe wachsam. Worauf wollte sie hinaus?

Berthe legte sich eine knochige Hand an den Hals und stieß geräuschvoll den Atem aus. „Aita hätte mir deswegen beinahe den Hals umgedreht. Hast du eine Ahnung, wie unbarmherzig sein Schwanz sich um einen schlingen kann?"

*„Ja. Ich habe eine ziemlich genaue Vorstellung davon."*

„Er hat von Alessa gewusst und auf den richtigen Moment gewartet, um sie zu wecken. Darauf, dass ihr zur Besinnung kommt. Was leider erst geschehen ist, nachdem Aita mit der Faust auf den Tisch gehauen hat. Alessa sollte … nun ja …" Sie wiegte den Kopf hin und her, als würde sie nach den richtigen Worten suchen. „Sie sollte eure zweite Chance werden."

*„Aber das ist sie doch auch geworden."* Verständnislos sah Cameron sie an. Er wusste noch immer nicht, was die Alte ihm sagen wollte.

„Ja." Berthe stieß ein gackerndes Lachen aus. „Aber nur, weil ich jeden möglichen Hebel in Bewegung gesetzt habe, damit sie es auch wird. Aita hätte mich sonst wochenlang auf kleiner Flamme geröstet."

*„Was hast du getan?"*, wollte Cameron wissen.

Sie zuckte mit den Schultern und winkte ab. „Eine kleine Flunkerei hier, eine winzige Intrige und einen wohldosierten Schubs in die richtige Richtung dort. Damit alles so kommt, wie es sich gehört, und Aita zufrieden schnurrend in seiner Höhle weiterschläft."

*„Hör auf, in Rätseln zu sprechen"*, verlangte Cameron ungehalten und knurrte leise. *„Was genau hast du getan?"*

„Als Alessa vor einigen Wochen zu mir kam, habe ich sie zum See geschickt. Ich wusste, wie du für sie empfindest und was passieren würde."

*„Du wusstest, dass sie die Kontrolle verlieren und sie mich zu einem gut durchgebratenen Drachensteak verarbeiten würde?“*, wollte er fassungslos wissen.

Sie pikte ihm mit ihrem Krückstock in die Schulter und lachte. „Du lebst doch noch, oder nicht?“

*„Hättest du mich nicht vorwarnen können?“*

„Damit hätte ich meinen so gut zurechtgelegten Plan gefährdet. Denn ich hätte nicht nur in euer beider Schicksal eingegriffen, sondern auch in das der *Lejf*.“

*„Wenn sie ihre vollen Kräfte nicht explosionsartig freigesetzt hätte, dann wären Bowen und seine Männer nicht gekommen? Rayne auch nicht? Und wir hätten uns nicht verbündet?“*

„Gut kombiniert.“

Cameron rückte seinen Körper unter den rasselnden Ketten zurecht und wandte sich ihr zu, so gut er konnte. *„Und dass die Barriere zusammengebrochen ist?“*

„Das musste unweigerlich geschehen, nachdem dieses Viehzeug sich über Hunderte Jahre hinweg vermehrt hat wie Karnickel. Dazu noch der Drachenmond und der Umstand, dass die Barriere über die ganzen Jahre hinweg immer mehr an Stabilität verloren hat. Jetzt ist der Schutz stärker denn je. Die Menschen und die Drachen können sich wieder erholen, vermehren …“ Sie wackelte mit dem Kopf und fächelte sich mit einer Hand Luft zu. „Uiuiui … *du meine Güte* … und ihr *werdet* euch vermehren. Möchtest du vielleicht wissen, wie oft du Onkel und Großonkel wirst, bevor du deinen letzten Atem aushauchst? Du solltest überlegen, in deiner Festung mehr Platz zu schaffen. Euch stehen lustige Zeiten bevor.“

*„Onkel? Du meinst, Caden und Ayryn … sie bekommen doch noch mehr Nachwuchs?“* Obwohl ihm noch immer das Herz blutete, weil er Alessa schmerzlich vermisste, verzog sich sein Mund zu einem leichten Lächeln.

Berthe verpasste ihm mit ihrem Krückstock einen kräftigen Hieb auf den Kopf und Cameron zuckte zusammen. *„Au! Wofür war das denn?“*

„Kein Grund zur Schadenfreude.“

*„Das war keine Schadenfreude, alte Hexe.“*

„Tatsächlich nicht? Dann habe ich mich wohl geirrt.“ Sie bedachte ihn mit einem herablassenden Blick und legte den Stock quer über ihren Schoß. „Du hast nämlich keinerlei Grund zur

Schadenfreude. Du bist auch dran. Und zwar Caden zum Onkel zu machen."

Camerons Miene verdüsterte sich und nahm einen verzweifelten Ausdruck an. *„Dafür fehlt mir seit letzter Nacht etwas Entscheidendes"*, murmelte er betrübt und legte den Kopf wieder auf den Boden.

„Du meinst Alessa?"

*„Ja."*

„Sie hatte eine Entscheidung zu treffen, Cameron. Eine schwerwiegende Entscheidung."

*„Das weiß ich."*

„Hätte sie anders gehandelt, wäre es nicht zu einer Zusammenarbeit aller Drachen gekommen. So, wie Aita es sich immer gewünscht hat. Es war die einzig richtige Entscheidung, auch wenn sie sich für dich falsch anfühlt und du jetzt leidest."

*„Auch das weiß ich. Trotzdem will ich sie zurück."*

„Was machst du dann noch hier?"

Er riss den Kopf hoch und starrte Berthe an, als wären ihr gleich ein paar Köpfe mehr gewachsen. War sie verwirrter, als es hin und wieder den Anschein hatte? Sie musste doch wissen, dass Alessa mittlerweile für ihn vollkommen unerreichbar war. *„Ich habe nicht das Recht dazu, Alessa für mich zu fordern. Ich bin an das Gesetz gebunden, an Aitas Befehl. Darius hat den Erstanspruch."*

Berthe legte den Kopf schief und lüpfte eine weiße Augenbraue. „Hat er den?"

*„Natürlich hat er ihn. Er war vor mir bei ihr, hat Anspruch erhoben und …" Rumms* – ein weiteres Mal schlug sie ihm mit ihrer Krücke auf den Kopf. *„Verdammt nochmal, hör auf damit! Sonst brenne ich dir tatsächlich die Haut von deinem knochigen Arsch."*

„Überleg gefälligst, Trotteldrache! Wer von euch beiden war zuerst bei ihr und hat als Erster Anspruch auf sie erhoben?

Cameron runzelte die Stirn, überlegte und ließ ab ihrer ersten Begegnung alles noch einmal Revue passieren. Dann weiteten sich seine Augen überrascht. *„Ich. Ich war es."*

„Wurde aber auch mal Zeit, dass du es erkennst."

*„Aber es war nur ein Traum. Und sie konnte es nicht hören."*

Berthe winkte mit einem geheimnisvollen Lächeln ab. „Das musste sie nicht, um dem Anspruch Gültigkeit zu verleihen."

Cameron kniff die Augen zusammen und legte den Kopf schief. *„Hattest du deine Finger dabei auch im Spiel? Dass sie mich nicht* *hören konnte und das Zeichen unserer Bindung nicht sichtbar wurde?"*

„Ja", gab sie unumwunden zu. „Ich habe ein ganz klein wenig eingegriffen. Nur so viel, damit am Ende tatsächlich alles so kommt, wie ich es mir zurechtgelegt hatte und es für euch starrköpfige Schuppentiere am besten ist. Wenn Aita irgendwann mal wieder aus seiner Höhle gekrochen kommt, wird er es mir sicherlich danken, dass alles so gut geklappt hat. Besser, als er es sich anfangs hatte vorstellen können."

*„Du intrigantes, altes Miststück."*

„Diese Rolle gefällt mir am besten", sagte sie mit einem Kichern und stemmte sich von dem Felsen hoch. Sie drückte den Rücken durch und ächzte. „Was hast du jetzt vor, Drache?"

*„Diese dämlichen Ketten loswerden und mir danach meine Frau zurückholen."* Cameron atmete tief durch, ließ das Glücksgefühl darüber, dass er herausgefunden hatte, dass er Alessa zurückbekommen konnte, durch seinen Körper strömen und den Schmerz verdrängen.

Solange er außer sich gewesen war, hatte er keine Chance gehabt, die Ketten loszuwerden. Weil er nicht fähig gewesen war, seine Menschengestalt anzunehmen. Doch jetzt war er durchaus dazu in der Lage.

Seine Schuppen zogen sich zurück, eine leichte Brise wirbelte um seinen Körper und ein Schauer überlief seinen Rücken, als er seine menschliche Gestalt annahm und die schweren Ketten nutzlos auf den Boden rutschten.

Berthe nickte bedächtig mit dem Kopf und grinste verschwörerisch zu ihm auf. „Sie zurückholen, klingt nach einer guten Idee. Nimmst du mich mit?"

# 30. Kapitel

*Darkmoore Castle*

Alessa strich mit zitternden Händen den weich fließenden Stoff ihres Kleides glatt. Zum ersten Mal, seit sie gelernt hatte, sich Kleidung an den Körper zu wünschen, war sie eben dazu nicht in der Lage gewesen.

Die roten und goldenen in sich verschlungenen Ranken wirkten edel auf dem schwarzen Untergrund. Trotzdem hatte es sich falsch angefühlt, ein Kleid herbeizuzaubern, das Darius' Anspruch auf sie so deutlich symbolisierte. Er hatte es mit einem Handstreich erschaffen müssen.

Sie hob den Kopf und zuckte kurz zusammen, als das Mädchen, das Darius ihr geschickt hatte, an ihren Haaren zerrte. Erschrocken hielt Nyah inne und sah sie über den Spiegel hinweg entschuldigend an.

„Tut mir leid, das war keine Absicht."

„Du kannst nichts dafür. Ich sollte weniger herumzappeln", beruhigte Alessa das Mädchen, dem einige tiefschwarze Haarsträhnen ins Gesicht hingen. Sie hatte die Augen eines Rehs – warm, braun und sanftmütig. Und irgendwie wirkte sie fehl am Platz zwischen den ganzen düsteren *Mageia*, die nicht mehr sprachen als nötig.

Beim Abendessen in der großen Halle hatte sie so gut wie keinen von ihnen lächeln sehen, bis auf Darius. Auch wenn sein Lächeln zu keiner Zeit seine Augen erreichte.

Nyah steckte die letzte Locke fest und trat zurück. Gerade rechtzeitig. Nach einem kurzen Klopfen öffnete sich die Tür und Garwin schaute um die Ecke. „Darf ich wieder?"

„Natürlich."

Während Nyah aus dem Raum huschte, kam er näher und begutachtete ihren Aufzug von oben bis unten. „Das Schwarz steht dir nicht."

Alessa lachte traurig und stand vom Stuhl auf. „Ich weiß, es lässt mich blass aussehen. Aber es ist ja nur für die Zeremonie. Danach kann ich mir wieder etwas anderes an den Leib zaubern." Sie drehte sich um und strich sanft über das schwarze Band um

Garwins Hals. Dunkle Magie kitzelte ihre Fingerspitzen und sie zog ihre Hand zurück. „Sobald du das losgeworden bist, kannst du das auch."

„Meinetwegen kann das Teil bleiben, wo es ist. Wenn ich im Gegenzug in deiner Nähe bleiben kann."

„Nein, Garwin." Entschieden schüttelte Alessa den Kopf. „Sobald Darius dich freilässt, musst du gehen. Deine Familie wartet schon auf dich, vor allem dein Vater. Er kann es kaum erwarten, dich wiederzusehen."

„Aber …"

Rasch legte sie ihm ihre Finger auf den Mund. „Kein Aber. Sieh es als Befehl deiner Königin, die ich ja irgendwie bin. Und Befehlen widersetzt man sich nicht."

„Alessa …" Ein knappes Klopfen an der Tür ließ ihn aufseufzen und zurücktreten. Dann hielt er ihr den Arm hin. „Es ist so weit, meine Königin." Garwin zwinkerte ihr spitzbübisch lächelnd zu und versuchte, Alessa damit aufzumuntern.

Sie knuffte ihn hart gegen die Schulter und er zog gespielt eine leidende Miene. „Nenn mich noch einmal so und ich flambiere dir deinen kleinen Lurchenhintern."

Garwin zog die Tür auf und begleitete sie mit jeweils zwei Wachen vor und hinter ihnen den von Fackeln beleuchteten Gang entlang zur Treppe, die nach unten in die große Halle führte. „Was immer du befiehlst … meine Königin."

„Arschloch!"

„Kannst du nicht schneller fliegen?", rief Berthe gegen den Wind und versetzte Cameron mit ihrem Stock einen kräftigen Schlag gegen den Rücken.

*„Wenn du mich noch einmal schlägst, schmeiße ich dich runter, alte Kröte."*

„Dann kommst du aber nicht schnell genug an Darius' Wachen vorbei, um die Zeremonie zu verhindern."

Cameron knurrte, streckte sich in der Luft und flog so schnell er konnte. Um nichts in der Welt wollte er zu spät kommen. Die Zeremonie durfte nicht stattfinden, sonst war es am Ende egal, dass er zuerst Anspruch auf Alessa erhoben hatte.

„Na, geht doch!“ Berthe hopste auf seinem Rücken auf und ab und quietschte vor Freude wie ein kleines Kind. „Flieg, Drache, flieg!“

Garwin führte Alessa durch die Gasse, die die anwesenden *Mageia* für sie gebildet hatten, zum Podest, auf dem Darius bereits auf sie wartete. Er sah ihnen mit emotionslosem Gesicht entgegen. Einzig in seinen Augen flackerte etwas wie eine Gefühlsregung auf. Für einen winzigen Augenblick glaubte Alessa, Trauer in ihnen zu sehen. Verwarf den Gedanken aber gleich wieder. Dieser Mann besaß kein Herz. Und wer kein Herz besaß, war auch nicht in der Lage, tiefergehende Gefühle zu empfinden. Das war keine Trauer gewesen, sondern viel eher Triumph darüber, dass er seinen verhassten Todfeind geschlagen hatte.

Alessa löste ihre Hand von Garwins Arm und lächelte ihn aufmunternd an, als er die Lippen zusammenpresste und zur Seite trat. Dabei war ihr nicht danach zumute zu lächeln. Viel lieber wollte sie sich in einer Ecke verkriechen und weinen. Sie wusste ganz genau, wie Garwin sich fühlte. Denn in ihr sah es nicht anders aus. Sie beide fühlten sich machtlos.

„Alessa.“ Darius hielt ihr die Hand hin und sie ergriff sie ohne Zögern. Sie hatte es versprochen. Freiwillig. Sie würde freiwillig zu ihm kommen, sich den Drachengesetzen beugen und seinen Anspruch auf sie akzeptieren. Auch wenn in ihrem Inneren ein Sturm tobte, den sie nur schwer unter Kontrolle zu halten vermochte. Alles in ihr schrie nach Cameron. Sie sehnte sich mit jeder Faser ihres Herzens nach ihm, vermisste ihn unsäglich. So sehr, dass sie ihn sogar leibhaftig vor sich sah, als sie sich zum Publikum umwandte. Mit dem Stolz eines Kriegers lief er zwischen den *Mageia* hindurch. Seine rabenschwarzen Haare mit den eingeflochtenen

Federn hingen ihm über die Schultern und bewegten sich leicht bei jedem seiner Schritte. Aus seinen eisgrauen Augen strahlte ihr grenzenlose Liebe entgegen, die ihr Herz schneller schlagen ließ.

Irritiert blinzelnd sah sie von ihrer Wunschvorstellung zu Berthe, die sich vor Cameron durch die Massen schob und mehreren Männern mit ihrer Krücke Schläge verpasste - gegen Schultern, Oberschenkel und wo sie eben herankam. Nach der alten Kräuterhexe hatte sie sich ganz sicher nicht gesehnt, so dass sie ausgerechnet von ihr halluzinierte.

„Platz da!", krächzte Berthe und versetzte einem weiteren Mann einen kräftigen Hieb. „Beweg deinen fetten Hintern und lass mich durch."

„Was habt ihr hier zu suchen?" Darius' Finger umspannten ihre Hand fester, bis es wehtat und sie leise aufschrie. Als er es bemerkte, lockerte er seinen Griff etwas, ließ sie jedoch nicht los. „Und wo sind meine Männer? Was habt ihr mit meinen Wachen gemacht?" Sein Blick glitt zu Cameron, der noch immer hinter Berthe stand, ihn aber nicht beachtete, sondern sich einzig und allein auf Alessa konzentrierte.

„Oh, deine Männer?" Berthe kicherte hinter vorgehaltener Hand. Dann hielt sie sie in die Luft und schnippte mit den Fingern. „Die waren müde und schlafen." Sie sah sich kurz um und schnippte ein weiteres Mal. Funken flogen und alle *Mageia*, bis auf Darius, rutschten bewusstlos in sich zusammen. „So wie diese."

„Was soll das werden? Habt ihr vor, mir den Krieg zu erklären, Cameron? Du und diese Hexe? Du weißt, was dann passiert."

„Nein. Ich will Alessa, keinen Krieg." Er kam hinter Berthe hervor und lief langsam auf das Podest zu. „Gib sie mir zurück", forderte er. „Du hast keinen Anspruch auf sie. Hast ihn niemals gehabt."

„Hast du letzte Nacht einmal zu oft Schläge gegen den Schädel abbekommen, Cousin? Du musst wahnsinnig sein, wenn du glaubst, hier hereinspazieren zu können und zu beanspruchen, was …"

„… zu mir gehört", fuhr Cameron dazwischen und sah von Darius zu Alessa. „Erinnere dich, kleiner Drache. An das erste Mal, als wir uns begegnet sind."

„Du meinst in dem Traum?"

„Genau den."

Und ob sie sich an den erinnerte. Schließlich hatte sie wegen ihm ihr eigenes Zimmer in Brand gesteckt. Aber … „Ich habe dich nicht gehört. Nicht ein Wort von dem, was du gesagt hast."

Cameron sah über seine Schulter. „Berthe?"

„Oh, jetzt bin ich gefragt." Berthe humpelte auf das Paar auf dem Podest zu, stieg umständlich hinauf und legte ihre knochige Hand auf Alessas, die noch immer von Darius festgehalten wurde. Ein sanftes Kribbeln tanzte über ihre Haut, sank in ihren Körper und Alessa blinzelte mehrmals, während sie sich an alles erinnerte, was in dem Traum geschehen und gesagt worden war. Und so wie sie Cameron sah und seine Worte hörte, hörte und sah auch Darius seinen Cousin, weil er in diesem Moment Kontakt mit Alessa hatte.

„Nein." Er schüttelte vehement den Kopf. „Ein Anspruch im Traum hat keinerlei Gültigkeit."

„Wer sagt das? Steht das irgendwo in den Drachengesetzen?", wollte Berthe mit einem unschuldigen Lächeln wissen.

Darius' Kiefer arbeitete heftig, als er sich eingestand, dass er dieses Mal tatsächlich zu spät gewesen war. Er sah auf ihre verbundenen Hände und betrachtete das Rankentattoo an Alessas Unterarm. Kein Wunder, dass sich die blaue Zeichnung zwischen seine und Alessas hatte drängen können. Sie war die ganze Zeit schon dort gewesen, nur hatte man sie nicht sehen können. Erst, als Cameron nochmals Anspruch auf Alessa erhoben hatte, hier in Hasyra, war sie sichtbar geworden.

Sein eigenes Zeichen auf ihrer goldgepuderten Haut war der reinste Hohn. Er war von Anfang an der Verlierer gewesen. Das wurde Darius bewusst, als das kräftige Schwarz zu einem Grau verblasste und immer heller wurde. Und trotzdem …

„Alessa hat zugestimmt, meinen Anspruch zu akzeptieren. Während der Zeremonie, dieser Zeremonie. Und ihr beide seid ungeladene Gäste, also verschwindet."

„Hat sie das?" Berthe neigte den Kopf und zog eine Augenbraue hoch.

Cameron konnte sich ein Schmunzeln nicht verkneifen. Hin und wieder mochte er die alte Hexe, trotz ihrer Vorliebe für intrigante Spielchen.

Er sah zu Alessa, wartete und atmete erleichtert auf, als sie ihre Hand aus Darius' Griff zog.

„Ich sollte dir versprechen, dass ich den Mann während der Zeremonie akzeptiere, der zuerst Anspruch erhoben hat. Und das bist nicht du, Darius."

Der Moment, als Darius seinen fatalen Fehler erkannte und sich die wütende Erkenntnis darüber in seinem Gesicht abzeichnete, würde Cameron wohl immer in Erinnerung bleiben. Denn es war der Augenblick, als er sein Leben zurückbekam, von dem er geglaubt hatte, dass es vorbei wäre.

„Na, Gott sei Dank!", stieß Garwin aus, grinste von einem Ohr zum anderen und schaute zu Cameron. „Dann steigt die Party also bei dir und nicht …", mit dem Daumen wies er in Darius' Richtung, „… bei ihm?"

„Ja." Er stieg auf das Podest und schob sich zwischen Alessa und seinen Cousin. „So, wie du von mir verlangt hast, unsere Gesetze zu befolgen, verlange ich es jetzt von dir."

Ein Muskel unter Darius' rechtem Auge begann zu zucken. Aber er hielt sich zurück und ging nicht zum Angriff über. Aus irgendeinem Grund, der nichts mit Aitas Anordnung zu tun hatte, *wollte* er keine offene Auseinandersetzung. Obwohl ihn nichts mehr befriedigen würde, als Cameron in Stücke zu reißen und sich zu holen, was er für sich wollte. „Das macht dir gerade Spaß, nicht wahr?"

„Um ehrlich zu sein, nein. Es geht nicht darum, dir Schmerzen zuzufügen. Alles, was ich will, ist Alessa."

Darius trat zurück und machte ihnen Platz. „Dann nimm sie und verschwinde." Er fuhr mit der Hand durch die Luft und der magische Kragen um Garwins Hals löste sich auf. „Und nimm ihn auch mit. Ich habe für ihn keine Verwendung mehr."

Mit steinerner Miene sah Darius ihnen nach, wie sie zwischen seinen auf dem Boden verstreut liegenden und noch immer bewusstlosen Männern hindurchgingen. Damit, dass Alessa für ihn unerreichbar wurde, rückte auch sein Ziel in weite Ferne. Er hatte versagt. Auf ganzer Linie versagt. Und es war nicht das erste Mal.

Darius wandte sich um und fand sich der alten Hexe gegenüber, die ihn aus unergründlichen, blinden Augen ansah.

„Was willst du noch hier? Verschwinde, du bist hier nicht erwünscht."

„Tatsächlich? Auch dann nicht, wenn ich dir sage, dass du das, was du wirklich suchst, nicht in Alessa gefunden hättest?"

„Was weißt du schon über mich? Gar nichts."

„Mehr als du denkst, du eingebildeter Holzklotz. Alessa ist nicht Neela. Sie wäre es niemals gewesen, weil sie für Cameron bestimmt ist."

„Neela ist tot", würgte Darius hervor und wandte den Kopf ab.

„Ist sie das?" Sie wandte sich mit einem Kichern von ihm ab und stieg vom Podest.

„Warte!" Hastig lief Darius ihr hinterher und riss sie herum. „Was hast du damit gemeint? Ich habe Neela damals begraben, eigenhändig." Zwar versuchte er überlegen zu wirken, aber die Anspannung in seinem Inneren konnte der alten Kräuterhexe keinesfalls verborgen bleiben. Ebenso die verzweifelte Hoffnung, die in ihm aufstieg und sich in seinen Augen widerspiegeln musste. „Sie ist doch tot, oder?"

Berthe tippte ihm mit einem Finger gegen die Brust und lächelte geheimnisvoll. „Manchmal entscheidet das Schicksal, einem Menschen oder auch einem Drachen eine zweite Chance einzuräumen. Und du könntest einer dieser Drachen sein."

„Ich könnte also Neela zurückbekommen?"

„Vielleicht." Sie wandte sich ab und lief schwer auf die Krücke gestützt zwischen den sich wieder regenden *Mageia* hindurch Richtung Ausgang.

„Was muss ich dafür tun?", rief Darius ihr hinterher und fluchte, weil sie ihm nicht sofort antwortete. Verzweiflung stieg in ihm auf. „Was, verdammt nochmal, muss ich dafür tun? Sag es mir."

Gackerndes Lachen hallte zu ihm herüber. Berthe drehte sich nicht einmal zu ihm um, während sie antwortete: „Eine Menge."

„Was immer es auch ist. Ich würde es tun. *Alles*."

In der offenen Tür stehend, wandte die alte Hexe sich schließlich doch noch zu ihm um und nickte. „*Das* ist doch schon mal ein guter Anfang …"

## Epilog

*Warden Castle*
*Ein Monat später …*

„Ich kann mich nicht entscheiden." Zum x-ten Mal fuhr Alessa mit ihrer Hand vor ihrem Körper durch die Luft und änderte Farbe und Schnitt des Kleides, das sie trug. Sie sah über ihre Schulter an Shari vorbei, die in ihrer gewohnten Art um sie herumtänzelte wie ein aufgeregter kleiner Welpe und versuchte, Blumen in ihrer Hochsteckfrisur einzuarbeiten. „Irgendwie fühlen sie sich alle falsch an. Vielleicht doch eher einfach nur weiß?"

„Hör auf rumzuzappeln, Alessa. Sonst werde ich hier nie fertig."

„Dann warte, bis ich mich für ein Kleid entschieden habe. Ayryn?" Hilfesuchend sah Alessa zu ihrer Fast-Schwägerin. „Was meinst du? Oder doch lieber blau?"

Ayryn lehnte sich gemütlich gegen das Kopfteil des Bettes, bediente sich von Alessas Abendessen, das auf dem Tisch neben ihr stand, und schob sich ein Stück Hühnerfleisch in den Mund. Kauend schüttelte sie den Kopf. „Ist doch vollkommen egal, ob weiß, grün, rot, gold oder blau. Cameron wird ohnehin nur Augen für dich haben und auf das Kleid gar nicht achten. Außerdem reißt er es dir innerhalb von nicht einmal einer Stunde nach der Zeremonie wieder vom Leib." Sie wedelte mit ihrer Hand durch die Luft und grinste anzüglich. „Wie wäre es damit?"

Alessa sah an sich herab und verdrehte die Augen, als sie die hauchzarten Dessous entdeckte. Von einem Kleid weit und breit keine Spur. „Das ist nicht hilfreich."

„Aber sexy. Seit Caden diese Dessous zum ersten Mal an dir gesehen hat, muss ich sie immer für ihn tragen. Jede Nacht. Nur damit er sie mir innerhalb von wenigen Minuten wieder runterreißen kann." Ayryn stemmte sich vom Bett hoch und schlenderte auf sie zu, dann umrundete sie Alessa mehrmals, überlegte kurz und fuhr mit einer Hand durch die Luft. „*Das* gefällt mir."

„Ich glaube, du hast ein Stück vom Kleid vergessen", murmelte Shari und wies mit dem Kopf auf Alessas Rücken.

„Nein, habe ich nicht."

Alessa drehte sich vor dem Spiegel zur Seite, begutachtete das Kleid und vor allem ihre Rückseite und nickte mit einem glücklichen Lächeln. Es war wundervoll. Es war perfekt und fühlte sich auch genau so für sie an.

Als außerhalb des Zimmers lautes Stampfen und Gebrüll im Gang zu hören war, wandte sie sich wieder um. Die Tür flog auf und krachte gegen die Wand. Bowen und Garwin stürzten gleichzeitig in das Zimmer, stolperten übereinander und rollten über den Boden. Kurz rangen die beiden Männer miteinander, Garwin befreite sich aus Bowens Griff und sprang als Erster auf. Kaum hatte sein Onkel sich aufgerichtet, schoss er Ranken auf ihn ab, die sich blitzschnell um seinen Körper wanden und ihn wie ein Paket zusammenschnürten. Mit einem derben Fluch auf den Lippen kippte Bowen um wie eine gefällte Eiche.

„Ha, gewonnen! *Ich* werde sie ihm übergeben, nicht du." Garwin zog sein Hemd zurecht und stupste seinen Onkel mit der Schuhspitze an.

„Ich könnte mir in den Arsch beißen, dass ich dir diesen Trick gezeigt habe", knurrte Bowen und warf sich von einer Seite auf die andere, um sich aus den Ranken herauszuwinden. Aber ohne seine Arme, die fest an beide Seiten gedrückt wurden, war ein Befreiungsversuch äußerst mühselig.

„Was wird das?", wollte Alessa mit einem leisen Lachen wissen und wies auf das Oberhaupt der *Lejf*, das wie eine Raupe über den Boden von Camerons und ihrem Schlafzimmer robbte.

„Er wollte mir das Recht absprechen, dich zur Zeremonie zu begleiten und dich Cameron zu übergeben." Garwin schnaufte und bedachte Bowen mit einem herablassenden Blick. „Von wegen, dieses Recht würde nur einem Stammesoberhaupt zustehen. Ich habe jahrelang auf dich aufgepasst, also steht es mir zu." Er hob den Kopf, musterte Alessa ausgiebig von oben bis unten und ließ ein beeindrucktes „Wow" hören. „Du siehst hammermäßig aus."

„Danke." Sie raffte das Kleid hoch, stieg über Bowen hinweg und streckte die Hand nach Garwin aus.

„Können wir?", fragte er leise und sah lächelnd auf sie herab.

„Jederzeit."

„Okay. Du darfst sie übergeben", grummelte Bowen und warf sich auf den Rücken. „Aber jetzt mach mich los, damit ich nicht den ganzen Spaß verpasse."

Garwin zwinkerte Alessa verschmitzt zu und schob sie vor sich aus dem Zimmer. Die Forderung seines Onkels ignorierte er geflissentlich.

„Garwin? Hey! Verdammt nochmal, mach mich los, sonst kannst du was erleben."

Garwin sah zu Shari und bat mit einem breiten Grinsen: „Wärst du so nett?"

„Du lässt ausgerechnet Shari deinen Onkel befreien?", wollte Ayryn beeindruckt wissen und drehte sich kurz zu ihrer Schwiegertochter um, die den Gang zurückgelaufen kam. Dann folgte sie ihnen weiter zur Treppe. „Du musst ihn wirklich hassen."

„Wie kommst du darauf?"

Die Antwort bekam er nicht von Ayryn, sondern von Bowen. Verhaltenes Fluchen war aus dem Zimmer zu hören, als Shari wieder hineinging.

„Du, Shari? Wo ist Garwin? Sag ihm, er soll seinen Arsch sofort her bewegen und mich losmachen."

„Er hat mich geschickt. Und jetzt hör auf zu zappeln, oder wir brauchen ewig und verpassen die Zeremonie. Außerdem wartet Cyril schon auf mich."

„Warte, Shari. Fang an der Seite an." Erneutes Fluchen. „Doch nicht da. Au! Das brauche ich noch, verdammt!"

„Tut mir leid", hörten sie ihre leise Entschuldigung.

„Himmelherrgott, ganz sicher nicht so sehr, wie es diesem Schweinehund leidtun wird, wenn ich ihn erwische. Aua!"

„Entschuldigung."

„Ich dachte, diese trotteligen *Guardian* würden dich trainieren? Nach einem Monat müsste deine Feinmotorik deutlich besser sein", beschwerte er sich und knurrte wütend.

„Sie ist schon viel besser geworden", behauptete Shari bockig und ließ Bowen ihre eigene Wut über seine Kritik offensichtlich spüren. Denn es folgten abwechselnd mehrere *Au*, *Aua, Ich bringe ihn um* und *Verdammter Mist*. Bowens Schimpf- und Jammertirade ebbte nach und nach ab und wurde zu einem Dauerknurren.

Ayryn schob sich seitlich an ihnen vorbei und zwinkerte Garwin zu. „Ja, du musst ihn eindeutig hassen. Aber er kann hin und wieder einen Dämpfer gebrauchen." Ihr Blick wanderte zu Alessa. Dann strich sie ihr sanft lächelnd eine lose Haarlocke aus der Stirn. „Willkommen in der Familie, Alessa. Auch wenn du vorher schon zu uns gehört hast. In ein paar Minuten ist es offiziell. Und du kannst dir sicher sein, ich werde unsere Tradition ehren und dir nur die besten Ratschläge geben."

„Du willst sie am lautesten brüllen, meinst du wohl."

„Das auch.“ Ayryn lief eilig die Treppe hinab und verschwand um die Ecke. Leises Gemurmel der Anwesenden drang aus der großen Halle zu ihnen herauf und Nervosität machte sich in Alessa breit. Ihre Atmung beschleunigte sich und sie nagte an ihrer Unterlippe.

„Alles in Ordnung, Kleines?“

Sie sah zu Garwin auf und lächelte. „Ja. Alles in bester Ordnung. Ich liebe ihn und er mich. Cameron ist alles, was ich mir wünsche.“

„Dann ist er der Richtige.“ Sie setzten ihren Weg die Treppe hinunter fort und Garwin fragte nebenbei: „Was ist das für eine Tradition, von der Ayryn gesprochen hat?“

Alessa kicherte vergnügt. „Oh, glaub mir, die wird dir gefallen.“

Cameron konnte sich an ihr nicht sattsehen. Als Garwin Alessa in diesem Kleid zu ihm gebracht hatte, war ihm im ersten Moment die Luft weggeblieben. Es war atemberaubend und einer Königin absolut würdig. Alessa sah umwerfend darin aus. Und dass er nicht allein dieser Meinung war, machten die beeindruckten Blicke aller Anwesenden mehr als deutlich.

Er wusste, dass das Kleid einen Großteil ihres Rückens aussparte. Denn als Alessa sich zu Garwin umgedreht hatte, um ihm einen Kuss auf die Wange zu hauchen, hatte er einen kurzen Blick auf das rotgoldene Drachentattoo werfen können. Aber nicht die öffentliche Zurschaustellung ihres Ranges unter den Drachen war es, wofür Alessa bewundert wurde. Es war vielmehr das Zeichen, das sie mit dem Kleid selbst setzte, was ihr die größte Anerkennung einbrachte.

Cameron hielt Alessas schmale Hand in seiner und ließ seinen Blick über sie hinwegwandern. Von der zarten Spitzenborte an ihrem Dekolleté ausgehend, war das eng anliegende Oberteil fast komplett in Weiß gehalten. Kurz unter der Brust ging das reine Weiß in einen weichen vertikalen Farbverlauf mit den Farben der verschiedenen Drachenstämme über – rot, grün, blau, selbst schwarz. Und über ihnen allen lag ein Hauch Gold. Ein ebenso zarter Schimmer, wie er auf Alessas Haut zu sehen war. Sie vereinte alle Drachen miteinander, was nie zuvor einem anderen gelungen war. Und sie zeigte ihre Wertschätzung und ihren Respekt für jeden einzelnen Stamm während der Zeremonie. Wie sehr er sie dafür liebte.

Etwas, das er für den Rest seines Lebens tun würde. Wie er es ihr eben geschworen hatte. Aber zuerst würden sie sich gemeinsam einer Tradition stellen müssen.

Caden legte seine Hand über ihre verbundenen Hände und setzte zu einer kurzen Rede an, von der jeder wusste, dass sie nicht beendet werden würde. Weil es zur Tradition gehörte. Cameron neigte sich lächelnd zu Alessa vor, strich eine rotblonde Locke hinter ihr Ohr und küsste sie zärtlich. „Bist du bereit, mein kleiner Drache?“, murmelte er an ihrem Mund.

„Gibt es irgendeine Möglichkeit, sich darauf vorzubereiten?“

„Nein. Es ist immer eine Überraschung.“

„Wie wäre es, wenn wir sie stattdessen überraschen?“

„Du willst schon wieder eine neue Tradition schaffen?“

„Vielleicht. Oder sie einfach zum Schweigen bringen.“

„Das schaffst du nicht.“

Sie legte ihm ihre freie Hand in den Nacken, zog seinen Kopf wieder näher und wisperte: „Das wird sich zeigen.“ Alessa presste ihre Lippen auf seine und sie verloren sich in einem berauschenden Kuss, der alles um sie herum in weite Ferne rückte. Die gebrüllten *guten* Ratschläge vermischten sich miteinander und wurden zu einem lauten Summen. Auch wenn Ayryns Stimme hin und wieder hervorstach.

Alessa lachte an Camerons Mund, als er beide Arme um sie schlang, enger an sich zog und sie zwischen gemurmelten Liebesschwüren wieder und wieder küsste und damit das Geschrei sogar noch anstachelte.

Alessa liebte diese verrückte Tradition. Aber was sie noch mehr liebte, war Cameron. Und das Wissen, dass sie beide tatsächlich alle zum Schweigen bringen würden. Spätestens am nächsten Tag, wenn nicht mehr einer von ihnen in der Lage sein würde, einen vernünftigen Ton herauszubringen …

~ ENDE ~